DAPHNE DU MAURIER

DIE BUCHT DES FRANZOSEN

Roman

Aus dem Englischen
von Siegfried Lang

PAVILLON VERLAG
MÜNCHEN

PAVILLON TASCHENBUCH
Nr. 02/256

Titel der Originalausgabe
FRENCHMAN'S CREEK

Umwelthinweis:
Dieses Buch wurde auf
chlor- und säurefreiem Papier gedruckt.

Taschenbuchausgabe 01/2003

Der Pavillon Verlag ist ein Verlag der
Ullstein Heyne List GmbH & Co.KG
Printed in Germany 2003
Umschlagillustration: IFA-Bilderteam /DISC
Umschlaggestaltung: Nele Schütz Design, München
Gesamtherstellung: Elsnerdruck, Berlin

ISBN: 3-453-86273-2

http://www.heyne.de

Erstes Kapitel

Wenn der Ostwind den Fluß von Helford heraufbläst, dann wird das glänzende Wasser trüb und verstört, und die kleinen Wellen schlagen verdrossen an die sandigen Ufer. Zur Zeit der Ebbe brechen sich die Wellenstöße über der Untiefe; die Sumpfvögel flattern landein nach den Schlammlöchern, ihre Flügel streifen die feuchte Fläche, und während des Fluges rufen sie einander zu. Nur die Möwen bleiben, schreiend und über dem Schaume kreisend, hin und wieder nach Nahrung niedergleitend, im Glitzern ihres grauen, salzbesprühten Gefieders.

Die langen rollenden Wogen des Kanals, von unterhalb Lizard Point heraufgewandert, drängen sich in die Flußmündung, und mit dem Schaum und Schwall des Tiefenwassers vermischt, wälzt sich die braune Flut heran. Von den letzten Regengüssen hochgeschwollen und von Brackwasser getrübt, trägt sie auf ihrem Rücken Zweige und Halme, seltsame verlorene Dinge, zu früh gefallenes Laub, junge Vögel und Blumenknospen.

Der offene Ankerplatz liegt verlassen, denn ein Ostwind macht das Ankern schwierig, und wären da und dort die paar Häuser um Helford zerstreut und die Handvoll Bungalows bei Port Navas, so hätte der Fluß das Aussehen wie in einem heute vergessenen Jahrhundert, in einer Zeit, die nur wenig Spuren hinterlassen.

In jenen Tagen lagen die Täler und Hügel einsam in ihrer Pracht; keine Bauten entweihten die rauhen Klippen und Felsgründe, keine Kamine strebten aus den dichten Wäldern auf. Der Weiler Helford umfaßte zwar einige Bauernhäuser, aber sie berührten das Leben des Flusses weiter nicht; dieser gehörte den Vögeln — Brachvogel und Rotschnepfe, Wasserhuhn und Papageitaucher. Keine Yachten trieben, wie heute, in die Flut hinaus, und jene Strecke Stillwasser, wo der Fluß sich teilt, gegen Constantine und Gweek, war ungestört und in Ruhe gelassen.

Nur wenige kannten den Fluß, nur einige Seeleute, die dort Schutz gefunden, als die Südwestkühlte sie aus ihrem Kurs geworfen und landeinwärts verschlagen. Die Gegend schien ihnen einsam und öde und in ihrer Stille sogar etwas bedrückend, und sie waren froh, bei günstigem Wind wieder die Anker lichten und die Segel beisetzen zu können. Der Weiler Helford hatte wenig Anlockendes für die Matrosen; die paar Bauern waren blöde und verschlossen; ein Kerl jedoch, der Weib und Wärme allzulang entbehrt hat, verspürt geringe Lust, in den Wäldern zu streifen oder, bei der Ebbe, mit den Sumpfvögeln im Schlamm zu planschen. So blieb der vielgewundene Fluß unbesucht, die Wälder und die Hügel unbetreten, und all die schläfrige Schönheit des Hochsommers, die den Fluß von Helford mit einem so seltsamen Zauber umgibt, blieb ungesehen und ungekannt.

Heutzutage schrecken mancherlei Stimmen in diese Stille. Vergnügungsdampfer fahren ab und zu, Yachtfahrer besuchen einander gegenseitig, und sogar der Ausflügler mit seinen abgestumpften, von unbegriffener Schönheit übersättigten Augen, schifft, ein Netz in der Hand, auf dem Krebsfang durch die Untiefen. Mitunter nimmt er den Weg durch die holprigen und schmutzigen Gleise rechts oben über Helford hinaus und trinkt mit seinen Mitausflüglern den Tee in der steinernen Küche des alten Bauernhauses, das vor Zeiten Navron House gewesen. Noch heute hat es etwas Großartiges. Ein Teil des ursprünglichen viereckigen Hofes steht noch und umgreift den heutigen Hof der Farm, und die beiden, nun efeuüberwachsenen und flechtenumsponnenen Pfeiler, die ehemals den Hauseingang gebildet, sind jetzt die Türpfosten der neuzeitlichen Scheune mit dem modernen Wellblechdach.

Die Bauernküche, wo der Ausflügler seinen Tee trinkt, war ein Teil des Navron-Speisezimmers, und die kurze, vor der Backsteinwand endende Treppe war die Treppe, die zur Galerie hinaufführte. Der Rest des Gebäudes war zerfallen, oder er mußte zerstört worden sein, denn das quadratische Farmhaus hat, ungeachtet seines stattlichen Aussehens, wenig Ähnlichkeit mit dem E-förmigen Navron-Haus auf den alten Stichen, und von dem regelgraden Garten und dem Park findet man heute keine Spur.

Der Ausflügler ißt seinen Bissen und trinkt seinen Tee, schaut lächelnd in die Landschaft und weiß nichts von der Frau, die vor langen Zeiten, in einem anderen Sommer, einst dort gestanden, die, wie er, den Glanz des Flusses durch die Bäume blinken sah, und die zum Himmel aufgeblickt und die Hitze geatmet.

Er vernimmt die vertrauten Geräusche des Bauernhofes, das Rasseln der Eimer, das Brüllen der Rinder, die rauhen Stimmen des Bauern und seines Sohnes, wenn sie sich über den Hof hinüber zurufen; doch sein Ohr bleibt taub für den Nachhall aus jener Zeit, da jemand, die Hände um seinen Mund gewölbt, aus dem dunklen Baumbord gepfiffen und alsbald Antwort bekam von der schmächtigen Gestalt, die sich dort an die Mauer des stillen Hauses drückte, während über ihnen sich das Fenster auftat und Dona spähte und lauschte; ihre Hände spielten auf dem Sims ein Lied ohne Worte, und ihre Locken fielen ihr vornab ins Gesicht.

Der Fluß zieht dahin, die Bäume rauschen im Sommerwind; unten in den Schlammpfützen stehen zur Ebbezeit die Austernfänger und suchen in dem seichten Wasser nach Nahrung, und die Brachvögel schreien, aber die Frauen und Männer jener andern Zeit sind vergessen, ihre Denksteine mit Flechten und Moos bedeckt, ihre Namen nicht mehr zu entziffern.

Heute stampfen und scharren die Rinder auf dem Boden über der verschwundenen Vorhalle von Navron House, wo einst beim Mitternachtsschlag ein Mann gestanden, unter dem matten Kerzenschein lächelnd und das blanke Schwert in der Hand.

Im Frühling pflücken die Bauernkinder an den Ufern über der Bucht Schlüsselblumen und Schneeglöckchen; ihre schmutzigen Schuhe zertreten die toten Zweige und die gefallenen Blätter eines vergangenen Sommers, und die Bucht selbst, von den Regenströmen eines langen Winters angeschwollen, sieht grau und öde aus.

Die Bäume drängen sich noch dicht und dunkel bis zum Rand des Wassers, und das Moos breitet sich saftig und grün auf dem niedrigen Uferdamm, wo Dona ihr Feuer errichtet und über die Flammen ihrem Geliebten zugelacht; doch heute liegt am Strand kein Schiff vor Anker, mit lässig gegen den Himmel weisenden Masten, durch das Ankerloch rasselt keine Kette, kein reicher Tabakgeruch erfüllt die Luft, kein Hall von Stimmen, im singenden Klang fremder Zunge, kommt über das Wasser. Der einsame Yachtführer, der seine Yacht im offenen Ankerplatz von Helford läßt und zur Erkundung in einer Sommernacht flußaufwärts fährt, während die Ziegenmelker schreien, zögert, wenn er die Mündung der Bucht erreicht, denn noch jetzt ist sie wie von einem Geheimnis, einem Zauber umwoben. Ist er ein Fremder, dann blickt der Yachtführer über seine Schulter zurück und nach dem sichern Schiff am Ankerplatz und auf die Wasserbreite des Flusses, und er hält an; seine Ruder ruhen, und plötzlich wird er sich der tiefen Stille der Bucht bewußt, ihres engen geteilten Bettes, und aus ihm unerklärlichen Gründen empfindet er sich als Eindringling, als nicht Zugehöriger dieser Zeit. Er fährt ein Stück dem linken Ufer der Bucht entlang; die Ruder plätschern überlaut auf dem Wasser und rufen, am Ufer weiter unten, ein seltsames Echo unter den Bäumen; und wie er sich vorwärts bewegt, verengt sich die Bucht, die Bäume stehen dichter gedrängt am Ufer; er fühlt sich im Banne eines Zaubers, von etwas unbestimmt Anziehendem, Befremdendem, Erregendem, das er nicht recht zu fassen vermag.

Er ist allein, und doch — ist das nicht ein Geflüster, von dort unten, aus der Untiefe in der Ufernähe; steht dort eine Gestalt, mit dem Mondglanz auf den Schnallenschuhen, und den Dolch in der Hand; und neben ihr, ist das eine Frau, den Mantel um die Schulter geworfen, ihre dunklen Locken hinter die Ohren zurückgekämmt? Er täuscht sich natürlich, es sind nur die Schatten der Bäume, und das Geflüster ist nichts weiter als das Rauschen der Blätter und das Sichrühren eines schlafenden Vogels; aber er ist auf einmal ratlos und ein wenig erschrocken, er fühlt, daß er nicht weiterfahren soll und daß der Hauptteil der weiter unten sich dehnenden Bucht ihm verschlossen bleibt und nicht besucht werden darf. Und so dreht er um, nimmt den Kurs auf den Ankerplatz zu, und im Davonrudern werden für sein Ohr die Laute und das Geflüster noch vernehmbarer; es ertönen Schritte, ein Ruf, ein Schrei durch die Nacht, ein entferntes schwaches Pfeifen und ein seltsamer trällernder Gesang. Er strengt seine Augen an in der Dunkelheit, doch die dichten Schattenmassen vor ihm ragen hart und klar vor ihm empor, wie die Umrisse eines Schiffes. Schönheit und Anmut einer andern Zeit, ein gemaltes Gespensterschiff. Und jetzt beginnt sein Herz zu klopfen, und er rudert heftig, und das kleine Boot schießt über die dunkle Wasserfläche von dem Zauber hinweg, denn was er gesehen, ist nicht von seiner Welt, und was er gehört, geht über seine Begriffe.

Er hat die Geborgenheit seines Schiffes wieder erreicht, und wie er ein letztes Mal nach dem Einzug der Bucht zurücksieht, erblickt er den Vollmond, der weiß und glänzend in seiner ganzen sommerlichen Pracht hinter den hohen Bäumen heraufsteigt und die Bucht mit Licht und Schönheit erfüllt.

Ein Ziegenmelker zirpt aus dem Farnkraut des Hügels, ein Fisch durchbricht die Oberfläche des Wassers mit einem leise glucksenden Laut, und langsam dreht sich sein Schiff, um der kommenden Flut zu begegnen, und jetzt sieht er die Bucht nicht mehr.

Der Yachtführer steigt hinab in seine behagliche Kabine; unter seinen Büchern schmökernd, findet er schließlich, was er suchte. Es ist eine Karte von Cornwall, ungenau und schlecht gezeichnet, gelegentlich in einem Bücherladen zu Truro entstanden. Das Pergament ist gelb und verblaßt, die Farben sind verschwommen. Die Schrift ist die eines andern Jahrhunderts. Der Fluß von Helford ist deutlich genug gezeichnet und ebenso die Weiler Constantine und Gweek. Aber der Yachtführer beachtet nicht sie, sondern die Einzeichnungen eines schmalen Wasserarmes, der, vom Mutterfluß abzweigend, seinen Lauf aufwärts in ein Tal nimmt. Jemand hat in feinen, jetzt verblichenen Schriftzügen den Namen hingekritzelt — Franzosenbucht.

Der Yachtführer grübelt eine Weile über den Namen nach, dann zuckt er die Achseln und rollt das Blatt zusammen. Und nun schläft er. Der Ankerplatz liegt still. Kein Wind weht über dem Wasser, und die Ziegemmelker schweigen. Der Yachtführer träumt — und während sacht die Flut um sein Schiff zu steigen beginnt und der Mond auf den stillen Fluß herabscheint, erfüllt ihn ein sanftes Raunen, und das Vergangene wird Gegenwart.

Ein vergangenes Jahrhundert taucht herauf, aus Staub und Spinnweb, und er wandert in einer andern Zeit. Er vernimmt den Schlag galoppierender Hufe auf dem Weg nach Navron House, er sieht das große Tor sich öffnen und das weiße, erschrockene Gesicht des Dieners zu dem Reiter im Mantel hinaufblicken. Er sieht Dona oben an der Treppe, in ihrem alten Kleid, den Schal um den Kopf, indessen unten in der ruhigen versteckten Bucht ein Mann, die Hände auf dem Rücken, auf dem Deck seines Schiffes auf und ab geht, um seine Lippen ein geheimnisvolles Lächeln. Die Bauernküche von Navron House ist wieder zum Eßzimmer geworden, und jemand kauert mit gezogenem Messer auf der Treppe, während oben plötzlich der entsetzte Schrei eines Kindes ertönt und von der Galerie ein Schild auf die kauernde Gestalt niederkracht und zwei King-Charles-Wachtelhunde, gelockt, parfümiert, kläffend und heulend auf den Gestürzten zulaufen. Am Abend der Mittsommernacht brennt ein Holzstoß auf einem verlassenen Kai, und ein Mann und eine Frau sehen einander an und lächeln und wissen um ihr Geheimnis, und in der Morgendämmerung segelt ein Schiff mit der Flut davon, die Sonne brennt kräftig aus einem strahlend blauen Himmel, und die Meermöwen schreien. Alles Geflüster und Echo einer entlegenen Zeit schwärmt in des Schläfers Hirn, und er ist bei ihnen und von ihnen ein Teil; ein Teil der See, des Schiffes, der Bauern von Navron House, Teil des Wagens, der durch die holprigen Straßen Cornwalls rumpelt und schwankt, Teil sogar jenes vergessenen und versunkenen London, künstlich, übertüncht, wo Fackelträger mit Flammenlichtern herumliefen und bezechte Galane lachend an der Ecke einer kotbestpritzten, gepflasterten Straße standen. Er sieht Harry in seinem Atlasrock, mit seinen Wachtelhunden ihm dicht auf dem Fuß, in Donas Schlafzimmer stolpern, während sie ihre Ohren mit den Rubinen schmückt. Er seht William mit dem knopfförmigen Mund, seinem schmalen, unergründlichen Gesicht. Und endlich sieht er ›La Mouette‹ in einem engen, wirbelnden Flußlauf vor Anker liegen; er sieht die Bäume am Flußufer, hört Reiher, Wasserhuhn, Brachvogel schreien, und schlafend liegt er auf dem Rücken und erlebt den reizenden, anmutigen Wahnsinn jenes entlegenen Mittsommers, der zuerst diese Bucht zu einer Zuflucht, einem Sinnbild der Befreiung gemacht.

Zweites Kapitel

Die Turmuhr schlug die halbe Stunde, gerade als die Kutsche nach Launceston hereingerollt kam und vor dem Gasthaus vorfuhr. Der Kutscher stöhnte, und sein Gefährte sprang zu Boden und eilte zu den Pferden. Der Kutscher führte zwei Finger an den Mund und pfiff. In dem Augenblick kam aus dem Gasthaus ein Türhüter auf den Platz gelaufen und rieb erstaunt seine schläfrigen Augen.

»Keine Zeit zu versäumen. Bringt sogleich Wasser und Futter für die Pferde!« rief der Kutscher, erhob sich von seinem Sitz und dehnte sich, mißmutig um sich blickend, und sein Begleiter stampfte den Boden mit seinen erstarrten Füßen und grinste ihm freundschaftlich zu.

»Gott sei Dank hat noch keines von ihnen den Rücken gebrochen«, sagte er halblaut; »vielleicht sind sie alle die Guineen wert, die Sir Harry dafür bezahlt hat.« Der Kutscher zuckte leicht die Achseln. Er war zu steif und zu müde, um etwas zu erwidern. Die Straßen waren die reine Verdammnis; würden die Räder zerbrechen und die Pferde beschädigt, dann träfe aller Tadel ihn, nicht seinen Gefährten. Hätten sie ruhig reisen und sich eine Woche Zeit nehmen können, doch diese satanische, halsbrecherische Eile, ohne Rücksicht auf Mensch und Tier, bloß wegen der verflixten Laune der Dame. Nun, jedenfalls, und Gott sei gelobt, schlief sie jetzt, und alles war ruhig im Wagen. Er hatte sich getäuscht; als nämlich der Türhüter mit zwei Eimern zurückgekehrt war und die Pferde gierig zu trinken begannen, ging das Kutschenfenster auf, und seine Herrin lehnte heraus, ohne eine Spur von Schlaf, mit Augen, groß und klar, und der kalten, gebietenden Stimme, die er während der letzten Tage fürchten gelernt, und dem befehlenden Ton wie immer.

»Warum, zum Teufel, dieser Aufenthalt?« fragte sie. »Haben Sie nicht erst vor drei Stunden die Pferde getränkt?«

Der Kutscher bat stotternd um Geduld, kletterte vom Bock herab und trat an das offene Kutschenfenster.

»Die Pferde sind dieses Tempo nicht gewohnt, gnädige Frau«, sagte er, »Sie vergessen, wir haben während der beiden letzten Tage fast zweihundert Meilen zurückgelegt, zudem eignen sich die Straßen gar nicht für so hochgezüchtete Pferde wie die Ihrigen.«

»Unsinn«, kam die Antwort, »je edler die Rasse, um so größer die Ausdauer. Künftig werden Sie die Tiere nur auf meinen Befehl anhalten. Zahlen Sie dem Menschen hier, was wir ihm schulden, und fahren Sie weiter.«

»Jawohl, gnädige Frau.« Der Mann wandte sich mit mürrisch verzogenem Munde weg, und seinem Begleiter winkend und etwas in den Bart brummend, klomm er wieder auf seinen Sitz.

Die Wassereimer waren zurückgegeben worden, der dickköpfige Türhüter stand verständnislos gaffend da, und aufs neue stampften die Pferde und schnaubten; der Dampf stieg von ihren erhitzten Körpern auf, und so ging es aus dem gepflasterten Hof und dem verschlafenen Städtchen wieder auf die holprige, rüttelnde Straße.

Das Kinn in den Händen vergraben, blickte Dona verärgert durch das Fenster. Gut, daß die Kinder noch schliefen! Und selbst Prue, ihre Wärterin, offenen Mundes und roten Gesichts, hatte sich seit zwei Stunden oder länger nicht gerührt. Die arme Henrietta war zum viertenmal krank gewesen und lag nun da, bleich und blaß, eine kleine Ausgabe von Harry, den goldschimmernden Kopf an die Schulter der Wärterin gelehnt. James gab kein Lebenszeichen; sein Schlaf war der richtige tiefe der Kindheit; er würde vielleicht, bis sie ihren Bestimmungsort erreicht hatten, nicht aufwachen. Und dann — was für ein kläglicher Kontrast erwartete sie dort! Feuchte Betten, ohne Zweifel, geschlossene Fensterladen, der stickige, modrige Geruch unbenutzter Räume, die Gereiztheit überraschter, verstimmter Dienerschaft. Und alles das wegen eines Antriebs, dem sie blind gefolgt, eines plötzlich in ihr mächtig werdenden Grolls gegen die Nichtigkeit ihres Daseins, diese endlosen Mahlzeiten, Kartenpartien, diese dummen Possen, die Sonntagsbelustigungen für Lehrbuben gleichkamen, diesen albernen Flirt mit Rockingham; und Harry selbst, so träge, so nachgiebig, allzu gut die Rolle des vollkommenen Gatten spielend mit seiner Duldsamkeit, seinem Gähnen vor Mitternacht, seiner geruhigen und schläfrigen Verehrung. Dieses Gefühl der Nichtigkeit war während Monaten in ihr gewachsen, hatte sie ab und zu wie ein heimlicher Zahnschmerz gequält; doch in der Nacht vom Freitag war es auf den Gipfel der Verzweiflung und Selbstverachtung gestiegen, und wegen jener Freitagnacht wurde sie jetzt in dieser verdammten Kutsche nach vorn und hinten geworfen, verpflichtet zu der lächerlichen Reise nach einem Haus, das sie einmal in ihrem Leben gesehen und über das sie weiter nichts wußte, neben sich, bekümmert und schlecht gelaunt, die ahnungslosen Kinder und ihre mißvergnügte Amme.

Sie gehorchte in der Tat einem Impuls, wie sie das seit dem Beginn ihres Lebens immer wieder getan, einer Einflüsterung folgend, einem Befehl, der von nirgendher kam und sie hintennach verhöhnte. Auf einen Impuls hin hatte sie Harry geheiratet, wegen seines Lachens — dessen lustige, lässige Art hatte sie angezogen — und weil sie in seinen blauen Augen mehr finden wollte, als darin enthalten war — und jetzt wußte sie, daß nach allem ... Aber solche Dinge gab man nicht zu, gestand sie nicht einmal sich selbst. Wozu? Das alles war geschehen, und da saß sie nun mit ihren zwei großen Kindern, und im nächsten Monat würde sie immerhin dreißig.

Nein, den armen Harry traf keine Schuld, und nicht einmal das sinnlose Leben, das sie führten, noch die Narreteien, noch ihre Freunde, noch die Stickluft eines verfrühten Sommers, die über dem trockenen Staub und Schmutz Londons lastete, noch das alberne Geschnatter im Schauspielhaus; nicht das Geschwätz, die Anzüglichkeiten, der schlüpfrige Unsinn, den Rockingham ihr ins Ohr raunte. Sie allein war an allem schuld.

Zu lange hatte sie eine ihrer unwürdige Rolle gespielt. Sie hatte eingewilligt, die Dona zu sein, als die ihre Welt sie zu sehen wünschte — ein oberflächliches, hübsches Geschöpf, das sich umherbewegte, plauderte, lachte, Lob und Bewunderung als den selbstverständlichen Zoll für ihre Schönheit gleichgültig entgegennahm, sorglos und übermütig; doch während all dem blickte ihr aus einem dunklen Spiegel eine andere, merkwürdige, gespenstige Dona entgegen und war voller Scham.

Dieses andere Selbst wußte, daß das Leben weder bitter noch wertlos, noch eng umgrenzt sein müsse; grenzenlos, unendlich könnte es sein — und Leiden bedeuten und Liebe und Gefahr, und Süße und noch mehr als das, viel mehr. Ja, die ganze Wucht ihrer Selbstverachtung war an jenem Freitagabend über sie gekommen; und selbst jetzt, da sie in der Kutsche saß, das Gesicht von der lauen Landschaft gebadet, mußte sie nochmals den heißen Geruch der Londoner Straßenrinnen heraufbeschwören, einen Geruch von Erschöpfung und Verfall, der sich für sie auf unerklärliche Weise mit dem lastenden schwülen Himmel, mit Harrys Gähnen, wenn er den Staub von seinen Rockschößen klopfte, in Beziehung setzte, mit Rockinghams anzüglichem Lächeln, als verkörperten sie alle eine müde, verendende Welt, der sie entfliehen mußte, bevor der Himmel über ihr einstürzte und sie erschlug. Sie gedachte des blinden Hökers an der Straßenecke, der sein Ohr auf den Klang seiner Münze spitzte, und des Jungen vom Haymarket, der mit seinem Brett auf dem Kopf herumging und mit schriller, freudloser Stimme seine Ware ausrief, und wie er über irgendwelche Abfälle in der Gasse gestolpert war und seine Sachen auf dem staubigen Pflaster lagen. Und, o Himmel — das gedrängt volle Schauspielhaus, der Gestank von Parfüm auf erhitzten Leibern, das einfältige Klatschen und Lachen, die Gesellschaft in der königlichen Loge — der König selber anwesend —, die ungeduldige Menge auf den billigen Plätzen trampelnd und den Beginn des Spiels verlangend, während sie Orangenschalen in den Bühnenraum wirft. Dann berauschte sich Harry, der für gewöhnlich über nichts zu lachen pflegte, an dem Witz des Stückes, oder vielleicht hatte er zuviel getrunken, ehe sie nach dem Theater aufgebrochen waren. Jedenfalls fing er an, in seinem Sessel zu schnarchen, und Rockingham, die Gelegenheit zu einer kleinen Unterhaltung ergreifend, preßte seinen Fuß gegen den ihrigen und flüsterte ihr ins Ohr. Der Teufel hole seine Unverschämtheit, seine Miene des Besitzenden, sein vertrauliches Wesen, das er sich herausnahm, weil sie ihm einmal in einem unbewachten Augenblick, und da es eine schöne Sommernacht war, erlaubt hatte, sie zu küssen. Und sie fuhren fort, im ›Schwan‹ zu Abend zu speisen, was sie schließlich, nachdem der Reiz der Neuheit für sie verflogen war, verabscheute; sie fand es auf die Dauer nicht erregend, unter einer Schar Mätressen die einzige Frau zu sein.

Es hatte einmal eine Anziehung für sie gehabt, ihren Sinn für das Komische einer Situation gesteigert, mit Harry an Orten zu essen, wohin kein anderer Ehemann seine Gattin mitbrachte; unter den Lebedamen zu sitzen und zu sehen, wie Harrys Freude zuerst entrüstet, darauf fasziniert waren und endlich von einem Fieber erfaßt wurden wie neugierige Schulbuben an einem verbotenen Ort. Aber schon damals, schon ganz am Beginn, hatte sie eine leise Scham empfunden, ein seltsames Gefühl der Erniedrigung, so als hätte sie sich für eine Maskerade zurechtgemacht und die Kleider wollten ihr nicht sitzen. Zudem hatte Harrys liebenswürdiges und ein wenig blödes Lachen, sein Ausdruck halb beleidigten Empörtseins: »Du hast dich zum Stadtgespräch gemacht, weißt du, die Kerle reden über dich in den Wirtshäusern«, weniger als Tadel denn Anreiz gewirkt. Sie hätte gewünscht, daß er in Zorn ausgebrochen wäre, sie angebrüllt, sie beleidigt hätte — doch er lachte bloß, zuckte die Achseln, liebkoste sie schwerfällig, ungeschickt, und sie erkannte, ihre Narrheit habe ihn nicht gekränkt, und er sei innerlich darüber ganz vergnügt, daß die Männer über seine Frau schwatzten und sie bewunderten, weil das ihm in ihren Augen eine Bedeutung gab.

Der Wagen taumelte über eine tiefe Radspur, und James wurde aus seinem Schlaf gerüttelt. Sein kleines Gesicht verzog sich wie zum Schreien, und Dona griff nach dem Spielzeug, das seiner Hand entfallen war, und er bettete es neben seinen Mund und schlief wieder ein. Er sah aus wie Harry, wenn er eine Bestätigung ihrer Liebe verlangte; sie wunderte sich, daß, was ihr an James so anziehend und rührend erschien, bei Harry für sie zu etwas Absurdem, einer geheimen Quelle des Überdrusses wurde.

Als sie sich an jenem Freitagabend ankleidete und die

Rubine in ihren Ohren befestigte, die zu dem Gehänge an ihrem Halse paßten, war ihr plötzlich eingefallen, wie James nach diesem Anhänger gegriffen und ihn in seinen Mund geschoben hatte, und sie lächelte in Gedanken an ihn.

Harry, neben ihr stehend und die Spitzen an seinen Handgelenken entstäubend, hatte dieses Lächeln aufgefangen und auf sich bezogen. »Verdammt noch einmal. Dona«, hatte er gesagt, »was siehst du mich so an? Gehn wir nicht ins Schauspielhaus! Zum Henker mit Rockingham, zum Henker die ganze Welt. Warum bleiben wir nicht zu Hause?« Der arme Harry, wie eitel, wie typisch: durch ein Lächeln, das nicht ihm gegolten, war er augenblicklich in Begeisterung versetzt. Sie hatte erwidert: »Wie lächerlich du bist«, war von ihm weggetreten, damit er mit seinen ungeschickten Fingern ihre Nacktheit nicht berühren könne; sogleich hatte sein Mund jene mürrische, trotzige Linie gezeigt, die sie so gut kannte. Und sie waren ins Theater gegangen, wie sie unzählige andere Male dorthin und zu Abendmahlzeiten gegangen waren, unmutig und ohne Stimmung, den Abend im voraus verderbend.

Darauf hatte er seine Wachtelhunde gerufen, Duke und Duchess, und sie waren, um Süßigkeiten bettelnd, an ihm hochgesprungen und hatten den Raum mit ihrem Gekläff erfüllt, auf ihn zulaufend und gegen seine Hände schnappend.

»He, Duke, he, Duchess«, rief er, »geh such, geh faß«, und warf ein Stück Kuchen durch das Zimmer und auf ihr Bett, worauf sie sich an den Vorhängen festkrallten und hinaufzuspringen versuchten, unter beständigem, furchtbarem Gebell, und Dona, die Finger in die Ohren legend, um den Lärm von sich abzuhalten, fegte aus dem Raum und die Treppe hinab, weiß und kalt erzürnt, zum unten bereitstehenden Wagen, um nun die heißen Straßengerüche unter einem schmalen, drückenden Himmel einzuatmen.

Wieder schütterte und bebte die Kutsche in den tiefen Geleisen der Landstraße, und diesmal war es die Kinderwärterin, die aufschreckte, die arme, gepflagte Prue. Ihr ehrliches Gesicht schien bedrückt und von der Müdigkeit wie gesprenkelt; wie sehr mußte sie ihrer Herrin diese unverhoffte, unverständliche Reise verargen — und Dona fragte sich, ob sie wohl in London einen jungen Mann zum Freund gehabt habe, der sich als unbeständig erweisen und wahrscheinlich eine andere heiraten würde, und Prues Leben wäre zerstört — alles ihretwegen —, Donas wegen und wegen ihrer Einfälle, Phantasien und tollen Launen. Was gab es zu Navron House für die arme Prue anderes zu tun, als die Kinder auf der Straße und durch die Gärten auf und ab zu führen und dabei nach den Hunderte von Meilen entfernten Londoner Straßen zu seufzen. Und gab es in Navron Gärten? Sie konnte sich nicht erinnern. Alles war so entlegen, jener ganze kurze Besuch nach ihrer Hochzeit. Sicher gab es dort Bäume, und einen glänzenden Fluß, und große Fenster, die sich aus einem langen Zimmer öffneten, aber alles Weitere hatte sie vergessen, da sie sich während jener Tage so krank gefühlt.

Henrietta war unterwegs, und das Leben bestand aus lauter Sofas, Unwohlsein, Riechfläschchen. Auf einmal verspürte Dona Hunger; die Kutsche war eben durch einen Obstgarten gerollt; die Apfelbäume standen im Blust, und sie wußte, sie müsse jetzt essen, sogleich, ohne Aufschub, auf dem Wegrand im Sonnenschein; alle müßten essen — so streckte sie den Kopf aus dem Fenster und rief dem Kutscher zu: »Wir machen hier halt und essen. Kommen Sie, helfen Sie mir die Decken unten an der Hecke auszubreiten.«

Der Mann sah bestürzt auf sie herab: »Aber, gnädige

Frau, der Boden könnte feucht sein. Sie werden sich erkälten.«

»Unsinn, Thomas, ich bin hungrig, wir alle haben Hunger, wir müssen essen.«

So stieg er denn von seinem Sitz, das Gesicht rot vor Verwirrung, und sein Gefährte drehte sich zur Seite und hustete hinter seiner Hand.

»Es gibt einen Gasthof in Bodmin, gnädige Frau«, wagte der Kutscher einzuwenden, »dort könnten Sie in aller Bequemlichkeit essen und vielleicht übernachten; sicher wäre das passender. Wenn jemand hier des Weges käme und Sie an der Straße sitzen sähe. Sir Harry wäre schwerlich damit einverstanden ...«

»Verflucht noch einmal, Thomas, können Sie nicht tun, was ich Sie heiße?« erwiderte die Herrin, und sie öffnete selbst den Schlag, schritt über die schmutzige Straße und hob ihr Kleid über den Knöcheln hoch, in einer ziemlich herausfordernden Weise. Der arme Sir Harry, dachte der Kutscher, gegen solche Dinge hatte er nun täglich anzukämpfen. In weniger als fünf Minuten hatte sie alle im Gras an der Wegseite versammelt: das Kindermädchen, noch kaum erwacht, mit runden Augen blinzelnd, und die erstaunt dreinblickenden Kinder.

»Trinken wir alle Ale«, sagte Dona, »wir haben welches in dem Korb unter dem Sitz. Ich habe ein wahnsinniges Verlangen nach Ale. Ja, James, du wirst auch davon bekommen.« Und da saß sie, ihre Unterröcke neben sich, die Kapuze niederhängend, schlürfte ihr Bier wie eine bettelnde Zigeunerin, gab mit der Fingerspitze ihrem Jüngsten davon zu kosten, lächelte zugleich dem Kutscher zu, damit er verstehe, daß sie ihm wegen seines holprigen Fahrens und seines Eigensinns nicht zürne. »Ihr zwei müßt auch trinken, es ist genug für alle da«, sagte sie, und die Männer waren genötigt, mit ihr zu trinken und dabei den Blick des Kindermädchens zu vermeiden. Sie fand das ganze Gebaren ebenso unschicklich wie jene und wünschte sich in das ruhige Zimmer eines Gasthauses, und frisches warmes Wasser, um den Kindern Gesicht und Hände zu waschen.

»Wohin gehen wir?« fragte Henrietta zum soundsovielten Male, mit Abscheu um sich blickend. Sie hatte ihr Kleid dicht an sich gezogen, um es vor dem Schmutz zu bewahren. »Ist die Reise gleich zu Ende, und sind wir bald daheim?«

»Wir gehen nach einem andern Daheim«, sagte Dona, »einem neuen Heim, einem viel hübscheren Heim. Da wirst du frei in den Wäldern herumlaufen können und darfst deine Kleider beschmutzen, und Prue wird dich dafür nicht schelten, es tut nichts.«

»Ich will aber meine Kleider nicht beschmutzen, ich will nach Hause«, rief Henrietta, und ihre Lippen bebten. Vorwurfsvoll blickte sie zu Dona auf, alsdann, vielleicht übermüdet — es war alles so ungewohnt, diese Reise, das Sitzen am Wegrand, sie vermißte den Gleichtakt ihres Alltags —, begann sie zu weinen, und James, bis dahin ruhig und zufrieden, riß den Mund weit auf und brüllte in Übereinstimmung. »So, so, meine Lieblinge, so meine Schätzchen, ärgert sie der eklige Graben und die stachelige Hecke«, sagte Prue und schloß beide in ihre Arme, und in ihrer Stimme lag eine Welt voll Bedeutung an die Adresse ihrer Herrin, die Verursacherin dieses ganzen Aufruhrs. Dona, die ihr Gewissen erwachen fühlte, sprang auf und stieß die Reste der Mahlzeit mit dem Fuß beiseite.

»Also kommt, setzen wir jedenfalls unsere Reise fort, aber um Gottes willen ohne Tränen«, und einen Augenblick stand sie aufrecht da, während Kinderfrau, Essen und Kinder in der Kutsche verschwanden. Ja, die Luft war satt von Apfelblust, und Stechginster duftete, und von fern aus dem Moorgrund Tang und Moos, und sicherlich irgendwo, nicht allzu weit hinter jenen Hügeln, roch es feucht nach der See.

Vergessen die Kindertränen, vergessen der Kummer Prues, vergessen der geschürzte Mund des Kutschers, vergessen Harry und seine unglücklichen blauen Augen, als sie ihm ihren Entschluß mitteilte. »Aber, zum Teufel, Dona, was hab' ich denn getan, was hab' ich gesagt, weißt du nicht, daß ich dich anbete?« Alles das vergessen, weil hier die Freiheit war: eine Minute hier zu stehen, das Gesicht der Sonne und dem Winde zugekehrt; das war Leben, zu lächeln und allein zu sein.

Sie hatte solches Harry in der Freitagnacht zu erklären versucht, nach dem dämlichen Streich zu Hampton Court; sie hatte sich bemüht, ihm zu sagen, daß die lächerliche Posse, die der Gräfin gespielt worden, nur ein schlecht angebrachter Witz gewesen sei, ein Verrat an ihrer tatsächlichen Seelenverfassung; daß sie in Wahrheit die Flucht aus allem wünschte, Flucht vor sich selbst, Flucht vor dem Leben, das sie zusammen führten; daß sie innerhalb der ihr zugeteilten Zeitspanne und Lebensdauer an dem Punkt einer Krise angelangt sei, die sie allein überwinden müsse.

»So geh, in Gottes Namen, wenn du das willst, nach Navron«, sagte er schmollend. »Ich werde sogleich ein Wort dorthin schicken, damit alles instand gesetzt werde, das Haus geöffnet und die Dienerschaft bereit ist. Aber ich verstehe nicht, warum auf einmal? Und warum hast du früher nie diesen Wunsch geäußert? Und warum willst du nicht, daß ich dich begleite?«

»Weil ich allein sein muß, weil ich, in meiner Verfassung, wenn ich nicht allein wäre, dich verrückt machen würde und mich dazu«, sagte sie.

»Ich verstehe nicht«, darauf beharrte er mit zusammengepreßtem Mund und düsteren Blicken, und sie strengt sich verzweifelt an, ihm ihren Zustand zu schildern. »Erinnerst du dich an meines Vaters Geflügelhaus in Hampshire?« fragte sie. »Und wie dort die Vögel gut gehalten waren und in ihrem Käfig umherfliegen konnten? Und eines Tages nahm ich einen Hänfling heraus; senkrecht flog er von meiner Hand auf gegen die Sonne.«

»Wozu das?« fragte er mit den Händen auf dem Rücken.

»Weil mir ebenso zumute ist wie dem Hänfling, bevor er aufgeflogen«, sagte sie, und dann wandte sie sich ab, bei all ihrer Aufrichtigkeit lächelnd über sein verdutztes Gesicht; so hoffnungslos aus der Fassung gebracht, starrte er sie in seinem weißen Nachthemd an; der Gute, Arme, sie konnte ihn sehr wohl verstehen. Er stieg in sein Bett, kehrte sich gegen die Wand und sagte: »Satan und Hölle, Dona, warum hast du so verdammte Mucken?«

Drittes Kapitel

Sie hantierte einen Augenblick am Fenstergriff herum; er hatte sich festgehakt während des wahrscheinlich monatelangen Nichtgebrauchs; dann flogen die Fenster auf, und reine Luft und Sonne strömten herein. »Puh! Da riecht es wie in einem Grab«, sagte sie, und da eben ein Sonnenstrahl die Scheibe traf, erblickte sie darin das Spiegelbild des Dieners, der zu ihr hinschaute; sie hätte schwören können, daß er lachte, doch als sie sich umwandte, war er schweigsam und feierlich, wie er es vom ersten Augenblick ihrer Ankunft an gewesen; ein schmächtiger, magerer kleiner Mann, mit einem Säuglingsmund und einem seltsam weißen Gesicht.

»Ich kann mich an Sie nicht erinnern«, sagte sie, »Sie waren nicht hier, damals als ich herkam?«

»Nein, gnädige Frau.«

»Es war da ein alter Mann — ich habe seinen Namen

vergessen —, er hatte Rheumatismus in allen Gelenken und konnte kaum mehr gehen, wo ist er nun?«

»Im Grab, gnädige Frau.«

»Ach so.« Sie biß sich auf die Lippen und kehrte sich wieder gegen das Fenster. Lachte der Bursche über sie oder lachte er nicht?

»Und dann haben Sie ihn ersetzt?« fragte sie über ihre Schulter zurück und blickte dabei in die Bäume.

»Ja, gnädige Frau.«

»Und wie heißen Sie?«

»William, gnädige Frau.«

Sie hatte vergessen, daß das Volk von Cornwall eine so eigenartige, fast unverständliche Sprache redet, mit einer so seltsamen Betonung; wenigstens vermutete sie, daß es kornisch sei. Als sie sich wieder ihm zukehrte, um ihn nochmals zu betrachten, zeigte er dasselbe leichte Lächeln, das sie schon an seinem Spiegelbild im Fenster wahrgenommen.

»Ich fürchte, wir haben hier eine beträchtliche Verwirrung angerichtet«, sagte sie, »unsere plötzliche Ankunft, das Öffnen des Hauses. Der Ort ist viel zu lange geschlossen gewesen. Alles liegt voller Staub. Ich wundere mich, daß Sie das nicht bemerkt haben.«

»Ich habe es bemerkt, gnädige Frau«, sagte er, »doch da gnädige Frau nie nach Navron kamen, hielt ich es nicht für der Mühe wert, die Räume rein zu machen. Man hat keine Freude an der Arbeit, die weder gesehen noch anerkannt wird.«

»In der Tat«, sagte Dona und hatte daran ihren Spaß, »die faule Herrin macht den faulen Diener?«

»Ganz natürlich, gnädige Frau«, sagte er ernsthaft.

Dona ging in dem langen Zimmer auf und ab, befühlte den Stoffüberzug der Stühle, der matt und verblichen war. Sie berührte die Schnitzereien am Kamin und blickte hinauf zu den Bildnissen an der Wand — Harrys Vater, von van Dyck gemalt, was für ein langweiliges Gesicht — und gewiß, die Miniatur in diesem Kästchen war Harry selbst, gemalt in dem Jahr ihrer Verheiratung. Sie erinnerte sich jetzt; wie jugendlich und forsch sah er aus. Sie legte es weg, gewahrend, daß des Dieners Auge auf ihr ruhte — was war er für ein wunderliches Geschöpf —, und dann raffte sie sich zusammen; noch nie zuvor hatte ein Diener sich ihr überlegen gezeigt.

»Wollen Sie, bitte, dafür sorgen, daß jeder Raum im ganzen Haus gefegt und abgestaubt wird«, sagte sie, »und alles Silber geputzt, und daß Blumen in die Zimmer gestellt werden, kurz, daß alles richtig besorgt wird, wie sich's gehört, so als wäre die Frau des Hauses nicht müßig gewesen, sondern hätte während Jahren hier das Ganze geführt?«

»Es wird mir zum persönlichen Vergnügen gereichen, gnädige Frau«, sagte er, verbeugte sich und verließ den Raum, und Dona, verärgert, merkte, daß er sie wiederum belächelt hatte, nicht offen, nicht vertraulich, sondern gleichsam heimlich, im Hintergrund seiner Augen.

Sie ging in den Garten hinaus und auf den Rasen gegenüber dem Haus. Wenigstens hatten die Gärtner ihr Werk getan: das Gras war frisch gestutzt, und die regelgraden Hecken waren beschnitten. Es mochte alles gern in Hast geschehen sein oder einen Tag vorher, als die Nachricht hereingeplatzt, die Herrin sei unterwegs. Die armen Teufel, sie begriff ihre Faulheit; als was für eine Pest mußte sie ihnen erscheinen, den gemächlichen Schritt ihres Lebens stören, den lässigen Schlendrian ihres Alltags durchbrechen, diesem seltsamen Gesellen William lästig fallen — war er wirklich kornisch, sein Akzent? — und die saumselige Unordnung, die er für sich geschaffen hatte, stürzen!

Irgendwo aus einem offenen Fenster in einem andern Teil des Hauses konnte sie Prues schallende Stimme hören, die heißes Wasser für die Kinder verlangte, und ein gesundes Brüllen von James — armer Liebling, wozu ihn waschen und baden und umziehen, warum ihn nicht, gerade wie er war, in einer Decke in einen dunklen Winkel bringen und schlafen lassen — und dann schritt sie durch die Baumlücke, die sie von früher kannte, und richtig — dort unten zog der Fluß, glänzend und ruhig und ohne Rauschen. Er war noch von der Sonne beschienen, grün und goldgesprenkelt, und ein leichter Windhauch kräuselte seine Fläche. Irgendwo mußte ein kleines Boot sein — sie durfte nicht vergessen, William danach zu fragen —, und sie wollte darin fahren und sich auf die See hinaus treiben lassen. Wie unsinnig und was für ein Abenteuer. James mußte mitkommen, sie wollten beide Gesicht und Hände ins Wasser tauchen und von der Meerflut bespritzen lassen, und die Fische würden aus dem Wasser schnellen und Seevögel ihnen zuschreien. O Himmel, endlich weg zu sein, entwischt, in die Freiheit ausgebrochen; es war fast nicht zu glauben, daß sie jetzt wenigstens dreihundert Meilen von St. James's Street entfernt war, fern dem Ankleiden für das Abendessen, dem ›Schwan‹, dem Geruch von Haymarket, fern Rockinghams widerlich vielsagendem Lächeln und Harrys Gähnen und seinen vorwurfsvollen blauen Augen. Hunderte von Meilen auch entfernt von jener Dona, die sie verachtete, der Dona, die, aus Teufelei oder Langeweile oder aus einem Gemisch von beidem, zu Hampton Court diese idiotische Posse gegen die Gräfin verübt, sich in Rockinghams Reithose gekleidet und, maskiert, mit ihm und den andern weggeritten, Harry, zu benebelt, um zu verstehen, was geschah, im ›Schwan‹ zurücklassend, Räuber gespielt, den Wagen der Gräfin umdrängt und sie zum Aussteigen genötigt hatte.

»Wer sind Sie, und was wollen Sie?« hatte die arme kleine Frau geschrien und vor Furcht gezittert, während Rokkingham sein Gesicht in den Hals seines Pferdes barg und vor Lachen fast erstickte. Und sie, Dona, als Anführerin, rief mit ihrer klaren, kalten Stimme:

»Hundert Guineen oder Eure Ehre!«

Und die Gräfin, das arme sechzigjährige Geschöpf, deren Gatte schon vor zwanzig Jahren gestorben, suchte mit ungeschickten Händen in ihrer Börse nach Sovereigns, in der Angst, daß diese junge Abenteurerin aus der Stadt sie in den Graben niederwerfen könnte. Als sie ihr das Geld übergab und in Donas maskiertes Gesicht blickte, war um ihre Mundwinkel ein klägliches Beben, und sie sagte: »Verschonen Sie mich, um Gottes willen, ich bin sehr alt und sehr müde.«

Dona, sogleich von Scham und einem Gefühl der Erniedrigung ergriffen, gab die Münzen zurück, wandte ihr Pferd und ritt nach der Stadt, in einem heftigen Ekel vor sich selbst, Tränen vergießend, indessen Rockingham ihr nacheilte mit Rufen und Schreien: »Was, zum Teufel, soll das, was ist denn los?«, und Harry, dem man gesagt hatte, die Unternehmung werde ein Ritt nach Hampton Court sein, im Mondschein seinem Heim und Bett zustrebend, nicht gar sicher, und auf der Treppe seiner Frau begegnend, die seines besten Freundes Reithose trug.

»Ich hatte vergessen — war dort ein Maskenfest — war der König anwesend?« fragte er, glotzte sie geistlos an und rieb sich die Augen. »Nein, zum Henker, was daran Maskenfest war, ist vorbei und gewesen und für immer zu Ende. Ich gehe fort.«

Und die Treppe hinauf, und die endlose Auseinandersetzung im Schlafzimmer, gefolgt von einer schlaflosen Nacht und neuen Debatten am Morgen. Dann der Besuch Rockinghams, der abgewiesen wurde; hierauf der Reiter, der Bericht nach Navron zu bringen hatte, die Reisevorbereitungen, die Reise selbst, und endlich hier die Stille, die Einsamkeit, die kaum zu fassende Freiheit. Jetzt senkte sich die Sonne hinter den Bäumen und hinterließ auf dem Fluß unten einen trüben roten Schein. Die Saatkrähen flogen hoch und tummelten sich um ihre Nester, der Rauch aus den Kaminen kräuselte sich in dünnen blauen Windungen empor; William zündete im Eßzimmer die Kerzen an. Sie nahm ihr Abendessen spät, ließ sich dazu Zeit — frühe Abendmahlzeiten gehörten nun, Gott sei Dank, der Vergangenheit an —, und sie aß mit einer neuen und sträflichen Freude, allein am obern Ende des Tisches sitzend, und hinter ihrem Stuhl stand William und bediente sie schweigend.

Sie bildeten einen sonderbaren Gegensatz, er in seinem dunklen, nüchternen Anzug, mit seinem schmalen, verschlossenen Gesicht, seinen kleinen Augen, seinem knopfrunden Mund, und sie, weiß gekleidet, die Rubinkette um ihren Hals, das Haar in modischen Locken hinter die Ohren zurückgelegt.

Große Leuchter standen auf dem Tisch, der Luftzug durch das offene Fenster bewegte ihre Flamme, und die Flamme warf Schatten über ihre Gesichter. Ja, dachte der Diener, meine Herrin ist schön, aber auch unberechenbar, und ein wenig traurig. Unzufriedenheit verrät sich in ihrem Mund, und die Spur einer feinen Falte liegt zwischen ihren Augenbrauen. Er füllte ihr Glas aufs neue und verglich die Wirklichkeit vor sich mit dem Bildnis an der Wand des Schlafzimmers im oberen Stock. War er nicht erst letzte Woche mit jemandem an seiner Seite dort gestanden, und dieser Jemand sagte scherzend, mit dem Blick auf das Bild: »William, werden wir sie jemals sehen, oder wird sie für immer das Sinnbild der Unbekannten bleiben?«, und näher hinsehend und ein wenig lächelnd hatte er hinzugefügt: »Die Augen sind groß und sehr anmutig, aber in ihrer Tiefe wohnen Schatten. Unter den Lidern sind Flecken, als wären sie von einem unsauberen Finger berührt worden.«

»Sind Trauben da?« fragte die Herrin plötzlich, so die Stille durchbrechend. »Ich habe eine Vorliebe für Trauben, blau und saftig, mit dem ganzen Duft und Staub darauf.«

»Ja, gnädige Frau«, sagte der Diener, und er ging ihr Trauben holen, schnitt sie mit der silbernen Schere zurecht und legte sie auf ihren Teller; sein runder Mund bewegte sich im Gedanken an die Neuigkeiten, die er übermorgen, oder an dem nächsten Tag, da mit der Flutzeit das Schiff wiederkehrte, mitzuteilen habe.

»William«, sagte sie.

»Gnädige Frau?«

»Mein Kindermädchen sagte mir, die weiblichen Dienstboten im Haus seien neu eingetreten. Sie hätten sie kommen lassen, als Sie von meiner Ankunft gehört? Sie behauptet, die eine sei aus Constantine, eine aus Gweek, der Koch sogar sei neu, ein Geselle aus Penzance.«

»Das ist vollkommen wahr, gnädige Frau.«

»Aus welchem Grunde ist das geschehen, William? Ich glaubte stets, und denke, auch Sir Harry hat das angenommen, Navron besitze seine vollständige Dienerschaft?«

»Es schien mir, gnädige Frau, das vielleicht zu Unrecht, im Vertrauen gesagt, ein fauler Diener genüge für das Haus. Während der letzten Jahre habe ich hier ganz allein gelebt.«

Sie blickte ihn über die Schulter an und biß dabei in ihre Trauben.

»Ich könnte Sie deswegen entlassen, William.«

»Ja, gnädige Frau.«

»Wahrscheinlich werde ich das morgen tun.«

»Ja, gnädige Frau.«

Sie fuhr im Genusse ihrer Trauben fort, betrachtete ihn mittlerweile, gereizt und etwas beunruhigt darüber, daß ein Diener so entwaffnend sein konnte. Aber sie wußte, sie würde ihn nicht fortschicken.

»Vorausgesetzt ich entlasse Sie nicht, William, was dann?«

»Dann werde ich Ihnen getreulich dienen, gnädige Frau.«

»Wie kann ich dessen versichert sein?«

»Ich habe Leuten, die ich gern mochte, immer treu gedient, gnädige Frau.«

Darauf wußte sie nichts zu antworten, denn sein kleiner runder Mund war so unbewegt wie immer, und seine Augen verrieten nichts; sie fühlte aber, daß er sich jetzt nicht über sie lustig machte, er sagte die Wahrheit. »Soll ich das als ein Kompliment auffassen, William?« fragte sie endlich und erhob sich, während er ihren Sessel zurückschob.

»Es war als ein solches gemeint, gnädige Frau«, sagte er, und sie verließ das Zimmer ohne eine Entgegnung, in der Erkenntnis, daß sie in diesem sonderbaren kleinen Mann mit den närrischen, halb höflichen, halb vertraulichen Manieren einen Verbündeten gefunden habe. Sie lachte für sich im stillen, dachte an Harry, was er für verständnislose Augen machen würde: »Was für eine verdammte Frechheit, der Bursche gehört ausgepeitscht.«

Freilich war solches ungehörig; William hatte schändlich gehandelt; er hatte kein Recht, allein in diesem Hause zu wohnen. Kein Wunder, daß dessen Inneres über und über mit Staub bedeckt war und wie vom Geruch einer Gruft erfüllt. Aber sie verstand es gleichwohl, und war sie nicht in der Absicht, dasselbe zu tun, hierhergekommen? Vielleicht hatte William ein zänkisches Weib und ein allzu sorgenvolles Leben in einem andern Teil von Cornwall; vielleicht hatte auch er die Freiheit gesucht? Sie fragte sich, im Salon sitzend und in das Holzfeuer blickend, das er angezündet, ein Buch in ihrem Schoß, darin sie nicht las, ob er, ehe sie gekommen, hier unter den Decken und Bettüchern zu ruhen pflegte, und ob er ihr gram sei, weil sie den Raum nun benützte? Ach, dieser köstliche Luxus der Stille, allein da zu sitzen, ein Kissen hinter dem Kopf, während durchs Fenster ein Luftzug einem ins Haar wehte; die Empfindung der Gewißheit, daß jetzt keiner mit lautem Gelächter hereintappen werde, mit einer schartigen Stimme — daß solches einer andern Welt angehöre, einer Welt der staubigen Pflastersteine, übelriechenden Straßen, Laufburschen, häßlichen Musik, Kneipen, falschen Freundschaften, Nichtigkeiten. Armer Harry! Wahrscheinlich aß er jetzt mit Rockingham zu Abend und beklagte im ›Schwan‹ sein Geschick, döste über Spielkarten, trank ein wenig zuviel und sagte: »Verflucht, sie sprach von einem Vogel, sagte, sie fühle wie dieser Vogel; was konnte sie meinen?« Und Rockingham, mit dem vielsagenden boshaften Lächeln und den zusammengekniffenen Augen, die ihre niedrigen Eigenschaften verstanden oder zu verstehen glaubten, würde murmelm: »Ich frage mich — ich frage mich wirklich.«

Jetzt, da das Feuer zusammengesunken und der Raum verkühlt war, ging sie in ihr Schlafzimmer hinauf. Zuerst sah sie noch in den Kinderzimmern nach, wie alles dort bestellt sei. Henrietta glich einer Wachspuppe; ihre schönen Locken umrahmten das Gesicht, ihr Mund schien leicht zu schmollen, während James in seiner Wiege die Stirn gerunzelt hatte, pausbäckig und drohend wie ein kleiner Mops. Sie schob seine Hand unter die Decke und küßte sie, und er öffnete ein Auge und lächelte. Sie schlich davon und schämte sich dieser Zärtlichkeit — wie primitiv und verächtlich, in eine törichte Empfindung zu verfallen, bloß weil er ein Männchen war. Zweifellos würde er einmal groß und dick werden, aller anziehenden Eigenschaften ermangeln und eine Frau unglücklich machen.

Jemand — sie vermutete William — hatte einen Zweig

von spanischem Flieder geschnitten und in ihr Zimmer gestellt, auf das Kaminsims, unter ihrem Bildnis. Er füllte den Raum mit seinem süßen und berauschenden Duft. Gott sei Dank, dachte sie während des Auskleidens, wird kein Getrippel von Wachtelhunden zu befürchten sein, kein Kratzen, kein Hundegeruch, und das große tiefe Bett ist für mich allein. Ihr eigenes Bild blickte sie teilnehmend an. Habe ich diesen schmollenden Mund, diesen ungeduldigen Blick? Habe ich vor sechs, sieben Jahren so ausgesehen? Sehe ich noch so aus?

Sie zog ihr kühles weißseidenes Nachtkleid an; die Arme über dem Kopf zusammengelegt, neigte sie sich aus dem Fenster. Die Äste schwangen vor dem Himmel. Unterhalb des Gartens, dort im Tal, eilte der Fluß der Flut entgegen. Sie stellte sich das helle Wasser vor, schäumend vom Frühlingsregen, wie es den Salzwogen zudrängte und wie beide sich vermischten und eines würden und sich am Strande brächen. Sie zog die Vorhänge zurück; das Licht durchströmte den Raum; sie ging zu ihrem Bett und stellte den Leuchter auf den Tisch daneben.

Hierauf betrachtete sie, halb im Schlafe nickend, die Figuren, die das Mondlicht auf den Boden malte; dann besann sie sich, was das außer dem Fliederduft noch für ein anderer Geruch sei, ein herberer, schärferer Duft, etwas, dessen Name sie nicht finden konnte. Er stach ihr auch jetzt in die Nase, als sie den Kopf auf das Kissen zurücklegte. Er schien aus der Schublade im Tisch zu kommen; sie streckte den Arm aus, zog sie heraus und sah hinein. Es war da ein Buch und ein Tabaktopf. Es war der Tabak, den sie gerochen hatte. Sie hob den Deckel, das Kraut war braun und stark und frisch geschnitten. William hatte doch sicher nicht die Frechheit, in ihrem Bett zu schlafen, hier drin zu liegen, rauchend und ihr Bild betrachtend? Das wäre ein wenig zuviel und wirklich unverzeihlich. Dieser Tabak hatte etwas zu Persönliches, und gar nichts von William, an ihn zu denken wäre eine falsche Vermutung — und doch — wenn William hier in Navron gelebt hatte, während eines ganzen Jahres, und allein? Sie öffnete das Buch — war er denn ein Leser? Jetzt war sie noch verdutzter als zuvor, denn das Buch war ein Gedichtband und enthielt französische Gedichte von dem Dichter Ronsard. Auf dem Vorblatt hatte jemand hingeritzelt ›J. B. A. Finistère‹, und darunter war eine kleine Möwe gezeichnet.

Viertes Kapitel

Am folgenden Morgen war nach dem Erwachen ihr erster Gedanke, nach William zu schicken und, auf den Tabaktopf und den Gedichtband weisend, ihn zu fragen, wie er auf seiner neuen Matratze geschlafen, und ob er nicht die Bequemlichkeit ihres Bettes vermißt habe? Sie spielte mit der Vorstellung, wie sein kleines, unergründliches Gesicht sich am Ende doch etwas färben und sein runder Mund sich vor Bestürzung öffnen werde. Aber als dann die schwerfällige Dienstmagd ihr das Frühstück brachte, stolpernd und in ihrer Ungeschicklichkeit errötend, als das unerzogene Landmädchen, das sie war, da beschloß sie, ein paar Tage abzuwarten, denn irgend etwas schien ihr zu bedeuten, daß die Bekanntgabe ihrer Entdeckung jetzt noch verfrüht und unangebracht wäre.

So ließ sie denn Tabaktopf und Gedichte in der Schublade neben ihrem Bett, und nachdem sie aufgestanden und sich angekleidet und dann hinabgegangen, da fand sie Salon und Speisezimmer gefegt und rein gemacht, wie sie das befohlen hatte; Blumen standen in den Zimmern, die Fenster waren weit geöffnet, und William selbst putzte die Leuchter an der Wand, bis sie glänzten.

Er erkundigte sich sogleich, wie sie geschlafen habe, und sie antwortete mit »Gut« und dachte dabei, daß dieses der geeignete Augenblick wäre, und konnte sich nicht enthalten, beizufügen: »Und auch Sie, so hoffe ich, waren durch unsere Ankunft nicht zu sehr ermüdet?« Auf das hin erlaubte er sich zu lächeln und sagte: »Sie sind sehr teilnehmend, gnädige Frau. Nein, ich schlief so gut wie immer. Ich hörte den jungen Herrn James einmal schreien, aber die Kinderfrau beruhigte ihn. Es war seltsam, nach so langer Stille das Schreien eines Kindes im Haus zu vernehmen.«

»Hat es Sie nicht gestört?« fragte sie.

»Nein, gnädige Frau. Der Laut versetzte mich in meine Kindheit zurück. Ich war in der Familie von dreizehn Kindern das älteste. Beständig kamen wieder kleine an.«

»Liegt Ihre Heimat in der Nähe, William?«

»Nein, gnädige Frau.« Und jetzt war ein neuer Ton in seiner Stimme, als wünsche er hier abzubrechen und als wolle er sagen: »Eines Dieners Leben ist sein Eigentum. Versuchen Sie hier nicht weiter einzudringen«, und sie war verständig genug, davon abzulassen, nicht weiter zu fragen. Sie schaute auf seine Hände. Sie waren sauber und von einer wächsernen Weiße und ohne die Spur einer Tabakfärbung, und seine ganze Erscheinung hatte etwas so seifig Unpersönliches, durchaus verschieden von dem so männlichen, beizenden und braunen Tabakgeruch in dem Topf im oberen Stockwerk.

Vielleicht tat sie ihm unrecht, vielleicht stand das Gefäß seit vier Jahren dort — seit Harrys letztem Besuch auf dem Gut, da sie ihn nicht begleitet hatte.

Aber nein, Harry rauchte keinen starken Tabak. Sie ging zu den Bücherschäften, wo Reihen großer Lederbände standen, Bücher, die niemand las. Und sie nahm zum Schein einen der Bände herunter und blätterte darin, indessen der Diener fortfuhr, die Leuchter blank zu reiben.

»Sind Sie ein Leser, William?« fragte sie unverhofft.

»Sie haben erkannt, gnädige Frau, daß ich es bin«, sagte er, »da auf den Büchern dieses Schaftes der Staub so dicht liegt. Nein, ich habe sie nicht angerührt. Aber morgen werde ich das tun, sie alle hinabtragen und gut entstäuben.«

»Sie haben also keine Liebhaberei?«

»Falter interessieren mich, gnädige Frau. Ich habe davon eine schöne Sammlung in meinem Zimmer. Die Wälder von Navron sind ein ergiebiges Jagdgebiet für Nachtfalter.«

Auf das hin ließ sie ihn stehen. Sie ging in den Garten hinaus, dort hörte sie die Stimmen der Kinder. Der kleine Mann war in der Tat merkwürdig, sie wurde nicht aus ihm klug; wenn er es wäre, der in der Nacht Ronsard las, dann würde er doch gewiß ein paarmal, aus bloßer Neugierde, in diese Bücher geblickt haben.

Die Kinder begrüßten sie jubelnd: Henrietta tanzte einen Elfentanz, und James, noch sehr unsicher auf den Beinen, torkelte hinter ihr her wie ein betrunkener Matrose, und die drei gingen zusammen Sternhyazinthen holen. Die Blumen begannen sich eben unter dem jungen Grün zu zeigen, kurz und gedrungen und blau; in der nächsten oder in der ihr folgenden Woche würden sie einen dichten Teppich bilden, auf dem man liegen könnte.

So verging der erste Tag und so der nächste und der übernächste. Entzückt genoß Dona ihre neuerlangte Freiheit. Jetzt konnte sie vollkommen planlos leben: ohne Vorbedacht die Tage nehmen, wie sie kamen, um Mittag aufstehen, oder, wenn sie dazu Lust hatte, morgens um sechs Uhr, es kam nicht darauf an; schlafen, wenn es ihr paßte, am Tag oder um Mitternacht. Sie gefiel sich in dem Zustand einer reizvollen Lässigkeit. Stundenlang lag sie, die Hände hinter dem Kopf, in ihrem Garten und sah den

Schmetterlingen zu, die einander in der Sonne umspielten und jagten und ihre Kurzweil hatten; oder lauschte den Vögeln, die unter den Zweigen so unablässig, so fleißig ihren Familienpflichten oblagen, wie Pärchen von Neuverheirateten, die auf ihre erste, nagelneue Wohnung stolz sind. Und während dieser ganzen Zeit wurde sie von der Sonne beschienen, und kleine Streifenwolken eilten über den Himmel, und in dem Tal in der Ferne unterhalb des Waldes zog der Fluß, den sie bisher noch nicht angesehen, weil sie so träge war, weil man soviel Zeit hatte; eines Tages, recht bald, wollte sie zu ihm hinab und barfuß in der Untiefe stehen, sich vom Wasser umplätschern lassen und den süßen und beißenden Schlammduft einziehen.

Die Tage waren strahlend und lang, die Kinder wurden braun wie kleine Zigeuner. Sogar Henrietta gab ihre städtischen Manieren auf und lief beim Bockspringen mit bloßen Füßen durch das Gras und wälzte sich gleich James wie ein junger Hund auf der Erde.

So spielten sie eines Nachmittags und fielen und kollerten über Dona, die auf dem Rücken lag, nicht sehr sorgfältig gekleidet und die Locken in großer Unordnung (die solches mißbilligende Prue befand sich wohlverwahrt im Hause), und während sie einander mit den Köpfen von Gänseblümchen und Geißblatt bewarfen, drang zu Dona her, die warm und trunken und wie toll von der Sonne geworden, der unheilverkündende Schall von Huftritten auf der Landstraße. Jetzt kam das Getrappel in den Hof vor dem Wohngebäude, und dann ertönte das Schellen der großen Glocke. Und, Schrecken über Schrecken, da kam William durch das Gras geeilt, und ein Unbekannter folgte ihm, ein großes, ungeschlachtes Geschöpf, mit rotem Gesicht und vorstehenden Augen und einer übertrieben gelockten Perücke, das während des Gehens mit einem golden beknopften Stock an seine Stiefel klopfte.

»Lord Godolphin wünscht Sie zu sprechen, gnädige Frau«, sagte William ernsthaft, nicht im geringsten verlegen bei ihrem so zerzausten, ein wenig beschämenden Anblick. Sie erhob sich augenblicklich, zog ihr Kleid zurecht, ordnete ihre Locken: wie aufreizend, wie verwirrend und was für ein Überfall. Der Besucher machte ein bestürztes Gesicht, und das war nicht verwunderlich; nun, er mußte das eben ertragen, vielleicht würde er um so eher wieder gehen. Hierauf knickste sie und sagte: »Ich bin entzückt, Ihre Bekanntschaft zu machen«, worauf er sich feierlich verbeugte und nichts erwiderte. Sie führte ihn ins Haus und tat einen Blick in den Wandspiegel; ein Geißblattzweig stak noch hinter ihrem Ohr; sie ließ ihn aus Eigensinn dort, sie hatte keinerlei Bedenken. Und nun saßen sie auf steifen Stühlen einander gegenüber und schauten einander an, während Lord Godolphin an seinem goldbeknopften Stock zu beißen begann.

»Ich hatte vernommen, daß Sie hier weilten«, sagte er endlich, »und ich hielt es für meine Pflicht, vielmehr betrachtete es als ein Vergnügen, Ihnen so bald als möglich meine Aufwartung zu machen. Es sind viele Jahre her, seit Sie und Ihr Gemahl geruht hatten, Navron zu besuchen. In der Tat, ich möchte sagen, Sie seien diesem Ort fremd geworden. Ich habe Harry, da er hier seine Knabenzeit verlebte, sehr gut gekannt.«

»Wirklich«, sagte Dona; ihre Aufmerksamkeit wurde plötzlich von dem Gewächs auf der einen Seite seiner Nase gefesselt; sie hatte dieses eben bemerkt. Wie mißlich für ihn, der arme Mann. Und dann sah sie weg, denn sie fürchtete, er könnte merken, was sie interessierte, und: »Ja«, fuhr er fort, »ich darf sagen, daß ich Harry zu meinen liebsten Freunden zählte. Doch seit er verheiratet ist, haben wir von ihm so wenig gesehen; er verbringt seine ganze Zeit in der Stadt.«

Der Vorwurf gilt mir, dachte sie, sehr natürlich im

Grunde, und: »Es tut mir leid, ich muß Ihnen sagen, daß Harry nicht mit mir hier ist«, erklärte sie ihm. »Ich bin hier allein mit meinen Kindern.«

»Das ist überaus bedauerlich«, erwiderte er, und sie antwortete nichts, denn was ließ sich darauf sagen?

»Meine Frau hätte mich begleitet«, sprach er weiter, »doch es geht ihr gesundheitlich nicht sehr gut. Kurz gesagt ...«

Er machte eine Pause, ungewiß, wie er fortfahren solle, und Dona lächelte. »Ich verstehe vollkommen, ich habe selbst zwei kleine Kinder«, worauf er ein wenig verlegen wurde und sich verbeugte. »Wir hoffen auf einen Erben«, sagte er, und: »Selbstverständlich«, stimmte Dona zu, wiederum von dem Auswuchs auf seiner Nase gefesselt. Wie betrübend für seine Frau, wie konnte sie das nur aushalten! Aber Godolphin setzte seine Rede fort und sagte etwas wie: seine Frau wäre jetzt hocherfreut, sie begrüßen zu dürfen, es gebe hier so wenig Nachbarn, und so weiter und so fort. Wie plump und langweilig, dachte Dona. Gab es denn keine mittlere Haltung zwischen dieser breitspurigen, anspruchsvollen Feierlichkeit und dem lasterhaften Leichtsinn eines Rockingham? Würde Harry, wenn er in Navron bliebe, auch so werden? Eine große Runkelrübe mit ausdruckslosen Augen und einem Mund gleich einem Schnitt in einem Mehlpudding? »Ich hatte gehofft«, sagte Godolphin, »Harry werde der Grafschaft seinen Beistand leisten. Zweifelsohne haben Sie von unserer Bedrängnis gehört?«

»Ich habe nichts davon gehört«, sagte Dona.

»Nicht? Vielleicht leben Sie hier zu sehr abseits, als daß Nachrichten Sie erreichen könnten, wiewohl Gespräch und Geschwätz darüber meilenweit in der Runde herumgegangen. Wir sind durch die Schurkenstücke von Piraten geplagt und belästigt worden, bis wir uns nicht mehr zu helfen wußten. Beträchtliche Werte sind zu Penryn und längs der Küste verlorengegangen. Das Gut meines Nachbarn wurde vor etwa einer Woche geplündert.«

»Wie peinlich«, sagte Dona.

»Es ist mehr als peinlich, es ist eine Gewalttat!« erklärte Godolphin, dessen Gesicht sich rötete, während seine Augen noch mehr als sonst hervortraten, »und niemand weiß, wie dem Unwesen zu steuern sei. Ich habe eine Beschwerde nach London gesandt, aber keine Antwort bekommen. Sie schickten uns eine Handvoll Soldaten aus der Garnison von Bristol, doch sie sind schlimmer als unnütz. Nein, ich sehe, daß ich und die übrigen Gutsbesitzer der Grafschaft uns zusammentun und der Gefahr begegnen müssen. Es ist bedauerlich, daß sich Harry nicht in Navron befindet, sehr bedauerlich.«

»Kann ich Ihnen in irgend etwas nützlich sein?« fragte Dona und grub die Fingernägel in ihre Hand, um sich am Lachen zu verhindern: er sah sie so beleidigt, so ablehnend an, als hätte er ihr selbst die Taten der Seeräuber vorzuwerfen.

»Meine liebe Dame«, sagte er, »es gibt nur eines, was Sie tun könnten: veranlassen Sie Ihren Gatten, schnellstens hierherzukommen und sich seinen Freunden anzuschließen, damit wir diesen verdammten Franzosen bekämpfen.«

»Franzosen?« fragte sie.

»Nun, zum Henker, ja!« rief er, fast schreiend vor Ärger. »Der Kerl ist ein niederträchtiger Schleicher von einem Ausländer, der aus irgendeinem Grund unsere Küste kennt wie seine Hand, und er entwischt auf die andere Seite, nach der Bretagne, bevor wir ihn fassen können. Er ist behend wie Quecksilber; keines von unseren Schiffen hier unten vermag ihn zu erlangen. Er stiehlt sich bei Nacht in unser Häfen, landet lautlos, als die verschlagene Ratte, die er ist; bemächtigt sich unseres Eigentums, erbricht unsere Speicher und Warenlager und ist am Morgen, wenn unsere Leute sich den Schlaf aus den Augen reiben, mit der Ebbe wieder weg.«

»Er ist demnach viel zu geschickt für Euch?« sagte Dona.

»Nun ja, meine Dame, wenn Sie es so annehmen wollen«, antwortete er hochmütig und war sogleich gekränkt.

»Ich fürchte, Harry würde ihn nie erwischen, er ist viel zu gemächlich«, sagte sie.

»Ich dachte keinen Augenblick, er könnte das«, entgegnete Godolphin, »aber wir brauchen Köpfe für diese Unternehmung, je mehr Köpfe, um so besser. Und wir müssen diesen Burschen fangen, wenn das uns auch alles Geld und alle Zeit kostet, über die wir verfügen. Sie verstehen den vollen Ernst der Sachlage vielleicht nicht. Wir werden hier unten immerzu ausgeraubt; unsere Frauen schlafen in der Furcht um ihr Leben, und nicht um ihr Leben allein.«

»Ach, ist der Pirat von dieser Sorte?« murmelte Dona.

»Wir haben bis dahin kein Menschenleben zu beklagen, und keine unserer Frauen ist entführt worden«, versetzte Godolphin starrsinnig, »da der Kerl jedoch ein Franzose ist, so halten wir uns alle gegenwärtig, daß es nur eine Frage der Zeit sein kann, bis etwas Verruchtes geschieht.«

»Oh, ganz gewiß«, sagte Dona, und von einer plötzlichen Lachlust ergriffen, erhob sie sich und ging zum Fenster, denn sein Ernst und seine Gewichtigkeit waren unausstehlich; sie konnte das nicht länger ansehen, das Lachen würde sie völlig überwältigen. Gott sei Dank, er nahm ihr Aufstehen für ein Zeichen der Verabschiedung, denn er verbeugte sich förmlich und küßte die Hand, die sie ihm gereicht hatte.

»Wenn Sie wieder Bericht an Ihren Gatten schicken, dann, hoffe ich, werden Sie ihm mitteilen, in welcher Lage wir uns hier befinden«, sagte er, und: »Oh, ganz bestimmt«, antwortete Dona, fest entschlossen, was auch geschehen möge, dafür zu sorgen, daß Harry keineswegs stehenden Fußes nach Navron herunterkomme, um flüchtigen Piraten nachzustellen und in ihr Fürsichsein und ihre köstliche Freiheit einzubrechen. Nachdem sie ihm versprochen hatte, seine Frau zu besuchen, und nach einigen weiteren Förmlichkeiten, die er hervorgebracht, rief sie William herbei, und er ging, und sie lauschte dem stetigen Trab seines Pferdes, als es sich den Fahrweg hinab entfernte.

Sie hoffte, er werde der letzte Besucher sein, denn dies war nun wirklich nicht, was sie gesucht hatte: dieses feierliche Herumsitzen auf Stühlen und Steife-Gespräche-Führen mit einem Rübenkopf war noch um einen Grad schlimmer als das Abendessen im ›Schwan‹. William mußte seine Anweisung erhalten: sie würde künftig für keine Besucher zu Hause sein. Er mußte eine Entschuldigung bereit haben, sie befinde sich auf einem Spaziergang, oder schlafe, oder sei krank, oder sogar wahnsinnig — sie liege in Ketten in ihrem Zimmer —, irgend etwas, besser als den Godolphins der Grafschaft gegenüberzusitzen, in ihrer Größe und in ihrer Aufgeblasenheit.

Wie beschränkt mußten diese Landedelleute sein, um sich auf diese Art berauben zu lassen, unfähig zu verhüten, selbst nicht mit Hilfe der Soldaten, daß man nachts ihren Besitz und ihre Waren wegtrug. Wie untüchtig, wie schwer von Begriff mußten sie sein. Hielten sie richtig Wache, wären sie beständig auf dem Sprung, dann gelänge es sicher, dem Fremden, wenn er sich in den Hafen schlich, eine Falle zu stellen. Ein Schiff war kein Gespenst; es war von Wind und Flut abhängig, und Menschen waren nicht unhörbar, ihre Schritte hallten auf dem Damm, ihre Stimmen teilten sich der Luft mit. An diesem Abend speiste sie früh, schon um sechs Uhr, und gab William, der hinter ihrem Stuhl stand, Auftrag, in Zukunft für Besucher die Tür verschlossen zu halten.

»Sehen Sie, William«, sagte sie, »ich kam nach Navron, um den Menschen zu entgehen, um allein zu sein. Ich habe im Sinn, solange ich hier bin, den Einsiedler zu spielen.«

»Jawohl, gnädige Frau«, antwortete er, »ich habe mich diesen Nachmittag geirrt, es soll nicht wieder geschehen. Sie sollen sich Ihres Alleinseins erfreuen und Ihre Flucht genießen.«

»Flucht?«

»Ja, gnädige Frau«, antwortete er, »ich habe wohl verstanden, warum Sie hergekommen sind. Sie sind Ihrem Londoner-Selbst entflohen, und Navron ist Ihre Zuflucht.«

Sie schwieg während einer Minute, erstaunt, ein wenig bestürzt, und dann: »Sie besitzen einen unheimlichen Tiefblick, William«, sagte sie, »woher kommt das?«

»Mein früherer Herr, gnädige Frau, hat sich viel und oft mit mir unterhalten«, war die Antwort, »viele von meinen Ideen und manches in meiner Philosophie habe ich von ihm übernommen. Ich habe mich geübt, so wie er, die Menschen zu beobachten. Und ich denke, daß er der gnädigen Frau Ankunft in Navron als eine Flucht vor etwas einschätzen würde.«

»Und warum, William, verließen Sie ihren Herrn?«

»Sein Leben ist gegenwärtig so, gnädige Frau, daß meine Dienste ihm wenig nützen könnten. Wir sagten uns, ich wäre an einem andern Ort besser am Platz.«

»Und so sind Sie nach Navron gekommen?«

»Ja, gnädige Frau.«

»Und lebten hier allein und fingen Falter?«

»Jawohl, gnädige Frau.«

»Und Ihr letzter Herr, was tut er nun?«

»Er reist, gnädige Frau.«

»Er zieht von einem Ort zum andern?«

»Genauso, gnädige Frau.«

»Dann ist auch er ein Flüchtling, William. Menschen, die reisen, sind immer Flüchtlinge.«

»Mein Herr hat oft dasselbe bemerkt, gnädige Frau. In der Tat, ich möchte sagen, sein Leben sei fortgesetzte Flucht.«

»Wie vergnüglich für ihn«, sagte Dona, ihre Frucht schälend, »wir übrigen können bloß von Zeit zu Zeit einmal loskommen, und wie immer wir uns einreden, frei zu sein, wir wissen, es ist nur für eine Weile — wir sind an Händen und Füßen gebunden.«

»Durchaus so, gnädige Frau.«

»Und Ihr Herr — fesseln ihn keinerlei Bande?«

»Keinerlei, gnädige Frau.«

»Ich möchte Ihren Herrn kennenlernen, William.«

»Ich glaube, daß Sie beide viel Gemeinsames haben, gnädige Frau.«

»Vielleicht führt ihn eine seiner Reisen eines Tages hier vorbei?«

»Vielleicht, gnädige Frau.«

»Dann muß ich etwas von dem, was ich Ihnen wegen der Besucher sagte, zurücknehmen. Sollte Ihr letzter Herr jemals hier vorsprechen, dann werde ich für ihn weder krank noch wahnsinnig, noch sonst behindert sein, ich werde ihn empfangen.«

»Sehr wohl, gnädige Frau.«

Und sich umblickend, denn sie hatte sich inzwischen erhoben und er hatte ihren Stuhl zurückgestellt, bemerkte sie, daß er lächelte, doch als ihre Blicke zusammentrafen, war sein Lächeln im Augenblick verschwunden. Sein Mund war wieder rund und verschlossen wie sonst. Sie ging in den Garten. Die Luft war weich und ermattend und warm, und gegen Westen warf die Sonne breite Streifen über den Himmel. Sie hörte die Stimmen der Kinder, die von Prue zu Bett gebracht wurden. Es war die Zeit, sich allein zu ergehen, zu wandern. Sie warf einen

Schal um ihre Schult rn, verließ den Garten, gelangte durch das Parkland zu einem Zauntritt und auf ein Feld und einen sumpfigen Rasen; und der Rasen führte sie zu einer Wagenspur, und die Wagenspur zu einer großen, wild bewachsenen Grasfläche und unbebautem Heideland, wonach sie endlich Klippen vor sich sah und die See. Sie fühlte in sich den Drang, an das Meer zu wandern, an die offene See, nicht an den glatten Fluß. Als die Abendkühle kam und die Sonne sank, erreichte sie ein abschüssiges Vorgebirge, wo bei ihrer Annäherung die Möwen ein wildes Geschrei erhoben, denn es war Nestzeit. Sie warf sich hin auf den grasigen und steinigen Boden und schaute nun auf das Meer hinaus. Dort weit unten, zur Linken, war der Fluß; breit und glänzend trat er ein in die See. Die See selbst lag unbewegt, während die niedergehende Sonne das Wasser mit Kupfer und Karmin besprühte.

Die sinkende Sonne hinter ihr zog einen Streifen über das Meer bis zum Horizont, und wie Dona lag und schaute, schläfrig, zufrieden und beschwichtigten Herzens, da erblickte sie am Horizont einen dunklen Punkt. Und jetzt nahm dieser Punkt Form und Gestalt an, und sie erkannte die weißen Segel des Schiffes. Eine Zeitlang schien es sich nicht zu rühren, denn es herrschte Windstille über dem Wasser, und so zwischen Himmel und Erde zu hangen, wie ein gemaltes Spielzeug. Sie konnte das hohe Hinterdeck und das Vordeck und die merkwürdig schräg stehenden Masten erkennen; die Bemannung mußte einen glücklichen Fischzug getan haben, denn ein Haufen Möwen drängte sich um das Schiff, kreisend und schreiend und wieder ins Wasser gleitend. Jetzt schauderte eine leichte Brise zu Donas Anhöhe herauf, und sie sah, wie diese Brise durch die Wogen strich und sich auf das wartende Schiff zu bewegte. Auf einmal faßten die Segel Wind und füllten sich prall; weiß, anmutig und frei erhoben sich die Möwen in Masse und umflogen schreiend den Mast; die scheidende Sonne übergoldete das bemalte Schiff, und lautslos, geheimnisvoll, eine lange, tiefe Wellenspur hinterlassend, stahl sich das Fahrzeug landeinwärts. Dona war es, als berühre eine Hand ihr Herz, und in ihr flüsterte eine Stimme: »Ich werde daran denken.« Ein Vorgefühl aus Neugier, Furcht und plötzlicher stolzer Gehobenheit. Sie kehrte zurück, grundlos vor sich hin lächelnd, ein Liedchen summend, und eilte über die Hügel, Navron zu.

Fünftes Kapitel

Zu Haus angelangt, legte sie sich sogleich zu Bett, denn der Spaziergang hatte sie ermüdet; fast augenblicklich sank sie in Schlaf, ungeachtet der offenen Vorhänge und des hellen Mondscheins. Es mußte kurz nach Mitternacht sein, als sie erwachte, unter ihrem Fenster das Knirschen eines Trittes auf dem Kies vernehmend. Im Augenblick war sie völlig munter: die Hausbewohner hatten um diese Zeit zu schlafen, Schritte tief in der Nacht erregten ihren Verdacht. Sie stand auf, blickte von der Fensterbrüstung in den Garten. Unten konnte sie nichts erkennen, das Haus lag im Schatten; wer immer unterhalb der Brüstung gestanden hatte, war nun fort. Sie spähte und wartete; plötzlich löste sich aus der Baumgruppe unten am Rasen eine männliche Gestalt, trat sacht in ein vom Mondlicht gemaltes helles Viereck und schaute zum Haus empor. Sie sah, wie er die Hände an den Mund legte, und vernahm seinen leisen Pfiff. Alsbald schlich sich eine andere Gestalt aus dem dunklen Haus; sie mußte sich innerhalb des Salonfensters verborgen gehalten haben. Diese zweite eilte über den Rasen auf den Mann bei dem Baumrund zu. Wie zur Warnung hob sie die Hand. Dona erkannte: diese laufende Gestalt war William. Durch den Vorhang geschützt, beugte sie sich vor, die Locken fielen über ihr Gesicht, sie atmete rascher als gewöhnlich; heftig klopfte ihr Herz, denn in dem, was sie sah, war Erregung, war Gefahr — ihre Finger spielten auf dem Sims ein kleines Lied ohne Worte. Dort unten auf der mondbeglänzten Stelle standen die zwei Männer. Dona sah William mit den Händen fuchteln und auf das Haus zeigen, worauf sie sich in den bergenden Schatten zurückzog. Die Männer fuhren zu reden fort; auch der Unbekannte sah jetzt zum Haus hinauf; jetzt zuckte er die Achseln und spreizte die Hände, wie um zu sagen, der Gegenstand übersteige seine Kraft; hierauf verschwanden sie beide hinter den Bäumen. Dona harrte, lauschte, sie kehrten nicht zurück. Dann schauerte sie, der Lufthauch war kühl und sie im leichten Nachtgewand. Sie legte sich wieder nieder, konnte aber nicht schlafen. Dieses neueste Gehaben Williams war ein Geheimnis, das es zu ergründen galt.

Hätte sie ihn allein im Mondlicht unter den Bäumen wandern sehen, sie würde sich wenig dabei gedacht haben: es mochte im Weiler Helford eine Frau wohnen, die sich ihm nicht ungefällig zeigte, oder seine stille Wanderung konnte einer unschuldigeren Absicht gelten, einer Falterjagd um Mitternacht. Aber dieses verstohlene Gehen, als warte er auf ein Zeichen, um jene dunkle Gestalt mit den Händen am Mund und dem leisen Pfeifen, Williams eiliges Laufen, seine warnend erhobene Hand, das waren ernste Angelegenheiten, die einen wohl nachdenklich machen konnten.

Sie fragte sich, ob es nicht sehr töricht gewesen sei, William ihr Vertrauen zu schenken. Jedermann, außer ihr, würde ihn an jenem ersten Abend entlassen haben, nachdem er vernommen, wie er sein Amt verwaltet, wie er allein in dem Haus gelebt, ohne dazu ermächtigt zu sein. Und sein ganzes Gebaren, das so sehr von dem der gewöhnlichen Diener abstach, dieses Gebaren, das sie reizte und belustigte, hätte zweifellos die meisten Herrinnen, wie etwa eine Lady Godolphin, beleidigt. Harry würde ihn sofort entlassen haben — falls er sich nicht etwa diesem gegenüber anders verhalten hätte —, das fühlte sie instinktiv. Dann dieser Tabakstopf und der Gedichtband — es war verwirrend, ging über ihren Begriff. Doch am nächsten Morgen mußte sie etwas tun, die Sache in die Hand nehmen; ohne jetzt, in ihrer ungeordneten Verfassung, etwas beschlossen zu haben, sank sie endlich in Schlaf, eben als das graue Morgenlicht in das Zimmer einzufallen begann.

Der Tag war heiß und strahlend wie sein Vorgänger; eine goldene Sonne hoch in einem wolkenlosen Himmel. Als Dona hinabgegangen, begab sie sich zuerst nach der Baumgruppe, wo William und der Unbekannte in der vergangenen Nacht geredet hatten und darauf verschwunden waren. Ja, es war, wie sie gedacht. Ihre Tritte hatten in den Sternhyazinthen eine leichte Spur hinterlassen, die sich leicht verfolgen ließ; sie führte über den Hauptweg des Gehölzes und dann durch das gedrängteste Baumdickicht hinab. Sie ging ihr eine Weile nach; die Spur führte ständig abwärts, teilte sich über unebenem Grund, öfter schwer zu erkennen. Auf einmal wurde ihr klar, daß sie auf diesem Weg schließlich zum Fluß hinab gelangen werde, oder zu einem Seitenarm des Flusses, da sie in einiger Entfernung den Glanz von Wasser erblickte, das sie nicht in solcher Nähe geglaubt. Der Fluß selbst mußte zur Linken, weit hinter ihr liegen, und dieser Wasserarm, auf den sie zuging, war etwas Neues, eine Entdeckung. Einen Augenblick war sie unschlüssig, ob sie ihren Weg fortsetzen solle, dann überlegte sie, wie

wie spät es war, wie die Kinder nach ihr fragen würden, und vielleicht William selbst — dieser Aufträge erwartend. Sie wandte sich, stieg durch den Wald hinauf zurück; nun stand sie wieder auf dem Rasen von Navron House. Die Sache mußte auf eine gelegenere Zeit, vielleicht auf den späten Nachmittag, verschoben werden.

So spielte sie jetzt mit den Kindern und schrieb einen Pflichtbrief an Harry — der Pferdeknecht ritt in einem Tag etwa nach London zurück, um ihm Nachricht zu bringen. Bei weit geöffnetem Fenster saß sie im Salon und kaute an der Feder, denn was hätte sie anderes zu sagen als: in ihrer Freiheit sei sie glücklich, maßlos glücklich; doch das wäre verletztend, der arme Harry würde es niemals begreifen.

»Dein Jugendfreund besuchte mich, ein Lord Godolphin«, so schrieb sie, »den ich mißgestaltet und aufgeblasen fand. Ich konnte mir nicht vorstellen, daß ihr beide als kleine Buben in den Feldern herumtolltet. Aber vielleicht tolltet ihr nicht herum, sondern ihr saßet auf goldenen Stühlen bei einem Fadenspiel. Er hat ein Gewächs an seiner Nasenspitze, und seine Frau erwartet ein Kind; ich habe ihr dazu Glück gewünscht. Er tat sehr wichtig und mächtig aufgeregt wegen Piraten, besser, wegen eines Piraten, eines Franzosen, der nachts sein und die Häuser seiner Nachbarn heimsuche, und alle Soldaten aus dem Westen vermöchten ihn nicht einzufangen, was ich von ihnen nicht besonders geschickt finden kann. So habe ich mir vorgenommen, selbst, mit einem Messer zwischen den Zähnen, loszuziehen; habe ich den Spitzbuben erwischt, der nach Godolphin wirklich ein grimmiger Bursche sein muß, ein Männertöter und Frauenräuber, dann will ich ihn mit starken Stricken fesseln und Dir zum Geschenk schicken.«

Sie gähnte und klopfte mit der Feder auf ihre Zähne. Es war leicht, solche Briefe zu schreiben, alles ins Scherzhafte zu ziehen; sie mußte sich hüten, zärtlich zu werden, weil Harry sonst flugs zu Pferd sitzen und zu ihr herreiten würde, doch durfte sie auch nicht zu kühl sein, das würde ihn reizen und gleichfalls zu ihr herbringen.

Sie schrieb ihm also: »Vergnüge Dich, wie es Dir beliebt, denke beim fünften Glas an Dein Gesicht und unterhalte Dich nach Wunsch mit jedem hübschen Mädchen, auf das Deine schläfrigen Augen fallen, ich werde Dich beim Wiedersehen nicht schelten.

Deine Kinder sind wohlauf; sie küssen Dich. Ich schicke Dir — was immer Du von mir geschickt haben möchtest,

Deine Dich liebende Gattin
Dona.«

Sie faltete den Brief, versiegelte ihn. Jetzt war sie wieder frei. Sie besann sich, wie sie William für den Nachmittag loswerden könnte; sie wünschte ihn weit weg, bevor sie mit ihren Erkundigungen beginnen würde. Um ein Uhr, als sie bei ihrem kalten Imbiß saß, wußte sie, wie sie es anstellen werde.

»William«, sagte sie.

»Gnädige Frau?«

Sie sah zu ihm auf, konnte jedoch nichts Übernächtiges an ihm entdecken.

»William, ich möchte, daß Sie heute nachmittag nach dem Gut Lord Godolphins reiten und seiner Frau, die krank ist, Blumen bringen.«

War das nicht ein Zucken der Betroffenheit, momentanen Unwillens, des Zauderns in seinen Augen?

»Sie wünschen, gnädige Frau, daß ich die Blumen heute hinbringe?«

»Ja, bitte, William.«

»Ich glaube, der Reitknecht hat nichts zu tun, gnädige Frau.«

»Ich möchte, daß der Reitknecht Miß Henrietta, Herrn James und die Kinderfrau ein wenig in die Gegend fahre.«

»Jawohl, gnädige Frau.«

Mehr sagte sie nicht, auch er blieb stumm; innerlich lachte sie, denn sie hatte erkannt, daß ihm das wider den Strich ging. Vielleicht hatte er vorgehabt, den Wald hinab zu seinem Freund zu gehen. Nun, diesen Gang wollte nun sie statt seiner tun.

»Sagen Sie, eines von den Mädchen solle mein Bett zurückschieben und die Vorhänge ziehen, ich will heute nachmittag ausruhen«, bemerkte sie noch, als er aus dem Zimmer ging. William verbeugte sich wortlos.

Dies war eine List, um jede Befürchtung, die er hegen könnte, zu entkräften; doch sie war überzeugt, er habe keinen Verdacht gefaßt. Und also ihre Rolle spielend, stieg sie hinauf und legte sich auf ihr Bett. Später hörte sie den Wagen in den Hof fahren, die erregten Stimmen der Kinder, die der unerwartete Ausflug begeisterte; dann rollte das Gefährt die Straße hinab. Bald darauf vernahm sie auf dem Steinpflaster den Trott eines einzelnen Pferdes. Sie trat in den Gang hinaus, dessen Fenster sich auf den Hof öffnete, sah William das Pferd besteigen. Einen großen Blumenstrauß vor sich auf dem Sattel, ritt er aus dem Hof.

Wie hübsch war alles gelungen, dachte sie, sich freuend, wie ein Kind über seinen Streich. Sie zog ein abgenütztes Kleid an, für das es nicht schade war, wenn es zerriß, schlang ein seidenes Tuch um ihren Kopf; wie ein Dieb schlich sie sich aus ihrem eigenen Haus.

Sie folgte der Spur, die sie am Morgen entdeckt hatte, diesmal aber wagte sie sich sogleich ohne Zögern tief durch das Walddickicht hinab. Die Vögel waren nach ihrer Mittagsrast wieder lebendig geworden, die lautlosen Schmetterlinge tanzten und flatterten, während emsige

Bienen die Luft durchsummten und sich bis zu den höchsten Zweigen hinaufschwangen. Ja, dort schimmerte wieder das Wasser, das sie so überrascht hatte. Das Baumgedränge lichtete sich, sie erreichte das Ufer — da sah sie plötzlich, zum erstenmal, die Bucht vor sich liegen, still, von Bäumen geschützt, den Blicken der Menschen verborgen. Sie betrachtete sie voller Staunen, denn sie hatte von ihrem Dasein nichts gewußt — diese verschwiegene Bucht, die, vom Mutterfluß abzweigend, sich in ihr eigenes Besitztum erstreckte, so wohl geborgen, den Wäldern selbst nicht bekannt. Die Flut war am Zurückgehen, das schleimige Wasser verließ die Schlammlöcher. Da, wo sie stand, war der obere Teil der Bucht selbst; der Fluß wurde ein langsames Rinnsal. Die Bucht, vom Strome abzweigend, umzog ein Gehölz. Dona begann am Ufer entlang zu laufen, beglückt, gebannt, ihr Vorhaben vergessend, denn ihre Entdeckung war für sie eine ganz unerwartete Freude, diese Bucht ein bezaubernder Hort, eine weitere Zuflucht, besser als Navron selbst, ein Ort zum Schlummern und Träumen, ein Lotosland. Grau und feierlich stand im seichten Grund ein Reiher, den Kopf in die Schultern gesteckt; zu seinen Füßen wühlte ein kleiner Austernfischer im Morast; darauf erhob ein Wasserhuhn seine anmutige geisterhafte Stimme, schwang sich vom Ufer auf und flog zur Bucht hinab. Irgend etwas, aber nicht Dona, störte die Vögel; langsam, gemächlichen Flügelschlags erhob sich auch der Reiher und folgte dem Wasserhuhn nach. Dona hielt einen Augenblick an; auch sie hatte einen Laut, ein Klopfen oder Hämmern, vernommen. Sie ging weiter, gelangte zu dem Winkel, wo die Bucht ihren Ausgang nahm, stand still. Instinktiv zog sie sich jetzt in die Deckung der Bäume zurück, denn da gerade vor ihr, wo die Bucht sich zu einem kleinen See erweiterte, lag ein Schiff vor Anker — so nah, daß sie ein Biskuit hätte auf das Deck hinüberwerfen können. Sie erkannte es im Augenblick. Das war das Schiff, rot und golden vor der sinkenden Sonne. Zwei Männer waren an seiner Seite hinabgelassen worden, die an der Bemalung ausbesserten — dies gab den klopfenden Laut, den sie gehört hatte. Das Wasser, wo das Schiff lag, mußte tief sein, ein vollkommener Ankerplatz, denn zu beiden Seiten stiegen die schlammigen Uferhänge steil empor; die Flut ging leckend und schäumend zurück, hinab zu den fernen, unsichtbaren, mütterlichen Gestaden. Wenig Armlängen von ihr entfernt war ein kleiner Kai. Takelzeug, Scheiben, Seile lagen da; man schien am Ausbessern zu sein. Ein Boot war an der Längsseite festgebunden, aber niemand befand sich darin.

Von den zwei Männern an der Schiffswand abgesehen, herrschte tiefste Stille, die schlummrige Ruhe eines Sommernachmittags. Niemand wußte, sagte sich Dona, niemand konnte davon reden, wenn er nicht, wie sie, von Navron House hier herabgewandert war, daß in dieser Lache ein Schiff vor Anker lag, von den Bäumen beschirmt, vor dem offenen Fluß geborgen.

Ein anderer Mann kam über das Deck, lehnte sich über Bord und sah auf seine Gefährten hinab, ein kleiner lächelnder Mann wie ein Affe, der eine Laute trug. Er schwang sich auf die Brüstung, saß mit gekreuzten Beinen dort, fing an, die Saiten zu zupfen. Die Männer blickten zu ihm hinauf; sie lachten, als er ein leichtes kleines Lied in frischem Takt anstimmte. Darauf sang er, zuerst leiser, dann etwas lauter. Dona, bemüht, die Worte zu erfassen, in einer plötzlichen Erleuchtung und klopfenden Herzens, erkannte, daß der Mann französisch sang.

Jetzt wußte sie, jetzt verstand sie — ihre Hände wurden feucht, ihr Mund war trocken und heiß; zum erstenmal in ihrem Leben empfand sie das seltsame, krampfhafte Gefühl der Furcht.

Das war des Franzosen Schlupfwinkel — das war sein Schiff.

Sie mußte schnell denken, einen Plan fassen, von ihrem Wissen Gebrauch machen. Es war offenbar: diese verschwiegene Bucht, dieses vollkommene Versteck, so abseits, so ruhig, so still — niemand würde von ihr erfahren. Etwas mußte getan werden, sie mußte etwas sagen, jemanden sprechen.

Aber sollte sie? Konnte sie jetzt weggehen, sich einreden, sie habe das Schiff nicht gesehen, es vergessen, oder sich weismachen, sie habe es vergessen — nur damit sie nicht in die Sache verwickelt würde? Denn es wäre ein Einbruch in ihren Frieden, eine Störung, wenn Soldaten durch die Wälder stampften, Leute herkämen und Harry aus London — endlose Verwirrung, und Navron House wäre keine Freistatt mehr. Nein, sie wollte nichts sagen, sie würde nun wegschleichen, zu der Waldung zurück und zum Haus, ihr schuldiges Wissen für sich behalten, niemanden einweihen, die Räubereien weiter geschehen lassen — was lag daran —, Godolphin und seine rübenköpfigen Freunde müßten es erdulden, das Land mochte leiden, sie kümmerte das nicht.

Aber da — sie war eben im Begriff, unter die Bäume zu schlüpfen — erhob sich hinter ihr aus dem Wald eine Gestalt, warf ihr einen Rock über den Kopf, fesselte ihr die Arme an die Seite, daß sie sich nicht rühren konnte. Sie fiel zu des Mannes Füßen nieder, schweratmend, hilflos, wissend, daß sie verloren sei.

Sechstes Kapitel

Ihr erstes Gefühl war das eines blinden, sinnlosen Zornes. Wie durfte einer wagen, sie so zu behandeln, dachte sie, wie ein Stück Geflügel zusammengeschnürt sie nach dem Kai zu bringen. Sie wurde unsanft in das Hinterteil des Bootes geworfen; der Mann, der das getan, ergriff die Ruder und hielt auf das Schiff zu. Er tat einen Schrei — einen Möwenschrei —, rief in einem Dialekt, den sie nicht verstand, seinen Kameraden auf dem Schiff etwas zu. Sie hörte sie zur Antwort lachen, und der Geselle mit der Laute spielte, wie zum Spott, ein lustiges Lied.

Sie hatte sich von dem erstickenden Rock befreit, nun sah sie den Mann an, der sie niedergeworfen hatte. Er sprach zu ihr französisch und grinste. In seinen Augen war ein fröhliches Zwinkern, als sei ihre Gefangennahme nur ein Spiel, der fröhliche Scherz eines Sommernachmittags. Doch als sie jetzt die Stirn runzelte, darauf ihn hochmütig maß, entschlossen, ihre Würde zu wahren, da machte er ein ernstes Gesicht, tat erschrocken und schien zu zittern.

Sie überlegte, welches die Folge wäre, falls sie laut zu Hilfe schrie — würde jemand sie hören, oder wäre das nutzlos?

Sie wußte mit ziemlicher Bestimmtheit, daß sie das nicht tun werde. Frauen wie sie schrien nicht. Die warteten und bereiteten sich vor zur Flucht. Sie konnte schwimmen, vielleicht würde es später möglich, von dem Schiff loszukommen, sich über seine Seite hinabzulassen, vielleicht wenn es dunkel war. Wie töricht von ihr, sagte sie sich nun, dort drüben auch nur einen Augenblick zu verweilen, nachdem sie doch begriffen, daß dies der Franzose war. Wie hatte sie zu ihrer Ergreifung herausgefordert, wie empörend, sich nun in solcher Lage zu sehen — lächerlich, absurd —, da doch ein ruhiger Rückzug unter die Bäume und nach Navron House so leicht gewesen wäre. Sie gingen jetzt unter dem Heck des Schiffes hindurch, unterhalb des hohen Hinterdecks und der plastisch verzierten Fenster. Da stand, umschnörkelt und in goldener Schrift, der Name ›La Mouette‹. Sie besann sich, was das heiße. Ihr Französisch hatte sich auf einmal verflüchtigt. Jetzt deutete er auf die Leiter an der Schiffswand; die Männer an Deck drängten sich von allen Seiten herzu, lachend, vertraulich — zum Henker mit ihren Blicken —, um sie heraufklettern zu sehen. Sie hielt sich gut auf der Leiter, entschlossen, ihnen keinen Anlaß zum Spott zu bieten; den ihr angebotenen Beistand wies sie zurück und sprang, den Kopf schüttelnd, auf das Deck nieder.

Sie redeten sie an in jenem Dialekt, den sie nicht verstehen konnte — es mußte Bretonisch sein, hatte nicht Godolphin etwas davon gesagt, daß das Schiff querüber nach der jenseitigen Küste entweiche —, sie lächelten und lachten immer weiter. Sie fand das in einer vertraulich albernen Weise aufreizend, denn es paßte schlecht zu der heroischen und würdevollen Rolle, die sie selbst zu spielen gewünscht. Sie kreuzte die Arme, schaute von ihnen weg und blieb wortlos. Der erste Mann kehrte zurück — er hatte sie seinem Herrn gemeldet, vermutete sie, dem Kapitän dieses phantastischen Fahrzeuges —, und er winkte ihr, ihm zu folgen.

Alles war anders, als sie erwartet hatte. Diese Männer waren wie Kinder von ihrer Erscheinung bezaubert, lachend und pfeifend; sie hatte sich Seeräuber als verwegene Geschöpfe gedacht, mit Ringen in den Ohren und Messern zwischen den Zähnen.

Das Schiff war sauber — sie hatte es sich schmierig und schmutzig vorgestellt und übelriechend; es herrschte keine Unordnung. Die Bemalung war frisch und heiter, die Decks reingescheuert wie auf einem Kriegsschiff. Vom Vorderteil, wo nach ihrer Vermutung die Männer lebten, kam der gute, zum Essen anregende Geruch von Gemüsesuppe. Der Mann führte sie zu einer Falltür und dort einige Stufen hinab; er klopfte an eine zweite Tür, eine ruhige Stimme hieß sie eintreten. Dona stand auf der Schwelle, etwas zwinkernd, denn die Sonne strömte durch die Fenster im Hinterteil und zitterte in fließenden Mustern auf dem hellen Bretterboden. Wieder erschien sie sich töricht und fassungslos, denn die Kajüte war nicht die dunkle Höhle, die sie erwartet hatte, von Messern und Flaschen erfüllt, sondern ein Raum wie der Raum in einem Hause mit Stühlen, einem polierten Tisch, kleinen Vogelbildern an den Wänden. Etwas Ruhiges, aber Ernstes war über diesem Raum, es war der Raum eines, der sich selbst genügte. Der Mann, der sie bis zur Tür geführt, zog sich zurück, indem er diese sachte schloß. Die Gestalt an dem polierten Tisch schrieb weiter, nahm von ihrem Eintreten keine Notiz. Sie betrachtete ihn verstohlen, empfand eine plötzliche Scheu, was sie gegen sich erboste, sie, Dona, die sonst nie befangen war, die sich um nichts und niemand kümmerte. Wie lange würde er sie da stehenlassen? Es war unziemlich, es war ungezogen — sie wußte aber, daß es nicht an ihr sei, zuerst zu reden. Plötzlich dachte sie an Godolphin, Godolphin mit den Glotzaugen und dem Gewächs an der Nasenspitze und der Besorgtheit um seine Frauen. Was würde er sagen, wenn er sie jetzt sähe, allein in der Kabine mit dem schrecklichen Franzosen?

Der Franzose schrieb weiter, Dona stand immer noch an der Tür. Sie erkannte jetzt, was ihn von andern Männern unterschied. Er trug sein eigenes Haar, wie die Männer das früher pflegten, anstatt der lächerlichen Lockenperücke, die Mode geworden. Sie sah, wie gut ihm das stand, wie unmöglich das andere ihm stehen müßte.

Wie selbständig er aussah, wie freimütig, wie ein College-Student, der auf sein Examen arbeitet. Er hatte sich nicht einmal die Mühe genommen, den Kopf zu heben, als sie in seine Nähe trat. Was mochte er nur so Wichtiges schreiben? Sie versuchte, noch näher an den Tisch heranzugelangen, derart, daß sie es sehen konnte. Da gewahrte sie, daß er gar nicht schrieb, sondern zeichnete; er skizzierte, fein und sehr sorgfältig, einen im Schlammtümpel stehenden Reiher, wie sie einen solchen vor zehn Minuten hatte stehen sehen.

Da war sie verblüfft, fand keine Worte, denn das war nicht Piratenart, wenigstens nicht die Art der Piraten in ihrer Phantasie. Warum konnte er nicht die Rolle spielen, die sie ihm zugedacht hatte, ein böser, scheelblickender Bursche sein, den Mund voll seltsamer Flüche, schmutzig, mit fettigen Händen, an Stelle dieser ernsten Gestalt, die da an dem polierten Tisch saß und sie mit Verachtung strafte?

Endlich begann er, und das mit kaum einer Spur von fremder Betonung; aber noch hatte er sie nicht angesehen, sondern zeichnete an seinem Reiher weiter.

»Es scheint, Sie spionieren gegen mein Schiff«, sagte er.

Das traf sie wie ein Stich — Sie spionierte! Großer Gott, was für eine Anklage!

»Im Gegenteil«, rief sie und sprach mit der kalten, knabenhaften Stimme, die sie der Dienerschaft gegenüber anzunehmen pflegte. »Im Gegenteil, es scheint, Ihre Leute haben sich Übergriffe auf meinen Besitz erlaubt.«

Er blickte sogleich auf, dann erhob er sich — er war groß, viel größer, als sie ihn sich gedacht hatte —, in seinen Augen blinkte ein Glanz der Erkenntnis, wie eine Flamme, und er lachte, wie über ein Geheimnis.

»Ich bitte sehr untertänig um Verzeihung«, sagte er. »Ich hatte nicht gedacht, daß die Gutsherrin in Person mich besuchen komme.«

Er zog einen Stuhl heran, sie setzte sich wortlos.

»Bin ich in Ihrem Auftrag gefaßt und hierher gebracht worden?« fragte sie.

»Meine Mannschaft hat Befehl, jeden zu fesseln, der sich in die Bucht herabwagt. Im allgemeinen sind wir unbelästigt. Sie haben mehr geleistet, als sich die Bewohner der Gegend getrauen; leider haben Sie Ihre Kühnheit büßen müssen. Sie sind aber nicht verletzt oder geschürft worden, oder?«

»Nein«, sagte sie kurz.

»Worüber beklagen Sie sich also?«

»Ich bin es nicht gewohnt, auf solche Art behandelt zu werden«, erwiderte sie, aufs neue erzürnt, denn offensichtlich machte er sich über sie lustig.

»Nein, gewiß nicht«, sagte er ruhig, »aber es tut Ihnen ja nicht weh.« Ihr Zorn machte ihm allerdings Spaß. Er fuhr fort, sich in seinem Stuhl zu schaukeln, zu lächeln, auf seinen Federkiel zu beißen.

»Wie wollen Sie über mich verfügen?« fragte sie.

»Ach, da wären wir«, antwortete er legte dann seine Feder nieder. »Ich muß in meinen Satzungen nachsehen.« Er öffnete ein Schiebefach im Tisch, entnahm diesem einen Band, dessen Seiten er langsam und mit großem Ernst durchblätterte.

»Gefangene — Vergehen bei der Gefangennahme — Verhör — Haft — ihre Behandlung etc. etc.«, er las laut. »Hm, ja, es steht alles da, aber unglücklicherweise beziehen sich diese Sätze auf männliche Gefangene. Ich habe keine Bestimmung hier, die Frauen betreffen. Es ist dies von meiner Seite wohl eine arge Unterlassung.«

Wieder dachte sie an Godolphin, an seine Befürchtungen; trotz ihres Ärgers mußte sie lachen, in Gedanken an seine Worte: »Da der Kerl ein Franzose ist, so ist das nur eine Frage der Zeit.«

Seine Stimme unterbrach ihren Gedankengang. »So ist's besser«, sagte er. »Der Zorn, wissen Sie, steht Ihnen nicht. Jetzt fangen Sie an, mehr sich selber zu gleichen.«

»Was wissen Sie von mir?« fragte sie.

Wieder lachte er und wippte mit dem Stuhl. »Die Dame St. Columb«, gab er zur Antwort, »der verwöhnte Liebling des Hofes. Lady Dona, die in den Londoner Schenken mit ihres Gatten Freunden zecht. Sie sind eine Berühmtheit, sozusagen.«

Sie fühlte, wie sie dunkelrot wurde, unter dem Spott in seinen Worten, seiner ruhigen Verachtung.

»Das ist vorbei«, erwiderte sie, »aus und zu Ende.«

»Für den jetzigen Augenblick, wollen Sie sagen.«

»Nein, für immer.«

Sacht vor sich hin pfeifend, griff er nach seiner Zeichnung, fuhr fort, darauf den Hintergrund zu skizzieren.

»Wenn Sie einige Zeit in Navron verbracht haben, dann werden Sie dessen müde sein«, sagte er, »und der Lärm und die Gerüche Londons werden Sie aufs neue anziehen. Sie werden an diese Laune als an etwas Vergangenes denken.«

»Nein«, erwiderte sie trotzig.

Doch er gab keine Antwort, sondern zeichnete weiter.

Sie sah ihm in Verwunderung zu, denn er zeichnete gut. Sie vergaß, daß sie eine Gefangene war.

»Dieser Reiher stand oben an der Bucht im Schlamm«, bemerkte sie, »ich hatte ihn gesehen, kurz bevor ich auf das Schiff kam.«

»Ja«, sagte er, »er steht immer dort, wenn die Flut zurückgeht. Das ist einer seiner Futtergründe. Er hat sein Nest etwas weiter oben, gegen Gweek zu, im Hauptflußarm. Was haben Sie sonst noch gesehen?«

»Einen Austernfischer, dann einen andern Vogel. Ich glaube, ein Wasserhuhn war es.«

»O ja«, nickte er, »die sind sonst auch dort. Ich denke nur, das Hämmern hat sie vertrieben.«

»Ja«, sagte sie.

Er pfiff beständig, zeichnete dazu; sie betrachtete ihn. Wie natürlich, wie leicht und ungezwungen war es, hier in dieser Kabine, auf diesem Schiff zu sitzen, Seite an Seite mit dem Franzosen, während das Sonnenlicht durch das Fenster strömte und die Ebbe um das Heck des Schiffes gurgelte. Es war seltsam, wie ein Traum, wie etwas, von dem sie stets gewußt, es werde einmal kommen; als sei dies eine Szene in einem Stück, darin sie mitspielen mußte; als habe sich nun der Vorhang gehoben, als flüsterte ihr jemand zu: »So — da wirst du nun beginnen.«

»Die Ziegenmelker sind jetzt in den Abend hinausgeflogen«, erklärte er, »sie haben ihre Schlupfwinkel auf der Hügelseite, weiter unten in der Bucht. Sie sind so vorsichtig, wiewohl es fast unmöglich ist, wirklich an sie heranzugelangen.«

»Ja.«

»Die Bucht, wissen Sie, ist meine Zuflucht«, sagte er, blickte zu ihr auf, alsdann wieder weg. »Ich komme zum Nichtstun hierher. Und dann, gerade wenn die Trägheit mein besseres Teil zu übernehmen droht, habe ich die Kraft, mich loszureißen und wieder abzusegeln.«

»Und Piratereien an meinen Landsleuten zu verüben«, rief sie.

»Und Piratereien an Ihren Landsleuten zu verüben«, klang sein Echo.

»Eines Tages werden sie Sie erwischen«, sagte sie.

»Eines Tages — vielleicht«, meinte er und ging zum Fenster im Hinterteil. Den Rücken ihr zugekehrt, sah er hinaus.

»Schauen Sie nur«, rief er; sie stand auf, stellte sich neben ihn. Sie blickten ins Wasser hinab, wo eine große Schar Möwen hintrieb, begierig auf Brocken wartend.

»Sie kommen immer zu Dutzenden«, unterrichtete er sie; »sie scheinen alle zu wissen, wann wir zurückkehren. Sie kommen hier vom Vorgebirge herein. Meine Leute wollen sie füttern, ich kann sie daran nicht hindern. Ich bin genauso schlimm wie sie. Ich werfe ihnen immer Brocken aus dem Fenster.« Er lachte, nahm eine Brotkruste, warf sie hinab; die Möwen flogen darauf zu, schreiend und kämpfend.

»Vielleicht haben sie freundschaftliche Gefühle für das Schiff«, sagte er; »es war mein Fehler, da ich es ›La Mouette‹ getauft habe.«

»›La Mouette‹ — ›die Seemöwe‹ — oh, natürlich, ich hatte vergessen, was das heißt.« So lehnten sie noch weiter in der Betrachtung der Möwen am Fenster.

Wie verrückt ist das, dachte Dona, warum tue ich nun dies? Es ist nicht, was ich wollte, was ich geplant hatte. Sicherlich gehörte ich jetzt mit Stricken gebunden, in den dunklen Bauch des Schiffes geworfen, geknebelt und mit Schwielen bedeckt. Aber da werfen wir nun den Möwen Brot zu, und ich habe meinen Zorn vergessen.

»Warum sind Sie Pirat?« fragte sie schließlich, das Schweigen brechend.

»Warum reiten Sie so wilde Pferde?« war die Erwiderung.

»Wegen der Gefahr, wegen der Geschwindigkeit, weil ich stürzen könnte«, sagte sie.

»Eben darum bin ich Pirat.«

»Ja, aber . . .«

»Es gibt kein ›Aber‹. Alles ist in der Tat sehr einfach. Da liegen keine verworrenen Probleme. Ich hege gegen die Gesellschaft keinen Groll, keinen Haß auf meine Mitmenschen. Die Aufgaben der Piraterei interessieren mich, kommen meiner besonderen Gedankenrichtung entgegen. Es ist zunächst keine Sache der Grausamkeit und des Blutvergießens. Die Vorbereitung nimmt viele Stunden und Tage in Anspruch, jede Einzelheit einer Landung will durchdacht und überlegt sein. Ich hasse Unordnung oder einen unsachgemäßen Angriff. Das Ganze hat manche Ähnlichkeit mit einer geometrischen Aufgabe, es ist Stoff für das Gehirn. Und dann — nun — dann habe ich meinen Spaß, meine besondere Art von Erregung, meinen Sieg über die andere Partei. Es gewährt große Befriedigung, ist überaus fesselnd.«

»Ja«, sagte sie, »ja, ich verstehe das.«

»Sie sind verblüfft, nicht wahr«, fragte er und blickte lachend auf sie herab, »weil Sie erwartet hatten, mich hier betrunken am Boden liegend zu finden, inmitten von Blut, Messern, Flaschen, kreischenden Weibern.«

Sie erwiderte sein Lächeln, antwortete aber nicht.

Jemand klopfte an die Tür; auf des Franzosen »Herein« erschien einer von seinen Leuten, der auf einem Servierbrett einen großen Topf Suppe herbeitrug. Sie duftete würzig und gut. Der heiße Dampf stieg von ihr auf. Der Mann deckte den Tisch, breitete ein weißes Tuch über sein unteres Ende. Er entnahm einem Schrank eine Flasche Wein. Dona schaute zu. Der Geruch der Suppe regte sie an, sie verspürte Hunger. Der Wein sah kühl aus in seiner schlanken Flasche. Der Mann zog sich zurück; aufblickend gewahrte sie, daß der Herr des Schiffes lächelnd seine Augen auf sie gerichtet hielt.

»Halten Sie mit?«

Sie nickte, kam sich aber wiederum recht töricht vor. Warum konnte er ihre Gedanken lesen? Er holte noch einen Teller und Löffel und ein zweites Glas aus dem Schrank. Hierauf schob er zwei Stühle an den Tisch. Sie sah, es gab frisches Brot, nach französischer Art gebacken. Sie aßen schweigend, dann goß er Wein ein. Er war kalt, klar und nicht zu süß. Während der ganzen Zeit mußte sie denken, wie sehr das alles einem Traum glich, einem Traum, den sie einmal gehabt.

Ich habe das schon früher getan, dachte sie, dieses ist nicht das erste Mal. Aber das war Unsinn, denn freilich war es das erste Mal, und er war für sie ein Fremder. Sie fragte sich, wie spät es sei. Die Kinder waren von ihrem Ausflug zurück, Prue mußte sie jetzt zu Bett bringen. Sie würden vor ihre Tür laufen, dort klopfen, keine Antwort erhalten. Tut nichts, dachte sie, mir ist's eins, und sie trank weiter ihren Wein, betrachtete die Vogelbilder an der Wand und ab und zu verstohlen ihn selber, wenn sie gewiß war, er habe den Kopf von ihr weggedreht.

Da streckte er den Arm nach einem Tabaktopf aus, der da auf einem Schaft stand, nahm von der Mischung, schüttelte sie in seiner Hand. Sie war fein geschnitten und sehr dunkelbraun. Plötzlich traf sie die Wahrheit wie ein Schlag; sie sah den Tabaktopf in ihrem Schlafzimmer, den Band mit den französischen Gedichten, die Zeichnung der Seemöwe auf dem Vorblatt. Sie sah William zu dem Baumgürtel hinablaufen — William — sein Herr, sein Herr, der von Ort zu Ort reiste — dessen Leben eine beständige Flucht war. Sie fuhr von ihrem Stuhl auf und starrte ihn an.

»Großer Gott!« sagte sie.

Ruhig fragte er: »Was gibt es denn?«

»Sie sind's«, rief sie, »Sie haben den Tabaktopf und den Band Ronsard in meinem Schlafzimmer gelassen. Sie haben in meinem Bett geschlafen.«

Er lächelte. Ihre Ausdrucksweise belustigte ihn gleich wie ihr Erstaunen, ihre Verwirrung, ihr Schrecken.

»Habe ich sie dort gelassen?« fragte er. »Ich hatte sie vergessen. Wie gleichgültig und nachlässig von William, so etwas nicht zu bemerken.«

»Ihretwegen ist William in Navron geblieben«, rief sie; »zu Ihrem Frommen schickte er die Diener fort. Alle die Monate über, die wir in London verbracht, sind Sie in Navron gewesen.«

»Nein«, sagte er, »nicht fortwährend. Von Zeit zu Zeit, wenn das sich in meine Pläne schickte. Im Winter kann es hier in der Bucht recht feucht sein. Es war eine Abwechslung, eine köstliche Abwechslung, die Bequemlichkeit Ihres Schlafraums zu genießen. Ich hatte dabei immer die Empfindung, Sie würden mir deshalb nicht zürnen.« Er sah sie immerfort an, mit dem Glanz heimlicher Belustigung in den Augen.

»Sie müssen wissen, ich befragte Ihr Bildnis. Mehrmals habe ich ihm meine Bitte vorgebracht. ›Meine Dame‹, sagte ich (denn ich war ihm sehr ergeben), ›würden Sie einem sehr müden Franzosen die Gunst Ihres Bettes gewähren?‹ Es schien mir, Sie verbeugten sich zustimmend und gaben mir Ihre Erlaubnis. Mitunter lächelten Sie sogar.«

»Es war sehr unrecht von Ihnen«, entgegnete sie, »sehr ungehörig.«

»Ich weiß«, gab er zu.

»Außerdem gefährlich.«

»Das war der Spaß dabei.«

»Und hätte ich es gewußt, so ...«

»Was hätten Sie getan?«

»Ich wäre sofort nach Navron gekommen.«

»Und dann?«

»Ich würde das Haus geschlossen haben. Ich hätte William fortgeschickt. Ich hätte eine Wache auf dem Gut gelassen.«

»Alles das?«

»Ja.«

»Ich glaube Ihnen nicht.«

»Warum nicht?«

»Weil, als ich in Ihrem Bett lag und auf Ihr Bild an der Wand blickte, Sie sich nicht dementsprechend verhalten haben.«

»Wie habe ich mich verhalten?«

»Ganz anders.«

»Was tat ich?«

»Mancherlei.«

»Was denn?«

»Sie trafen zunächst einmal mit meiner Mannschaft zusammen, Sie zeichneten mit Ihrem Namen unter den

Getreuen. Sie waren die erste und die letzte Frau, die das getan.«

Mit diesen Worten erhob er sich vom Tisch; er holte aus einem Schiebfach ein Buch. Dieses öffnete er; sie las oben an der Seite die Worte ›La Mouette‹; ihnen folgte eine Reihe Namen: Edmond Vacquier ... Jules Thomas ... Pierre Blanc ... Luc Dumont ... und so weiter. Er nahm seine Feder, tauchte sie in die Tinte und reichte sie ihr hin.

»Nun«, sagte er, »wie ist's damit?«

Sie nahm sie aus seiner Hand, wog sie einen Augenblick, als ob sie die Frage erwäge; sie wußte nicht, war es der Gedanke an den in London über seinen Karten gähnenden Harry, oder an Godolphin mit den Glotzaugen, oder die gute Suppe, die sie gegessen, der Wein, den sie getrunken; sie war schläfrig und warm und ein wenig sorglos geworden, wie ein Schmetterling in der Sonne. Oder war es, weil er neben ihr stand — sie sah ihn an, lachte plötzlich, schrieb ihren Namen unter die übrigen, auf die Mitte der Seite: Dona St. Columb.

»Jetzt müssen Sie gehen; Ihre Kinder werden sich fragen, was mit Ihnen geschehen sei«, sagte er.

»Ja«, stimmte sie bei.

Er gleitete sie aus seiner Kabine auf das Deck. Dort lehnte er sich über die Brüstung, rief zu den Männern mittschiffs hinab.

»Zuerst müssen Sie vorgestellt werden«, erklärte er; rief wieder, im Befehlston, in dem bretonischen Dialekt, den sie nicht verstand, seinen Leuten etwas zu. In einem Augenblick war die Mannschaft versammelt und schaute neugierig zu ihm herauf.

»Ich werde ihnen sagen, daß Sie von nun an ungehindert zur Bucht kommen werden, daß Sie die Freiheit haben, zu kommen und zu gehen, wie es Ihnen beliebt. Die Bucht gehört Ihnen, das Schiff gehört Ihnen. Sie sind eine der Unsrigen.« Er sprach zu den Männern nur wenige Worte, dann kamen sie, einer nach dem andern zu ihr herauf, verbeugten sich und küßten ihre Hand. Sie lachte sie an und sagte: »Ich danke Ihnen.« — Es war etwas Tolles, Herausforderndes bei allem, etwas wie ein Traum in der Sonnenglut. Unten im Wasser erwartete sie einer von den Leuten im Boot. Sie kletterte über die Bordwand, schwang sich auf die Leiter. Der Franzose half ihr dabei nicht. Er lehnte am Bord und sah ihr zu.

»Und Navron House?« fragte er. »Ist es verriegelt und verrammelt, wird William entlassen?«

»Nein«, sagte sie.

»Aus Höflichkeit werde ich Ihren Besuch erwidern müssen«, meinte er.

»Ganz gewiß.«

»Welches ist die schickliche Stunde? Ich glaube, nachmittags zwischen drei und vier Uhr. Sie werden mir Tee anbieten?«

Sie blickte ihn lachend an, schüttelte den Kopf.

»Das ist für Lord Godolphin und die Landedelleute. Piraten machen bei Damen keine Nachmittagsbesuche. So einer kommt heimlich, in der Nacht; klopft an ein Fenster — und die Gutsherrin, um ihre Sicherheit bangend, empfängt ihn zum Abendessen, beim Kerzenschein.«

»Wie Sie wollen«, sagte er, »dann also morgen abend, um zehn Uhr?«

»Ja.«

»Gute Nacht.«

»Gute Nacht.«

Er stand noch immer an der Brüstung und sah zu, wie sie in dem kleinen Boot an Land gebracht wurde. Die Sonne war hinter den Bäumen niedergegangen, die Bucht ruhte verschattet. Die Reste der Ebbe waren aus den Tümpeln weggeronnen; das Wasser lag still. Ein Wasserhuhn schrie einmal, außer Sichtweite, der Flußbiegung entlang. Das Schiff mit seiner lebhaften Bemalung, seinen schrägen Masten sah fremd und unwirklich aus, wie eine Ausgeburt der Phantasie. Sie drehte ihm den Rücken, eilte durch die Bäume hinauf gegen das Haus, schuldbewußt vor sich hinlächelnd, wie ein Kind, das ein Geheimnis bewahren soll.

Siebentes Kapitel

Im Haus sah sie William am Salonfenster stehen, in der Haltung, als habe er dort aufgeräumt, doch sie wußte, daß er nach ihr ausgeschaut hatte.

Sie wollte es ihm nicht sogleich sagen, wegen des Spaßes, seine Neugier zu quälen. Ins Zimmer tretend und ihr Kopftuch ablegend, bemerkte sie: »Ich habe eine Wanderung gemacht, William, mit meinem Kopf geht es besser.«

»Ich habe das wahrgenommen, gnädige Frau«, versetzte er, die Augen auf sie geheftet.

»Ich ging den Fluß entlang, wo es kühl und ruhig ist.«

»In der Tat, gnädige Frau.«

»Und Lord Godolphin, haben Sie ihn getroffen?«

»Seine Lordschaft war nicht zu Haus, gnädige Frau. Ich habe seinen Diener gebeten, der Dame Ihre Blumen und Ihre Botschaft zu überbringen.«

»Ich danke Ihnen, William.« Sie machte eine Pause, schien die Lilazweige in der Vase zu ordnen, dann: »Ach, William, bevor ich es vergesse. Ich erwarte morgen jemanden zu einem kleinen Abendessen. Es wird ziemlich spät sein, zehn Uhr.«

»Sehr wohl, gnädige Frau. Wieviel Personen werden es sein?«

»Nur zwei, William. Ich und ein Herr.«

»Jawohl, gnädige Frau.«

»Der Herr wird zu Fuß kommen, also braucht der Stallknecht nicht aufzubleiben und kein Pferd bereitzuhalten.«

»Nein, gnädige Frau.«

»Können Sie kochen, William?«

»Ich bin in dieser Kunst nicht ganz unerfahren, gnädige Frau.«

»Dann werden Sie die Dienerschaft zu Bett schicken und für den Herrn und für mich das Abendessen kochen, William.«

»Ja, gnädige Frau.«

»Und Sie sollen zu niemandem im Haus etwas von diesem Besuch erwähnen.«

»Nein, gnädige Frau.«

»In der Tat, William, was ich vorhabe, scheint gegen Brauch und Sitte zu verstoßen.«

»So könnte es scheinen, gnädige Frau.«

»Und sind Sie darüber nicht empört?«

»Nein, gnädige Frau.«

»Warum nicht, William?«

»Weil nichts, was Sie oder mein Herr je getan, oder tun könnten, mich zu empören vermöchte, gnädige Frau.«

Auf das hin brach sie in Lachen aus und klatschte in die Hände.

»O William, mein feierlicher William, Sie haben es also die ganze Zeit gewußt! Wie konnten Sie's wissen, wie konnten Sie's sagen?«

»Es war, als Sie eben heimkehrten, etwas in Ihrem Gang, das Sie verraten hat. Und Ihre Augen waren — wenn ich mich, ohne zu beleidigen, so äußern darf — höchst lebendig. Und da Sie aus der Richtung des Flusses gekommen waren, da rechnete ich zwei und zwei zusammen und sagte mir: »›Es ist geschehen. Sie sind einander endlich begegnet.‹«

»Warum ›endlich‹, William?«

»Weil, gnädige Frau, ich von Natur Fatalist bin, darum stets gewußt habe, daß früher oder später diese Begegnung sich ereignen werde.«

»Ungeachtet dessen, daß ich eine Gutsherrin, ehrbar und verheiratet, Mutter zweier Kinder bin, Ihr Herr dagegen ein ungebundener Franzose und ein Pirat?«

»Ungeachtet alles dessen, gnädige Frau.«

»Es ist sehr unrecht, William. Ich handle gegen die Interessen meines Landes. Man könnte mich dafür ins Gefängnis werfen.«

»Ja, gnädige Frau.«

Doch jetzt hielt er sein Lächeln nicht länger zurück; sein kleiner runder Mund entspannte sich; sie wußte, er werde fortan nicht mehr unergründlich und schweigsam, er werde ihr Freund, ihr Verbündeter sein; sie könne ihm unbedingt vertrauen.

»Billigen Sie Ihres Herrn Beruf, William?« fragte sie.

»Billigen und mißbilligen sind zwei Wörter, die in meinem Wörterbuch nicht vorkommen, gnädige Frau. Piraterei paßt zu meinem Herrn, mehr ist darüber nicht zu sagen. Sein Schiff ist sein Königreich, er kommt und geht, wie es ihm beliebt. Er ist sein eigenes Gesetz.«

»Wäre es nicht möglich, frei und nach Gutdünken zu leben, aber doch kein Pirat zu sein?«

»Mein Herr denkt nein, gnädige Frau. Er ist der Meinung, daß solche, die in dieser unserer Welt ein normales Leben führen, zu Gewohnheiten, Bräuchen, einer Daseinsführung genötigt werden, die möglicherweise alle Ursprünglichkeit und auch Unmittelbarkeit ertötet. Ein Mensch wird zum Zahn in einem Radwerk, zum Teil in einem System. Weil jedoch ein Pirat ein Empörer ist, ein Ausgestoßener, enträt er der Welt. Er ist von Banden frei, ohne die von Menschen ausgeheckten Prinzipien.«

»Er hat Zeit, er selbst zu sein.«

»Ja, gnädige Frau.«

»Der Gedanke, daß Piraterei etwas Unrechtes sei, quält ihn weiter nicht.«

»Er raubt von denen, die es ertragen können, beraubt zu werden, gnädige Frau. Vieles von dem, was er raubt, schenkt er weg. Die arme Bevölkerung der Bretagne hat davon oft ihren Gewinn. Nein, die moralische Frage kümmert ihn nicht.«

»Er ist nicht verheiratet, vermute ich?«

»Nein, gnädige Frau. Ehe und Piratentum gehen nicht zusammen.«

»Aber wie, wenn seine Frau eine Liebe zur See hätte?«

»Frauen sind geschaffen, um den Naturgesetzen zu gehorchen, Kinder hervorzubringen, gnädige Frau.«

»Ach, sehr wahr, William.«

»Und Frauen, die Kinder hervorbringen, haben eine Vorliebe für ihren eigenen Herd; sie mögen später nicht länger umherschweifen. Darum sieht ein Mann sich vor der Wahl: zu Haus zu bleiben und sich zu langweilen, oder umherzuziehen und unglücklich zu sein. In beiden Fällen ist er verloren. Nein, um wahrhaft frei zu sein, muß ein Mann allein segeln.«

»Ist das die Philosophie Ihres Herrn, William?«

»Warum das, gnädige Frau?«

»Weil ich auch mein Schiff haben möchte und ins Weite fahren, nach meinem Gesetz.«

Während sie sprach, vernahm man von oben an der Treppe einen lauten Schrei, dem ein Wehklagen folgte, und dann erhob sich Prues scheltende Stimme. Dona schüttelte den Kopf, lächelnd: »William, Ihr Herr hat recht, wir alle sind Schräubchen in einem Uhrwerk, Mütter ganz besonders. Nur die Piraten sind frei.« Sie stieg zu ihren Kindern hinauf, um sie zu beschwichtigen und ihre Tränen zu trocknen.

In dieser Nacht, als sie zu Bett gegangen, griff sie nach dem Band Ronsard auf dem Tisch neben sich. Sie bedachte, wie seltsam es war, daß hier der Franzose gelegen, den Kopf auf ihrem Kissen, eben dieses Buch in seiner Hand, seine Tabakspfeife im Mund. Sie stellte sich ihn vor, wie er, nachdem er genug gelesen, das Buch, so wie sie jetzt, weglegte und sich zum Schlaf auf die Seite drehte. Sie fragte sich, ob er jetzt schlief, in der kühlen, ruhigen Schiffskabine, während das Wasser an den Wänden leckte, die Bucht in geheimnisvollem Schweigen lag. Oder ob er wie sie auf dem Rücken, die Augen in der Dunkelheit geöffnet, vom Schlaf weit entfernt, über die Zukunft brütend, seine Hände hinter dem Kopf gefaltet hielt.

Als sie sich am folgenden Morgen aus ihrem Schlafzimmer lehnte, die Sonne auf ihrem Gesicht fühlte und den hellen, glänzenden Himmel dank dem Ostwind in scharfem Glast blinken sah, galt ihr erster Gedanke dem leichten Schiff in der Bucht. Dann erinnerte sie sich, wie behaglich der Ankerplatz war, in der Tiefe des Tals, hinter den Bäumen geborgen!; wie sie dort kaum etwas wahrnehmen konnten von der bewegten Flut, die den nachbarlichen Fluß durchtobte, die kurzen Wellen in Wirbeln, während die Sturzwellen sich schäumend in der Mündung brachen. Sie dachte an den kommenden Abend und an die gemeinsame Mahlzeit; ihr Lächeln verriet die ganze schuldbewußte Erregung eines Verschwörers. Der Tag selbst war wie ein Vorspiel, ein Vorgeschmack der kommenden Dinge; sie ging in den Garten, um Blumen zu schneiden, wiewohl die in den Zimmern noch nicht welk waren.

Das Blumenschneiden hatte für ihre unstete Verfassung etwas Friedliches, Besänftigendes; schon das Befühlen der Blumenblätter und der langen Stengel, wenn sie solche in den Korb legte; und später das Ordnen in den verschiedenen Vasen, die William für sie frisch gefüllt hatte, nachdem die Reste aus ihnen entfernt worden waren.

Auch William war ein Verschwörer. Sie hatte ihn beobachtet, wie er im Speisezimmer das Silber putzte; er hatte sie verständnisvoll angeblickt, denn er wußte, warum sie sich so eifrig bemühte.

»Wir wollen Navron völlig gerecht werden«, sagte sie; »bringen Sie alles Silber hervor, William, und stellen Sie Kerzen in jeden Leuchter, zünden Sie alle Kerzen an. Wir wollen das Geschirr mit dem Rosarand aufstellen, das sonst für Festmahlzeiten aufgehoben bleibt.« Es war erheiternd und belebend. Sie selbst ging das Tischservice holen, wusch die staubigen Platten, schmückte die Mitte des Tisches mit jungen Knospen und frischen Rosen. Darauf ging sie mit William in den Keller, suchte beim Kerzenlicht unter den spinnwebbedeckten Flaschen. Er brachte einen Wein hervor, den sein Herr überaus schätzte, von dem sie nicht gewußt, daß er hier vorhanden sei. Unter ihrem verstohlenen Lachen und Flüstern fühlte sich Dona wie ein Kind, das hinter dem Rücken seines Erziehers etwas anstellt und sich darüber freut.

»Was werden wir essen?« fragte sie. Er schüttelte den Kopf und wollte nicht herausrücken.

»Seien Sie unbesorgt, gnädige Frau, ich werde Sie nicht enttäuschen.«

Sie ging wieder in den Garten, singend und das Herz von einer närrischen Freudigkeit erfüllt. Der heiße Vormittag verging, dampfend im starken Ostwind, auch die langen Stunden des Nachmittags, der Tee mit den Kindern unter dem Maulbeerbaum. So kam der Abend heran, die Schlafenszeit und das Aufhören des Windes, während die Sonne niederging, der Himmel glühte, dann die ersten Sterne erglänzten.

Sie ging in ihr Zimmer; vor ihrem Kleiderschrank fragte sie sich, welches Kleid sie tragen solle. Sie wählte ein crèmefarbenes, das sie oft getragen und von dem sie wußte, daß es ihr gut stand. In den Ohren befestigte sie die Rubinringe, die Harrys Mutter gehört hatten, um ihren Hals das Rubingehänge.

Er wird es nicht bemerken, dachte sie, er gehört nicht zu diesen Leuten, er achtet weder auf Frauen noch auf Juwelen, noch auf ihre Kleider. Gleichwohl kleidete sie sich mit Sorgfalt, ringelte ihre Locken um ihre Finger und band sie hinter den Ohren fest. Plötzlich hörte sie die Stalluhr zehn schlagen. Erschrocken legte sie den Kamm beiseite und ging hinab. Die Treppe führte stracks in das Eßzimmer. Wie sie ihn geheißen, hatte William jede Kerze angezündet; das helle Silber glänzte dem Tisch entlang, William selbst stand da, auf der Anrichte Schüsseln ordnend; sie ging sehen, was er vorbereitet hatte. Dann lächelte sie: »Ach, William, jetzt weiß ich, warum Sie diesen Nachmittag nach Helford gegangen und mit einem Korb zurückkehrt sind.« Auf der Platte lagen Krabben, französisch zubereitet und angerichtet; es gab kleine neue Kartoffeln, in ihren Häuten gekocht, frischen grünen Salat, mit Schnittlauch bestreut, und rote Radieschen. Er hatte Zeit gefunden, Kuchen zu backen; dünne schmale Schnitten mit Rahm dazwischen, nahe dabei in einer Glasschale die ersten wilden Stachelbeeren des Jahres.

»William, Sie sind ein Genie«, sagte sie; er verbeugte sich und erlaubte sich zu lächeln. »Es freut mich, Sie fröhlich zu sehen, gnädige Frau.«

»Wie sehe ich aus? Wird Ihr Herr es richtig finden?« fragte sie ihn, sich auf den Fersen drehend. »Er wird keine Bemerkung machen«, erwiderte der Diener, »doch ich denke, er wird für Ihre Erscheinung nicht ganz unempfindlich sein.«

»Danke Ihnen, William«, sagte sie ernst. Sie ging in den Salon hinüber, ihren Gast zu erwarten. William hatte der größeren Sicherheit halber die Vorhänge zugezogen, sie aber stieß sie zurück, damit die Sommernacht hereinströme. Und während sie das tat, kam der Franzose durch den Rasen auf sie zu, eine hohe, dunkle, lautlos schreitende Gestalt.

Sie sah, er hatte sich ihrer Laune angepaßt; wissend, sie werde die Gutsfrau spielen, hatte er sich gesellschaftlich gekleidet, wie sie das auch getan, so als handle sich's um eine Abendpartie. Der Mondschein berührte seine weißen Strümpfe, glänzte auf den silbernen Schnallen seiner Schuhe. Sein langer Rock war weinfarben, ebenso seine Schärpe, wiewohl in tieferem Tone; um Hals und Handgelenke trug er Spitzen. Auch jetzt verachtete er die modische Lockenperücke und trug sein eigenes Haar frei wie ein Kavalier. Dona hielt ihm ihre Hand hin. Dieses Mal beugte er sich über sie, wie das ein Gast tun soll, streifte sie mit den Lippen. Hierauf stand er auf der Schwelle des Salons, beim Fenster; lächelnd blickte er auf sie hin. »Das Essen wartet auf Sie«, sagte sie, in einer plötzlichen Anwandlung von Scheu; er antwortete nicht, er folgte ihr ins Speisezimmer, wo William wartend hinter ihrem Stuhl stand.

Eine Weile betrachtete der Gast den Glanz der Kerzen, den hellen Schein des Silbers, das festliche Geschirr mit dem Rosarand; dann wandte er sich an seine Gastgeberin, mit dem leicht spöttischen Lachen, auf das sie gefaßt gewesen: »Dachten Sie, es sei klug von Ihnen, alle diese Versuchungen vor einem Piraten spielen zu lassen?«

»Das ist Williams Fehler«, entgegnete Dona, »alles ist Williams Werk.«

»Ich glaube Ihnen nicht«, sagte er. »Nie zuvor hat William für mich solche Vorbereitungen getroffen — oder, William? Sie haben mir ein Kotelett auf einer Platte hingestellt, haben einen von den Stühlen etwas abgebürstet und mir gesagt, ich müsse zufrieden sein.«

»Ja, Herr«, bestätigte William. Seine Augen glühten in seinem kleinen runden Gesicht. Dona setzte sich zu

Tisch, nun nicht mehr scheu, denn Williams Gegenwart brach das Zwanghafte zwischen ihnen. Er verstand seine Rolle, den Mond hinter dem Berg zu spielen, vollkommen, bot sich absichtlich offen als Zielscheibe für die Scherze seiner Herrin dar, empfing mit einem Lächeln oder Achselzucken die Witze seines Herrn. Die Krabben waren gut, der Salat vorzüglich, die Kuchen leicht wie Luft, die Stachelbeeren Nektar, der Wein Vollkommenheit.

»Trotzdem bin ich ein besserer Koch als William«, betonte sein Herr, »und eines Tages sollen Sie mein Frühlingshähnchen, am Spieß gebraten, kosten.«

»Ich glaube es nicht«, sagte sie, »Hähnchen wurden niemals in Ihrer Kabine gebraten, die wie eine Einsiedlerzelle aussieht. Kochen und Philosophieren gehen nicht zusammen.«

»Im Gegenteil, das gehen sie sehr wohl«, sagte er, »ich will indessen Ihr Hähnchen nicht in meiner Zelle braten. Wir bauen ein Holzfeuer im Freien, am Ufer der Bucht, dort will ich Ihr Hähnchen braten. Aber Sie müssen es aus Ihren Fingern essen. Und wir werden dort kein Kerzenlicht haben, allein das Licht des Feuers.«

»Und vielleicht wird der Ziegenmelker, von dem Sie mir erzählt haben, auch nicht schweigen.«

»Vielleicht.«

Er lächelte ihr über den Tisch hinüber zu. Plötzlich sah sie sich mit ihm das Feuer bauen, am Wasser, auf dem Uferrand. Die Flammen in der Luft krachten und zischten, der gute verbrannte Geruch des bratenden Hähnchens drang ihnen in die Nase. Das Kochen würde ihn ebenso beanspruchen wie gestern das Zeichnen des Reihers; seine Piraterei wäre darüber aufgeschoben. Sie bemerkte, daß William sie verlassen hatte, erhob sich vom Tisch, blies die Kerzen aus und führte den Gast in den Salon.

»Rauchen Sie, wenn Sie mögen«, ermunterte sie ihn. Dort, auf dem Kaminsims vor sich, erkannte er seinen Tabaktopf.

»Die vollendete Gastgeberin«, sagte er.

Sie setzte sich, aber er stand noch länger dort am Kamin, stopfte seine Pfeife; währenddessen sah er sich in dem Raum um.

»Es ist alles sehr viel anders als im Winter«, meinte er; »als ich damals kam, lagen Decken über den Möbeln, keine Blumen waren da. Etwas Düsteres war über dem Raum. Das alles haben Sie geändert.«

»Alle unbewohnten Häuser wirken wie Gräber«, entgegnete sie.

»O ja — aber ich wollte nicht dieses sagen. Wenn jemand anders die Stille unterbrochen hätte, so wäre Navron gleichwohl ein Grab geblieben.«

Sie gab keine Antwort. Sie war nicht gewiß, was er meinte. Eine Zeitlang schwiegen beide. Dann fragte er: »Was hat Sie letzten Endes nach Navron gebracht?«

Sie spielte mit der Quaste eines Kissens hinter ihrem Kopf. »Sie sagten mir gestern, Lady St. Columb sei eine Berühmtheit gewesen, Sie hätten von ihren Unternehmungen reden hören. Vielleicht war ich Lady St. Columbs müde und wünschte sonst jemand zu sein.«

»Mit anderen Worten, Sie versuchten auszureißen?«

»William hat mir gesagt, daß Sie es so nennen würden.«

»William besitzt Erfahrung. Er hat mich das gleiche tun sehen. Einst gab es einen Mann mit Namen Jean-Benoit Aubéry, der hatte in der Bretagne Güter, Geld, Freunde, Verantwortlichkeiten, und William war sein Diener. Williams Herr wurde des Jean-Benoit Aubéry müde, verwandelte sich in einen Piraten und baute ›La Mouette‹.«

»Und ist es wirklich möglich, ein anderer zu werden?«

»Ich fand das.«

»Und sind Sie glücklich?«

»Ich bin zufrieden.«

»Wo liegt der Unterschied?«

»Zwischen Glück und Zufriedenheit? Da haben Sie mich! Er ist nicht leicht in Worte zu fassen. Zufriedenheit ist ein Zustand, da Geist und Körper harmonisch, reibungslos zusammenwirken. Der Geist ist dabei in Frieden, der Leib ebenso. Beide genügen sich selbst. Glück ist etwas Betörendes — es kommt vielleicht einmal während einer Lebensdauer — und nähert sich der Ekstase.«

»Also nicht etwas Dauerndes wie die Zufriedenheit?«

»Nein, nicht etwas Dauerndes. Es gibt hingegen Grade der Glückseligkeit. Ich erinnere mich zum Beispiel eines Augenblicks, nachdem ich Pirat geworden, als ich meinen ersten Handstreich gegen eines Eurer Handelsschiffe durchgefochten. Ich hatte Erfolg gehabt, schleppte meine Beute in den Hafen. Das war ein guter Augenblick, belebend, glückfreudig. Ich hatte ausgeführt, was ich mir vorgenommen hatte, und war des Gelingens nicht sicher gewesen.«

»Ja, sagte sie, »ja — ich verstehe das.«

»Noch andere Momente waren dazugekommen. Das Vergnügen, das es gewährt, wenn ich zeichne, und schließlich die Zeichnung, die ich betrachte, die Gestalt hat, die ich ihr geben wollte. Das ist eine andere Stufe des Glückes.«

»Für einen Mann ist das leichter«, meinte sie, »ein Mann ist ein Schöpfer; Glück kommt für ihn mit den Dingen, die er hervorbringt. Was er erschafft mit seinen Händen, mit seinem Hirn, seinem Talent.«

»Möglich«, entgegnete er. »Aber Frauen bekommen Kinder, sie sind nicht träge. Das ist eine größere Leistung, als irgend etwas zu zeichnen oder eine Unternehmung zu planen.«

»Glauben Sie das?«

»Aber gewiß.«

»Daran habe ich früher nie gedacht.«

»Sie haben zwei Kinder, nicht wahr?«

»Ja — zwei.«

»Als Sie das erste Mal am einen von ihnen herumsorgten, waren Sie sich da des Vollbrachten nicht bewußt? Sagten sie da zu sich nicht: Das ist etwas, das ich selbst geschaffen habe. Kam das nicht dem Glück sehr nah?«

Dona dachte einen Augenblick nach und mußte dann lächeln. »Vielleicht«, sagte sie.

Er wandte sich von ihr ab, berührte die Gegenstände auf dem Kaminsims.

»Sie dürfen nicht vergessen: ich bin ein Pirat«, sagte er; »Sie lassen Ihre Schätze hier in unverzeihlich leichtsinniger Weise herumfahren. Diese kleine Schatulle zum Beispiel ist mehrere hundert Pfund wert.«

»Aber ich traue Ihnen doch.«

»Das ist unklug.«

»Ich liefere mich Ihrer Gnade aus.«

»Ich gelte für unbarmherzig.«

Er stellte das Kästchen wieder hin, ergriff Harrys Miniatur, betrachtete sie kurz und pfiff dabei leise.

»Ihr Gatte?« fragte er.

»Ja.«

Ohne Kommentar stellte er die Miniatur an ihren Platz zurück. Aber wie er das tat, ohne etwas über Harry oder das Bild selbst zu sagen, das machte sie merkwürdig befangen. Sie fühlte, er hatte von Harry keine große Meinung, hielt ihn für einen Tölpel; auf einmal wünschte sie, die Miniatur hätte nicht dort gestanden, oder Harry wäre irgendwie anders.

»Es wurde vor vielen Jahren gemacht«, hörte sie sich plötzlich, wie zu ihrer Verteidigung, sagen, »noch vor unserer Ehe.«

»Ach ja«, murmelte er. Dann gab es eine Pause, und dann . . .

»Ihr Bildnis, oben in Ihrem Zimmer, wurde das um dieselbe Zeit gemalt?«

»Ja, oder wenigstens — es wurde bald nach meiner Verlobung mit Harry geschaffen.«

»Und wie lange sind Sie verheiratet?«

»Sechs Jahre. Henrietta ist fünf.«

»Was bestimmte Sie zur Heirat?«

Einen Augenblick starrte sie ihn an; seine Frage kam unerwartet. Darauf, weil er so ruhig sprach, mit solcher Mäßigung, als frage er sie, warum sie eine bestimmte Platte für das Abendessen ausgewählt habe, mache sich aber wenig aus der Antwort, sagte sie ihm die Wahrheit, ohne zu bedenken, daß sie diese früher niemals eingestanden hätte: »Harry war unterhaltend, und ich liebte seine Augen.«

Während sie sprach, war es ihr, ihre Stimme klinge wie aus weiter Ferne, als wenn jemand anders redete.

Er antwortete nicht. Er war vom Kaminsims weggetreten, hatte sich in einen Stuhl gesetzt und zog aus der großen Tasche seines Rockes ein Stück Papier. Sie starrte weiter vor sich hin, dachte plötzlich über Harry nach, über die Vergangenheit; dachte an ihre Hochzeit in London, an die große Menschenansammlung, und wie Harry, sehr jugendlich, vielleicht durch die Verantwortlichkeiten, die er auf sich warten sah, abgeschreckt, und da es ihm an Phantasie gebrach, zuviel trank. Er schien so anmaßender, als er war, vermochte aber nur den Eindruck eines großen Narren und Schwachkopfs zu hinterlassen. Dann fuhren sie durch England, um seine Freunde zu besuchen, die sich für immer in anderer Leute Häusern festgesetzt hatten, in einer erzwungenen, künstlichen Atmosphäre. Und sie, fast augenblicklich mit Henrietta schwanger gehend, wurde reizbar, launisch, ihrer ganz unähnlich; jede Art von Übelkeit war für sie etwas völlig Ungewohntes. Nicht reiten, wandern, alle die Dinge, die sie zu tun wünschte, nicht ausüben zu können, das steigerte ihre Gereiztheit. Hätte sie wenigstens bei Harry Verständnis gefunden. Nach dessen Meinung aber war Verständnis weder Schweigen noch Zärtlichkeit, noch Zurückhaltung, vielmehr ein herzhafter Lärm, eine vermehrte Fröhlichkeit, ein übertriebener Aufwand in dem Versuch, sie zu lieben; vor allem ein Übermaß an Zärtlichkeit, womit ihr durchaus nicht geholfen war.

Sie sah plötzlich auf und gewahrte, daß ihr Gast sie zeichnete.

»Sind Sie mir böse?« fragte er.

»Nein«, rief sie, »bestimmt nicht«, gespannt auf die entstehende Zeichnung. Sie sah eine rasche und gewandte Hand, konnte jedoch das Papier nicht sehen; er hielt es gegen das Knie gedrückt.

»Wie ist William Ihr Diener geworden?« fragte sie.

»Seine Mutter war eine Bretonin — ich glaube, Sie haben das nicht gewußt?«

»Nein.«

»Sein Vater war ein Söldner, ein Abenteurer, der einmal den Weg nach Frankreich fand und dort heiratete. Williams Aussprache muß Ihnen aufgefallen sein.«

»Ich hielt sie für kornisch.«

»Die Leute in Cornwall und die Bretonen sind einander sehr ähnlich. Beide sind Kelten. Ich entdeckte William zuerst, barfuß laufend, in zerrissener Hose, auf der Landstraße von Quimper. Er steckte in irgendeiner Verlegenheit, aus der ich ihn zu befreien vermochte. Von da an gehörte er zu den Getreuen. Er lernte von seinem Vater Englisch. Ich glaube, als ich mit ihm zusammentraf, hatte er schon jahrelang in Paris gelebt. Ich habe nie in Williams Lebensgeschichte geforscht; seine Vergangenheit ist sein Eigentum.«

»Warum lehnte William es ab, ein Pirat zu werden?«

»Ach, aus einem sehr prosaischen, recht unromantischen Grund. William hat einen schwachen Magen. Der Kanal, der die Küsten von Cornwall und der Bretagne trennt, ist für ihn zuviel.«

»So fand er seinen Weg nach Navron, das für seinen Herrn ein ausgezeichnetes Versteck abgibt?«

»Durchaus so.«

»Und kornische Männer werden beraubt, kornische Frauen sehen ihr Leben bedroht, und mehr als ihr Leben, wie Lord Godolphin mir sagt?«

»Die kornischen Frauen schmeicheln sich.«

»Eben das wollte ich Lord Godolphin erwidern.«

»Warum haben Sie's nicht getan?«

»Weil ich nicht das Herz hatte, ihn zu kränken.«

»Wir Franzosen haben einen Ruf der Galanterie, der ganz unbegründet ist. Wir sind scheuer, als Sie uns einschätzen. Hier — Ihr Bild ist fertig.«

Er gab ihr die Zeichnung; die Hände in den Rocktaschen, lehnte er sich in seinem Stuhl zurück. Dona betrachtete die Zeichnung schweigend. Sie sah, daß das Gesicht, das von dem zerrissenen Papier sie anblickte, der anderen Dona gehörte — jener Dona, die sie nicht zugeben wollte, nicht einmal vor sich selbst. Die Züge waren unverändert, die Augen, die Qualität des Haares; aber der Ausdruck der Augen war der, den sie mitunter, wenn sie allein war, im Spiegel wahrgenommen. Da war jemand mit verlorenen Illusionen, jemand, der aus einem zu engen Gefängnis in die Welt sah, sie anders findend, als erwartet worden, bitter und ein wenig wertlos.

»Es ist nicht sehr schmeichelhaft«, sagte sie endlich.

»Das war auch nicht meine Absicht«, erwiderte er.

»Sie haben mich älter gemacht, als ich bin.«

»Möglich.«

»Und es ist etwas Unruhiges um den Mund.«

»Das wohl.«

»Und — eine seltsame Falte zwischen den Brauen.«

»Ja.«

»Ich glaube nicht, daß ich es sehr liebe.«

»Nein, ich befürchtete, Sie würden das nicht. Schade. Ich hätte von der Seeräuberei zur Bildnismalerei hinüberwechseln können.«

Sie gab es ihm wieder zurück, dabei sah sie, daß er lächelte.

»Frauen lieben es nicht, die Wahrheit über sich selbst zu hören«, versetzte er.

»Liebt das irgend jemand?« fragte sie.

Sie wollte die Diskussion nicht fortsetzen. »Ich sehe jetzt, warum Sie ein erfolgreicher Pirat sind«, sagte sie zu ihm, »Sie sind ganz in Ihrer Arbeit. Das verraten auch Ihre Zeichnungen. Sie gehen auf den Kern der Sache.«

»Vielleicht war ich nicht korrekt«, warf er ein. »Ich erhaschte diesen besondern Ausdruck unversehens, als sich in Ihrem Gesicht eine bestimmte Verfassung ausdrückte. Wenn ich Sie aber ein andermal zeichnete, wenn Sie zum Beispiel mit Ihren Kindern spielen oder wenn Sie sich einfach dem Entzücken überlassen, entwischt zu sein — dann ergäbe die Zeichnung etwas durchaus anderes. Dann könnten Sie mir vorwerfen, daß ich Ihnen schmeichle.«

»Bin ich wirklich so veränderlich?«

»Ich habe nicht gesagt, Sie seien veränderlich. Es geschieht aber, daß sich, was durch Ihr Inneres geht, auf Ihrem Gesicht spiegelt. Eben das ist es, was ein Künstler braucht.«

»Wie gefühllos von dem Künstler.«

»Wie das?«

»Auf Kosten des Modells dessen Erregung wiederzugeben. Eine Stimmung zu erfassen, zu Papier zu bringen und damit den Inhaber dieser Stimmung zu beschämen.«

»Möglich. Doch auf der andern Seite mag die Inhaberin der Stimmung, wenn sie sich zum ersten Mal gespiegelt sieht, beschließen, diese Stimmung völlig aufzugeben, als etwas Unwürdiges und eine Zeitverschwendung.«

Während er sprach, riß er die Zeichnung entzwei, und darauf noch in kleine Stücke. »Da«, sagte er, »wir wollen das vergessen. Jedenfalls war es unverzeihlich. Sie sagten mir gestern, ich sei in Ihr Gebiet eingebrochen. Es ist mein Fehler in mehr als einer Beziehung. Piraterei zeitigt üble Gewohnheiten.«

Er stand auf. Sie sah, daß er vorhatte zu gehen.

»Verzeihen Sie mir«, bat sie, »ich muß Ihnen zänkisch oder verwirrt erschienen sein. Die Wahrheit ist — als ich Ihre Zeichnung erblickte, war ich beschämt, weil zum ersten Mal jemand mich so gesehen hatte, wie ich mich zuweilen selber sehe. Es war mir, wie wenn ich an meinem Leibe einen Makel trüge, und Sie hätten mich nackt ausgezogen.«

»Ja, doch setzen wir voraus, der Künstler selbst trage einen solchen Makel, einen, der noch viel mehr entstellt; braucht das Modell sich alsdann zu schämen?«

»Sie meinen, es bestehe dann ein Band zwischen ihnen?«

»Gerade das.« Wieder lächelte er, dann wandte er sich ab und trat ans Fenster. »Wenn der Ostwind gegen diese Küste loslegt, dann hält er mehrere Tage an«, sagte er. »Mein Schiff wird dem Rechnung tragen müssen; ich habe Muße und kann zeichnen. Vielleicht erlauben Sie mir, Sie nochmals zu porträtieren?«

»Mit einem andern Ausdruck?«

»Es ist an Ihnen, das zu bestimmen. Vergessen Sie nicht, daß Sie Ihren Namen in mein Buch eingetragen haben. Wenn das Verlangen einmal über Sie kommt, Ihre Flucht zu vervollständigen, die Bucht ist Flüchtlinge gewohnt.«

»Ich werde es nicht vergessen.«

»Es gibt Vögel zu belauern und Fische zu fangen und

Flüsse zu erforschen. Alles das sind Methoden des Entkommens.«

»Die Sie erfolgreich erprobt haben?«

»Die ich erfolgreich gefunden habe. Ich danke Ihnen für mein Abendessen. Gute Nacht.«

»Gute Nacht.«

Diesmal berührte der Franzose ihre Hand nicht, sondern ging durch das Fenster hinaus, ohne zurückzuschauen; sie sah ihn zwischen den Bäumen verschwinden, die Hände tief in den Taschen seines Rockes vergraben.

Achtes Kapitel

Die Luft im Innern des Hauses war erstickend; wegen des Befindens seiner Gattin hatte Lord Godolphin angeordnet, daß die Fenster geschlossen, die Vorhänge niedergelassen sein sollten, um sie vor den Sonnenstrahlen zu bewahren. Das hochsommerliche Strahlen würde sie ermatten, die weiche Luft ihre schon welken Wangen noch fahler färben. Aber so auf dem Sofa liegen, durch Kissen gestützt, mit seinen Freunden kleine Artigkeiten austauschend, in dem halbdunklen Raum, der erfüllt war von dem schweren Gesumme und dem warmen Geruch Kuchen verzehrender Menschen — das konnte niemanden ermüden. Es war dies sowohl Lord Godolphins als seiner Dame Art und Weise der Entspannung.

Nie wieder, dachte Dona, nie wieder werde ich mich dazu überreden lassen, weder Harrys wegen noch aus Gewissensgründen, meine Nachbarn zu besuchen. Ein Interesse für einen Mopshund heuchelnd, der sich in ihr Kleid schmiegte, gab sie ihm das feuchte Stück Kuchen, das Godolphin selbst ihr aufgenötigt hatte. Aus ihren

Augenwinkeln hatte sie erkannt, daß sie beobachtet worden, und, Schrecken über Schrecken, da kam ihr Gastgeber nochmals auf sie zugelaufen, mit einem neuen Kuchenvorrat in seiner Hand. Sie war gezwungen, ein falsches Lächeln zu lächeln, sich dankend zu verneigen, ein weiteres triefendes Stück zwischen ihre widerstrebenden Lippen zu führen.

»Könnten Sie Harry nur dazu überreden, auf die Freuden der Stadt zu verzichten«, bemerkte Godolphin, »wir könnten dann häufig solch kleine, unterhaltende Zusammenkünfte haben. Bei dem gegenwärtigen Gesundheitszustand meiner Frau wäre eine große Gesellschaft ein Wagnis; doch einige wenige Freunde, wie wir sie heute zusammengebracht haben, das kann ihr nur guttun. Ich bedaure überaus, daß Harry nicht hier ist.«

Zufrieden mit seiner Gastgeberschaft ließ er die Blicke schweifen. Dona, in ihrem Stuhl zurückgesunken, betrachtete nochmals die fünfzehn oder sechzehn Personen in dem Raum, die, ihrer Gesellschaft, die sie durch eine große Zahl von Jahren gepflegt hatten, gegenseitig müde, mit matter Teilnahme zu ihr hinsahen. Die Damen musterten ihr Kleid, ihre neuen langen Handschuhe, mit denen sie auf ihrem Schoß spielte, den Hut mit der geschwungenen Feder, die ihre rechte Wange verdeckte. Die Männer glotzten stumm, als befänden sie sich in den vorderen Sitzen des Schauspielhauses. Der eine oder andere erkundigte sich, mit schwerfälligem Humor, nach dem Leben am Hof, den Vergnügungen des Königs, als wäre der Umstand, daß sie aus London gekommen, eine Gewähr für ihre vollständige Kenntnis jenes Lebens und seiner Gewohnheiten. Sie haßte das Reden um des Redens willen. Wiewohl sie ihnen manches hätte erzählen können, von Streichen und Geschichten, die nun hinter ihr lagen, dem künstlichen gemalten London, den Fackelträgern, die auf den Zehenspitzen durch die staubigen, gepflasterten Straßen Londons eilten, den prahlenden Galanen, die ein wenig zu laut in den Türen der Tavernen lachten und allzu häufig sangen, von dieser zigeunerhaften betrunkenen Umgebung unter dem Vorsitz von einem, der sein Hirn nicht anzustrengen begehrte, überwacht von einem dunklen, herumwandernden Auge, einem hämischen Lachen, sagte sie davon kein Wort. Statt dessen versicherte sie, wie sehr sie das Land liebe.

»Es ist ein Jammer, daß Navron so abseits liegt«, bedauerte jemand, »Sie müssen es dort schrecklich einsam finden. Wohnten wir alle Ihnen doch nur etwas näher, wir könnten uns öfter sehen.«

»Wie gütig von Ihnen«, sagte Dona. »Harry wüßte die Anregung sicher zu schätzen. Aber die Straße von Navron ist so schlecht. Ich hatte heute große Mühe herzukommen. Und dann, sehen Sie, ich bin eine eifrige Mutter. Meine Kinder beanspruchen fast meine ganze Zeit.« Sie lächelte der Gesellschaft zu; ihre Augen blickten groß und unschuldig; doch während sie sprach, sah sie in ihrer Vorstellung das Boot, das bei Gweek auf sie warten würde, die Fischleine am Hinterteil aufgerollt, und den Mann, der dort untätig harrte, mit abgeworfenem Rock, die Ärmel bis über die Ellbogen hochgekrempelt.

»Ich finde, Sie beweisen einen bemerkenswerten Mut«, seufzte die Lady, »in Abwesenheit Ihres Gatten allein hier zu leben. Mir wird es unbehaglich, wenn meiner nur ein paar Stunden während des Tages abwesend ist.«

»Das ist, den Umständen entsprechend, entschuldbar«, murmelte Dona, ein Lachen und eine ungeheuerliche Bemerkung unterdrückend, denn der Gedanke an Lady Godolphin, die hier auf diesem Sofa nach ihrem Gatten schmachtete, mit seinem betrüblichen Auswuchs an so sichtbarer Stelle, machte sie boshaft.

»Sie sind, ich möchte das annehmen dürfen, zu Navron in gutem Schutz?« fragte Godolphin feierlich. »Es gibt viel Untugend und Gesetzlosigkeit in diesen Tagen. Sie haben Diener, auf die Sie sich verlassen können?«

»Unbedingt.«

»So ist's recht. Hätte es sich anders verhalten, dann würde ich, meiner alten Freundschaft mit Harry gedenkend, Ihnen zwei oder drei von meinen eigenen Leuten hinübergeschickt haben.«

»Ich versichere Ihnen, daß solches vollkommen unnötig wäre.«

»So mag es Ihnen wohl scheinen. Einige von uns sind anderer Meinung.«

Er blickte zu seinem nächsten Nachbar, Thomas Eustick, hinüber, der eine große Besitzung unterhalb von Penryn sein eigen nannte — ein dünnlippiger Mann mit eng beisammenliegenden Augen, der Dona von der andern Seite des Zimmers beobachtet hatte. Er kam nun heran, und mit ihm Robert Penrose aus Tregony. »Godolphin hat Ihnen, denke ich, gesagt, wie wir von der See her bedroht sind«, sagte er unvermittelt.

»Von einem herumstreichenden Franzosen?« lächelte Dona.

»Der sich nicht mehr sehr lange herumtreiben wird«, erwiderte Eustick.

»Wirklich? Haben Sie mehr Soldaten aus Bristol verlangt?«

Er errötete, blickte etwas verwirrt und gereizt nach Godolphin.

»Es wird diesmal nicht von bezahlten Söldnern die Rede sein«, betonte er. »Ich war von Anfang an gegen diesen Plan, wurde jedoch, wie gewöhnlich, überstimmt. Nein, wir beabsichtigen, uns selbst mit dem Fremden zu befassen. Ich denke, unsere Methoden sollen sich als wirksam erweisen.«

»Vorausgesetzt, daß wir uns in gehöriger Anzahl zusammenfinden«, bemerkte Godolphin trocken.

»Und daß die Fähigsten unter uns die Leitung in die Hand nehmen«, sagte Penrose von Tregony. Hier gab es eine Pause. Die drei Männer sahen einander mißtrauisch an. War die Atmosphäre aus irgendeinem Grund etwas gespannt geworden?

»Ein Haus aber, das unter sich uneins ist, wird nicht standhalten«, sagte Dona halblaut.

»Wie bitte?« fragte Thomas Eustick.

»Nichts. Ich erinnerte mich plötzlich an eine Stelle in der Heiligen Schrift. Einer gegen so viele. Er wird gefangen werden, das gewiß. Doch nach was für einem Plan wollen Sie ihn fassen?«

»Das ist alles noch im Entstehen, gnädige Frau, und kann darum natürlich nicht preisgegeben werden. Nur möchte ich Sie darauf aufmerksam machen — ich denke, das meinte Godolphin, als er sich eben nach Ihrer Dienerschaft erkundigte —, ich möchte Sie darauf aufmerksam machen, wir vermuten, daß einige Leute hier, im Distrikt, im Solde des Franzosen stehen.«

»Ich bin erstaunt.«

»Gewiß, es ist erstaunlich. Wenn unser Verdacht sich bestätigen wird, dann sollen sie alle hängen, gleich wie er selbst. Die Sache ist die: Wir glauben, der Franzose hat an der Küste irgendwo ein festes Versteck, und wir glauben, einige von den Bewohnern wissen darum und halten den Mund.«

»Haben Sie nicht die ganze Gegend mehrfach abgesucht?«

»Meine liebe Lady St. Columb, wir durchsuchen die Gegend in einem fort. Aber, wie Sie wohl gehört haben, der Bursche ist, wie alle Franzosen, aalglatt und scheint unsere Küste besser zu kennen als wir selbst. Sie haben, denke ich, in der Umgebung von Navron nichts Verdächtiges bemerkt?«

»Nicht das geringste.«

»Ihr Haus gestattet einen Blick auf den Fluß, nicht wahr?«

»Eine vorzügliche Aussicht.«

»Sie hätten somit jedes fremde Fahrzeug, das in der Flußmündung erschienen oder von dort verschwunden wäre, sehen müssen?«

»Ganz bestimmt.«

»Ich möchte Sie nicht beunruhigen, aber es ist möglich, wissen Sie, daß der Franzose früher Helford benützte und das aufs neue tun wird.«

»Das erschreckt mich.«

»Und ich muß Ihnen gestehen, er ist die Art Mann, die für Ihre Person wenig Rücksichten kennte.«

»Sie wollen sagen — er ist skrupellos?«

»Ich fürchte das.«

»Seine Leute aber sind wild und verwegen?«

»Sie sind Piraten, gnädige Frau, und dazu Franzosen.«

»Dann werde ich auf den Schutz meines Hauses auf das äußerste bedacht sein. Glauben Sie, daß sie auch Kannibalen sind? Mein kleiner Sohn ist noch nicht zweijährig.«

Lady Godolphin stieß einen leisen Angstschrei aus und begann sich eilig zu fächern.

»Beruhige dich, Lucy. Lady St. Columb scherzt bloß. Aber ich möchte Ihnen versichern«, fügte er hinzu, indem er sich wieder an Dona wandte, »daß die Angelegenheit nicht ohne Bedeutung ist, nicht leicht genommen werden kann. Ich fühle mich für die Sicherheit der Bewohner des Distrikts verantwortlich. Da Harry sich nicht bei Ihnen in Navron befindet, muß ich sagen, ich bin Ihretwegen besorgt.«

Dona erhob sich und streckte ihm ihre Hand hin. »Es ist sehr gütig von Ihnen«, sagte sie und betrachtete ihn mit dem besonderen Lächeln, das bei schwierigen Gelegenheiten Anwendung fand. »Ich werde Ihre freundschaftliche Gesinnung nicht vergessen; doch ich versichere Ihnen, es gibt keinen Grund zur Besorgnis. Ich kann, wenn nötig, mein Haus verriegeln und verrammeln. Und mit Nachbarn wie Sie« — sie blickte von Godolphin zu Eustick und zu Penrose — »weiß ich, daß mir nichts widerfahren kann. Sie alle drei sind so vertrauenswürdig, so unerschütterlich, so überaus — wenn ich so sagen darf — englisch in Ihrer Denkart.«

Die drei Männer beugten sich der Reihe nach über ihre Hand. Sie lächelte jedem von ihnen zu. »Vielleicht«, sagte sie, »hat der Franzose unsere Küste endgültig verlassen, und Sie brauchen sich um ihn nicht mehr zu kümmern.«

»Ich wollte, wir könnten das annehmen«, sagte Eustick, »aber wir schmeicheln uns, daß wir anfangen, den Halunken zu durchschauen. Er ist immer dann am gefährlichsten, wenn er sich am ruhigsten verhält. Wir werden aufs neue von ihm hören, und das über kurzem.«

»Und«, fügte Penrose bei, »er wird gerade dort zuschlagen, wo wir ihn am wenigsten erwarten — dicht vor unseren Nasen. Doch das wird das letzte Mal sein.«

»Es wird meine ganz besondere Freude ausmachen«, sagte Eustick gedehnt, »ihn an dem höchsten Baum von Godolphins Park zu hängen, knapp vor Sonnenuntergang. Ich lade die hier versammelte Gesellschaft ein, der Zeremonie beizuwohnen.«

»Mein Herr, Sie sind sehr blutrünstig«, warf Dona hin.

»So würden auch sie sein, gnädige Frau, wenn Ihnen Ihr Eigentum gestohlen worden wäre; Gemälde, Silber, Tafelgeschirr — alles von ansehnlichem Wert.«

»Aber denken Sie doch an das Vergnügen, das Ihnen das Neuanschaffen von all dem bereiten wird.«

»Leider erscheint mir die Sache in einem sehr viel andern Licht.« Er verbeugte sich; wieder rötete der Ärger seine Wange.

Godolphin geleitete Dona zu ihrem Wagen. »Ihre Bemerkung war nicht ganz glücklich«, vertraute er ihr, »Eustick ist sehr knapp mit seinem Geld.«

»Ich bin für meine unglücklichen Bemerkungen bekannt«, erwiderte Dona.

»In London hat man dafür, zweifelsohne, Verständnis.«

»Ich glaube nicht. Das war eine der Ursachen meines Weggehens aus London.«

Er starrte sie fassungslos an, half ihr währenddessen in den Wagen. »Ist Ihr Kutscher zuverlässig?« fragte er, auf William blickend, der allein, ohne einen Stallburschen neben sich, die Zügel in den Händen hielt.

»Unbedingt«, versicherte Dona. »Mein Leben würde ich ihm anvertrauen.«

»Er hat ein eigensinniges Gesicht.«

»Ja, aber ergötzlich, und ich mag seinen Mund.«

Godolphin verbeugte sich und trat vom Wagenschlag zurück. »Ich schicke im Laufe dieser Woche Briefe nach der Stadt«, sagte er kühl, »haben Sie Harry etwas mitzuteilen?«

»Nur, daß ich wohlauf sei und überaus glücklich.«

»Ich werde es auf mich nehmen, ihm meine Befürchtungen, Sie betreffend, zur Kenntnis zu bringen.«

»Bitte, geben Sie sich keine Mühe.«

»Ich halte es für meine Pflicht. Auch wäre Harrys Anwesenheit in der Nachbarschaft von ganz gewaltigem Nutzen.«

»Das kann ich nicht glauben.«

»Eustick ist widersetzlich und Penrose diktatorisch. Ich muß mich beständig ins Mittel legen.«

»Sehen Sie Harry in der Rolle des Vermittlers?«

»Ich sehe Harry seine Zeit in London verschwenden, während er doch nach seinem Besitz in Cornwall zu sehen hätte.«

»Der Besitz hat während einer ganzen Reihe von Jahren nach sich selbst gesehen.«

»Das nebenbei. Die Wahrheit ist, daß wir jeder erreichbaren Unterstützung bedürfen. Und wenn Harry erfährt, daß Piraterei sich an der Küste herumschleicht . . .«

»Ich habe es ihm bereits erwähnt.«

»Aber ich bin überzeugt, nicht mit dem nötigen Nachdruck. Wenn Harry sich nur einen Augenblick klarmachte, Navron House selbst könnte bedroht sein, sein Eigentum könnte gestohlen werden, seine Frau in Gefahr geraten — er bliebe schwerlich länger in der Stadt. Steckte ich in seinen Schuhen . . .«

»Aber Sie tun das ja nicht.«

»Steckte ich in seinen Schuhen, niemals würde ich Ihnen erlaubt haben, allein nach dem Westen zu reisen. Frauen ohne Begleitung ihres Gatten, so erzählt man, haben ihren Kopf verloren.«

»Nur den Kopf?«

»Ich wiederhole, man sagt, daß in kritischen Augenblicken Frauen den Kopf verlieren. Ich glaube, im Augenblick halten Sie sich ohne Zweifel für recht tapfer; doch Auge in Auge mit einem Piraten — ich möchte schwören, würden Sie zittern und hinsinken, gleich den übrigen Ihres Geschlechtes.«

»Ganz gewiß würde ich zittern.«

»In Rücksicht auf meine Frau kann ich nicht viel darüber sagen — ihre Nerven sind gegenwärtig sehr schwach —, doch häßliche Gerüchte sind zu meinen Ohren gekommen, und zu denen Eusticks ebenso.«

»Was für Gerüchte?«

»Frauen — in Verzweiflung, und so weiter.«

»Verzweifelt, weshalb?«

»Das Landvolk ist verschwiegen; die Leute geben nichts preis. Aber es will mir scheinen, als hätten verschiedene Frauen in den umliegenden Weilern von diesen verdammten Schuften zu leiden gehabt.«

»Ist es nicht unklug, in dieser Sache zu sondieren?«

»Wieso das?«

»Sie könnten die Entdeckung machen, daß sie gar nicht gelitten, sondern im Gegenteil mächtig genossen haben. Vorwärts, William.« Sich aus der offenen Kutsche verbeugend und lächelnd, winkte Lady St. Columb mit der behandschuhten Hand Lord Godolphin zu.

Sie rollten die lange Zufahrt hinab, vorbei an den Pfauen auf dem kurzgeschorenen Rasen, an dem Wild im Park und so auf die Landstraße hinaus. Dona, ihren Hut abnehmend und sich damit fächelnd, blickte auf Williams steife Rückenhaltung und lachte vor sich hin:

»William, ich habe mich sehr schlecht betragen.«

»So schien es mir, gnädige Frau.«

»Von der ganzen Gesellschaft war niemand besonders nach meinem Geschmack.«

»Nein, gnädige Frau.«

»Ein Haar nur fehlte, so hätte ich etwas wahrhaft Schreckliches gesagt.«

»Wie gut, daß dieses Haar gefehlt hat, gnädige Frau.«

»Beide mißfielen mir gleicherweise.«

»Ja, gnädige Frau.«

»Die Tatsache, William, ist die, daß die Leute erwachen. Es war viel von Piraten die Rede.«

»Ich habe Seine Lordschaft wohl verstanden.«

»Es war auch die Rede von Gefangennahme, von Sichzusammenschließen, von Aufknüpfen an dem höchsten Baum. Und die Flußgegend scheint ihnen verdächtig.«

»Ich wußte, das sei nur eine Frage der Zeit, gnädige Frau.«

»Glauben Sie, William, Ihr Herr sei sich der Gefahr bewußt?«

»Ich denke schon, gnädige Frau.«

»Und doch liegt er noch immer in der Bucht vor Anker?«

»Ja, gnädige Frau.«

»Mehr als einen Monat war er hier. Pflegt er jedesmal so lange zu bleiben?«

»Nein, gnädige Frau.«

»Wie lange dauern gewöhnlich seine Aufenthalte?«

»Fünf oder sechs Tage, gnädige Frau.«

»Die Zeit ist vorbeigeeilt, möglicherweise weiß er gar nicht, daß er so lange hier gewesen.«

»Möglicherweise nicht.«

»Ich habe mir inzwischen eine Menge Kenntnisse über die Vögel angeeignet, William.«

»Das habe ich bemerkt, gnädige Frau.«

»Ich verstehe bereits die mancherlei Unterschiede ihres Fluges und Gesanges, William.«

»Tatsächlich, gnädige Frau?«

»Auch weiß ich jetzt gut mit Leine und Angel umzugehen.«

»Auch das ist mir aufgefallen, gnädige Frau.«

»Ihr Herr ist ein ausgezeichneter Lehrmeister.«

»So hat es den Anschein, gnädige Frau.«

»Ist es nicht seltsam, William, ehe ich nach Navron gekommen, dachte ich sehr wenig an Vögel und ebensowenig ans Fischen.«

»Es ist merkwürdig, gnädige Frau.«

»Ich nehme zwar an, das Verlangen, etwas von diesen Dingen zu verstehen, war von jeher da, aber nicht geweckt — wenn Sie begreifen, was ich meine.«

»Ich begreife Sie vollkommen, gnädige Frau.«

»Für eine Frau ist es schwierig, sich über Vögel und den Fischfang ein Wissen allein zu erwerben, denken Sie nicht?«

»Fast unmöglich, gnädige Frau.«

»Man braucht wirklich einen Lehrmeister.«

»Höchst notwendigerweise, gnädige Frau.«

»Doch dieser Lehrer muß natürlich artverwandt sein.«

»Das ist wichtig, gnädige Frau.«

»Und bestrebt, diese Kenntnisse seinen Schülern mitzuteilen.«

»Das versteht sich, gnädige Frau.«

»Vielleicht wird sich des Lehrers eigene Kenntnis durch den Schüler vervollkommnen. Er gewinnt etwas, das er zuvor nicht besaß. In gewissem Sinn lernen sie voneinander.«

»Sie haben den Gegenstand in einer Nußschale zusammengefaßt, gnädige Frau.«

Der gute William, er war so kameradschaftlich. Immer verstand er. Es war, als spräche man zu einem Beichtiger, der niemals tadelte oder verdammte.

»Was haben Sie in Navron für eine Geschichte erzählt, William?«

»Ich sagte, daß Sie bei Seiner Lordschaft zu Abend speisen und spät zurückkehren würden, gnädige Frau.«

»Und wo wollen Sie die Pferde unterbringen?«

»Dafür ist gesorgt. Ich habe Freunde in Gweek.«

»Denen Sie auch eine Geschichte aufgetischt haben?«

»Jawohl, gnädige Frau.«

»Wo soll ich mein Kleid wechseln?«

»Ich dachte, gnädige Frau hätte nichts dagegen, sich hinter einem Baum umzukleiden.«

»Wie wohl überlegt von Ihnen, William. Haben Sie den Baum gewählt?«

»Ich ging soweit, einen zu bezeichnen.«

Die Straße machte eine scharfe Biegung nach links; sie fuhren wieder auf der Uferseite. Der Schein des Wassers schimmerte zwischen den Bäumen. William hielt die Pferde an. Er legte die Hand an den Mund und schrie wie eine Seemöwe. Sogleich wurde der Ruf vom noch nicht sichtbaren Ufer her erwidert.

Der Diener wandte sich an seine Herrin: »Er erwartet Sie, gnädige Frau.«

Dona zog ein altes Kleid hinter dem Wagenkissen hervor, warf es über ihren Arm. »Welches ist der Baum, den Sie meinen, William?«

»Der breite, gnädige Frau, dort die Eiche mit den weithin reichenden Ästen.«

»Scheine ich Ihnen verrückt, William?«

»Wollen wir sagen — nicht vollkommen normal, gnädige Frau.«

»Es ist ein ganz angenehmes Gefühl, William.«

»Als das habe ich es immer aufgefaßt, gnädige Frau.«

»Man ist, ohne jede Veranlassung, unsinnig glücklich — so ziemlich wie ein Schmetterling.«

»Was wissen Sie von den Gefühlen der Schmetterlinge?«

Dona wandte sich um. Vor ihr stand Williams Herr, seine Hände mit dem Knüpfen einer Leine beschäftigt.

»Sie haben einen sehr leichten Schritt«, sagte sie.

»Ergebnis langer Übung.«

»Ich hatte bloß zu William eine belanglose Bemerkung gemacht.«

»Über Schmetterlinge, das habe ich verstanden. Woraus schließen Sie so bestimmt auf ihr Glück?«

»Man braucht sie nur anzusehen.«

»Sie meinen, wie sie in der Sonne tanzen?«

»Ja.«

»Und Ihnen ist zumute, als täten Sie dasselbe?«

»Ja.«

»Dann kleiden Sie sich um. Gutsherrinnen, die mit Lord Godolphin Tee trinken, verstehen nichts von Schmetterlingen. Ich warte auf Sie im Boot. Der Fluß wimmelt von Fischen.« Er kehrte sich um und ging wieder zum Ufer zurück.

Dona streifte im Schutz der breiten Eiche ihr weißes Seidenkleid von den Schultern und zog, innerlich lachend, das andere über. Ihre Locken entschlüpften dem Band, das sie zusammenhielt, und fielen ihr in die Stirn.

Als sie bereit war, gab sie William, der mit abgewandtem Gesicht bei den Pferden stand, ihr Kleid.

»Wir gehen mit der Ebbe flußabwärts, William; ich werde von der Bucht nach Navron hinaufkommen.«

»Sehr wohl, gnädige Frau.«

»Und Sie werden mich nach Haus fahren, als kehrten wir eben von Lord Godolphin zurück.«

»Ja, gnädige Frau.«

»Worüber lächeln Sie?«

»Ich war mir nicht bewußt, gnädige Frau, daß meine Züge sich in diesem Sinn verändert hatten.«

»Sie sind ein Lügner. Guten Abend.«

»Guten Abend, gnädige Frau.«

Sie hob ihr altes Musselinkleid über den Knöcheln hoch, zog die Schärpe dicht, um es am rechten Orte zu befestigen; dann eilte sie barfuß unter den Bäumen zu dem Boot hinab, das sie unten am Ufer erwartete.

Neuntes Kapitel

Der Franzose machte den Wurm an der Angel fest; er sah sie lächelnd an: »Sie haben nicht viel Zeit gebraucht.«

»Ich hatte keinen Spiegel, mich davor zu verweilen.«

»Sie verstehen jetzt, wie einfach das Leben wird, sobald einmal Dinge wie Spiegel vergessen sind.«

Sie stieg in das Boot und stellte sich neben ihn.

»Lassen Sie mich den Wurm auf die Angel bringen.«

Er gab ihr die Leine, ergriff die langen Ruder und trieb stromabwärts, sie betrachtend, die nun im Bug des Schiffes saß. Mit gerunztelter Stirn schaute sie angestrengt auf ihre Aufgabe, tappte ungeschickt mit den Fingern an dem Haken herum, da der Wurm sich wand. Sie fluchte leise, blickte auf und sah ihn lachen.

»Ich bring's nicht fertig«, sagte sie ärgerlich, »warum muß ein Weib in diesen Dingen so unnütz sein?«

»Ich will es Ihnen gleich besorgen«, sagte er, »sobald wir etwas weiter unten in der Strömung sind.«

»Aber das ist nicht fachgemäß«, entgegnete sie, »ich will es selber tun. Ich will mich nicht schlagen lassen.«

Er gab keine Antwort, sondern pfiff vor sich hin. Da er nun von ihr wegsah, den Flug eines Vogels verfolgend, und schwieg, nahm sie ihr Werk wieder auf. Plötzlich rief sie triumphierend: »Ich hab's.« Sie hielt ihm die Leine vor die Augen.

»Sehr gut«, sagte er, »Sie machen Fortschritte.« Über seine Ruder geneigt, ließ er das Boot weitertreiben.

Nach einer Weile griff er nach einem großen Stein unter ihren Füßen, befestigte diesen an einem langen Seil und warf es über Bord; auf diese Weise kamen sie zum Ankern. Nun saßen sie, sie im Bug und er auf der mittleren Querbank, ein jedes mit einer Angelschnur.

Über dem Wasser war ein leichtes Gekräusel; mit der Ebbe kamen kleine Grasbüschel getrieben und vereinzelte Blätter. Es war sehr ruhig. Die dünne, feuchte Schnur zwischen Donas Fingern zog mit der Flut an. Sie holte sie zuweilen ungeduldig ein, um den Haken zu prüfen, doch der Wurm blieb unberührt, nur ein dunkles Stück Seegras hatte sich am Ende der Leine verfangen. »Sie dürfen es nicht ganz auf den Grund hinunterlassen«, erklärte er. Sie zog die Schnur ein Stück zurück, hierauf blickte sie ihn von der Seite an. Als sie bemerkte, daß er ihr Vorgehen nicht kritisierte, noch sich ihr irgend sonstwie aufdrängen wollte, sondern bei seinem eigenen Fischen ruhig und zufrieden blieb, ließ sie die Schnur wieder durch ihre Finger gleiten. Sie betrachtete den Umriß seines Kiefers, den Bau seiner Schultern, die Form seiner Hände. Wie gewohnt, hatte er — so nahm sie an —, während er auf sie wartete, gezeichnet, denn im Heck des Bootes, unter einigem Fischgerät, erblickte sie einen Bogen Papier. Er zeigte, jetzt beschmutzt und feucht, die flüchtige Skizze einer aus dem Schlamm auffliegenden Seelerche.

Sie dachte an die Zeichnung von ihr, die er vor wenigen Tagen gemacht hatte, und wie verschieden sie gewesen von jener ersten, die er damals in Stücke zerrissen. Die neue Zeichnung hatte sie in lachender Fröhlichkeit dargestellt, wie sie sich über das Geländer des Schiffes beugte, um dem drolligen Pierre Blanc zuzuhören, der da eines von seinen schändlichen Liedern sang. Später hatte er sie an einer Kabinenwand über dem Kamin festgenagelt und das Datum darauf vermerkt.

»Warum zerreißen Sie sie nicht wie die erste?« hatte sie gefragt.

»Weil dieses die Stimmung ist, die ich festhalten wollte, deren ich mich zu erinnern wünschte«, hatte er geantwortet.

»Als passender für ein Mitglied der Bemannung der ›Möwe‹?«

»Vielleicht«, nickte er, äußerte aber weiter nichts. Da saß er, dachte nicht mehr an sein Zeichnen; nur das Geschäft des Fischens fesselte ihn gänzlich, während ein paar Meilen von hier entfernt Männer über seine Gefangennahme und seinen Tod berieten. Möglicherweise gerade in dem Augenblick stellten die Diener der Eustick, Penrose, Godolphin an der Küste und in den zerstreuten Ortschaften der Gegend ihre Nachforschungen an.

Da unterbrach er sie in ihren Gedanken. »Was ist denn los?« fragte er ruhig. »Wollen Sie nicht mehr fischen?«

»Ich dachte an den heutigen Nachmitag«, sagte sie. »Sie sollten nicht länger hier bleiben. Sie haben Verdacht gefaßt. Alle schwatzten sie davon, sie weideten sich an der Vorstellung von Ihrer Gefangennahme.«

»Das beunruhigt mich nicht.«

»Ich glaube aber, es ist ihnen ernst. Eustick sah hart

und entschlossen aus. Er ist kein aufgeblasener Dummkopf wie Godolphin. Er will Sie am höchsten Baum von Godolphins Park hängen sehen.«

»Das ist immerhin eine Art Kompliment.«

»Sie lachen jetzt über mich. Sie denken, wie alle Frauen setzten auch mich Lärm und Gerüchte in Flammen.«

»Was soll ich nach Ihrer Ansicht denn tun?«

»Zunächst möchte ich Sie bitten, vorsichtig zu sein. Eustick sagt, die Bauern wüßten, daß Sie ein Versteck haben.«

»Höchst wahrscheinlich.«

»Eines Tages wird einer Sie verraten, dann wird die Bucht umzingelt werden.«

»Ich bin darauf vorbereitet.«

»Wie haben Sie sich vorbereitet?«

»Haben Ihnen Eustick und Godolphin gesagt, wie sie mich zu fassen vorhaben?«

»Nein.«

»Ebensowenig werde ich Ihnen sagen, wie ich ihnen zu entgehen beabsichtige.«

»Können Sie auch nur einen Augenblick denken, daß ich ...«

»Ich denke gar nichts — aber ich glaube, Sie haben einen Fisch an Ihrer Angel.«

»Sie sind mit Vorbedacht aufreizend.«

»Durchaus nicht. Wenn Sie den Fisch nicht herausziehen wollen, dann geben Sie die Leine mir.«

»Ich will ihn herausziehen.«

Sie begann damit, widerstrebend, ein wenig verstimmt, und dann — plötzlich das Zucken und Zerren an der Angel fühlend — rascher. Die nasse Schnur fiel über ihren Schoß und auf ihre nackten Füße. Sie lachte ihm über die Schulter zurück zu. »Da kommt er, ich kann ihn fühlen, er ist da, am Ende der Angel.«

»Nicht ganz so schnell«, sagte er ruhig, »Sie könnten

ihn verlieren. Jetzt sachte, bringen Sie ihn an die Bootsseite heran.«

Doch sie hörte nicht. In ihrer Erregung stand sie auf, ließ die Schnur einen Augenblick schlüpfen, zog darauf stärker als je zuvor; gerade als sie den weißen Glanz des Fisches an der Oberfläche sah, tat er an der Leine einen Ruck, flitzte seitwärts und war verschwunden.

Dona, mit einem Ausruf der Enttäuschung, blickte ihn vorwurfsvoll an.

»Ich habe ihn verloren«, sagte sie, »er ist mir entwischt.«

Er schaute zu ihr auf, lachte, schüttelte sein Haar aus den Augen zurück. »Sie waren zu aufgeregt.«

»Ich kann nichts dafür. Es war ein so köstliches Gefühl — dieses Zucken an der Leine. Ich hätte ihn so gern gefaßt.«

»Grämen Sie sich nicht. Vielleicht erwischen Sie einen andern.«

»Meine Schnur ist ganz verwirrt.«

»Geben Sie her.«

»Nein — ich kann es selbst.«

Er faßte wieder seine eigene Schnur.

Sie bückte sich über die hoffnungslose Verwirrung der nassen Leine in ihrem Schoß. Diese hatte sich in unzählige Schlingen und Knoten verwickelt; als Dona sie mit ihren Fingern aufzulockern strebte, wurde die Verwirrung nur noch größer. Sie schaute gequält zu ihm hinüber; er streckte die Hand aus; ohne sie anzuschauen, nahm er das Wirrsal von ihr. Sie dachte, er werde seinen Spott mit ihr treiben, doch er sagte kein Wort. Sie lehnte im Bug des Bootes zurück, seine Hände betrachtend, wie sie die Schleifen und Verschlingungen der langen, feuchten Leine lösten.

Die Sonne, weit unten im Westen, warf Streifen über den Himmel; auf dem Wasser waren die tiefen Stellen voll goldenen Lichts. Die Flut ging stark zurück, den Bug des Schiffes umgurgelnd.

Weiter unten im Strom watete ein vereinzelter Brachvogel im Schlamm; zuletzt schwang er sich in die Luft, pfiff leise und war weg.

»Wann werden wir unser Feuer schichten?« fragte Dona.

»Sobald wir unser Abendessen erwischt haben.«

»Aber im Fall, daß wir keines erwischen?«

»Dann wird aus dem Feuer nichts werden.«

Sie blickte weiter auf seine Hände; es schien ihr wunderbar, wie die Leine wieder glatt wurde; lockerer gerollt warf er sie über die Bootswand und gab ihr das eine Ende.

»Ich danke Ihnen«, sagte sie mit eher kleinlauter Stimme. Sie bemerkte, wie er in der geheimnisvollen Art, die sie nun schon an ihm kannte, lächelte; seltsamerweise wußte sie, wowohl er nichts sagte, daß dieses Lächeln sich auf sie bezog. Da fühlte sie sich plötzlich leicht und freudigen Herzens.

Sie setzte ihr Fischen fort, indessen, im Wald des jenseitigen Ufers verborgen, von Zeit zu Zeit eine Amsel ihre besinnliche und süße Weise sang.

Es schien ihr, als sie so wortlos beisammen saßen, sie habe nie zuvor gewußt, was Friede sei. Erst in diesem Augenblick, dank der Stille und seiner Gegenwart, seien alle die Teufel, die sich so oft in ihr bekämpften und nach Befreiung verlangten, wahrhaftig beschwichtigt. Sie fühlte sich wie unter einem magischen Zwang, einer seltsamen Bezauberung, denn das Empfinden der Stille war für sie, die bisher inmitten von Lärm und Getümmel gelebt hatte, etwas Fremdes, und doch erweckte gleichzeitig dieser Zauber in ihr ein Echo, das ihr so vertraut klang, als wäre sie an einen Ort gekommen, den sie von jeher gekannt hatte, sei es durch eigenen Leichtsinn oder äußere Umstände oder dank der Dummheit ihres Vorstellungsvermögens.

Sie wußte, daß sie nach diesem Frieden verlangt hatte, als sie von London weggefahren, daß sie ihn in Navron zu finden hoffte. Aber sie wußte auch, daß sie ihn allein nur zum Teil erlangt hatte, in den Wäldern, unter dem Himmel und am Fluß; daß sie ihn ganz nur besaß, wenn sie mit ihm war, so wie jetzt, oder wenn er heimlich in ihre Gedanken einkehrte. Sie konnte zu Navron mit den Kindern spielen oder sich im Garten ergehen, die Blumenvasen füllen, während er unten in seinem Schiff in der Bucht hauste. Das bloße Wissen von seinem Dortsein erfüllte ihren Leib und Geist mit Leben und Wärme, einer verwirrenden Beglückung, die sie nie zuvor gekannt.

Es kommt daher, daß wir beide Flüchtlinge sind, dachte sie, darum gibt es zwischen uns ein Band. Sie erinnerte sich an das, was er an jenem ersten Abend, als er in Navron mit ihr gespeist, von dem Makel gesagt, den sie beide trügen. Plötzlich sah sie, daß er an seiner Leine zog. Sie beugte sich aus dem Boot vor, ihre Schulter berührte dabei seine Schulter; aufgeregt rief sie: »Haben Sie etwas gefangen?«

»Ja«, sagte er, »wollen Sie's hereinziehen?«

»Das wäre nicht billig«, erwiderte sie, doch in verlangendem Ton, »es ist Ihr Fisch.« Lachend gab er ihr die Leine. Sie holte den widerstrebenden Fisch über die Bootswand und auf den Boden des Schiffes, wo er um sich schlug und zappelte und sich in der Leine verfing. Sie kniete nieder, faßte ihn mit beiden Händen, vom Flußwasser durchnäßt und beschmutzt, die Haarlocken in ihr Gesicht niederhängend.

»Er ist nicht so groß wie der, den ich verloren habe.«

»Das sind sie nie«, war seine Antwort.

»Aber ich habe ihn erwischt, ich hab' ihn richtig hereingeholt, oder nicht?«

»Ja, Sie haben es gut gemacht.«

Sie lag noch immer auf den Knien, bemüht, den Haken aus dem Maul des Fisches zu lösen. »Armes kleines Ding, es muß sterben«, sagte sie. »Ich tue ihm weh, wie fang' ich's an?« Sie wandte sich an ihn, in großer Betrübnis. Er kniete neben sie, nahm ihr den Fisch aus der Hand, und mit einem raschen Ruck hatte er den Haken draußen. Dann fuhr er mit dem Finger in das Maul, bog den Kopf zurück; der Fisch zuckte kurz und war tot.

»Sie haben ihn getötet«, sagte sie traurig.

»Ja, war denn das nicht Ihr eigener Wunsch, daß ich es tue?«

Sie schwieg. Zum erstenmal wurde sie sich nun, nachdem die Aufregung vorbei war, seiner Nähe bewußt. Ihre Schultern berührten sich, ihre Hände streiften einander; wieder lächelte er still geheimnisvoll. Plötzlich fühlte sie eine bisher nicht gefühlte Glut in sich aufsteigen, ein heißes, schamloses Verlangen, ihm noch näher zu sein, seine Lippen an ihre zu pressen, seine Arme unter ihrem Rücken zu fühlen. Sie sah von ihm weg, auf den Fluß hinaus, stumm und betroffen von dem Lodern in ihrem Innern, befürchtend, er möchte in ihren Augen gelesen haben und sie verachten, so wie Harry und Rockingham die Frauen im ›Schwan‹ verachteten. Dann fing sie an, ihr Haar wieder in Ordnung zu bringen und ihr Kleid glattzustreichen; kleine mechanische Bewegungen, die ihn bestimmt nicht zu täuschen vermochten, aber sie gewährten ihr ein gewißes Maß von Schutz gegenüber ihrem eigenen nackten Selbst.

Als sie sich beruhigt hatte, warf sie über ihre Schulter einen Blick nach ihm zurück. Sie sah, er hatte die Leinen aufgewunden und griff nun eben nach den Rudern.

»Hungrig?« fragte er.

»Ja«, antwortete sie, mit etwas unsicherer Stimme, die noch nicht völlig die ihrige war.

»So schichten wir jetzt unser Feuer und braten unser Abendessen.«

Die Sonne war verschwunden, die Schatten krochen über das Wasser. Das Ebben wogte stark und stieß das Boot in den Kanal hinaus; die Strömung half ihnen abwärts. Dona kauerte sich, mit untergeschlagenen Beinen, im Bug zusammen, das Kinn in die Hände gestützt.

Mit dem goldenen Licht war es vorbei; der Himmel war jetzt blaß, geheimnisvoll und mild; das Wasser schien dunkler als zuvor. Die Luft war gesättigt mit dem Geruch von Moos, dem jungen Grün der Wälder, dem scharfen Duft der nickenden Sternhyazinthen. Einmal, in der Mitte des Stromes, hielt er an und lauschte; den Kopf gegen das Ufer wendend, vernahm sie, zum erstenmal, einen eigentümlich schwirrenden Laut, tief, ein wenig barsch, in seiner ruhigen Eintönigkeit anziehend.

»Ziegenmelker«, sagte er, sie kurz ansehend und dann wieder wegschauend, und in diesem Augenblick wußte sie, daß er in ihren Augen gelesen, daß er sie deshalb nicht verachtete, daß er wußte und verstand, da er wie sie fühlte, die gleiche Flamme, das gleiche Verlangen. Weil sie aber eine Frau war und er ein Mann, würden diese Dinge zwischen ihnen nicht zur Sprache kommen; beide waren von einer seltsamen Zurückhaltung gefesselt, bis ihr Augenblick erschien. Das könnte morgen sein, den Tag darauf, oder nie — sie besaßen nicht die Freiheit zu wählen.

Er trieb schweigend stromabwärts; jetzt kamen sie zum Eingang der Bucht, wo die Bäume gedrängt auf den Flußspiegel niederhingen. Dicht am Ufer hin in den engen Kanal hinübergleitend, kamen sie zu einer kleinen Waldlichtung, wo einmal ein Kai gewesen; er hielt mit Rudern inne und fragte: »Hier?«

»Ja«, antwortete sie; er stieß das Vorderteil des Schiffes hinauf auf den feuchten Grund; sie stiegen ans Land. Er zog das Boot vollends aus der Strömung; dann nahm er sein Messer und reinigte, am Wasser kniend, den Fisch. Er rief Dona über die Schulter zu, sie möge das Feuer bereiten.

Sie fand unter den Bäumen ein paar dürre Äste, brach sie über ihrem Knie. Ihr Kleid war nun hoffnungslos zerrissen und zerknüllt. Sie dachte an die bestürzten Gesichter Lord Godolphins und seiner Dame. Wenn die sie jetzt sehen könnten, nicht anders als eine herumschleichende Zigeunerin, dazu mit allen den primitiven Empfindungen einer solchen!; außerdem in der bekannten Angelegenheit eine Verräterin an ihrem Lande.

Sie stellte die Äste und Ruten gegeneinandergeneigt zusammen. Er kam vom Uferrand, nachdem er den Fisch gesäubert, kniete mit Zunder und Feuerstein neben dem kleinen Holzstoß, fachte die Flamme langsam an. Erst war es ein kleines Flackern, dann gab sie einen helleren Schein. Jetzt knisterten und flackerten die langen Stöcke. Über die Flammen lachten sie einander zu.

»Haben Sie schon einmal Fische im Freien gebacken?« fragte er. Sie schüttelte den Kopf; er legte in der Asche unter den Zweigen eine Stelle frei, tat einen flachen Stein in die Mitte und den Fisch darauf. Er reinigte das Messer an seiner Hose, dann wartete er, vor dem Feuer kauernd, ein paar Minuten, bis der Fisch sich zu bräunen begann, worauf er ihn mit seinem Messer hin und her wendete, damit die Hitze ihn überall gleichmäßig erreichen konnte. Es war dunkler hier in der Bucht, als es im offenen Fluß gewesen; die Bäume warfen lange Schatten auf den Kai hinab. In dem verfinsternden Himmel war ein Strahlen, wie es nur diesen kurzen und lieblichen Sommernächten eigen ist, die ein wenig lispeln zu ihrer Zeit und dann für immer vorüber sind. Dona blickte auf seine Hände, die mit dem Fisch beschäftigt waren, dann auf sein Gesicht; es neigte sich, mit leicht gerunzelter Stirn, über die schmorende Speise; seine Haut rötete sich dabei im Feuerschein. Der gute und nahrhafte Geruch stieg ihnen beiden gleichzeitig in die Nase; er sah zu ihr hin, lächelte, schwieg und wandte den Fisch nochmals an der knisternden Flamme. Als er ihm braun genug erschien, hob er ihn mit dem Messer auf ein breites Blatt; der Fisch zischte und brutzelte noch von der Hitze. Er schlitzte ihn der Mitte nach auseinander, legte die eine Hälfte auf den Rand des Blattes, gab ihr das Messer, faßte die andere Hälfte mit seinen Fingern und fing an zu essen, ihr dabei zulachend. »Schade«, sagte Dona, und stocherte an ihrem Fisch, »daß wir nichts zu trinken haben.« Statt zu antworten, sprang er auf, lief an den Wasserrand zum Boot hinab, kehrte im Augenblick zurück, in der Hand eine hohe, schlanke Flasche.

»Ich hatte vergessen«, scherzte er, »daß Sie gewohnt waren, im ›Schwan‹ zu speisen.«

Durch seine Worte etwas verletzt, antwortete sie nicht sogleich. Dann, als er den Wein in das Glas goß, das er mitgebracht hatte, fragte sie: »Was wissen Sie von meinen Mahlzeiten im ›Schwan‹?«

Er leckte seine vom Fisch klebrigen Finger, goß Wein für sich selber in ein anderes Glas.

»Die Lady St. Columb speist in traulicher Eintracht mit den Lebedamen der Stadt«, sagte er, »und später schwärmt sie durch die Gassen und auf den Landstraßen, wie ein Junge in schlotternder Hose, erst heimkehrend, wenn der Nachtwächter sein Bett aufsucht.«

Sie hielt ihr Glas in den Händen, trank nicht, starrte hinab in das dunkle Wasser. Da kam ihr der Gedanke, er halte sie für zuchtlos und ausschweifend, wie die Frauen in der Taverne; er sehe in ihrem jetzigen Gehaben, wie sie da nachts im Freien neben ihm saß, gleich einer Zigeunerin, mit gekreuzten Beinen, nur ein weiteres Zwischenspiel in einer Reihe von tollen Streichen; er glaube, so habe sie sich mit zahllosen andern abgegeben, mit Rockingham, mit allen Freunden und Bekannten Harrys, sie sei eine verdorbene, nach neuen Sensationen lüsterne Dirne, die sich aber nicht wie eine Dirne mit ihrer Armut entschuldigen könne. Sie fragte sich, warum sie der Gedanke, er möchte solches von ihr denken, so unerträglich schmerzte? Es war ihr, alles Heitere und anmutig Freudige dieses Abends sei vergangen. Sie wünschte auf einmal, in Navron zu sein, in ihrem Zimmr, wo James auf sie zugelaufen käme, auf unsicheren, dicken Beinen. Sie könnte ihn in ihre Arme schließen, festhalten, ihr Gesicht an seinen weichen, vollen Wangen bergen; dieses ungewohnte neue Leid, das ihr Herz erfüllte, die Empfindung dieses Kummers, eine Verwirrung, die sie losgeworden, vergessen.

»Sind Sie denn nicht durstig?« fragte er.

»Nein«, sagte sie, mit einem gequälten Ausdruck, »nein, ich glaube nicht«, und verstummte, am Ende ihrer Schärpe zupfend. Der Friede ihres Beisammenseins schien ihr gestört; eine Befangenheit hatte sich ihrer bemächtigt. Seine Worte hatten sie gekränkt; er wußte, daß sie durch sie gekränkt wurde. Wie sie schweigend in das Feuer starrten, da flammten all die unausgesprochenen verborgenen Dinge in die Luft, erzeugten eine Atmosphäre der Unsicherheit und Unrast.

Schließlich brach er das Schweigen; seine Stimme klang sehr ruhig und leise.

»Im Winter«, sagte er, »wenn ich in Ihrem Zimmer zu Navron zu liegen pflegte und auf Ihr Bild sah, machte ich mir in meiner Vorstellung von Ihnen meine eigenen Bilder. Ich sah Sie etwa fischen, wie diesen Nachmittag, oder vom Deck der ›Mouette‹ aus das Meer betrachten, aber diese Bilder stimmten mit dem Bedientenklatsch, den ich von Zeit zu Zeit zu hören bekam, nicht überein.«

»Wie töricht von Ihnen«, sagte sie langsam, »sich von jemandem, den Sie nie gesehen, Bilder zu machen.«

»Mag sein«, gab er zu. »Doch von Ihnen war es unklug, Ihr Porträt in Ihrem Schlafraum zu lassen, allein und unbewacht, wenn Piraten wie ich die englische Küste heimsuchen.«

»Sie hätten es umdrehen können«, erwiderte sie, »mit dem Gesicht gegen die Wand — oder ein anderes an seine Stelle hängen, das der wirklichen Dona St. Columb, die im ›Schwan‹ zechte oder in der Hose der Freunde ihres Mannes um Mitternacht mit einer Maske vor dem Gesicht zu Pferd alte alleinstehende Frauen erschreckte.«

»War das Ihr bevorzugter Zeitvertreib?«

»Es war der letzte vor meiner Flucht. Ich wundere mich, daß Sie unter dem übrigen Bedientenklatsch davon nichts gehört haben.«

Plötzlich lachte er, griff in den kleinen Holzhaufen hinter sich, warf frische Nahrung auf das Feuer; die Flammen prasselten und schlugen in die Luft.

»Schade, daß Sie kein Junge sind«, sagte er. »Sie hätten lernen können, was Gefahr heißt. So wie ich selbst, gehören Sie im Herzen zu den Ausgestoßenen. Männerhosen anziehen und alte Frauen erschrecken — so etwas kommt der Piraterei denkbar nah.«

»Ja«, sagte sie, »aber Sie, wenn Sie Ihre Prise genommen oder Ihre Landung ausgeführt haben, segeln mit einem Gefühl der Genugtuung davon, während ich, nach meinem kläglichen kleinen Versuch der Piraterei, Selbsthaß und ein Gefühl der Erniedrigung empfand.«

»Sie sind eine Frau«, sagte er, »und Sie denken ernstlich nicht einmal daran, Fische zu töten.«

Diesmal, über das Feuer blickend, bemerkte sie, daß er tatsächlich über sie spottete; die Befangenheit zwischen ihnen schien zu weichen; sie waren wieder sie selbst. Sie konnte sich lässig auf ihren Ellbogen zurücklehnen.

»Als ich ein Junge war«, berichtete er, »spielte ich Soldat und Kämpfer für meinen König. Aber dann, bei einem Gewitter, als Blitze fielen und Donner krachte, barg ich den Kopf in den Schoß meiner Mutter und legte die Finger in meine Ohren. Auch, um meinem Soldatentum das Aussehen der Wirklichkeit zu geben, färbte ich meine Hände blutrot, was Verwundung zu bedeuten hatte. Doch als ich das erstemal an einem sterbenden Hund Blut fließen sah, rannte ich davon, und es wurde mir übel.«

»So ging es mir«, sagte sie, »so empfand ich nach meiner Maskerade.«

»Ja«, bestätigte er, »darum habe ich Ihnen das erzählt.«

»Und jetzt«, fragte sie, »macht Ihnen der Anblick des Blutes nichts mehr aus; Sie sind ein Pirat, und der Kampf ist Ihr Leben — Rauben, Töten, Verwunden. Alles das, was Sie sich vorgenommen und davon Sie zurückschreckten — davor graut es Ihnen nun nicht mehr.«

»Im Gegenteil«, sagte er, »es graut mir davor recht häufig.«

»Ja«, meinte sie, »aber nicht in derselben Weise. Es graut Ihnen vor sich selbst. Sie fürchten sich nicht vor dem Grauen.«

»Nein«, sagte er, »nein, das ist für immer vorbei. Das verschwand, als ich meine Piratenlaufbahn begann.«

Im Feuer fielen die langen Zweige zusammen und zerkrümelten in kleine Stücke, die Flammen brannten zu Ende, die Asche wurde weiß.

»Morgen«, erklärte er, »muß ich einen neuen Plan aushecken.«

Sie sah zu ihm hinüber, aber die Flamme beleuchtete ihn nicht meehr, sein Gesicht war im Schatten.

»Sie wollen sagen — Sie müssen von hier fort?«

»Ich bin zu lange untätig gewesen«, antwortete er, »der Fehler liegt an der Bucht. Zu lange habe ich ihr erlaubt, mich festzuhalten. Nein, Ihre Freunde Eustick und Godolphin sollen etwas zu tun bekommen für ihr Geld. Ich will sehen, ob ich sie ins Offene hinausholen kann.«

»Sie haben etwas Gefährliches vor?«

»Gewiß.«

»Wollen Sie eine neue Landung an der Küste vornehmen?«

»Sehr wahrscheinlich.«

»Und sich der Gefangennahme, vielleicht dem Tod aussetzen? Warum und aus welchem Grund?«

»Weil ich mir zu beweisen wünsche, daß mein Kopf besser ist als ihre Köpfe.«

»Aber das ist ein lächerlicher Grund!«

»Nichtsdestoweniger ist es mein Grund.«

»Es ist ein egoistischer Gedanke, ein erhabener Selbstbetrug.«

»Ich weiß das.«

»Es wäre aber klüger, nach der Bretagne zurückzukehren.«

»Viel klüger.«

»Und Sie werden Ihre Leute in eine wahrhaft verzweifelte Lage bringen.«

»Sie haben nichts dagegen.«

»›La Mouette‹ könnte zerstört werden, statt in einem Hafen jenseits des Kanals zu liegen.«

Sie sahen sich über die Asche des zusammengesunkenen Feuers an; seine Augen hielten sie eine lange Weile fest — es war ein Licht in ihnen, gleich der Flamme, die sich in dem Feuer verzehrt hatte. Schließlich streckte er sich, gähnte und sagte:

»Es ist wirklich schade, daß Sie kein Bub sind, Sie hätten mit mir kommen können.«

»Was brauche ich dazu ein Bub zu sein?«

»Weil Frauen, die sich fürchten, Fische zu töten, für das Leben auf Piratenschiffen zu empfindlich sind.«

Einen Augenblick, sich auf den Finger beißend, schaute sie ihn an:

»Glauben Sie das in der Tat?«

»Natürlich.«

»Wollen Sie mich für dieses Mal mitnehmen, damit Sie erkennen, daß Sie im Irrtum sind?«

»Sie würden seekrank werden.«

»Nein.«

»Sie würden frieren, es unbehaglich finden, Angst haben.«

»Nein.«

»Sie würden mich bitten, Sie ans Land zu setzen, gerade wenn die Verwirklichung meiner Pläne im besten Zuge wäre.«

»Nein.«

Sie sah ihm widerspruchsvoll, verärgert ins Gesicht. Da stand er auf, lachte, zertrat die letzte Aschenglut; es war nun dunkel.

»Was wetten Sie, daß ich seekrank, erkältet, furchtsam sein werde?«

»Es kommt darauf an, was wir einander zu bieten haben.«

»Meine Ohrringe«, sagte sie, »Sie können meine Rubinohrringe bekommen, die ich trug, als Sie zu Navron mit mir speisten.«

»Gut«, sagte er, »das wäre in der Tat ein Preis. Wenn ich sie besäße, dann wäre mein Piratentum dadurch ein wenig gerechtfertigt. Doch was fordern Sie von mir, falls Sie Ihre Wette gewinnen sollten?«

»Warten Sie, lassen Sie mich nachdenken.« Einen Augenblick stand sie schweigend neben ihm, blickte auf das Wasser hinab; dann sagte sie belustigt und boshaft:

»Eine Locke von Godolphins Perücke.«

»Sie sollen die Perücke selber haben.

»Sehr gut«, damit wandte er sich und ging zum Boot.

»Dann brauchen wir die Angelegenheit nicht mehr zu erörtern. Es ist alles ausgemacht. Wann fahren wir?«

»Sobald ich mit meinem Plan im reinen bin.«

»Und morgen machen Sie sich ans Werk?«

»Morgen mache ich mich ans Werk.«

»Ich werde mich bemühen, Sie nicht zu stören. Auch ich muß planmäßig handeln. Ich denke, ich werde unwohl sein und mich zu Bett legen: meine Krankheit wird fiebriger Natur sein, also dürfen Kinder und Kindesmagd mein Zimmer nicht betreten. William allein wird mich pflegen. Täglich wird der gute William Speise und Trank zu seiner Patientin tragen — die nicht dort sein wird.«

»Sie haben einen erfinderischen Geist.«

Sie stieg ins Boot. Er, die Ruder fassend, brachte dieses still in die Bucht hinauf, bis sie den Rumpf des Piratenschiffes dämmerhaft in dem weichen grauen Licht vor sich aufragen sahen. Eine Stimme von dort rief sie an; er antwortete auf bretonisch, fuhr weiter und ruderte das Boot zu der Landungsstelle im oberen Teil der Bucht.

Schweigend gingen sie den Wald hinauf. Als sie den Garten des Hauses erreicht hatten, schlug die Hofuhr die halbe Stunde. Unten in der Zufahrt würde William mit dem Wagen stehen; wie beabsichtigt, würde sie vor das Haus hinfahren können.

»Ich hoffe, Ihre Abendmahlzeit bei Lord Godolphine hat Ihnen geschmeckt», lächelte der Franzose.

»Ausgezeichnet«, antwortete sie.

»Und der Fisch war nicht zu fad gekocht?«

»Der Fisch war köstlich.«

»Sie werden, wenn wir auf die See hinausfahren, Ihren Appetit verlieren.«

»Gerade nicht, die See wird mich gefräßig machen.«

»Ich werde, ohne vorherige Ankündigung, plötzlich nach Ihnen schicken müssen.

»Ich werde bereit sein.«

Sie gingen unter den Bäumen, kamen in die Allee, sahen den Wagen und William neben den Pferden stehen.

»Ich verlasse Sie jetzt«, sagte er, einen Augenblick im Schatten der Bäume stehend und auf sie niederblickend. »Also, werden Sie wirklich kommen?«

»Ja«, sagte sie.

Sie lächelten einander zu, wußten plötzlich, daß die zwischen ihnen bestehende Gefühlsverbindung an Kraft gewonnen hatte, waren erregt, als berge die ihnen unbekannte Zukunft ein Geheimnis, ein Versprechen. Dann ging der Franzose zurück durch die Waldung hinunter, während Dona auf die Allee hinausgefahren kam, unter den hohen Buchen, die da nackt und hager in der Sommernacht standen, sacht ihre Äste rührend, als flüsterten sie von kommenden Dingen.

Zehntes Kapitel

Es war William, der sie weckte, William, der ihren Arm schüttelte und ihr ins Ohr raunte: »Verzeihen Sie, gnädige Frau, aber mein Herr hat soeben Bericht geschickt, das Schiff wird in einer Stunde absegeln.« Stracks saß Dona in ihrem Bette auf, jedes Schlafbedürfnis war mit seinen Worten verschwunden.

»Danke, William«, sagte sie, »in zwanzig Minuten bin ich bereit. Wie spät ist es?«

»Ein Viertel vor vier, gnädige Frau.«

Er verließ das Zimmer. Dona, die Vorhänge zurückziehend, sah, daß es noch dunkel, die Dämmerung noch nicht angebrochen war. Eilig zog sie sich an; ihr Herz pochte heftig, ihre Hände benahmen sich merkwürdig ungeschickt. Bei allem war ihr zumute wie einem nichtsnutzigen Kind, das auf ein verbotenes Abenteuer ausgeht. Fünf Tage war es seit dem Abendessen mit dem Franzosen in der Bucht; sie hatte ihn seither nicht gesehn. Ein Insinkt sagte ihr, daß er allein sein wolle, wenn er arbeite.

Sie hatte die Tage hingehen lassen, ohne durch den Wald an den Fluß hinabzuwandern, ohne auch nur eine Botschaft durch William zu senden. Die Wette war kein närrischer Augenblickseinfall, Ausgeburt einer Sommernacht und noch vor dem Morgen vergessen; sie war ein Vertrag, an den er sich halten würde, für eine Kraftprobe, eine Herausforderung ihres Mutes. Zuweilen dachte sie an Harry, der sein Leben in London weiterführte, mit Reiten, Spielen, dem Besuch der Schenken, Spielhäuser, den Kartenpartien mit Rockingham; die Bilder, die sie dabei heraufbeschwor, schienen ihr einer anderen Welt anzugehören, einer Welt, zu der sie jetzt in keiner Beziehung stand. Sie gehörten zu einer seltsamen Vergangenheit. Harry selbst war zu einem Geist geworden, einer gespenstischen Gestalt, die in einer andern Zeit ihr Wesen trieb.

Die andere Dona war auch tot. Diese Frau, die an ihre Stelle getreten, war jemand, der leidenschaftlicher, aus größerer Tiefe existierte, jeden Gedanken und jede Handlung mit einem neuen Empfindungsreichtum ausstattend, der all den kleinen Dingen des Tages andere, fast sinnliche Eigenschaften abgewann.

Der Sommer an sich war Freude und Herrlichkeit. Die glänzenden Morgen, das Blumenpflücken mit den Kindern, das Wandern mit ihnen durch Feld und Wald; die langen Nachmittage, träge und vollkommen, wenn sie unter den Bäumen auf dem Rücken lag, den Duft des Ginsters, des Goldregens, der Sternhyazinthen in sich saugend. Noch die einfachsten Verrichtungen, die ursprünglichen Funktionen des Essens, Trinkens, Schlafens waren für sie zu einer Quelle des Vergnügens, des lässigen, ruhigen Genusses geworden.

Nein, die Dona von London war für immer verschwunden. Jenes Weib, das neben seinem Gatten, unter dem großen Betthimmel in ihrem Haus an der St.-James-Straße ruhte, wo am Boden die beiden Wachtelhunde in ihren Körben scharrten; das offene Fenster gegen die Straße mit der schwülen, schweren Luft, dem heiseren Geschrei der Fleischverkäufer und Lehrburschen — jene Dona war Teil eines anderen Daseins.

Die Glocke im Hof schlug vier. Die neue Dona, in einem alten Kleid, das sie längst beiseite gelegt hatte, um es einmal einer Bäuerin zu schenken, einen Schal um die Schultern und ein Bündel in der Hand, schlich die Treppe hinab nach dem Speisezimmer, wo William sie, mit einem Kerzenlicht in der Hand, erwartete.

»Pierre Blanc ist draußen, im Wald, gnädige Frau.«

»Ja, William.«

»Ich werde während Ihrer Abwesenheit die Aufsicht über das Haus führen und darauf achten, daß Prue die Kinder nicht vernachlässigt.«

»Ich habe volles Vertrauen zu Ihnen, William.«

»Mein Vorsatz ist, dem Haus diesen Morgen anzuzeigen, daß die gnädige Frau sich unwohl fühlt, etwas Fieber hat; aus Furcht vor einer Ansteckung ziehe sie vor, daß die Kinder und die weiblichen Dienstboten sie nicht besuchten; sie habe mich beauftragt, ihre Pflege und Besorgung selbst zu übernehmen.«

»Vortrefflich, William. Ihr feierliches Gesicht wird sich für diese Gelegenheit besonders eignen. Sie sind, so möchte ich sagen, die Verstellung in Person.«

»Frauen haben sich mitunter so geäußert, gnädige Frau.«

»Eigentlich, William, halte ich Sie für herzlos. Sind Sie

gewiß, daß ich Ihnen allein diese Bande von wirrköpfigen Frauenspersonen überlassen darf?«

»Ich werde ihnen ein Vater sein, gnädige Frau.«

»Sie mögen Prue tadeln, wenn Sie wollen; sie hat einen Hang zur Trägheit.«

»Das werde ich tun, gnädige Frau.«

»Und Fräulein Henrietta, wenn sie zuviel plaudert, ein strenges Gesicht zeigen.«

»Ja, gnädige Frau.«

»Und sollte der junge Herr James sehr nach einer zweiten Portion Erdbeeren verlangen ...«

»Dann werde ich sie ihm geben, gnädige Frau.«

»Ja, William, doch nicht vor Prues Augen, später, von Ihnen aus, in der Speisekammer.«

»Ich verstehe die Sachlage vollkommen, gnädige Frau.«

»Jetzt muß ich gehen. Würden Sie mich begleiten?«

»Unglücklicherweise, gnädige Frau, mag sich mein Inneres nicht mit der Bewegung eines Schiffes auf dem Wasser befreunden. Gnädige Frau verstehen, was ich meine?«

»Mit andern Worten, William, Ihr Gesundheitszustand läßt dort einiges zu wünschen übrig?«

»Gnädige Frau sind glücklich in der Wendung Ihres Satzes. Tatsächlich — da wir den Gegenstand berühren, bin ich so frei, gnädige Frau, Ihnen diese kleine Schachtel Pillen zu empfehlen. Ich habe sie einst von unschätzbarem Wert gefunden. Sie könnte Ihnen helfen, falls sich Ihrer eine unerwünschte Empfindung bemächtigte.«

»Wie überaus freundlich von Ihnen, William. Geben Sie sie her, ich will sie in meinem Bündel mitnehmen. Ich habe mit Ihrem Herrn gewettet, daß ich nicht unterliegen werde. Denken Sie, ich werde die Wette gewinnen?«

»Man müßte wissen, worauf die gnädige Frau anspielt.«

»Daß ich der Bewegung des Schiffes nicht unterliegen werde natürlich. Was dachten Sie, daß ich meinte?«

»Verzeihen Sie mir, gnädige Frau. Mein Kopf war in diesem Augenblick mit anderem beschäftigt. Ja, ich glaube, diese Wette werden Sie gewinnen.«

»Wir haben nur darum gewettet, William.«

»Tatsächlich, gnädige Frau.«

»Sie scheinen zu zweifeln?«

»Wenn zwei Personen eine Reise tun, gnädige Frau, davon die eine ein Mann ist wie mein Herr, die andere eine Frau wie meine Herrin, dann wollen solche Umstände mir als von Möglichkeiten strotzend erscheinen.«

»William, Sie sind recht anmaßend.«

»Gnädige Frau, das tut mir leid.«

»Und französisch in Ihrem Denken.«

»Dafür wäre nun meine Mutter verantwortlich, gnädige Frau.«

»Sie vergessen, ich war während sechs Jahren mit Sir Harry verheiratet, bin die Mutter zweier Kinder, und im nächsten Monat werde ich dreißig.«

»Durchaus nicht, gnädige Frau, gerade diese drei Faktoren habe ich besonders erwogen.«

»Dann muß ich mich durch Ihr Benehmen auf das allerpeinlichste berührt fühlen. Öffnen Sie gleich die Tür und lassen Sie mich in den Garten.«

»Jawohl, gnädige Frau.«

Er stieß den Laden zurück, zog die langen, schweren Vorhänge zur Seite. Etwas flatterte, einen Ausgang suchend, gegen das Fenster; als William die Tür öffnete, schwang sich ein Schmetterling, der in den Falten des Vorhanges gefangen gewesen war, in die Luft.

»Noch ein Flüchtling, der die Freiheit sucht, gnädige Frau.«

»Ja, William.« Sie lächelte einen Augenblick. Auf der Schwelle stehend, zog sie die kühle Morgenluft ein. Aufblickend sah sie den ersten blassen Streifen des Tages am Himmel aufglimmen.

»Auf Wiedersehen, William.«

»Au revoir, gnädige Frau.«

Sie schritt durch das Gras, ihr Bündel fest in der Hand, um den Kopf ihren Schal. Sie schaute noch einmal zurück auf die graue Gestalt ihres Hauses, so fest und sicher und schlafend, mit William gleich einer Schildwache am Fenster. Sie winkte ihm noch einmal zum Abschied mit der Hand, dann folgte sie Pierre Blanc, mit seinen lustigen Augen und dem dunklen Gesicht und seinen Ohrringen, zwischen den Bäumen nach dem Piratenschiff in der Bucht hinab.

Sie hatte erwartet, mitten in ein lärmendes Treiben zu geraten, in das Getümmel der Abreise. Doch als sie Bord an Bord bei der ›Mouette‹ angelangt waren, herrschte dort die gewohnte Ruhe. Erst als sie die Leiter hinauf das Verdeck erstiegen hatte und sich umsah, erkannte sie, daß das Schiff fahrbereit war, die Verdecke waren klar, die Männer standen alle auf ihren Posten.

Einer von ihnen trat heran, verbeugte sich mit tiefer Verneigung seines Kopfes.

»Der Herr bittet Sie, auf Achterdeck hinaufzukommen.«

Sie erkletterte auf der Leiter das hohe Deck des Hinterteils; noch während dieses Aufstiegs vernahm sie das Rasseln der Ankerkette durch die Klüse, das Knirschen des Gangspills, die Eintönigkeit ihres Gesangs, das alles erfüllte die Luft mit einer besonderen Poesie, einem anmutig schwingenden Rhythmus; sie schien gleichermaßen an dem frischen Morgen wie an dem kommenden Abenteuer teilzuhaben.

Plötzlich hörte sie hinter sich, klar und entschieden, einen Befehlsruf; jetzt erst sah sie den Franzosen, neben dem Steuermann beim Rad stehend, mit wachem, gespanntem Gesicht, die Hände auf dem Rücken. Das war eine ganz andere Erscheinung als der Kamerad auf dem

Fluß, der in dem kleinen Boot neben ihr gesessen, ihre Leine wiederhergestellt und später auf dem Kai mit aufgekrempeltem Ärmel ein Feuer angemacht und einen Fisch gebraten hatte, während ihm die Haare bis auf die Augen hingen. Sie fühlte sich hier als Eindringling, als ein albernes Frauenzimmer mitten unter Männern, die ihre Arbeit zu verrichten hatten. Wortlos stellte sie sich in einiger Entfernung an das Geländer, wo sie ihm nicht lästig fallen konnte. Er gab weiter seine Befehle, blickte in die Höhe, nach dem Himmel, ins Wasser, auf die Uferhänge.

Das Schiff gewann langsam Fahrt; der Morgenwind, der über die Hügel hereinkam, füllte die großen Segel. Es bewegte sich jetzt wie ein Geist auf dem stillen Wasser. Wo der Kanal nahe am Ufer hinführte, streifte es mitunter fast die Bäume. Die ganze Zeit stand der Franzose neben dem Steuermann, gab den Kurs an, bemaß die Entfernungen des Ufers. Der breite Mutterstrom tat sich vor ihnen auf; jetzt fiel mit voller, stetiger Kraft der Wind aus Westen ein und kräuselte die Wasserfläche. Als die ›Mouette‹ mit ihm zusammentraf, neigte sie sich leicht vor; ihre Verdecke lagen schräg, ein leichtes Spritzwasser peitschte über die Bordwand. Im Osten brach die Dämmerung an; der Himmel war von einem matten Dunst überzogen, darin ein Glühen gutes Wetter verhieß. Ein salziger Geschmack war in der Luft, eine Frische vom offenen Meer unterhalb der Mündung herauf.

Die Männer hatten ihren Gesang beendet. Sie standen und schauten jetzt erwartungsvoll auf die See; wie Leute, die sich zu lange verweilt haben, nun plötzlich ganz Feuer und Flamme. Nochmals schlug das Spritzwasser von einem hohen Wellenbaum hernieder, als das Schiff die Sandschwelle in der Mündung kreuzte. Dona kostete es lächelnd mit ihren Lippen; aufschauend gewahrte sie, daß der Franzose den Steuermann verlassen hatte und bei ihr stand; der Wasserguß mußte auch ihn erreicht haben, denn Salz lag auf seinen Lippen und sein Haar war feucht.

»Gefällt es Ihnen?« fragte er; sie nickte, er lächelte und schaute ins Weite. Wie sie ihn so betrachtete, erfüllte sie auf einmal das Gefühl des Triumphes und des Entzückens; sie wußte jetzt: er gehörte ihr, und sie liebte ihn, und daß sie das von Anfang an erkannt hatte, schon in jenem Moment, als sie seine Kabine betreten, da er am Tisch saß und den Reiher zeichnete. Oder sogar schon früher: als sie das Schiff vom Horizont her sich zum Land hatte hinstehlen sehen, hatte sie gewußt, was unabwendbar geschehen werde. Sie war Fleisch von seinem Fleisch und Geist von seinem Geist; sie gehörten zueinander, beide Wanderer, beide Flüchtlinge, nach demselben Bild geschaffen.

Elftes Kapitel

Es war abends gegen sieben Uhr. Dona kam auf das Deck. Sie fand, daß das Schiff seinen Kurs abermals geändert hatte und wieder auf die Küste zu hielt.

Das Land war noch immer unkenntlich, nicht deutlicher als eine hingewischte Wolke. Den ganzen Tag waren sie auf der See und mitten im Kanal geblieben, ohne auch nur einmal ein anderes Fahrzeug gesichtet zu haben. Eine tüchtige Brise hatte sie während voller zwölf Stunden begleitet und ›La Mouette‹ hüpfen und tanzen gemacht, als ob sie lebte. Dona begriff: die Absicht war, sich bis zur Dämmerung für das Land außer Sicht zu halten, erst am Abend, im Schutze des Dunkels ans Ufer zu gehen. So war der Tag wenig mehr gewesen als ein Zeitvertreib, freilich mit der Aussicht, möglicherweise einem Handelsfahrer zu begegnen, der, eine Ladung den Kanal heraufbringend, sich als erwünschte Beute erwiesen hätte. Aber ein solches Schiff hatte sich nicht gezeigt. Die Mannschaft, durch die lange Seefahrt angeregt, wurde auf das kommende Abenteuer und auf das unbekannte Wagnis der Nacht immer begieriger. Alle schienen seltsam begeistert, von dem Verlangen nach einer Teufelei besessen; sie glichen Knaben, die einen tollen Streich vorhaben. Dona, die über das Geländer des Hinterdecks auf sie herabschaute, hörte sie lachen, singen, Witze reißen. Ab und zu schauten sie nach ihrer Richtung, sandten einen Blick, ein Lächeln hinauf, mit Gebärden voll bewußter Galanterie, sehr berührt von der Anwesenheit einer Frau an Bord.

Die ganze Atmosphäre hatte etwas Ansteckendes: die heiße Sonne, der frische Westwind, das blaue Wasser – Dona hatte das lächerliche Verlangen, ein Mann unter ihnen zu sein, mit Seilen und Scheiben umzugehen, auf die großen schrägen Spieren hinaufzuklettern, die Segel in Ordnung zu bringen, die Speichen des großen Rades zu handhaben.

Von Zeit zu Zeit gingen Sturzwellen über das Deck, wuschen ihr Gesicht und Hände, durchnäßten ihr Kleid. Sie achtete nicht darauf: die Sonne würde ihre Kleider bald getrocknet haben; sie fand auf dem Deck eine trockene Stelle, leewärts vom Steuerrad, wo sie sich mit untergeschlagenen Beinen niedersetzte, den Schal in ihre Schärpe gesteckt, während der Wind ihr das Haar zerzauste. Um Mittag fühlte sie einen gehörigen Hunger; aus dem Bug des Schiffes stieg zu ihr der Duft von frisch geröstetem Brot und starkem Kaffee. Jetzt sah sie Pierre Blanc, ein Servierbrett in der Hand, über das Schiffshinterteil heraufkommen.

Sie nahm es ihm ab, sich ihrer Gier fast schämend, und er, mit einer Vertraulichkeit, die sie lachen machte, ihr zuwinkend, rollte seine Augen gen Himmel und rieb sich den Bauch.

»Monsieur wird gleich zu Ihnen kommen«, sagte er lächelnd wie ein Mitverschworener. Sie dachte, wie sie alle William ähnlich waren, in ihrem Eifer, zwei zusammenzubringen, wie sie das als etwas Natürliches, Heiteres, Anmutiges auffaßten. Sie fiel wie ein hungriges Tier über den Brotlaib her, schnitt sich einen Happen von der schwarzen Kruste herunter; da war auch Käse und Lattich.

Jetzt vernahm sie hinter sich einen Schritt. Der Kapitän der ›Mouette‹ war da und schaute ihr zu. Er setzte sich neben sie und griff nach dem Brotlaib.

»Jetzt kann es das Schiff allein machen«, sagte er, »das ist sein Wetter. Es würde den ganzen Tag im Kurs bleiben, ein Druck mit dem Finger hin und wieder auf das Rad genügte. Geben Sie mir etwas Kaffee.«

Sie goß die dampfende Brühe in zwei Tassen; sie tranken beide gierig.

»Was denken Sie von meinem Schiff?« fragte er.

»Ich denke, es ist verhext, es ist gar kein Schiff; mir ist, als hätte ich früher nicht gelebt.«

»Dieselbe Wirkung hatte es anfangs auch auf mich, als ich meine Piratenlaufbahn begann. Wie ist der Käse?«

»Auch der Käse ist verzaubert.«

»Und Sie fühlen sich wohl?«

»Nie in meinem Leben habe ich mich wohler gefühlt.«

»Essen Sie, soviel Sie mögen, denn heute nacht werden wir zum Essen wenig Zeit haben. Wollen Sie noch ein Stück Brot?«

»Bitte.«

»Dieser Wind wird den ganzen Tag anhalten, doch am Abend wird er etwas fallen; wir werden uns dann der Küste entlangschleichen und die Flußverhältnisse voll ausnützen müssen. Sind Sie glücklich?«

»Ja. Warum fragen Sie?«

»Weil auch ich glücklich bin. Geben Sie mir noch etwas Kaffee.«

»Die Leute waren heute sehr fröhlich«, sagte sie, nach dem Kruge reichend, »ist es wegen heute nacht, oder weil sie wieder auf See sind?«

»Ein Gemisch von beidem. Und sie sind fröhlich auch Ihretwegen.«

»Was könnte ich da ausmachen?«

»Sie sind ein Antrieb mehr. Ihretwegen werden sie heute nacht um so besser arbeiten.«

»Warum hatten Sie bei früheren Fahrten keine Frau an Bord?«

Er lächelte, doch er gab keine Antwort.

»Ich vergaß, Ihnen zu sagen, was Godolphin kürzlich geäußert hat.«

»Was denn?«

»Er sagte, es gingen häßliche Gerüchte im Land, die sich auf Ihre Schiffsmannschaft bezögen. Er sagte, er habe gehört von Frauen, die verzweifelt seien.«

»Verzweifelt? Warum?«

»Das eben habe ich ihn auch gefragt. Und er antwortete zu meinem innernsten Vergnügen, er fürchte, einige von den Frauen der Gegend hätten in den Händen Ihrer verdammten Schurken zu leiden gehabt.«

»Ich bezweifle, daß sie gelitten haben.«

»Das tue ich auch.«

Er kaute weiter Brot und Käse, blickte dann und wann zu seinen Spieren hinauf und in die Ordnung seiner Segel.

»Meine Gefährten kümmern sich nicht um Ihre Frauen», sagte er, »das ärgerliche ist im allgemeinen, daß Ihre Frauen ihnen keine Ruhe lassen. Sie rennen aus ihren Hütten und kommen über die Hügel gelaufen, wenn sie denken, ›La Mouette‹ liege in der Nähe ihres Ufers vor

Anker. Sogar unser verläßlicher William hat sich, wie ich hörte, solcher Belästigungen zu erwehren.«

»William ist sehr — gallisch.«

»Das bin auch ich, wir alle sind das. Aber Zudringlich keit kann einen manchmal in Verlegenheit bringen.«

»Sie vergessen, daß die Frauen hier auf dem Land ihre Ehemänner sehr langweilig finden.«

»Sie sollten ihren Ehemännern bessere Manieren lehren.«

»Das Liebesspiel ist nicht des englischen Bauernlümmels starke Seite.«

»Davon habe ich gehört. Aber sicher vermöchte er sich, nach der nötigen Anweisung, zu bessern.«

»Wie kann eine Fau ihren Ehegenossen über Dinge unterrichten, die sie selbst nicht versteht, in die sie nicht eingeführt worden ist?«

»Sie hat doch sicher ihren Instinkt?«

»Instinkt genügt nicht immer.«

»Dann bedaure ich die Bäuerinnen Ihrer Gegend aber sehr.«

Er stützte sich auf seinen Ellbogen, brachte aus seiner langen Rocktasche eine Pfeife zum Vorschein; sie sah ihn den Kopf mit dem dunklen, beizenden Tabak stopfen, mit dem einst der Behälter in ihrem Schlafzimmer gefüllt gewesen.

»Ich sagte Ihnen einmal«, bemerkte er, die Augen auf die Spieren gerichtet, »daß die Franzosen in einem ganz unverdienten Ruf der Galanterie stehen. Es ist nicht möglich, daß wir jenseits des Kanals uns alle darin auszeichnen, während es hierzulande, auf Ihrer Seite, lauter Tölpel gibt.«

»Vielleicht ist etwas im englischen Klima der Phantasie nicht günstig?«

»Das Klima hat nichts damit zu tun, auch nicht der Unterschied der Rasse. Ein Mann oder eine Frau haben für diese Dinge ein angeborenes Verständnis, oder sie haben es nicht.«

»So wird Ihre Ehe zweifellos recht eintönig sein, was, wie ich glaube, die meisten Ehen sind.« Ein Rauchschwaden strich über ihr Gesicht, aufschauend sah sie ihn lachen.

»Warum lachen Sie?«

»Weil Sie eben ein so ernsthaftes Gesicht machten, als hätten Sie die Absicht, über die Frage des Nichtzusammenpassens ein Traktat zu schreiben.«

»Vielleicht tue ich das in meinen alten Tagen.«

»Lady St. Columb müßte ihr Traktat mit voller Kenntnis des Gegenstandes schreiben, das ist das Wesentliche bei allen Abhandlungen.«

»Vielleicht besitze ich diese Kenntnis.«

»Sie besitzen sie vielleicht. Doch um die Arbeit abzurunden, müßten Sie ihr ein Schlußwort über das Zusammenpassen beifügen. Sie müssen wissen, es kommt bisweilen vor, daß ein Mann einer Frau begegnet, die ihm wie die Erfüllung aller seiner verborgensten Träume erscheint. Beide haben Verständnis füreinander, von den oberflächlichsten bis zu den tiefsten Regungen.«

»Aber häufig kommt das nicht vor?«

»Nein, nicht sehr oft.«

»Dann wird meine Abhandlung unvollständig sein müssen.«

»Zum Leidwesen für Ihre Leser, zum noch größeren Leidwesen für Sie selbst.«

»Oh, statt über dieses Zusammenpassen, wie Sie sagen, vermöchte ich ein paar Seiten über die Mutterschaft zu schreiben. Ich bin eine ausgezeichnete Mutter.«

»Sind Sie das?«

»Ja, fragen Sie William. Er weiß, was man davon zu wissen braucht.«

»Wenn Sie eine so vollkommene Mutter sind, was tun

Sie dann hier auf der ›Mouette‹, sitzen mit untergeschlagenen Beinen da, lassen sich das Haar über das Gesicht wehen und verhandeln mit einem Piraten über die intimen Fragen der Ehe?«

Dieses mal war es Dona, die lachte. Sie griff nach ihrem Haar, versuchte die durcheinandergeratenen Locken zu ordnen, indem sie diese mit einem Band aus ihrem Mieder zurückzubinden strebte.

»Wissen Sie, was Lady St. Columb jetzt tut?« fragte sie.

»Ich wüßte es gerne.«

»Sie liegt mit Fieber, Kopfweh und erkältetem Magen im Bett; sie läßt niemanden zu sich außer dem treuen Diener William, der ihr mitunter zur Linderung ihres Fiebers Trauben bringt.«

»Ihre Gnaden tut mir leid, namentlich wenn sie, während sie dort liegt, über das Nichtzusammenpassen nachgrübelt.«

»Das tut sie nicht, dazu ist viel zu vernünftig.«

»Ist Lady St. Columb so vernünftig, warum hat sie sich dann in London als Räuber verkleidet und Männerhosen angezogen?«

»Weil sie wütend war.«

»Warum war sie wütend?«

»Weil sie aus ihrem Leben nichts Rechtes gemacht hatte.«

»Und weil sie nun fand, daß sie aus ihrem Leben nicht das Richtige gemacht habe, versuchte sie, allem zu entlaufen?«

»Ja.«

»Wenn jetzt Lady St. Columb hustend im Fieber auf ihrem Bett liegt und das Vergangene bereut, wer ist dann diese Frau, die auf dem Deck neben mir sitzt?«

»Sie ist ein Schiffsjunge, das unbedeutendste Mitglied Ihrer Mannschaft.«

»Der Schiffsjunge hat einen gewaltigen Appetit, er hat allen Käse und drei Viertel des Brotes aufgegessen.«

»Ich bedaure. Ich dachte, Sie seien fertig.«

»Das bin ich.«

Er lächelte ihr zu. Sie blickte auf die Seite, damit er nicht in ihren Augen lese und sie leichtfertig finde; sie wußte, daß sie das war, und es war ihr einerlei. Dann, seine Pfeife auf dem Verdeck ausklopfend, fragte er: »Möchten Sie das Schiff steuern?«

Sie sah ihn wieder an, ihre Augen tanzten.

»Könnte ich das? Wird es nicht sinken?«

Er lachte, stand auf, zog sie neben sich; sie gingen zusammen zu dem großen Rad, wo er dem Steuermann ein paar Worte sagte.

»Was habe ich zu tun?« fragte Dona.

»Sie fassen mit beiden Händen die Speichen — so. Sie halten das Schiff beständig in seinem Kurs — so. Lassen Sie es nicht zu stark fallen, sonst verfängt sich das Focksegel mastwärts. Fühlen Sie den Wind in Ihrem Nacken?«

»Ja.«

»Behalten Sie ihn dort; lassen Sie ihn nicht von vorn auf Ihre rechte Wange wehen.«

Dona stand am Rad, die Speichen in der Hand. Einen Augenblick später spürte sie das Heben des Schiffes, die Bewegung des eilenden Schiffsrumpfs, das Hochgehen des Fahrzeugs, wenn es die weiten Wogen brach. Der Wind pfiff in den Spieren und im Takelwerk, und auch in den schmalen Dreiecksegeln über ihr war ein Summen und Rauschen, indessen das große viereckige Focksegel an seinen Seilen zerrte und sich blähte wie ein lebendiges Geschöpf.

Unten auf dem Mitteldeck hatten die Männer den Wechsel des Steuermanns bemerkt. Einander anstoßend und hinaufdeutend, lachten sie, riefen sich in dem ihr unverständlichen bretonischen Dialekt Scherze zu, während der Kapitän an ihrer Seite stand, die Hände in den tiefen Taschen seines langen Rockes, die Lippen zu einem Pfeifen geschürzt, den Blick vor sich auf die Meeresfläche gerichtet.

»So gibt es doch etwas, das mein Kajütenjunge aus Instinkt versteht«, sagte er endlich.

»Was ist das?« fragte sie, und dabei legte ihr der Wind das Haar über das Gesicht.

»Er vermag ein Schiff zu steuern.«

Lachend ging er davon, ihr die ›Mouette‹ ganz allein überlassend. Während einer Stunde hielt Dona stand; so glücklich erschien sie sich, wie James mit einem neuen Spielzeug. Dann fühlte sie ihre Arme ermüden; sie schaute sich nach dem Steuermann um, den sie abgelöst hatte. Er stand in der Nähe des Rades und beobachtete sie mit einem Grinsen; jetzt trat er herzu, faßte das Rad wieder in seine Hände. Sie ging in des Kapitäns Kabine hinab, legte sich auf seine Schlafstelle und schlief ein.

Als sie einmal die Augen öffnete, sah sie ihn hereinkommen, sich über die Karten auf dem Tisch beugen, Berechnungen auf ein Papier hinwerfend. Darauf mußte sie wieder in Schlaf gesunken sein, denn als sie erwachte, war sie in der Kabine allein. Sie erhob sich, dehnte sich, ging dann an Deck.

Es war sieben Uhr. Das Schiff streifte der Küste entlang; der Franzose stand selbst am Steuer. Sie sagte nichts, kam bloß, stellte sich neben ihn und schaute auf den undeutlichen Küstenstrich am Horizont.

Jetzt rief er seinen Leuten etwas zu, worauf sie in das Takelwerk kletterten, Hand über Hand, kleine, schlanke Gestalten, so behend wie Affen. Dona sah das große viereckige Focksegel zusammensacken und in Falten fallen, als sie es auf der Rahe festmachten.

»Kommt für das Land ein Schiff in Sicht, dann ist das erste, was vom Land her wahrgenommen wird, das Focksegel. Wir haben bis zum Einbruch der Dunkelheit noch zwei Stunden und möchten nicht, daß man uns vorher sieht.«

Sie blickte nach der fernen Küste; ihr Herz pochte in seltsamer Erregung; so wie er und seine Leute war auch sie vom Geist eines herrlichen Abenteuers erfaßt.

»Ich glaube, Sie sind im Begriff, etwas recht Tolles und Verrücktes zu verüben«, sagte sie.

»Sie wünschten doch Godolphins Perücke?« gab er zur Antwort.

Sie blickte ihn von der Seite an, betroffen von seiner Kälte, seiner ruhigen, gleichmäßigem Stimme, die nicht anders klang als damals, als sie auf dem Fluß fischten.

»Was soll geschehen?« fragte sie. »Was haben Sie vor?«

Er antwortete nicht sogleich. Er gab den Leuten einen neuen Befehl, ein weiteres Segel wurde aufgerollt.

»Kennen Sie Philip Rashleigh?« fragte er nach einer Weile.

»Harry sprach von ihm.«

»Er hat Godolphins Schwester geheiratet — doch das nebenbei. Philip Rashleigh erwartet ein Schiff aus Indien, eine Tatsache, von der ich zu spät erfahren, sonst hätte ich versucht, ihm zu begegnen. So wie die Dinge jetzt liegen, vermute ich, daß es seinen Bestimmungsort innerhalb der beiden letzten Tage erreicht hat. Meine Absicht ist, es so, wie es vor Anker liegt, zu nehmen, eine Prisenmannschaft an Bord zu setzen und nach der jenseitigen Küste zu führen.«

»Wenn es aber stärker bemannt wäre als Ihr Schiff?«

»Das ist ein Risiko, mit dem ich ständig zu rechnen habe. Worauf es ankommt, das ist das Moment der Überraschung, das bei mir bis dahin nie fehlgeschlagen hat.« Er sah auf sie herab, belustigt durch ihr verblüfftes Gesicht und durch ihr Achselzucken, das ihm zu sagen schien, daß sie ihn in der Tat für wahnwitzig halte.

»Was vermuten Sie, daß ich tue«, fragte er, »wenn ich mich in meiner Kabine einschließe und meine Pläne berechne? Überlasse ich alles dem glücklichen Zufall? Meine Leute, so müssen Sie wissen, liegen nicht auf der faulen Haut, wenn ich zur Erholung in die Bucht komme. Einige von ihnen durchstreifen das Land, wie Ihnen Godolphin gesagt hat, doch nicht in der Absicht, Frauen in Verzweiflung zu bringen. Die Verzweiflung ist ein kleiner Nebenumstand.«

»Sprechen Sie englisch?«

»Gewiß. Darum habe ich sie für diese Aufgabe besonders ausgewählt.«

»Sie sind überaus gründlich.«

»Ich hasse das Unzulängliche«, gab er zurück.

Nach und nach trat die Küstenlinie bestimmter hervor, sie waren im Begriff, in eine große, flutende Bucht einzufahren. Weiter entfernt, im Westen, konnte sie weite Sandflächen erkennen, genau überschattet von der zunehmenden Dunkelheit. Das Schiff hatte jetzt seinen Kurs nach Norden, segelte auf ein schwarzes Vorgebirge zu, es war weder Bucht noch irgendeine Krümmung festzustellen, wo ein Schiff vor Anker liegen könnte.

»Sie wissen nicht, wohin wir treiben?« fragte er.

»Nein.«

Er lächelte, gab keine Auskunft und begann leise vor sich hin zu pfeifen, sah sie dabei an, so daß sie endlich wegschaute; sie wußte, daß seine — und ihre Augen — sie betörten; sie sprachen zueinander ohne Worte. Sie ließ den Blick über die ruhige See zum Land hinschweifen; der Geruch kam von dorther, mit dem Abendhauch; von durchwärmtem Klippengras, Moos und Bäumen, von heißem Sand, darauf die Sonne den Tag über gebrannt hatte. Sie wußte, das war das Leben, das sie immer zu leben verlangt hatte. Bald würden sie sich inmitten von Gefahr, Tumult, vielleicht in der Wirklichkeit des

Kampfes befinden; durch alles hindurch und nachher wären sie beisammen, hätten ihre eigene Welt, darin nichts galt als das, was sie einander geben konnten: Anmut, Stille, Frieden. Sie streckte die Arme über ihrem Kopf, sah nach ihm zurück und fragte: »Wohin geht unsere Fahrt?«

»Wir fahren nach Fowey Haven«, teilte er endlich mit.

Zwölftes Kapitel

Die Nacht war dunkel und sehr ruhig. Der Wind, der überhaupt wehte, kam von Norden, doch hier auf der Leeseite des Vorgebirges war es windstill. Nur zuweilen verriet ein plötzliches Pfeifen im Takelwerk oder ein Geriesel über dem schwarzen Wasser, daß eine oder zwei Meilen vom Land entfernt die Brise noch anhielt. ›La Mouette‹ lag am Rand einer kleinen Bai vor Anker, und in nächster Nähe, so nah, daß man einen Kiesel hätte auf die Felsen werfen können, erhoben sich schattenumhüllt und undeutlich in der Finsternis die Klippen von Fowey Haven.

Das Schiff war unentwegt nach dem bezeichneten Ort hingesteuert; keine Stimmen wurden laut, keine Kommandorufe, als es gegen den Wind anstand, um Anker zu werfen. Die Kette, die durch die gepolsterte Klüse niederging, gab einen hohlen, gedämpften Ton. Für einen Augenblick geriet das Volk der Seemöwen, das da zu Hunderten in und über den Klippen nistete, in Verwirrung; ihre Schreie hallten wider von der Klippenwand und ertönten über dem Wasser. Bald, als sich nichts weiter bewegte, beruhigten sie sich, und die Stille blieb ungestört. Dona stand am Geländer des Hüttendecks, nach dem Vorgebirge hinüberspähend. Etwas Unheimliches hatte für sie diese Stille, etwas Befremdendes, als wären sie, ohne es zu wissen, in ein schlafendes Land gekommen, dessen Bewohner unter einem Zauber lagen, und die Möwen wären als Wachen dorthin gestellt. Sie dachte daran, daß dieses Land und diese Klippen, die einen anderen Teil ihrer eigenen Küste ausmachten, für sie in dieser Nacht feindliches Gebiet seien. Sie waren in das Gebiet des Feindes gelangt, die Einwohner von Fowey Haven, die da jetzt in ihren Betten schliefen, waren für sie Fremde.

Die Mannschaft der ›Mouette‹ hatte sich auf dem Mitteldeck versammelt; sie konnte sie dort, Schulter an Schulter gedrängt, stehen sehen, regungslos und schweigend. Zum erstenmal, seit sie nach dem Abenteuer aufgebrochen, verspürte sie etwas wie Besorgnis, einen weiblichen Schauer der Furcht. Sie war Dona St. Columb, die Frau eines englischen Gutsbesitzers und Baronets. Einem unsinnigen Impuls gehorchend, machte sie gemeinsame Sache mit einer Bande von Bretonen, von denen sie weiter nichts wußte, als daß sie Seeräuber und Geächtete waren, gefährlich und skrupellos, angeführt von einem Mann, der ihr nicht das geringste über sich selbst gesagt, in den sie sich lächerlicherweise wider alle Vernunft verliebt hatte, was, ruhigen Blutes betrachtet, sie mit heißer Scham erfüllen müßte. Die Unternehmung könnte ja doch mißlingen; er und seine Leute würden gefangen, und sie mit ihnen; der ganzen Bande würde ein schmählicher Prozeß gemacht; es würde nicht lange dauern, so wäre ihre Identität festgestellt; Harry käme aus London herbeigestürzt. Wie in Blitzeshelle sah sie die ganze Geschichte sich über das Land verbreiten, den Schrecken und den Skandal, den sie hervorrufen würde. Eine widerliche, unsaubere Atmosphäre würde dem allem anhangen. Harrys Freunde hätten dafür ein schmutziges Lachen, und Harry selbst würde sich eine Kugel durch den Kopf jagen. Die Kinder wären Waisen; es würde ihnen verboten, den Namen ihrer Mutter auszusprechen, ihrer Mutter, die mit einem französischen Banditen davongelaufen war wie eine Küchenmagd mit einem Stallknecht. Die Gedanken jagten sich in ihrem Kopf, während sie auf die schweigsame Mannschaft der ›Mouette‹ hinabschaute. In ihrer Vorstellung sah sie ihr bequemes Bett in Navron, den friedlichen Garten, das geregelte und gesicherte Leben mit den Kindern. Aufblickend, gewahrte sie neben sich den Franzosen. Sie fragte sich, wieviel er wohl in ihrem Gesicht lesen konnte.

»Kommen Sie herunter«, sagte er ruhig. Sie folgte ihm, fühlte sich ihm mit eins so unterlegen wie ein Schüler, der von seinem Lehrer eine Züchtigung zu erwarten hat. Was wollte sie ihm antworten, wenn er sie ihrer Furcht wegen tadelte? In der Kabine war es dunkel, zwei Kerzen gaben schwachen Schein. Er setzte sich auf den Rand des Tisches, während sie ihm, die Hände auf dem Rücken, gegenüberstand.

»Sie haben sich daran erinnert, daß Sie Dona St. Columb sind«, sagte er.

»Ja«, bestätigte sie.

»Und Sie haben dort oben auf dem Deck gewünscht, sicher bei sich zu Hause zu sein und ›La Mouette‹ nie gesehen zu haben.«

Auf das hatte sie keine Antwort; der erste Teil seiner Behauptung mochte wahr sein, aber niemals der zweite. Ein paar Augenblicke schwiegen beide. Dona überlegte, ob alle Frauen, wenn sie liebten, so zwischen zwei Regungen hin und her gerissen würden: dem Verlangen, Zurückhaltung und Bescheidenheit in den Wind zu schlagen, alles zu bekennen, und der nicht minder heftigen Entschlossenheit, diese Liebe für immer zu verbergen, kühl zu sein, abseitig und unbeteiligt; eher zu sterben, als etwas so Persönliches, Intimes preiszugeben.

Sie hätte ein anderes Wesen sein mögen, sorglos pfeifend, die Hände in den Taschen von Männerhosen, mit dem Kapitän des Schiffes die Pläne und Aussichten der kommenden Nacht erörternd; oder daß er ein anderer wäre, eine Person, die ihr gleichgültig war, statt der eine von allen Männern zu sein, den sie liebte und begehrte.

Und plötzlich loderte in ihr der Zorn hoch darüber, daß sie, die über Liebe gelacht und die Gefühle verspottet hatte, in so wenigen Wochen zu einer solchen Erniedrigung, in den Zustand einer so verächtlichen Schwachheit gebracht worden war. Er stand auf, öffnete einen Schrank in der Querwand, entnahm ihm eine Flasche und zwei Gläser.

»Es ist niemals klug, auf ein Abenteuer auszugehen mit kaltem Herzen und leerem Magen, das heißt, wenn man für ein Abenteuer nicht trainiert ist.« Er goß von dem Wein in ein Glas, während er das andere leer ließ, und er reichte ihr das volle hinüber.

»Ich werde später trinken«, sagte er, »wenn wir zurückkehren.«

Jetzt erst bemerkte sie auf dem Schaft bei der Tür ein mit einer Serviette verdecktes Servierbrett. Er holt dieses, stellte es auf den Tisch. Es lagen da kaltes Fleisch und Brot und ein Stück Käse.

»Das ist für Sie«, sagte er, »denn wir haben keine Zeit zu verlieren.« Er kehrte ihr den Rücken, mit einer Landkarte auf dem Seitentisch beschäftigt. Sie begann zu essen und zu trinken; bald verachtete sie sich beinahe wegen des Widerwillens, den sie oben auf Deck empfunden. Nachdem sie von dem Fleisch genommen, von dem Brot und Käse heruntergeschnitten, den Wein, den er ihr eingeschenkt, ausgetrunken, da wußte sie, daß ihre Zweifel und Ängste nicht wiederkehren würden; sie waren, aus allem zu schließen, das Ergebnis kalter Füße und eines leeren Magens gewesen; das hatte er von Anfang an erfaßt und ihre unberechenbare Stimmung auch in diesem Sinn verstanden.

Sie schob ihren Stuhl zurück. Auf diesen Laut hin wandte er sich um, lächelte, und sie lachte ihm ebenso zu und errötete schuldbewußt, wie ein ertapptes Kind.

»So geht es besser, nicht wahr?« fragte er.

»Ja«, sagte sie, »doch wie konnten Sie's wissen?«

»Es gehört zum Geschäft eines Schiffsherrn, diese Dinge zu kennen«, gab er zur Antwort, »und ein Schiffsjunge muß eher freundlicher als die übrige Mannschaft an das Piratenleben gewöhnt werden. Aber jetzt an die Arbeit.« Er nahm die Karte auf, die er eben studiert hatte. Sie sah, daß es ein Plan von Fowey Haven war; er legte ihn vor sich hin auf den Tisch.

»Der Hauptankerplatz ist hier in dem tiefen Wasser der Stadt gegenüber«, sagte er, mit dem Finger auf den Plan zeigend, »und Rashleighs Schiff wird hier herum liegen, wo seine Schiffe immer liegen, an einer Boje im Eingang dieser Bucht.«

Ein Kreuz auf dem Plan bezeichnete die Stelle der Boje.

»Ich lasse einen Teil der Mannschaft hier an Bord der ›Mouette‹ zurück: wenn Sie das wünschen, können Sie bei ihnen bleiben.«

»Nein«, erklärte sie, »noch vor einer Viertelstunde würde ich ja gesagt haben, aber jetzt nicht, jetzt nicht mehr.«

»Sind Sie dessen gewiß?«

»Nie in meinem Leben bin ich einer Sache so gewiß gewesen.«

In dem flackernden Kerzenlicht schaute er sie an; sie fühlte sich plötzlich heiter, unsinnig froh, als wäre nichts, durchaus nichts vorgefallen. Selbst wenn sie erwischt und vor Gericht geschleppt und beide am höchsten Baum in Godolphins Park aufgeknüpft würden, wäre es die Sache wert, denn zuvor erlebten sie gemeinsam dieses Abenteuer.

»Also ist Lady St. Columb auf ihr Krankenbett zurückgekehrt?« fragte er.

»Ja«, sagte Dona, seinem Blick ausweichend, und neigte sich über den Plan von Fowey Haven.

»Sie werden bemerken«, sagte er, »es gibt ein Fort am Eingang des Hafens, das bemannt ist, und da sind zwei Festungstürme, auf jeder Seite des Kanals einer, aber diese werden nicht bewacht. Trotz der Dunkelheit der Nacht wäre es unklug, die Durchfahrt mit dem Boot zu wagen. Wiewohl ich mit den Eigenheiten Ihres Cornwallers nun vertraut bin und er ein gewaltiger Schläfer zu sein pflegt, habe ich keine Gewähr, daß jedermann im Fort zu meinen Gunsten die Augen zuhaben wird. So bleibt uns nur, über Land zu gehen.«

Er machte eine Pause, pfiff vor sich hin und betrachtete währenddessen wiederum den Plan. »Hier ist der Ort, wo wir liegen«, zeigte er, auf eine kleine Bai östlich vom Hafen tippend, »und ich schlage vor, hier an diesem Ufer zu landen. Hier führt ein Pfad über die Klippen hinauf, und dann werden wir landeinwärts gehen und zu einer Bucht gelangen — die etwa der Bucht bei Helford gleicht, die wir verlassen haben, doch ist sie wohl nicht ganz so bezaubernd —, und am Eingang der Bucht, gegenüber dem Ort Fowey, werden wir Rashleighs Schiff liegen sehen.«

»Sie sind sehr zuversichtlich.«

»Ich könnte kein Pirat sein, wenn ich das nicht wäre — können Sie auf Klippen gehen?«

»Wenn Sie mir ein Paar von Ihren Hosen leihen würden, dann könnte ich es besser.«

»Das dachte ich«, sagte er, »es gibt hier in der Kabine ein Paar, das Pierre Blanc gehört; er benützt es nur an Feiertagen und für den Beichtgang, so dürfte es sauber genug sein. Sie könen es ohne weiteres probieren. Er kann Ihnen auch ein Hemd leihen, und Strümpfe und

Schuhe. Eine Jacke brauchen Sie nicht, die Nacht ist warm.«

»Soll ich mir mit einer Schere die Haare wegschneiden?« fragte sie.

»Sie sähen dann einem Schiffsjungen vermutlich ähnlicher, aber ich riskiere lieber die Gefangenschaft, als daß ich Sie das tun lasse.«

Sie schwieg zuerst, denn er schaute sie an; hierauf:

»Wenn wir das Ufer der Bucht erreicht haben werden, wie gelangen wir dann zu dem Schiff?«

»Erst wollen wir einmal in der Bucht sein, dann will ich's Ihnen sagen.«

Er nahm die Karte, faltete sie zusammen, legte sie in den Schrank zurück. Sie sah, wie er geheimnisvoll für sich lächelte.

»Wieviel Zeit brauchen Sie zum Umkleiden?« fragte er.

»Fünf Minuten oder etwas mehr.«

»Dann verlasse ich Sie jetzt. Kommen Sie auf das Deck, wenn Sie bereit sind. Sie brauchen etwas, um Ihre Locken festzubinden.« Er zog ein Schiebfach des Schrankes heraus, suchte kurz und entnahm ihm dann die rote Schärpe, die er in der Nacht, da er bei ihr zu Navron gespeist, getragen hatte. »Lady St. Columb spielt zum zweitenmal in ihrem Leben den Räuber und Jahrmarktsschwindler«, sagte er, »aber dieses mal gibt es keine alten Damen, um ihnen Schrecken einzujagen.«

Dann ging er aus der Kabine, die Tür hinter sich schließend. Als sie ihn etwa zehn Minuten später wiedersah, stand er bei der Leiter, die man außen an der Schiffswand niedergelassen hatte. Der eine Teil der Mannschaft war schon an Land gesetzt worden, während die übrigen unten im Boot standen. Ein wenig nervös ging sie auf ihn zu; sie erschien sich klein und etwas verloren in Pierre Blancs Hose; die Schuhe drückten sie auf die Fersen, ein Geheimnis, das sie für sich behalten mußte. Er überflog sie mit dem Blick und nickte. »Das geht«, sagte er, »aber bei Mondschein ließe man Sie nicht passieren.« Lachend stieg sie mit dem Rest der Männer in das Boot hinab. Pierre Blanc hockte wie ein Affe im Bug des Bootes; als er sie erblickte, kniff er ein Auge zu und legte die eine Hand auf sein Herz. Ein leichtes Gelächter ging im Boot herum; dabei zeigten alle einen bestimmten Grad der Bewunderung und einer Vertraulichkeit, die nicht verletzte. Sie lehnte sich in der Heckducht zurück, legte in anmutiger Freiheit ihre Knie übereinander, endlich einmal von Unterröcken und Bändern nicht behindert.

Der Kapitän der ›Mouette‹ stieg zuletzt ein. Er nahm neben ihr Platz und faßte die Steuerleine. Die Männer beugten sich über die Ruder, das Boot flog über die kleine Bai hinab nach der Kieselbucht. Dona ließ einen Augenblick ihre Hand ins Wasser hängen; es fühlte sich warm an und weich wie Samt; der Phosphorglanz darauf war wie ein Sternenschauer. Für sich im Dunkel lächelnd, dachte sie, daß sie nun tatsächlich die Rolle eines Knaben spiele, was zu sein sie in ihrer Jugend sich oft gesehnt hatte, wenn sie die Brüder mit dem Vater wegreiten sah und sie ihnen neidvolle Blicke nachschickte, nachdem sie die Puppe mit Abscheu in eine Ecke geworfen. Der Schiffsrumpf lief auf die Kiesel auf. Die erste Gruppe der Mannschaft, die dort in der Bucht wartete, legte die Hände auf beiden Seiten an das Schanzdeck: so wurde das Boot aus der Flut herausgeschoben. Wieder hatten sie die Möwen aufgestört: ihrer zwei oder drei erhoben sich, flügelschlagend und schreiend.

Dona fühlte unter ihren schweren Schuhen die Kiesel weichen, sie roch den Grasduft von der Klippenhöhe. Die Männer wandten sich dem engen Pfad zu, der die Klippenwand wie eine Schlange umgürtete, und begannen den Aufstieg. Dona biß die Zähne zusammen, denn diese Kletterei in den nicht passenden Schuhen würde qualvoll werden. Da stand der Franzose neben ihr, faßte sie bei der Hand. Sie klommen gemeinsam die Klippen hinan, sie ihn um alles in der Welt nicht loslassend, so wie ein kleiner Junge seines Vaters Hand umklammert. Einmal machten sie eine Atempause; unten konnten sie den dämmerigen Umriß der in der Bai verankerten ›Mouette‹ wahrnehmen und das leise Geräusch der umwickelten Ruder, als das Boot, das sie an Land gebracht hatte, sich über das Wasser zurückstahl. Die Möwen waren beruhigt; jetzt hörte man keinen anderen Laut mehr als das sachte Kratzen, wenn die Männer während des Aufstieges die Füße aufsetzten, und weit unten das Geplätscher der am Ufer sich brechenden See.

»Können Sie wieder gehen?« fragte der Franzose; sie nickte, worauf er den Griff um ihre Hand verstärkte; so empfand sie von der Anstrengung in Rücken und Schultern nur wenig. Glücklich, schamlos sagte sie zu sich selbst, daß dieses das erstemal sei, daß er sie berührte, und die Kraft seiner Hand zu fühlen war gut. Als die Klippenhöhe erreicht war, gab es noch viel zu klettern; der Weg war mühsam, das junge Farnkraut schon kniehoch. Auch jetzt zog er sie hinter sich her, während seine Leute sich fächerartig über das Land verteilten, derart, daß sie ihre Zahl nicht überblicken konnte. Er hatte seine Karte sorgfältig studiert, das gewiß, und die andern wohl auch, denn weder in seinen noch in ihren Schritten gab es einmal ein Zögern oder Anhalten, um zu rekognoszieren. All die Zeit über scheuerte der plumpe Schuh die Seite ihres Fußes; sie wußte, daß sich nun dort, auf ihrer rechten Ferse, eine Blase von der Größe eines Goldstükkes gebildet hatte.

Jetzt ging es wieder abwärts, nachdem sie eine Wagenspur gekreuzt, die zweifellos als Straße benützt wurde; er ließ ihre Hand los, tat einen Schritt vorwärts auf die andere Seite. Sie folgte ihm auf dem Fuß wie ein Schatten.

Einmal glaubte sie, links in der Ferne das Blinken eines Flusses zu erkennen, doch gleich war das wieder verschwunden. Sie gingen im Schutz einer Hecke, dann nochmals abwärts, durch Farnkraut, Unterholz und Stechginster — dessen warmer Hauch roch wie Honig —, und endlich kamen sie zu dicken, verkrüppelten Bäumen am Wasserrand. Da lag der enge Streifen einer Bucht und ein Wasserarm ihm gegenüber, der sich gegen einen Hafen öffnete: unterhalb von diesem lag eine kleine Stadt.

In der Geborgenheit der Bäume setzten sie sich nieder und warteten. Einer um den andern kam die Schiffsmannschaft heran, schweigende Gestalten, die aus dem Dunkel auf sie zuglitten.

Der Kapitän der ›Mouette‹ rief leise ihre Namen auf; nachdem sie alle nach der Reihe geantwortet und er sich vergewissert hatte, daß keiner fehlte, begann er in dem für Dona unverständlichen Bretonisch zu reden. Einmal blickte er auf die Bucht und deutete dorthin; Dona sah den unbestimmten Umriß eines vor Anker liegenden Schiffes, es schwankte jetzt — sein Bug war stromaufwärts, ihnen zugerichtet — unter dem ersten Wallen der Ebbe, das den Kanal hinabging.

Hoch oben im Takelwerk war ein Licht, doch sonst kein Anzeichen von Leben; ab und zu kam über das Wasser ein hohler, krächzender Laut, wenn das Schiff von der Boje wegstrebte, mit der es vermurt war. Der Ton hatte etwas Klagendes, Verzweifeltes, als wäre das Schiff verlassen und verloren; dann kam, mit dem Ton zugleich, vom Hafen her ein leichtes Windgeriesel über die Bucht. Der Franzose hob scharf lauschend den Kopf und blickte westwärts. Seine Wange dem Wind zugekehrt, runzelte er die Stirn.

»Was gibt es?« flüsterte Dona; sie fühlte instinktiv, daß aus irgendeinem Grund alles auf einmal nicht mehr stimmte. Er zögerte ein paar Sekunden mit seiner Antwort, während er wie ein Tier prüfend die Luft einzog, dann sagte er kurz: »Der Wind hat nach Südwesten umgeschlagen.«

Dona wandte ihre Wange der Richtung des Windes zu; auch sie erkannte: die Brise, die in den letzten vierundzwanzig Stunden vom Land her geweht, kam jetzt von der See herein. Auch ihr Geruch war anders, ein feuchter Salzhauch, der in Stößen hertrieb. Sie dachte an die ›Mouette‹, die dort in der kleinen Bai verankert, und auch an dieses andere Schiff, das hier in der Bucht vermurt lag. Die Ebbe war jetzt ihr einziger Verbündeter, denn der Wind war zur feindlichen Macht geworden.

»Was wollen Sie tun?« fragte sie, doch er antwortete nicht; er war aufgesprungen und stieg hinab über die schlüpfrigen Felsen und den feuchten Tang gegen den Wasserstreifen neben der Bucht; wortlos folgten ihm die Männer, nachdem sie alle zum Himmel aufgeblickt und nach Südwesten, von wo der Wind blies.

Alle standen dort am Wasser, über die Bucht nach dem stillen Schiff hinschauend. Auf dem Wasser war jetzt ein seltsames Rieseln, denn der Wind blies der Ebbe entgegen; der Ton der hohlen Kette, die sich an der Boje abmühte, war lauter als zuvor. Dann winkte der Kapitän der ›Mouette‹ Pierre Blanc zu sich auf die Seite. Der stand dort, hörte seinen Herrn an, und hin und wieder nickte sein Affenkopf voller Verständnis. Als sie das Gespräch beendet hatten, kam der Franzose auf Dona zu:

»Ich habe eben Pierre Blanc beauftragt, Sie auf die ›Mouette‹ zurückzubringen.«

Sie fühlte, daß ihr Herz plötzlich klopfte, eine Kälte überschlich sie.

»Warum?« wollte sie wissen. »Warum wollen Sie, daß ich gehe?« Wieder sah er zum Himmel auf; diesmal fiel ein Regentropfen auf seine Wange.

»Das Wetter spielt uns einen Streich«, sagte er. »›La

Mouette‹ liegt jetzt an einem Leegestade; die Männer, die ich an Bord gelassen, werden Anstalt treffen, um aus der Bai hinauszulavieren. Sie und Pierre Blanc haben Zeit zurückzukehren und sie anzurufen, bevor sie das Schiff unter Segel bringen.«

»Ich verstehe«, meinte sie, »was das Wetter betrifft. Es wird für Sie schwierig sein, das Schiff wegzuholen. Nicht die ›Mouette‹ meine ich, sondern dieses Schiff. Wind und Ebbe sind Ihnen nicht mehr günstig. Darum wollen Sie, daß ich zur ›Mouette‹ zurückkehre, nicht wahr? Für den Fall, daß die Schwierigkeiten sich vermehren?«

»Ja«, sagte er.

»Ich gehe nicht«, erklärte sie.

Er schwieg; den Ausdruck seines Gesichtes konnte sie nicht sehen, denn er blickte wieder nach dem Hafen.

»Warum beharren Sie darauf, zu bleiben?« kam es schließlich aus ihm heraus. Etwas in seiner Stimme machte ihr Herz von neuem klopfen, doch aus einem andern Grund. Sie erinnerte sich des Abends, da sie zusammen auf dem Fluß fischten und er das Wort »Ziegenmelker« ausgesprochen hatte, mit derselben sanften Stimme.

Da überkam es sie wie eine Welle des Übermutes. Was tut's? dachte sie. Warum verstellen wir uns weiter? Wir können beide diese Nacht oder morgen sterben, dann wird so vieles zwischen uns nicht gewesen sein, das wir hätten haben können. Ihre Nägel in die Hände pressend und mit ihm auf den Hafen hinausblickend, rief sie in plötzlich aufstürmernder Leidenschaft: »O Tod und höllische Verdammnis, Sie wissen genau, warum ich bleiben will!«

Sie fühlte, daß er sich nach ihr umwandte und wieder wegsah. Darauf gestand er: »Ich wünschte, daß Sie gingen — aus demselben Grund.«

Wieder war es still zwischen ihnen; jedes suchte nach

Worten. Wären sie allein gewesen, dann hätte es keiner Worte bedurft, denn die Scheu, die für beide eine Schranke gebildet, war auf einmal verschwunden, als wäre sie nie gewesen. Er lachte, faßte ihre Hand und küßte ihre Innenfläche: »So bleiben Sie denn«, sagte er, »wir wollen dafür kämpfen und zusammen an dem gleichen Baum hängen, Sie und ich!«

Er ging von ihr weg, winkte aufs neue Pierre Blanc, der wegen der geänderten Anweisungen über das ganze Gesicht grinste. Doch jetzt verstärkte sich der Regen, die Wolken hatten fast den ganzen Himmel überzogen, vom Hafen her kam der Südwest in Stößen die Bucht herab.

»Dona!« rief er, er gebrauchte den Namen zum erstenmal, aber leicht und ungezwungen, als hätte er das schon immer getan. »Ja«, antwortete sie, »was gibt es, was soll ich?«

»Wir haben keine Zeit zu verlieren, das Schiff muß in Fahrt sein, bevor der Wind stärker wird. Zuvor aber müssen wir seinen Besitzer an Bord haben.«

Sie starrte ihn an, als sei er närrisch.

»Wie meinen Sie das?«

»Als der Wind vom Land her kam«, sagte er kurz, »hätten wir mit ihm aus Fowey Haven heraussegeln können, eh noch die faulen Burschen dort am Land sich den Schlaf aus den Augen gerieben hätten. Jetzt müssen wir das Schiff durch den engen Kanal zwischen den beiden Festungstürmen hinauslavieren oder sogar bugsieren. Philip Rashleigh wird ein sicherer Mann sein an Bord seines eigenen Schiffes, als wenn er das Land in Höllenaufruhr versetzt und uns, wenn wir durchfahren, eine Kanonenkugel in den Bug jagt.«

»Sind das nicht verzweifelte Maßnahmen?«

»Nicht verzweifelter als die Unternehmung selbst«, erwiderte er. Er lächelte auf sie herab, als habe das weiter nichts zu sagen und berühre ihn kaum. »Möchten Sie etwas unternehmen, das des Beigeschmacks der Gefahr nicht entbehrt?« fragte er.

»Ja«, rief sie, »sagen Sie mir, was ich tun soll.«

»Ich möchte, daß Sie mit Pierre Blanc ein Boot suchen gehen«, schlug er vor. »Wenn Sie ein kurzes Stück dem Ufer dieser Bucht entlangstreifen, gegen den Hafen zu, dann kommen Sie zu ein paar Hütten an der Hügelseite und zu einem Kai. Dort werden Sie Boote angetäut sehen. Ich wünsche, daß Sie und Pierre Blanc das nächste davon losmachen, darin nach Fowey Town hinüberfahren, landen und Philip Rashleighs Haus aufsuchen.«

»Ja«, sagte sie.

»Sie können sein Haus nicht verfehlen«, fuhr er fort, »es liegt dicht bei der Kirche, gegenüber dem Kai. Sie können die Kaiseite von hier aus sehen, es ist jetzt dort ein Licht.«

»Ja.«

»Sagen Sie ihm, seine Anwesenheit an Bord seines Schiffes sei dringend nötig. Erzählen Sie ihm, was für eine Geschichte Sie wollen, spielen Sie die Rolle, die Ihnen passend scheint. Aber halten Sie sich im Schatten. Im Dunkel können Sie gut für einen Kajütenjungen gelten, im Licht jedoch sind Sie eine Frau.«

»Nehmen wir aber an, er weigert sich zu kommen?«

»Er wird sich nicht weigern, nicht, wenn sie geschickt sind.«

»Und wenn er Verdacht schöpft und mich dort behält?«

»Dann wird er es mit mir zu tun bekommen.«

Er ging an den Uferrand, die Männer folgten ihm. Da begriff sie, warum keiner von ihnen eine Jacke trug, keiner einen Hut; warum sie jetzt ihre Schuhe abstreiften und sie mittels einer Schnur, die sie durch ihre Schnallen zogen, um den Nacken hängten.

Sie schaute nach dem Schiff hinüber, das dort in der Bucht an seinen Fesseln zerrte; das Licht in der Höhe schwankte im Takt des kühlen Windes, während die Männer dort an Bord im gesunden Schlaf lagen. Sie dachte an die schweigsamen Missetäter, die im Dunkel sich über das Fahrzeug verbreiten würden. Kein Girren eines Ruders in der Nacht, noch Schatten von Booten; aber eine nasse Hand streckte sich vom Wasser her nach der Kette aus, eine feuchte Fußspur auf dem Focksegel; triefende Gestalten sprangen auf das Deck nieder; ein Flüstern, ein Gewisper, ein erstickter Schrei.

Sie schauderte, und das aus keinem andern Grund, als weil sie ein Weib war. Aus dem Wasser herauf wandte er sich an sie: »Gehen Sie jetzt, drehen Sie um und gehen Sie.« Sie gehorchte ihm, strauchelte wieder über Felsen und Algen; ihr auf der Ferse folgte wie ein Hund der kleine Pierre Blanc. Sie schaute nicht nach dem Fluß zurück, aber sie wußte: nun waren sie alle daran, nach dem Schiff hinüberzuschwimmen; mit jedem Augenblick wehte der Wind dringender, wogte die Ebbe heftiger. Sie richtete ihr Gesicht in die Höhe, da begann es aus Südwesten dicht und stetig zu regnen.

Dreizehntes Kapitel

Gebückt kauerte Dona im Heck des kleinen Bootes; der Regen trommelte auf ihre Schultern, Pierre Blanc tappte im Dunkel nach dem Ruder. Schon war Bewegung in der Lache, wo die verankerten Schiffe lagen; weiß schäumend brach sich die Woge an den Stufen des Kais. In den Hütten auf der Hügelseite rührte sich nichts. Sie hatten das erste Boot genommen, das sie unschwer erreichen konnten. Pierre Blanc hielt auf die Mitte des Kanals zu; sobald sie in den offenen Kanal hinaus gelangt waren, trafen sie auf die volle Kraft des sich erhebenden Windes, der im Zusammenstoß mit starker Ebbe eine kurze Sturmflut bewirkte, die plätschernd über das niedrige Schanzdeck des kleinen Bootes niederstürzte. Der Regen tobte gewaltig, die Hügel verschwanden. Dona in ihrem dünnen Hemd zitterte; Hoffnungslosigkeit bemächtigte sich ihrer. Sie fragte sich, ob vielleicht sie schuld sei an allem, ob sie das Glück vertrieben habe. Sollte dies das letzte Abenteuer der ›Mouette‹ sein, die nie zuvor mit einer Frau an Bord ausgefahren?

Sie betrachtete den angestrengt rudernden Pierre Blanc. Er lachte jetzt nicht mehr, über seine Schulter blickte er nach dem Hafeneingang. Sie kamen der kleinen Stadt Fowey näher; auf der Kaistraße unterschied sie eine Gruppe kleiner Häuser, darüber erhob sich ein Kirchturm. Die ganze Unternehmung war mit einem Schlag zu einem bösen Traum geworden, aus dem es kein Erwachen gab; und der kleine Pierre Blanc mit seinem Affengesicht hatte teil daran.

Sie beugte sich vor, er ließ seine Ruder einen Augenblick ruhen, während das Boot im Wellental der Sturzsee schwankte.

»Ich werde das Haus allein finden«, versicherte sie, »Sie müssen im Boot auf der Kaiseite auf mich warten.«

Er machte ein bedenkliches Gesicht, aber sie redete überzeugend auf ihn ein, legte ihm die Hand aufs Knie und sagte: »Es ist die einzige Möglichkeit.« Und dann: »Sollte ich in einer halben Stunde nicht wieder hier sein, dann fahren Sie unverzüglich zum Schiff.«

Er schien ihre Worte in seinem Kopf um und um zu drehen, dann nickte er, aber noch lächelte er nicht, der arme Pierre Blanc, den man nie ernst gesehen. Offenbar war auch er vom Gefühl der Aussichtslosigkeit des Abenteuers durchdrungen. Sie fuhren an den Kai dicht heran, das bläßliche Laternenlicht fiel auf ihre Gesichter. Das Wasser wogte um die Leiter. Dona erhob sich im Heck des

Bootes und faßte die Leitersprossen. »Vergessen Sie nicht, Pierre Blanc«, schärfte sie ihm ein, »Sie sollen nicht auf mich warten — nicht länger als eine halbe Stunde.« Rasch wandte sie sich ab, um sein bestürztes, verwirrtes Gesicht nicht sehen zu müssen. Sie ging an den paar Hütten, die gegen die Kirche zu standen, vorbei und kam zu dem einzigen Haus auf der Hügelseite.

Es war Licht hinter dem unteren Fenster, sie konnte den Schein davon durch die zugezogenen Vorhänge erkennen, aber die Straße selbst war menschenleer. Unschlüssig stand sie unter dem Fenster, hauchte auf ihre kalten Finger; nicht erst jetzt wollte es ihr scheinen, dieser Plan, Philip Rashleigh aufzusuchen, sei das unsinnigste Stück der ganzen Unternehmung. Sicher würde er doch bald schlafen gehen, und dann machte er ihnen keine Sorgen. Der Regen klatschte auf sie herab; nie hatte sie sich so verlassen, so hilflos gefühlt, so unfähig, zu handeln.

Plötzlich hörte sie über ihrem Kopf das Fenster aufgehen; in ihrem Schrecken drückte sie sich dicht an die Wand. Sie hörte, wie jemand schwer seine Ellbogen auf das Gesims stützte, und das Geräusch eines gewichtigen Atmens; hierauf vernahm sie, wie aus einer Pfeife die Asche ausgeklopft wurde; die Aschenteilchen fielen auf ihre Schultern herab; nach dem ein Seufzen und ein Gähnen. Aus dem Innern des Zimmers hörte man das Rücken eines Stuhls, und wer es nun war, der den Stuhl bewegt hatte, stellte eine Frage. Der am Fenster gab Antwort mit einer erschreckend bekannten Stimme. »Es geht eine Kühlte aus Südwest«, sagte Godolphin, »da ist es nun doch von Nachteil, daß Sie das Schiff nicht oben in der Bucht vermurten. Hält dieses Wetter an, dann werden Sie morgen mit ihm Ihre Mühe haben.«

Es gab eine Stille. Dona fühlte ihr Herz unter ihren Rippen pochen. An Godolphin hatte sie nicht mehr gedacht, nicht daran, daß er Philip Rashleighs Schwager war.

Godolphin, in dessen Haus sie vor weniger als einer Woche Tee getrunken. Da war er nun, drei Fuß über ihr, und ließ die Asche aus seiner Pfeife auf ihre Schultern fallen.

Sie gedachte der tollen Wette um seine Perücke und sagte sich dann, der Franzose müsse gewußt haben, daß Godolphin diese Nacht bei Philip Rashleigh in Fowey zubringe. Gleichzeitig mit dem Schiff hatte er vor, sich die Perücke anzueignen.

Trotz ihrer Furcht und ihres Bangens mußte sie für sich lächeln, denn wenn eine, dann war dieses eine grandiose Posse, daß ein Mann so sein Leben aufs Spiel setzte — für eine schmutzige Perücke. Sie liebte ihn dafür um so mehr; außer dem Stillen und Verstehen in seinem Wesen, das sie am Anfang zu ihm hingezogen, mußte er eine vollkommene Gleichgültigkeit gegen die Wertungen der Welt, eine unbezwingbare Tollkühnheit besitzen.

Godolphin lehnte noch immer im offenen Fenster, sie hörte ihn abwechselnd gähnen und schwer atmen. Die Worte, die er eben gesprochen, machten ihr zu schaffen; seine Bemerkungen über das Schiff und die Möglichkeit, daß es sich flußaufwärts bewegen könnte. Eine Idee begann sich in ihrem Kopf zu entwickeln, die das Herrufen des Schiffsherrn an Bord als durchaus geboten erscheinen ließ; da sprach plötzlich wieder die Stimme von innen, und augenblicklich wurde das Fenster geschlossen. Dona dachte rasch und der Gefahr nicht achtend. Der ganze närrische Wahnsinn dieser Nacht rief in ihr das alte Gefühl des Entzückens zurück, das sie vor Monaten empfunden, als sie in erhabener Gleichgültigkeit gegen alles Geschwätz, und nicht nur leicht angeheitert, in den Londoner Straßen gezecht hatte.

Nur handelte es sich diesmal nicht um einen derben Spaß, der die Langeweile und die öden Stunden vertreiben sollte, wenn die Luft Londons erstickend war und

Harry zudringlich in seinen Ansprüchen, sondern um ein wirkliches Abenteuer. Sie ging vom Fenster weg zur Tür; ohne Zögern ließ sie die große, außen hängende Glocke erschallen.

Dem Laut antworteten ein Hundegebell und Schritte; Riegel wurden zurückgeschoben, und zu ihrer Bestürzung war es Godolphin selbst, der dastand, einen Leuchter in der Hand und mit seiner Leibesmasse den ganzen Eingang ausfüllend. »Was wünschen Sie?« fragte er ärgerlich. »Wissen Sie nicht, wie spät es ist? Es ist beinah Mitternacht und jedermann zu Bett.«

Dona trat so weit als möglich aus dem Schein des Lichtes, gleichsam eingeschüchtert durch den Empfang, den er ihr bereitet. »Herr Rashleigh wird benötigt«, sagte sie, »man schickte mich zu ihm. Der Meister möchte mit dem Schiff abfahren, bevor die Kühlte noch zugenommen hat.«

»Wer ist es?« rief Philip Rashleigh von innen. Die ganze Zeit über zerkratzten die Hunde ihr die Beine, und Godolphin trieb sie mit Fußtritten zurück. »Kusch, Ranger, du Satan, zurück, Tancred«, und dann: »Komm herein, Junge, willst du nicht?«

»Nein, Herr, ich bin naß bis auf die Haut. Sagen Sie bitte nur Herrn Rashleigh, daß man auf dem Schiff nach ihm verlangt«, und schon wollte sie sich davonmachen, denn er starrte sie an mit vor Verwirrung zusammengezogenen Brauen, als sähe er in ihrer Erscheinung etwas Unverständliches, Ordnungswidriges.

Wieder rief Philip Rashleigh gereizt aus dem Innern des Hauses: »Wer, zum Teufel, ist es denn? Ist es Dan Thomas' Junge aus Polruan, ist es der junge Jim?«

»Nicht so rasch«, rief Godolphin, seine Hand auf Donas Schulter legend, »Herr Rashleigh möchte mit dir reden, heißest du Jim Thomas?«

»Ja, Herr«, sagte Dona, unsinnigerweise nach dem

Strohhalm greifend, den er ihr somit hingehalten, »und die Sache ist dringend; der Meister sagte: will Herr Rashleigh an Bord kommen, dann eilt es sehr, das Schiff ist in Gefahr. Lassen Sie mich los, Herr, ich habe noch einen anderen Auftrag: meine Mutter ist gefährlich krank, ich muß zum Arzt.«

Aber noch hielt Godolphins Hand sie an der Schulter fest, und jetzt brachte er den Leuchter vor ihr Gesicht:

»Was hast du um deinen Kopf?« fragte er. »Du bist wohl auch krank wie deine Mutter?«

»Was soll all der Unsinn?« rief Rashleigh, der in den Flur heruntergekommen war. »Jim Thomas' Mutter ruht seit zehn Jahren im Grab. Wer ist es, was ist los mit dem Schiff?« Da befreite Dona sich mit einem Ruck von Godolphins Hand. Über die Schulter rief sie ihnen zurück, sie sollten sich beeilen. Im ständig kühl wehenden Wind rannte sie über den Platz und zum Kai hinab, hysterisch herauslachend, während einer von Rashleighs Hunden hinter ihr her kläffte. Knapp vor dem Kai hielt sie an und verbarg sich im Torweg eines Hauses, denn dort bei der Leiter stand jemand, der vorher nicht dort gestanden, und schaute über den Hafen nach dem Eingang der Bucht. Er hielt in der Hand eine Laterne; sie hielt ihn für den Nachtwächter der Stadt, der seine Runde machte und jetzt, im Widerspruch zu seiner Funktion, so schien es ihr, sich dort auf dem Kai aufgepflanzt hatte. Sie getraute sich nicht, weiterzugehen, solange er dort stand. Pierre Blanc mußte sein Boot ein Stück weiter weggerudert haben, aus des Nachtwächters Sicht.

Sie hielt sich hier im Schutz des Torwegs, betrachtete den Mann und biß ihre Fingernägel vor Beklommenheit. Immer war sein Gesicht dem Hafen zugewandt, als gäbe es dort etwas, das seine ganze Aufmerksamkeit beanspruchte, irgendeine Bewegung. Ein Unbehagen beschlich sie: Vielleicht war die Besetzung des Schiffes nicht planmäßig geglückt, vielleicht zappelte die Mannschaft der ›Mouette‹ noch jetzt im Wasser und ihr Führer mit ihr, oder sie waren auf größeren Widerstand gestoßen, als sie erwartet hatten, und kämpften jetzt an Deck von Rashleighs Schiff: Getöse des Kampfes konnte der Nachtwächter vielleicht hören, während er so angestrengt über das Wasser hin spähte. Und sie konnte ihnen keine Hilfe bringen; so wie die Dinge lagen, hatte sie sich offenbar verdächtig gemacht. Während sie sich noch hilflos dort im Torweg verborgen hielt, hörte sie Stimmen und Schritte nahen, und um die Straßenecke kamen Godolphin und Rashleigh, beide in großen Wettermänteln; Rashleigh trug eine Laterne.

»Heda«, rief er. Der Nachtwächter wandte sich um und beeilte sich, ihm entgegenzukommen.

»Sahen Sie einen Jungen hier vorbeilaufen?« fragte Rashleigh, doch der Nachtwächter schüttelte den Kopf.

»Ich habe keinen gesehen«, sagte er, »aber dort drüben stimmt etwas nicht, Herr; es sieht aus, als habe Ihr Schiff sich von der Boje losgerissen.«

»Was ist das?« rief Rashleigh, auf dem Kai hinschreitend, und Godolphin, der ihm folgte, sagte: »Also hat der Junge nicht gelogen.« Dona machte sich klein in ihrem Versteck. Sie waren nun vorbei und auf dem Kai, und blickten kein einziges Mal in die Richtung ihrer Hütte. Hinter deren Tür hervor konnte sie sehen, wie sie mit ihr zugewandtem Rücken, gleich dem Nachtwächter, über den Hafen hinüber spähten; Godolphins Mantel bauschte sich in dem stürmischen Wind, während der Regen auf ihre Köpfe niederströmte.

»Sehen Sie, Herr«, rief der Nachtwächter, »es geht unter Segel, es scheint, der Kapitän will es flußaufwärts führen.«

»Der Kerl ist verrückt«, schrie Rashleigh, »er hat nicht ein Dutzend Mann an Bord, drei Viertel der Burschen schlafen am Land, sie werden auf dem Grund liegen, bevor sie fertig sind. Joe, gehen Sie ein paar von ihnen wecken, wir brauchen alle Hände. Dieser verdammte unfähige Narr Dan Thomas, was in des Allmächtigen Namen glaubt er denn zu tun?«

Er legte die Hände an den Mund und brüllte über den Hafen:

»Ahoi, ho! ›Merry Fortune‹, Ahoi!« Der Nachtwächter eilte über den Kai, faßte das Seil einer Schiffsglocke, die dort neben der Laterne hing; laut und immer dringender schwang ihr Schall durch die Luft, mächtig genug, um jede schlafende Seele in Fowey aufzuwecken. Fast augenblicklich flog an einem Haus ein Fenster gegen die Straße auf, ein Kopf schaute heraus und rief: »Was fehlt dir, Joe, ist irgend etwas los?«, und Rashleigh, auf und ab stapfend, in blindem Zorn, schrie zurück: »Hol dich der Teufel, zieh deine Hose an und bring deinen Bruder mit, ›Merry Fortune‹ treibt dort im Hafen.«

Eine Gestalt kam aus dem Eingang eines andern Hauses hervor und mühte sich ab, in ihren Rock zu schlüpfen, ein anderer Mann kam die Straße heruntergerannt — und stets fort tönte die Schiffsglocke, machte Rashleigh ein Geschrei; Regen und Wind peitschten seinen Mantel und die flackernde Laterne in seiner Hand.

Jetzt erschienen in den Fenstern der Häuser unterhalb der Kirche Lichter; Stimmen schrien, Stimmen riefen; Männer, wie aus dem Boden getaucht, rannten nach dem Kai. »Ein Boot her«, gellte Rashleigh, »bringt mich an Bord.«

Jemand rührte sich in dem Haus, wo Dona sich verborgen hielt, sie hörte das Trampeln von Tritten auf der Treppe. Sie verließ den Toreingang und ging zum Kai. In der Verwirrung und Dunkelheit, dem pfeifenden Wind und dem strömenden Regen war sie nur irgendeine der Gestalten, die sich dort unter die andern mischte, die nach dem Schiff hinüberglotzten, das, die gehißten Segel auf den Rahen, den Bug der Hafenmündung zugekehrt, jetzt gegen die Mitte des Kanals hinabglitt.

»Es ist verloren«, rief jemand, »die Ebbe wird es an die Felsen werfen; sie müssen an Bord alle verrückt geworden sein, oder sie sind stockbesoffen.«

»Warum dreht er das Schiff nicht ab und bringt es auf und hinaus«, schrie ein anderer. »Seht, jetzt hat es die Ebbe«, kam die Antwort, und ein anderer schrie Dona ins Ohr: »Die Ebbe ist stärker als der Wind, die Ebbe wird immer Meister.«

Ein paar von den Männnern machten sich bei den unter dem Kai vertäuten Booten zu schaffen; sie konnte sie fluchen hören; Rashleigh und Godolphin, die ihnen vom Kai aus zusahen, schimpften währenddessen auf sie ein, weil sie sich nicht mehr beeilten. »Es ist da mit einem Schraubenschlüssel hantiert worden«, rief der eine Mann, »und das Seil ist weg, jemand hat es mit einem Messer durchschnitten.« Auf einmal sah Dona in ihrer Vorstellung das Gesicht Pierre Blancs, im Dunkel für sich grinsend, während die große Glocke auf dem Kai rasselte und schellte.

»Einer von euch soll hinausschwimmen und mir ein Boot holen«, schrie Rashleigh. »Bei Gott, ich will den Burschen, der mir den Streich gespielt hat, zu Brei schlagen. Hängen soll er mir.«

Das Schiff war näher gekommen. Dona konnte die Männer auf den Rahen, das Schüttern des großen Toppsegels nach außen sehen; jemand stand am Steuerrad, gab dort Befehle, jemand sah mit zurückgebeugtem Nakken auf das straffgezogene Segel.

»Ahoi, ho! Ahoi!« schrie Rashleigh, und Godolphin schrie mit: »Dreht bei, Mann, dreht bei, bevor es zu spät ist!«

Doch ›Merry Fortune‹ behielt ihren Kurs; geradewegs

den Kanal hinab und über den Hafen kam das Schiff, die Ebbe teilte sich unter seinem Kiel. »Er ist verrückt«, schrie einer, »er geht nach der Hafenmündung, seht doch nur! Schaut doch!« Doch jetzt, da das Schiff in Rufweite war, konnte Dona drei Boote an seiner Seite erblicken. Von einem jeden ging ein Schleppseil zum Schiff, und jedermann in den Booten ruderte aus voller Kraft. Das Toppsegel war prall und zerrte am Mast, ebenso die untern Segel. Das Schiff krängte vor einem heftigen Windstoß.

»Es geht auf See«, rief Rashleigh, »es geht wahrhaftig auf See.« Da wandte Godolphin sich um. Seine großen Glotzaugen fielen auf Dona, die in ihrer Aufregung ganz nahe an den Rand des Kais herangetreten war. »Das ist der Junge!« schrie er. »Der ist schuld, faßt diesen Jungen!« Dona drehte um, schlüpfte unter dem Arm eines alten Mannes, der sie verblüfft anstarrte, hindurch und lief Hals über Kopf vom Kai hinweg, den Rasen hinauf, an Rashleighs Haus vorbei: hinter sich die Kirche und die Stadt, gegen die schützenden Hügel zu, während sie unten einen Mann rufen und Füße herantrotten hörte und eine Stimme schreien: »Komm zurück, sag ich, kommst du zurück!«

Ihr zur Linken, durch Ginster und junges Farnkraut, gab es einen Pfad. Den schlug sie ein, auf dem unebenen Grund in ihren Schuhen vorwärts stolpernd; der Regen lief ihr in Strömen über das Gesicht; als einen Schein gewahrte sie unten das Wasser des Hafens und hörte das Plätschern der Flut an der Klippenwand.

Auf nichts als auf die Flucht war sie bedacht, auf Schutz vor Godolphins fragenden, glotzenden Augen, denn Pierre Blanc war jetzt für sie verloren, und das Schiff ›Merry Fortune‹ hatte seinen eigenen Kampf mitten im Hafen zu kämpfen.

Weiter lief sie, durch Wind und Dunkelheit; ihr Weg brachte sie der Hügelseite entlang zur Hafenmündung;

noch immer glaubte sie den widerwärtigen Klang der Schiffsglocke auf dem Kai zu vernehmen, der die Bewohner der Stadt aufrief, sah vor sich das wutglühende Gesicht Philip Rashleighs, der auf die Männer losschimpfte. Endlich senkte sich der Pfad; in ihrer wilden Flucht innehaltend, sich den Regen aus dem Gesicht wischend, entdeckte sie, daß er zu einer kleinen Bai hinführte und dann wieder anstieg gegen den Festungsturm auf dem Vorgebirge. Sie schaute geradeaus, horchte aufs Wellenrauschen unter ihr; sie strengte ihre Augen an, um von ›Merry Fortune‹ eine Spur zu sichten, dann, zurückblickend, sah sie einen Lichtblink den Pfad herab auf sich zukommen und hörte das Knirschen von Tritten.

Sie warf sich zur Seite des Pfades in das Farnkraut; die Schritte kamen näher. Es war ein Mann mit einer Laterne. Er ging eilig, blickte weder nach rechts noch links, ging gerade an ihr vorbei, zu der Bai hinab und wieder auf das Vorgebirge hinauf; sie sah den Schein seiner Laterne, als er den Hügel erstieg. Sie wußte nun, daß er nach dem Fort ging; Rashleigh hatte ihn geschickt, um die Soldaten dort an ihre Pflicht zu erinnern. Ob er nun schließlich Verdacht gefaßt hatte oder immer noch glaubte, der Kapitän habe den Verstand verloren und steuere sein Schiff ins Verderben, wußte sie nicht, aber das war nicht so wichtig. Das Ergebnis würde dasselbe sein. Der Mann, der den Hafeneingang bewachte, würde auf ›Merry Fortune‹ feuern.

Jetzt lief sie den Pfad hinab zu der Bai; statt jedoch, wie der Mann mit der Laterne das Vorgebirge zu ersteigen, eilte sie linker Hand der Bucht entlang, über nasse Felsen und Algen hastend, nach der Hafenmündung selbst. Sie sah den schmalen Eingang, den Turm, den Felsgrat, der aus der Bai, wo sie sich nun befand, überhing. Es war ihr, als blicke sie wieder auf die Karte von Fowey Haven. Wie besessen machte sie der Gedanke, daß sie diesen Felsen erreichen müsse, bevor das Schiff in die Hafenmündung gelange, um irgendwie den Franzosen davon zu unterrichten, daß die Besatzung des Forts alarmiert worden sei.

Sie war jetzt geschützt durch die Leeseite des Vorgebirges, mußte ihren Weg nicht mehr durch Wind und Regen erkämpfen, doch sie glitt und taumelte auf den schlüpfrigen Steinen, die noch feucht waren von der Flut. Ihre Hände und ihr Kinn waren vom Fallen zerschürft, das Haar hatte sie unter der Schärpe, die es zurückgehalten, gelöst und wehte ihr über das Gesicht.

Irgendwo schrie eine Möwe. Ihr dringender Ruf widerhallte ihr zu Häupten in den Klippen; in ohnmächtiger Wut verwünschte sie ihn, denn es schien ihr jetzt, jede Möwe sei ein Posten, dorthin gestellt und ihr und ihrer Gefährten Feind. Und dieser Vogel, der da im Dunkel krächzte, lachte sie aus, rief ihr zu, alle ihre Versuche, das Schiff zu erreichen, seien vergebens.

In wenigen Augenblicken war nun der First des Felsens erreicht. Sie hörte die Wellen, stützte sich auf ihre Hände, und geradeaus blickend, sah sie ›Merry Fortune‹ der Hafenmündung zugleiten. Die Boote, die sie geschleppt hatten, waren an Bord gehißt, ihre Mannschaften standen jetzt dicht gedrängt auf der Seite des Schiffes, denn plötzlich, wunderbarerweise, hatte der Wind um zwei Striche nach Westen geändert. Die starke Ebbe unter sich, nahm ›Merry Fortune‹ ihren Weg nach der See. Man sah jetzt andere Boote auf dem Wasser, kleine Schiffe, die sich zur Verfolgung aufgemacht, und Männer, die riefen, und Männer, die fluchten. Gewiß saß in einem von ihnen Godolphin mit Rashleigh an seiner Seite. Dona lachte, indem sie sich die Haare aus den Augen strich; jetzt war alles eins: mochte Rashleigh wüten oder Godolphin sie erkennen, ›Merry Fortune‹ enteilte ihnen, unbekümmert und freudig in den Sommerwind hinaus. Wieder schrie eine Möwe, dieses Mal ganz nahe bei ihr; sie sah sich nach einem Kiesel um, um damit nach ihr zu werfen; statt eines solchen erblickte sie ein kleines Boot, das am Felsgürtel vorbei gerade auf sie zuschoß. Darin saß Pierre Blanc, sein kleines Gesicht zu den Klippen emporschauend; nochmals wiederholte er seinen Möwenschrei.

Dona, lachend, mit erhobenen Armen, rief ihm zu. Er sah sie, brachte das Boot zwischen den Felsen heran. Sie kletterte in das Boot hinab, setzte sich neben ihn; keines sprach ein Wort, denn er ruderte nun gegen die kurzen Sturzwellen nach dem Schiff. Das Blut rieselte aus dem Riß in ihrem Kinn, sie war durchnäßt bis auf den Leib, doch sie achtete nicht darauf. Das kleine Boot flog die jähen Wellenhöhen hinauf, das Salzgesprüh wehte ihr mit Wind und Regen ins Gesicht. Da — ein Blitz — ein Kanonenschuß krachte; zehn Ellen von ihnen klatschte etwas ins Wasser. Pierre Blanc, mit affenhaftem Grinsen, ruderte weiter bis auf die Höhe des Kanals; hier kam ›Merry Fortune‹ selbst, die Wogen pflügend, ihnen entgegen; ihre Segel donnerten im Wind.

Wieder ein Blitz und ein zweiter betäubender Knall; diesmal vernahm man das Krachen von splitterndem Holz, doch Dona konnte nichts sehen. Sie wußte nur, daß jemand ein Tau in das Boot herabgeworfen, jemand sie dicht an die Seite des Schiffes heranruderte; Gesichter lachten zu ihr herab, Hände hoben sie hoch. Versunken war der schwarze Wasserstrudel, und das kleine Boot verschwand, kieloben, in der Finsternis.

Der Franzose stand am Steuer der ›Merry Fortune‹; auch er hatte eine Schramme über seinem Kinn, und das Haar flatterte ihm um das Gesicht; triefend naß war sein Hemd. Für einen Augenblick jedoch hielten seine Augen sie fest, und beide lächelten einander zu. Darauf rief er: »Werfen Sie sich auf Ihr Gesicht zu Boden, sie werden weiter schießen.« So lag sie neben ihm auf dem Deck, erschöpft und schaudernd unter Regen und Spritzwasser, alle Glieder schmerzten sie, doch was tat das. Der dritte Schuß ging fehl. »Spart euer Pulver, Jungen«, lachte er, »für diesmal erwischt ihr uns nicht«, indessen der kleine Pierre Blanc, auch er tropfnaß und wie ein Hund zitternd, über die Brüstung der Schiffsseite lehnte, die Finger an die Nase gelegt.

Jetzt bäumte ›Merry Fortune‹ hoch und fiel ab in ein Wellental; die Segel schütterten und dröhnten; jemand schrie etwas aus einem der sie verfolgenden Boote, und jemand, mit einer Muskete in der Hand, jagte einen Schuß ins Takelwerk.

»Dort sitzt Ihr Freund, Dona«, rief der Franzose, »wissen Sie, ob er ein guter Schütze ist?« Sie kroch nach hinten, um über die Achterreling zu gucken; da sah sie das führende Boot fast gerade unter ihnen; Rashleighs Gesicht blickte herauf und Godolphin legte eine Muskete an seine Schulter.

»Es ist eine Frau an Bord«, rief Rashleigh, »sehen Sie dort!« Doch während er sprach, feuerte Godolphin aufs neue; ohne Schaden zu tun, pfiff die Kugel über ihrem Kopf hin. Als ›Merry Fortune‹ in einem unerwarteten Windstoß sich tief neigte, sah Dona, wie der Franzose das Steuer dem dort stehenden Pierre Blanc übergab. Lachend schwang er sich, als das Schiff niedertauchte, über das Geländer der Leeseite; Dona sah, er hielt ein Schwert in seiner Hand.

»Seien Sie gegrüßt, meine Herren«, rief er, »und eine gute Heimfahrt nach dem Kai von Fowey zurück. Doch zuerst möchten wir ein kleines Andenken von Ihnen haben«, und mit einem Stoß seiner Waffe warf er Godolphins Hut ins Wasser, mit ihrer Spitze spießte er die große Lockenperücke auf; triumphierend hielt er sie hoch und schwang sie in der Luft. Godolphin, kahl wie ein nackter Säugling, mit weit aus seinem Gesicht vortretenden Augen, fiel rücklings ins Heck des Bootes, während die Muskete an seiner Seite niederklirrte.

Nun kam ein Regenschwall, der sie der Sicht entzog; die Wogen schlugen über die Geländer des Schiffes und warfen Dona in das Speigatt hinunter. Als sie wieder aufrecht stehen und Atem holen konnte und sich das Haar aus dem Gesicht strich, da lag die Festung des Vorgebirges weit hinter ihnen, die Boote waren nicht mehr zu sehen. Der Franzose stand, sie anlachend, am Steuerrad der ›Merry Fortune‹; an dessen Speichen baumelte Godolphins Perücke.

Vierzehntes Kapitel

Zwei Schiffe segelten auf der Höhe des Kanals, das eine vom andern etwa zwei Meilen entfernt. Das führende Schiff hatte etwas merkwürdig Unternehmendes in seinem Aussehen, mit seinen schrägen Masten und der stark farbigen Bemalung, als wollte es den nüchternen Handelsfahrer, der ihm folgte, nach unbekannten Gewässern hinter dem fernen Horizont hinabführen.

Der die See während vierundzwanzig Stunden unaufhörlich bearbeitende Sommersturm hatte sich erschöpft; der Himmel erschien, hart und blau und wolkenlos. Auch die Dünung hatte sich gelegt; die See war ruhig und seltsam eben; die beiden Schiffe, nur von einem schwachen Hauch nördlicher Brise getrieben, glitten fast ohne Bewegung im Kanal; zwecklos hingen ihre Segel an den Rahen. Bratengeruch kam von der Galerie der ›Merry Fortune‹, der warme, braune Geruch von gebratenem Huhn. Der Duft drang durch das offene Backbordfenster in die Kabine, vermischt mit der frischen Salzluft und der Sommerwärme. Dona öffnete die Augen und stellte fest: das Schiff stampfte und schleuderte nicht mehr durch das Wellental der atlantischen Dünung; die Übelkeit, die sie erfaßt hatte, war vorbei. Vor allem aber hatte sie Hunger, so großen Hunger wie kaum jemals in ihrem Leben.

Sie gähnte, reckte sich, lachte für sich, weil sie sich nicht mehr seekrank fühlte; dann fluchte sie leise, einen von Harrys eher stallmäßigen Flüchen verwendend, denn jetzt fiel ihr ein, daß sie durch ihre Seekrankheit ihre Wette verloren hatte. Sie langte mit den Fingern an ihre Ohren, betastete zaghaft ihre Rubinringe; während sie das tat, wurde sie sich erst voll bewußt, daß sie unter ihrer Decke vollständig nackt war, auf dem Boden der Kabine sah sie von ihren Kleidern keine Spur.

Eine Ewigkeit schien es ihr, seit sie in der Dunkelheit die Kajütentreppe hinabgetaumelt war; durchnäßt, erschöpft und krank, Hemd und Hose hingeworfen, samt den schweren, Blasen verursachenden Schuhen, und unter die tröstlich warmen Decken gekrochen, nur mit dem einzigen Wunsch nach Ruhe und Schlaf.

Während sie geschlafen, mußte dann jemand in die Kabine gekommen sein, denn die Luke, die vor dem Wetter geschlossen gewesen, stand weit offen, ihre Kleider waren weggenommen worden; statt ihrer erblickte sie einen Eimer voll heißen Wassers und ein Handtuch.

Sie kletterte aus der geräumigen Schlafstelle, wo sie einen Tag und eine Nacht gelegen hatte. Während des Waschens dachte sie, daß der Herr der ›Merry Fortune‹ auf alle Fälle auf Bequemlichkeit mehr als auf Wachsamkeit bedacht gewesen. Während sie ihr Haar teilte, schaute sie aus der Luke, sah in der Ferne über dem Steuerbord die Spieren der ›Mouette‹ rot in der Sonne leuchten. Wieder stieg ihr der Duft von gebratenem Huhn in die Nase; da sie aber jetzt außen Schritte über das Deck kommen hörte, stieg sie in ihre Koje zurück und zog die Decke bis zum Kinn.

»Sind Sie nun erwacht?« fragte der Franzose. Sie hieß ihn eintreten, lehnte sich mit wild klopfendem Herzen in das Kissen zurück. Er stand dort in der Tür, ein Servierbrett in der Hand. »Ich habe meine Ohrringe verscherzt«, rief sie.

»Ja, ich weiß.«

»Woher wissen Sie's?«

»Weil ich einmal herabgekommen bin, um nach Ihnen zu sehen; Sie warfen mir ein Kissen an den Kopf und verdammten mich in die Hölle.«

Sie schüttelte lachend den Kopf: »Sie lügen, Sie kamen nicht; ich habe keine Seele hier gesehen.«

»Sie waren zu sehr abwesend, um sich an irgend etwas zu erinnern«, entgegnete er, »aber wir wollen nicht streiten. Sind Sie hungrig?«

»Ja.«

»Ich auch. Ich dachte, wir könnten zusammen speisen.« Er fing an, den Tisch zu decken, unter ihrer Decke hervor sah sie ihm zu.

»Wie spät ist es?« fragte sie.

»Gegen drei Uhr nachmittags.«

»Und was für ein Tag?«

»Sonntag. Ihr Freund Godolphin wird seinen Frühgottesdienst versäumt haben, falls Fowey nicht einen ausgezeichneten Perückenmacher besitzt.«

Sie folgte seinem Blick an der getäfelten Wand hinauf und sah dort die gekräuselte Perücke an einem Nagel hängen.

»Wann haben Sie sie dorthin gehängt?« lachte sie.

»Als Sie seekrank waren.«

Da schwieg sie. Allzu peinlich war ihr der Gedanke, daß er sie in einem solchen Augenblick gesehen, wie beschämend, wie unwürdig war das. Sie zog die Decke noch höher hinauf; ihn sah sie mit dem gebratenen Huhn beschäftigt.

»Möchten Sie einen Flügel essen?« fragte er.

»Ja«, nickte sie und besann sich, wie sie aufsitzen könne, ohne sich zu entblößen. Als er sich wegkehrte, um die Weinflasche zu entkorken, schnellte sie hoch und umwikkelte ihre Schultern mit der Decke.

Er trug die Platte mit dem Hühnerbraten herzu, sah Dona dabei an und sagte: »Das können wir besser machen. Vergessen Sie nicht, daß ›Merry Fortune‹ in Indien gewesen ist.« Er ging hinaus, bückte sich über eine große hölzerne Kiste, die neben der Kajütentreppe stand. Den Deckel hebend, brachte er einen farbigen Schal hervor, Scharlach und Gold, mit seidenen Fransen. »Vielleicht wollte Godolphin damit seine Frau beschenken, es sind noch eine Menge anderer da, wenn Sie sie haben wollen.« Er setzte sich an den Tisch, nahm eine Keule von dem Huhn und aß aus der Hand. Sie trank ihren Wein, blickte ihn über das Glas hinüber an:

»Wir könnten an jenem Baum in Godolphins Park hängen«, sagte sie.

»Das könnten wir, hätte nicht dieser Westwind sich um ein kleines gedreht«, antwortete er.

»Und was tun wir jetzt?«

»Ich mache niemals Pläne am Sonntag.«

Sie aß weiter von ihrem Huhn, hielt den Flügel wie er in der Hand. Vom Bug des Schiffes her vernahm man den Klang der Laute Pierre Blancs und den sachten Gesang der Männer.

»Haben Sie immer solches Teufelsglück, Herr Franzose?«

»Immer«, war die Antwort; er warf die abgenagte Keule durch die Luke und nahm sich die andere.

Die Sonne strömte auf den Tisch, die träge See leckte an der Seite des Schiffes. Sie fuhren in ihrer Mahlzeit fort, ein jedes sich der Gegenwart des andern tief bewußt und der Stunden, die sich vor ihnen dehnten.

»Rashleigh macht es seinen Seeleuten bequem;, sagte der Franzose jetzt, sich umblickend, »vielleicht haben Sie darum alle geschlafen, als wir an Bord kletterten.«

»Wie viele waren es denn?«

»Nur ein halbes Dutzend.«

»Was taten sie mit ihnen?«

»Oh, wir banden sie Rücken an Rücken zusammen, gaben jedem einen Knebel und ließen sie in einem Boot treiben. Ich wette, daß Rashleigh selbst sie aufgefischt hat.«

»Wird die See wieder zu toben anfangen?«

»Nein, das ist ganz vorbei.«

Sie lehnte in das Kissen zurück, betrachtete die Sonnenkringel an der Wand.

»Ich bin froh, daß ich es erlebt habe, die Gefahr und die Aufregung, aber ich bin auch froh, daß es zu Ende ist. Ich möchte es nicht wieder tun: das Lauern vor Rashleighs Haus, das Versteckenspiel auf dem Kai, das Laufen über die Hügel nach der Bucht, bis mein Herz zu zerspringen drohte.«

»Für einen Schiffsjungen haben Sie's nicht schlecht gemacht«, sagte er.

Er schaute sie durchdringend an und dann wieder weg. Sie begann die Fransen des Schals, den er ihr gegeben hatte, zu verflechten. Pierre Blanc spielte noch immer auf seiner Laute das kleine trällernde Lied, das sie vernommen, als sie die ›Mouette‹ zum erstenmal unterhalb Navron in der Bucht verankert gesehen.

»Wie lange bleiben wir auf ›Merry Fortune‹?«

»Nun, wollen Sie nach Hause?«

»Nein — nein, ich war boß neugierig.«

Er erhob sich vom Tisch, blickte durch die Luke nach der ›Mouette‹, die dort fast völlig ruhig in einer Entfernung von zwei Meilen lag.

»So ist das Geschick auf der See«, sagte er, »zuviel Wind, oder zuwenig. Eine Mütze voll Wind, und wir könnten an der französischen Küste sein. Vielleicht bekommen wir sie heute nacht.«

Er stand da, die Hände in den Taschen, die Lippen das Lied nachpfeifend, das Pierre Blanc auf seiner Laute spielte.

»Wenn der Wind kommt, was wollen Sie dann tun?«

»In Sicht von Land segeln, dann eine Handvoll Leute ›Merry Fortune‹ in den Hafen bringen lassen. Wir selbst kehren an Bord der ›Mouette‹ zurück.«

Sie spielte immerzu mit der Quaste des Schals.

»Und alsdann — wohin gehen wir?«

»Natürlich nach Helford zurück. Verlangt es Sie nicht, Ihre Kinder wiederzusehen?«

Sie schwieg. Sie betrachtete seinen Hinterkopf und den Bau seiner Schultern.

»Vielleicht ruft in der Bucht immer noch um Mitternacht der Ziegenmelker. Wir könnten ihn aufsuchen gehen, und auch den Reiher. Ich habe die Zeichnung des Reihers nie beendet, nicht wahr?«

»Ich weiß nicht.«

»Es sind in der Bucht auch eine Menge Fische, die darauf warten, daß man sie fängt«, sagte er.

Pierre Blancs Gesang schwand hin und erstarb. Wieder hörte man nichts als das Anschlagen des Wassers an der Schiffsseite. Die Uhr auf ›Merry Fortune‹ schlug die halbe Stunde, das wiederholte sich in der Ferne auf ›La Mouette‹. Die Sonne brannte auf die ruhige Meeresfläche nieder. Frieden und Stille überall.

Er kam von der Luke zurück und setzte sich an ihre Seite auf das Lager, immer noch leise sein Lied pfeifend.

»Das ist eines Piraten bester Augenblick«, erklärte er, »die geplante Unternehmung ist vollbracht und das Ergebnis ein Erfolg. Zurückblickend erinnert man sich nur der guten Momente, die schlimmen läßt man auf sich beruhen, bis zum nächsten Mal. Und jetzt, da der Wind vor Einbruch der Nacht nicht anheben wird, können wir tun, was uns gefällt.«

Dona lauschte auf das Lecken der See rings um den Rumpf des Schiffes.

»Wir könnten schwimmen«, schlug sie vor, »im kühlen Abend, bei Sonnenuntergang.«

»Wir könnten«, stimmte er bei.

Sie schwiegen. Wieder betrachtete sie den Sonnenschimmer über ihrem Kopf.

»Ich kann nicht aufstehen«, sagte sie, »bevor meine Kleider trocken sind.«

»Ja, ich verstehe.«

»Werden sie noch sehr lange außen an der Sonne liegen müssen?«

»Noch wenigstens drei Stunden, denke ich.«

Dona seufzte und bettete sich wieder in ihr Kissen.

»Man könnte vielleicht ein Boot niederlassen«, sagte sie, »und Pierre Blanc darin nach der ›Mouette‹ schicken, um dort mein Kleid zu holen.«

»Er schläft jetzt«, sagte der Kapitän des Schiffes, »sie schlafen alle. Wußten Sie nicht, daß es die Franzosen lieben, zwischen ein und fünf Uhr nachmittags nichts zu tun?«

Sie legte den Arm hinter ihren Kopf und schloß die Augen.

»In England«, sagte sie, »schläft niemand am Nachmittag. Das muß ein besonderer Brauch Ihrer Landsleute sein. Aber was tun wir inzwischen, bis meine Kleider trocken sind?«

Die Spur eines Lächelns glitt über seine Lippen.

»In Frankreich würde man Ihnen sagen, daß es da nur eines zu tun gibt. Doch vielleicht ist auch das nur ein besonderer Brauch meiner Landsleute.«

Sie antwortete nicht. Da beugte er sich vor, streckte seine Hand aus; sehr sorgfältig begann er den Rubin aus ihrem linken Ohr zu lösen.

Dona stand am Steuer der ›Mouette‹, das Schiff tauchte in die langen grünen Wogen und warf Schaum über das Deck zurück nach ihr hin. Die weißen Segel reckten sich und sangen ihr zu Häupten; alle die Töne und Laute, die sie liebgewonnen, erfüllten ihr Ohr mit ihrer Schönheit und Kraft. Das Knarren der großen Scheiben, das Sausen der Seile, das Aufprallen des Windes im Takelwerk, unten im Schiffsraum die Stimmen der Männer, lachend und einander hänselnd, hin und wieder schauten sie herauf, ob sie von ihr beachtet würden, wie Kinder, um von ihr einen Blick zu erhaschen. Die heiße Sommersonne brannte ihr auf den unbedeckten Scheitel; wenn das Salzgesprüh über das Deck geflogen kam, dann hatte sie den Geschmack davon auf ihren Lippen. Das Deck selbst hatte einen warmen, beizenden Geruch, einen Geruch von Teer, Seil und blauem Salzwasser.

All das, dachte sie, ist nur ein Augenblick, ein Stück Zeit, das nie wiederkehrt; das Gestern schon gehört der Vergangenheit und nicht mehr uns, das Morgen ist etwas Unbekanntes und könnte uns feindlich sein.

Dies ist unser Tag, unser Augenblick, die Sonne gehört uns, der Wind, die See und die Männer, die da vorne auf dem Deck singen. Dieser Tag ist ein Tag, den wir für alle Zeit hochhalten sollen, denn an ihm haben wir gelebt und geliebt; nichts anderes zählt in dieser selbstgeschaffenen Welt, in die wir uns geflüchtet haben. Sie sah ihn auf dem Deck gegen die Bordwand zu liegen, die Hände im Nacken, die Pfeife im Mund. Wenn er in der Sonne einschlief, lächelte er bisweilen. Dona dachte an die Empfindung seines Rückens, den sie die ganze Nacht neben sich gefühlt hatte, und sie bemitleidete alle die Frauen und Männer, die nicht freudig waren, wenn sie liebten, die kalt waren oder widerwillig, oder scheu; die sich vorstellten, daß Leidenschaft und Zärtlichkeit getrennte Dinge seien und nicht das strahlende Zusammensein von beidem, derart, daß Ungestüm zugleich Zartheit war und Schweigen ein Reden ohne Worte.

Denn Liebe, das wußte sie jetzt, kannte keine Scham und Zurückhaltung, war der gegenseitige Besitz zweier Menschen, zwischen denen es weder Stolz noch Schranken gab. Was immer ihm geschah, das geschah auch ihr; jedes Fühlen, Regen, jede Wahrnehmung von Leib und Geist. Das Rad der ›Mouette‹ drehte sich unter ihren Händen, das Schiff neigte sich in der kühlen Brise. Alles das, sagte sie zu sich, ist ein Teil von dem, was wir füreinander fühlen, und ein Teil der Anmut des Lebens; die Kraft im Rumpf des Schiffes, die Schönheit der Segel, das Wogen des Wassers, der Geschmack der See, die Berührung des Windes auf unsern Gesichtern und sogar die kleinen Freuden des Essens, Trinkens und Schlafens, alles das haben wir mit Genuß und Verständnis gemeinsam, aus dem Glück heraus, das wir ineinander erweckt haben.

Er öffnete die Augen, blickte zu ihr hinüber, nahm die Pfeife aus dem Mund, klopfte die Asche auf das Deck; sogleich zerstreute sie der Wind. Dann stand er auf, dehnte sich, gähnte vor Trägheit, Lässigkeit, Zufriedenheit. Er kam zum Rad, legte seine Hände über ihren Händen auf die Speichen; so standen sie, vor Augen Himmel, Meer und Segel; sprachen kein Wort.

Die Küste Cornwalls zeigte sich als dünne feine Linie am fernen Horizont, die ersten Möwen kamen sie begrüßen, schreiend und um die Masten kreisend. Sie wußten, bald werde nun der Geruch des Landes von den entfernten Hügeln herabwehen und die Kraft der Sonne sich vermindern. Später würde die weite Mündung von Helford sich auftun und die sinkende Sonne rot und golden auf ihrem Wasser glänzen.

Die Buchten, den ganzen Tag über von der Sonne beschienen, wären warm, der Fluß selbst vollströmend und klar von der Flut. Seelerchen würden auf den Felsen herumklettern, Austernfischer nachdenklich auf einem Bein bei den Tümpeln stehen, während weiter oben im Fluß, nahe der Bucht, wie eine schlafende Gestalt, bewegungslos der Reiher stände. Wie er gesagt, würde der Ziegenmelker rufen, die Fische würden plötzlich im Wasser schnalzen; alle Düfte und Laute der Sommernacht würden ihnen entgegenkommen, wenn sie sich in der Dämmerung unter den Bäumen im jungen Farnkraut und Moos ergingen.

»Werden wir wieder ein Feuer anmachen und unser Abendessen in der Bucht bereiten?« fragte er, ihre Gedanken lesend. »Ja«, rief sie, »dort auf dem Kai, wie wir es damals getan.« Sie lehnte sich an ihn, sah die dünne Küstenlinie sich schärfer und bestimmter abzeichnen. Sie dachte an jene andere Mahlzeit, an die Scheu und Zurückhaltung, die zwischen ihnen geherrscht hatte, mit der es nun vorbei war; denn Liebe, wenn sie erst etwas Gemeinsames geworden und bejaht und vollzogen, war etwas so Einfaches; alle Freude in ihr war gesteigert, alles Fieberhafte vergangen.

So stahl sich die ›Mouette‹ wiederum gegen das Land hinein, wie an jenem ersten Abend, der jetzt bereits so entlegen schien, als Dona, auf den Klippen stehend, sie nahen sah, das Herz schon voller Vorgefühle. Die Sonne sank, die Möwen flatterten ihnen entgegen, die steigende Gezeit und der leichte Abendwind brachten das Schiff still und sacht den Kanal der Mündung hinauf. Während der wenigen Tage ihrer Abwesenheit hatten die Bäume eine tiefe Färbung erhalten, die sie vorher nicht gehabt; das Grün der Hügel war von einer reichen Sattheit, und der noch warme Mittsommerduft war zu fühlen, wie die Berührung einer Hand. Als ›La Mouette‹ so mit der Flut herangetrieben kam, erhob sich pfeifend ein Brachvogel und eilte flußaufwärts. Als das Schiff bei dem schwachen Wind nicht mehr vorwärts konnte, wurden die Boote niedergelassen, die Schleppseile befestigt, und so wurde das Schiff mit den ersten sinkenden Schatten nach seinem geheimen Ankerplatz befördert.

Mit dumpfem Schall rasselte seine Kette in die Wassertiefe unter den Bäumen; das Schiff drehte sich, um die Flut bis zuletzt auszunützen. Plötzlich kam ein Schwan mit seinem Gespan daher; wie zwei Barken trieben sie zusammen, gefolgt von drei molligen und braunen jungen Schwänen. Sie ruderten die Bucht hinab und, wie ein Schiff, ließen sie einen von ihnen als Wache zurück. Und jetzt, da alles im Verdämmern lag, die Decks verlassen waren, kam aus der Kombüse der Geruch der Speisen und aus dem Innern das leise Gemurmel der Mannschaft.

Das Boot des Kapitäns wartete unterhalb der Leiter. Aus der Kabine heraufkommend, rief er Dona, die über dem Geländer des Hinterteils den ersten Stern über einem dunklen Baum betrachtete. Sie ruderten in der Richtung, die die Schwäne genommen, in die Bucht hinab; leise schlug das kleine Boot gegen die sanften Wellen.

Bald flackerte das Feuer in der Lichtung, die trockenen Äste knisterten und krachten. Diesmal brieten sie Speck, schön gestreift und knusprig und sich kräuselnd, mit Brot, das auch braun geröstet wurde. Sie zerteilte den Speck mit den Händen; dann kochte sie Kaffee, stark und würzig in einem gehenkelten Topf. Darauf griff er nach Pfeife und Tabak; die Hände im Nacken, lehnte Dona an sein Knie.

»Und das«, sagte sie, ins Feuer blickend, »könnte, wenn wir wollten, immer so sein; könnte morgen und am folgenden Tag und das ganze Jahr hindurch so sein. Und nicht allein hier, sondern in andern Ländern, an anderen Flüssen, in Ländern nach unserer Wahl.«

»Ja«, nickte er, »wenn wir wollten. Aber Dona St. Columb ist nicht Dona der Schiffsjunge. Sie ist jemand, der in einer andern Welt lebt; gerade in diesem Augenblick erwacht sie im Schlafzimmer zu Navron; ihr Fieber ist vorbei, sie erinnert sich nur noch schwach der Träume, die sie träumte. Sie steht auf, kleidet sich an, sieht nach ihrem Haushalt und den Kindern.«

»Nein«, erwiderte sie, »sie ist noch nicht erwacht und liegt noch tief in ihrem Fieber; und ihre Träume sind so reizend wie nichts, was sie zuvor in ihrem Leben gekannt.«

»Immerhin«, wandte er ein, »sind es bloß Träume. Und am Morgen wird sie erwachen.«

»Nein«, sagte sie. »Nein, nein. Immer das. Immer das Feuer und die dunkle Nacht, und das Abendessen, das wir brieten, und Ihre Hand auf meinem Herzen.«

»Sie vergessen«, betonte er, »Frauen sind primitiver als Männer. Eine Zeitlang mögen sie herumziehen und mit der Liebe ein Spiel treiben und mit dem Abenteuer. Dann aber, wie die Vögel, müssen sie ihr Nest haben. Der Instinkt in ihnen ist übermächtig, Vögel bauen sich das Nest, nach dem sie verlangen, richten sich dort warm und sicher ein und bekommen ihre Jungen.«

»Doch die Jungen werden groß«, sagte sie, »und fliegen weg, und die Vogeleltern fliegen auch davon und sind wieder frei.«

Er lachte, betrachtete das Feuer und die Flammen.

»Es gibt darauf keine Antwort, Dona«, sagte er, »ich könnte jetzt mit der ›Mouette‹ davonfahren und nach zwanzig Jahren wiederkommen. Was ich dann fände, wäre eine gelassene, behagliche Frau an Stelle meines Schiffsjungen. Ihre Träume hätte sie längst vergessen. Ich selbst wäre ein wettergebräunter Seemann mit steifen Gelenken, einem bärtigen Gesicht, und mein Geschmack am Piratentum hätte sich mit den verflossenen Jahren verflüchtigt.«

»Mein Franzose malt ein düsteres Zukunftsbild.«

»Ihr Franzose ist Realist«, antwortete er.

»Und wenn ich jetzt mit Ihnen fahren würde und nie nach Navron zurückkehrte?«

»Wer weiß? Vielleicht Reue und Enttäuschung, und ein Blick über Ihre Schulter zurück.«

»Nein, nicht mit Ihnen«, rief sie, »mit Ihnen niemals!«

»Also, dann vielleicht keine Reue. Aber dann wieder Nestbau und aufzuziehende Brut. Und ich, der ich allein weitersegeln muß, müßte auf Abenteuer verzichten. Darum sehen Sie, meine Dona, für eine Frau gibt es kein Entweichen, nur für eine Nacht und für einen Tag.«

»Nein, da haben Sie recht«, sagte sie, »es gibt keine Flucht für eine Frau. Darum, wenn ich wieder mit Ihnen fahre, dann werde ich wieder Ihr Schiffsjunge sein und mir wieder Pierre Blancs Hose ausborgen, und das für immer. Es wird keine primitiven Verwicklungen geben, unsere Herzen und Gedanken werden dabei unbeschwert bleiben. Sie können Schiffe kapern und Landungen an der Küste vornehmen, und ich, der bescheidene Kajütenjunge, werde in der Kabine Ihre Mahlzeit kochen und keine Fragen stellen, und es nicht zu Diskussionen kommen lassen.«

»Und wie lange würden wir das aushalten, Sie und ich?«

»Solange es uns gefiele.«

»Sie meinen, solange es mir gefiele. Das wäre nicht einmal für einen Tag und eine Nacht, und jedenfalls nicht diese Nacht und nicht diese Stunde, Dona.«

Das Feuer brannte niedrig, sank zusammen. Später sagte sie zu ihm: »Wissen Sie, was für ein Tag es ist?«

»Ja«, antwortete er, »Sonnwendtag, der längste Tag im Jahr.«

»Deshalb«, sagte sie, »sollten wir diese Nacht hier schlafen statt auf dem Schiff. Weil das nie wieder sein wird, nicht für uns. Nicht so wie jetzt, hier in der Bucht.«

»Ich weiß», sagte er, »darum habe ich die Decken im Boot mitgenommen — haben Sie es nicht bemerkt? — und das Kissen für Ihren Kopf.«

Sie sah zu ihm auf, doch sie konnte sein Gesicht im Schatten nicht mehr erkennen; das Feuer war ausgegangen. Wortlos erhob er sich, ging zum Boot und kehrte mit den Decken und dem Kissen auf den Armen zu ihr zurück. Er breitete sie in de Lichtung unter den Bäumen aus, nahe dem Wasserrand. Die Flut ging zurück, die Schlammtümpel wurden sichtbar; die Bäume schauerten in einem matten Wind, dann war es wieder ruhig. Die Ziegenmelker schwiegen, und die Seevögel schliefen. Es gab kein Mondlicht, nur dunklen Himmel über ihren Köpfen und neben ihnen schwarzes Gewässer der Bucht.

»Morgen, recht früh, gehe ich nach Navron«, sagte sie zu ihm, »bei Sonnenaufgang, ehe Sie noch erwacht sind.«

»Ja«, sagte er.

»Ich will William sprechen, wenn das Haus noch schläft. Steht mit den Kindern alles gut und hat man mich nicht nötig, dann komme ich in die Bucht zurück.«

»Und dann?«

»Nun, ich weiß nicht. Das müssen Sie dann sagen. Es ist unweise, Pläne zu schmieden, Pläne gehen so oft fehl.«

»Wir wollen für Ihre Rückkehr aber einen Vorwand haben. Wir nehmen zum Vorwand, daß Sie mit mir frühstücken wollen. Nachher fahren wir im Boot flußabwärts. Sie sollen wieder fischen, doch diesmal mit größerem Erfolg als damals.«

»Werden wir viele Fische fangen?«

»Das werden wir heute nacht nicht bestimmen, wir lassen das unentschieden bis zum gegebenen Moment.«

»Und nach dem Fischen«, fuhr sie fort, »werden wir schwimmen, am Mittag, wenn die Sonne am heißesten auf das Wasser brennt. Darauf werden wir essen, dann schlafen, auf dem Rücken irgendwo am Ufer liegend. Und mit dem Umschlag der Flut wird der Reiher Futter suchen, und Sie werden ihn wieder zeichnen können.«

»Nein, den Reiher werde ich nicht zeichnen«, sagte er, »es ist Zeit, daß ich eine andere Zeichnung von dem Schiffsjungen der ›Mouette‹ anfertige.«

»Und so fort an einem nächsten Tage«, sagte sie, »und wieder an einem nächsten und übernächsten. Und keine Vergangenheit, keine Zukunft, nur das Heute.«

»Aber heute«, sagte er, »ist der längste Tag. Heute ist Sonnwendtag. Haben Sie das vergessen?«

»Nein, ich hatte es nicht vergessen.«

Irgendwo, dachte sie vor dem Einschlafen, irgendwo gibt es eine andere Dona; sie liegt in London in einem großen Himmelbett, unruhig und einsam; sie weiß nichts von dieser Nacht am Rande der Bucht, oder von der dort im Wasser verankerten ›Mouette‹, oder von seinem Rükken, der hier in der Dunkelheit an den meinen gelehnt liegt. Sie gehört dem Gestern. An diesem hat sie nicht teil. Und irgendwo gibt es auch eine Dona von morgen, eine Dona der Zukunft, eine Dona zehn Jahre später, für die das alles Gegenstand der Liebe und des Gedenkens sein wird. Vieles wird dann vielleicht vergessen sein: das Gurgeln der Ebbe in den Schlammlöchern, der dunkle Himmel, das dunkle Wasser, das Schauern der Bäume hinter uns und die Schatten, die sie vor sich werfen; der Geruch von jungem Farnkraut und Moos. Und sollten auch die andern Dinge vergessen werden: die Berührung der Hände, die Wärme, alle Lieblichkeit, so doch nimmer der Friede, den wir einander gegeben, niemals die Ruhe und die Stille.

Als sie erwachte, standen die Bäume in einem grauen Licht; ein Nebel lagerte über dem Wasser; wie Morgengeister kamen die Schwäne durch die Bucht zurück. Die Asche des Feuers war weiß wie Staub. Sie sah ihn an, wie er an ihrer Seite schlafend lag, und fragte sich, warum Männer, wenn sie schliefen, Kindern glichen? Alle Falten waren geglättet, alles Bewußtsein ausgelöscht; sie waren wieder kleine Buben, die sie vor langem gewesen. Sie schauderte ein wenig im ersten Hauch des Tages; dann warf sie die Decken beiseite, trat mit bloßen Füßen in die Asche des erkalteten Feuers und sah die Schwäne im Nebel. Nun bückte sie sich nach ihrem Mantel, umhüllte sich damit, wanderte vom Kai hinweg den Bäumen zu und dem schmalen Weg, der sie nach Navron führen würde. Sie versuchte die Fäden ihres normalen Lebens wieder aufzunehmen: Die Kinder in ihren Betten. James in seiner Wiege mit rotem Gesicht und geschlossenen Fäusten; Henrietta, wie immer auf dem Gesicht liegend, ihre schönen Locken im Kissen durcheinandergewühlt; neben ihnen Prue, mit offenem Mund schlafend. Währenddessen überwachte der treue William das Haus und log — um ihretwillen und seines Herrn willen.

Bald würde sich der Nebel lichten, dann die Sonne hinter den Bäumen jenseits des Flusses heraufsteigen. Eben jetzt, als sie aus dem Wald heraus und auf den Rasen gekommen, traf ein Morgenstrahl Navron House. Es schlief ruhig und mit geschlossenen Läden, und Dona stand dort und umfaßte es mit ihren Blicken. Sie schlich sich über den mit Silbertau besprengten Rasen, versuchte die Tür zu öffnen, die selbstverständlich geschlossen war. Sie wartete, ging dann in den Hof hinter dem Haus, denn Williams Fenster war gegen den Hof. Möglicherweise, wenn sie leise rief, wurde sie von ihm gehört. Sie lauschte unter seinem Fenster. Es war offen, der Vorhang nicht gezogen. »William«, rief sie, »William, sind Sie da?« Sie erhielt keine Antwort. Sie bückte sich nach einem kleinen Stein und warf diesen an die Scheibe. Im Augenblick erschien sein Gesicht; erst staunte er sie an, als erblicke er eine Erscheinung, dann legte er den Finger an seinen Mund und verschwand. Sie wartete bedrückt, denn sein Gesicht hatte fahl und übernächtig ausgesehen. James ist krank, dachte sie, James ist tot. Er wird mir sagen, daß James tot ist. Sie hörte ihn den Riegel der großen Tür sachte zurückziehen; die Tür selbst öffnete sich ein wenig, um sie einzulassen. »Die Kinder?« fragte sie, ihn am Ärmel fassend. »Sind die Kinder krank?« Er schüttelte den Kopf, bedeutete ihr aber, zu schweigen, während er nach der Treppe in der Halle zurückschaute. Sie trat in das Haus hinein, blickte sich um, und in plötzlichem Verstehen begann ihr Herz zu klopfen. Sie sah einen Mantel über den Stuhl, die Reitpeitsche, das übliche Durcheinander nach einer Ankunft; ein Hut war achtlos auf den Steinboden geworfen worden, eine zweite Reitpeitsche und eine dikke Reisedecke.

»Sir Harry ist angekommen, gnädige Frau«, sagte William. »Er kam gerade vor Sonnenuntergang von London hergeritten. Lord Rockingham hat ihn begleitet.« Sie sagte nichts. Sie schaute noch immer den großen Mantel an. Plötzlich vernahm sie von oben das schrille Gekläff eines kleinen Wachtelhundes.

Fünfzehntes Kapitel

Wieder blickte William nach der Treppe hinauf; seine kleinen Augen in seinem blassen Gesicht glänzten, aber Dona schüttelte stumm den Kopf. Auf den Zehenspitzen ging sie durch die Halle nach dem Salon, William zündete zwei Kerzen an, dann stellte er sich vor sie hin, ihrer Rede gewärtig.

»Was für einen Grund hat er genannt?« fragte sie. «Warum sind sie gekommen?«

»Ich nehme an, Sir Harry hatte in London ohne Sie, gnädige Frau, keine Ruhe, und ein Wort Rockinghams dürfte ihn zu dieser Reise veranlaßt haben. Es scheint, daß Seine Lordschaft zu Whitehall einen Verwandten Lord Godolphins getroffen hat, der ihm sagte, Sir Harrys Anwesenheit in Cornwall wäre gegenwärtig äußerst erwünscht. Das ist alles, was ich aus ihrer Unterhaltung bei Tisch schließen konnte, gnädige Frau.«

»Ja«, sagte Dona, als hätte sie ihn nicht gehört, »ja, es war wohl Rockingham. Harry ist zu träge, um, ohne daß man ihn dazu überredet, herzukommen.«

William stand, den Leuchter haltend, unbeweglich vor ihr.

»Was haben Sie Sir Harry gesagt?« fragte sie. »Wie vermochten Sie ihn von meinem Schlafzimmer zurückzuhalten?«

Zum erstenmal erschien jetzt auf Williams Gesicht ein leichtes Lächeln; verständnisvoll blickte er seine Herrin an.

»Sir Harry wäre nicht in Ihr Zimmer gelangt, er hätte mich denn zuvor erschlagen«, sagte er. »Ich erklärte den Herren, sobald sie abgestiegen waren, daß Sie seit mehreren Tagen mit hohem Fieber zu Bett gelegen hätten, jetzt endlich hätten Sie etwas Schlaf wiedergefunden; es wäre bei Ihrem Zustand von größtem Nachteil, wenn die Herren jetzt Ihr Zimmer betreten würden. Vollständige Ruhe sei jetzt geboten.«

»Und er schluckte diese Geschichte?«

»Wie ein Lamm, gnädige Frau. Er fluchte zuerst ein wenig, schalt, daß ich ihn nicht benachrichtigt hätte, doch ich sagte ihm, es sei Ihr strikter Befehl gewesen, ihn nicht zu beunruhigen. Dann kamen Fräulein Henrietta und Herr James zu ihrem Vater gelaufen, erzählten ihm dieselbe Geschichte, daß gnädige Frau sich sehr schlecht befinde und ans Bett gebunden sei. Und Prue kam natürlich auch mit einem so betrübten Gesicht, weil gnädige Frau nicht einmal ihr den Zutritt gestatte. Nachdem sie mit den Kindern gespielt und gegessen und eine Runde im Garten gemacht, gnädige Frau, zogen sich Sir Harry und Lord Rockingham zurück. Sir Harry befindet sich im blauen Zimmer, gnädige Frau.«

Dona lächelte und legte ihre Hand leicht auf seinen Arm.

»Sie Getreuer«, sagte sie, »und Sie selbst haben nicht geschlafen, weil Sie an den kommenden Morgen dachten und befürchteten, ich würde nicht zurück sein?«

»Ohne Zweifel hätte ich eine Lösung gefunden, gnädige Frau, wiewohl die Aufgabe eine ziemlich schwierige gewesen wäre.«

»Und Mylord Rockingham? Was sagte er zu allem?«

»Seine Lordschaft schien enttäuscht, gnädige Frau, daß Sie zu seinem Empfang nicht anwesend waren, aber er sagte nicht viel. Es schien ihn zu interessieren, als Prue Sir Harry erzählte, daß niemand Sie pflegen dürfe außer mir. Ich bemerkte, daß Seine Lordschaft mich mit einer gewissen Neugier betrachtete, gnädige Frau, ich darf vielleicht sagen, mit anderen Augen.«

»Das tat er wohl, William, Lord Rockingham ist so geartet. Jemand, der alles belauert, denn er hat die Nase eines Terriers.«

»Ja, gnädige Frau.«

»Seltsam, William, was für ein Verhängnis über allem Planen liegt. Ich hatte vor, mit Ihrem Herrn in der Bucht zu frühstücken, mit ihm zu fischen und zu schwimmen und wieder unsere Abendmahlzeit unter den Sternen zu bereiten, wie wir das in der vergangenen Nacht getan; und nun ist es mit allem aus.«

»Doch nicht für lange, gnädige Frau.«

»Das können wir nicht wissen. Um jeden Preis müssen wir die ›Mouette‹ benachrichtigen, und sie muß die Bucht mit der nächsten Ebbe verlassen.«

»Es wäre richtiger, gnädige Frau, das erst beim Einbruch der Nacht zu tun.«

»Darüber wird natürlich Ihr Herr entscheiden, William.«

»Gnädige Frau?«

Aber sie schüttelte den Kopf, zuckte die Achseln, gab ihm mit den Augen zu verstehen, was sie niemals mit Worten hätte aussprechen können. Plötzlich neigte er sich gegen sie, klopfte ihr auf die Schulter, wie wenn sie Henrietta wäre, sein merkwürdiger Mund verzog sich:

»Ich weiß, gnädige Frau, aber es wird alles gut werden. Sie werden wieder zusammen sein«, und da, infolge der kontrastierenden Wirkung der Heimkehr und vor Müdigkeit, und weil er ihr in dieser lächerlich freundlichen Art auf die Schulter geklopft, fühlte sie Tränen über ihre Wangen rinnen, die sie nicht aufzuhalten vermochte. »Verzeihen Sie mir, William«, sagte sie.

»Gnädige Frau.«

»So töricht zu sein, so unsäglich töricht und schwach. Es muß damit zu tun haben, daß man so glücklich gewesen ist.«

»Ich weiß, gnädige Frau.«

»Weil wir glücklich waren, William. Da waren Sonne, Wind und See und das Anmutigste, was jemals gewesen.«

»Ich kann es mir vorstellen, gnädige Frau.«

»Es kommt nicht oft dazu, nicht wahr, William?«

»Einmal während einer Million von Jahren, gnädige Frau.«

»Darum will ich jetzt aufhören, Tränen zu vergießen wie ein verwöhntes Kind. Denn was immer nun geschehen mag, das was uns vergönnt war, das haben wir gehabt. Niemand kann es uns nehmen. Und ich, die nie zuvor lebendig gewesen, habe gelebt. Jetzt, William, gehe ich auf mein Zimmer, ziehe mich aus und lege mich zu Bett. Und später am Vormittag kommen Sie und bringen mir mein Frühstück; und wenn ich für diese Feuerprobe genügend vorbereitet sein werde, dann will ich Sir Harry sehen und aus ihm herausbringen, wie lange er zu bleiben im Sinne hat.«

»Sehr wohl, gnädige Frau.«

»Und irgendwie, auf irgendeinem Wege muß Ihrem Herrn in der Bucht eine Mitteilung zugehen.«

»Ja, gnädige Frau.«

So, als nun das Morgenlicht durch die Ritzen der Fensterladen eindrang, verließen sie den Raum. Dona, ihre Schuhe in der Hand, den Mantel über ihren Schultern, schlich die Treppe hinauf, auf der sie vor fünf Tagen herabgestiegen. Ein Jahr, ein ganzes Leben schien ihr inzwischen vergangen. Sie blieb einen Augenblick lauschend vor Harrys Zimmer stehen; richtig, das war das vertraute schnaubende Schnarchen der beiden Hunde Duke und Duchess, und Harrys langsames, schweres Atemholen. Diese Dinge, dachte sie, gehörten zu denen, die mir einmal unerträglich schienen, die mich zu Unsinn reizen konnten; jetzt vermögen sie mich nicht mehr zu berühren, denn sie gehören nicht mehr zu meiner Welt; ich bin entronnen.

Sie betrat ihr eigenes Zimmer und schloß die Tür. Es war kühl und duftig, denn das Fenster gegen den Garten war geöffnet. William hatte Maiblümchen auf den Tisch neben ihr Bett gestellt. Sie zog die Vorhänge zur Seite, entkleidete sich und legte sich nieder, die Hände über ihren Augen. Jetzt, dachte sie, jetzt erwacht er unten an der

Bucht, streckt die Hand nach mir aus und findet mich nicht; dann erinnert er sich und lächelt, streckt sich und gähnt und erwartet den Aufstieg der Sonne über den Bäumen. Und später steht er auf und prüft schnuppernd den Tag, wie ich ihn gesehen habe; er pfeift leise, kratzt sich am linken Ohr, dann geht er langsam zur Bucht und schwimmt. Er wird den Männern der ›Mouette‹, die das Deck fegen, zurufen; einer von ihnen läßt die Strickleiter hinab, auf der er hochklimmt, ein anderer ein Boot, um sein kleines Boot zu hissen, mit den Eßgeräten und den Decken. Hierauf wird er in die Kabine gehen und sich mit einem Handtuch trockenreiben, dabei, wie es seine Art, durch die Luke auf das Wasser blicken. Und nun, da er angezogen, wird Pierre Blanc das Frühstück bringen. Er wird ein wenig warten, doch, da er hungrig ist, wird er es ohne mit aufessen. Später wird er an Deck kommen und nach dem Fußweg unter den Bäumen hinüberschauen. Sie vermeinte ihn seine Pfeife stopfen zu sehen, und wie er, an das Geländer der Kajüte gelehnt, ins Wasser blickte. Vielleicht kehrten die Schwäne zurück, er würde ihnen Brot zuwerfen, träge, zufrieden, nach dem morgendlichen Schwimmen von einer warmen Lässigkeit erfüllt; vielleicht würde er an das für den Tag vorgesehene Fischen denken, an die heiße Sonne und die See. Sie wußte, auf welche Art er aufblicken würde, wenn sie durch die Bäume hinab in die Bucht käme, wortlos lächelnd, ohne sich vom Geländer auf dem Deck zu rühren, den Schwänen weiter Brot zuwerfend, so als hätte er sie nicht gesehen. Doch was frommt es, dachte Dona, sich das in den Sinn zurückzurufen; alles ist doch zu Ende und vorbei und wird nicht wieder geschehen, denn das Schiff muß fort, bevor es entdeckt wird. Da liege ich in meinem Bett zu Navron, und dort unten in der Bucht ist er, und wir sind nicht mehr beisammen, und das, was ich jetzt empfinde, ist die Hölle, die Liebe nach sich zieht,

Hölle und Verdammnis und Seelenqual, nicht auszuhaltende: denn auf Schönheit und Holdseligkeit folgen Kummer und Pein. So lag sie auf ihrem Rücken, die Arme über den Augen gekreuzt; die Sonne stieg höher und strömte in den Raum.

Nach neun Uhr kam William mit dem Frühstück; er stellte das Brett auf den Tisch neben ihrem Bett. »Sind Sie ausgeruht, gnädige Frau?« fragte er. »Ja, William«, log sie und brach eine von den Trauben entzwei.

»Die Herren sind unten beim Frühstück, gnädige Frau«, berichtete er. »Sir Harry hat mich beauftragt, zu erfragen, ob Sie soweit wiederhergestellt seien, daß er Sie sehen dürfe.«

»Ja, ich möchte ihn sehen.«

»Wenn ich einen Rat geben dürfte, gnädige Frau: es wäre wohl klug, die Vorhänge ein wenig zuzuziehen, damit Ihr Gesicht im Schatten liegt, Sir Harry könnte sich sonst über Ihr gutes Aussehen wundern.«

»Sehe ich gut aus, William?«

»Verdächtig gut, gnädige Frau.«

»Und doch habe ich scheußliche Kopfschmerzen.«

»Das hat seine besonderen Gründe, gnädige Frau.«

»Und ich habe Schatten unter den Augen und fühle mich elend.«

»Ganz so, gnädige Frau.«

»Ich glaube, Sie gehen besser aus dem Zimmer, William, wenn ich Ihnen nicht etwas an den Kopf werfen soll.«

»Sehr wohl, gnädige Frau.«

Er ging, die Tür sachte hinter sich schließend. Dona stand auf, wusch sich, brachte ihr Haar in Ordnung. Nachdem sie, wie William geraten, die Vorhänge gezogen, kehrte sie ins Bett zurück. Jetzt vernahm sie das schrille Kläffen der Wachtelhunde und ihr Kratzen an der Tür, darauf schwere Schritte. Im nächsten Augenblick stand Harry im Zimmer. Mit freudigem Gebell stürzten die Hunde auf ihr Bett.

»Kusch, kusch, wollt ihr, ihr kleinen Teufel!« schrie er, »hierher, Duke, hierher Duchess, seht ihr nicht, daß eure Herrin krank ist«; wie gewohnt machte er einen größeren Lärm als die Hunde selbst. Dann setzte er sich gewichtig auf das Bett, wischte mit seinem parfümierten Taschentuch, unter Prusten und Keuchen, ihre Fußspuren weg.

»Eine gottverdammte Hitze heute morgen«, sagte er, »mein Hemd ist schon ganz durchgeschwitzt, und dabei ist es noch nicht zehn Uhr. Wie geht es dir? Fühlst du dich besser? Wo hast du nur dies verfluchte Fieber aufgelesen? Hast du für mich keinen Kuß?« Er beugte sich über sie, ein starker Parfümdunst ging von ihm aus; seine Lockenperücke zerkratzte ihr Gesicht, während sich seine plumpen Finger in ihre Wangen bohrten. »Du siehst nicht sehr krank aus, meine Schöne, nicht einmal in dieser Beleuchtung, und ich glaubte dich hier auf der Schwelle des Todes zu finden, nach dem, was dieser Bursche mir gesagt hat. Beiläufig, was für ein Kerl ist er? Ich entlasse ihn auf der Stelle, wenn er dir nicht paßt.«

»William ist ein Juwel«, versicherte sie, »der beste Diener, den ich je gehabt.«

»Oh, dann, wenn er dir gefällt, das allein ist entscheidend. So warst du krank? Du hättest London nie verlassen sollen. London paßt zu dir. Ich muß freilich gestehen, daß es dort verdammt öde war ohne dich. Kein sehenswertes Stück, und ich habe gestern abend beim Pikett ein halbes Vermögen verloren. Der König hat eine neue Mätresse, sagte man mir, doch ich habe sie noch nicht gesehen. Irgendeine Schauspielerin. Rockingham ist hier, ganz erpicht auf dich. Hol's der Teufel, sagte er zu mir in der Stadt, reiten wir nach Navron hinab und schauen, was Dona treibt. Und da sind wir, und du liegst schmählich krank im Bett.«

»Es geht mir viel besser, Harry. Es war bloß vorübergehend.«

»Schön, ich bin froh, das zu hören. Wie gesagt, du siehst recht gut aus. Du bist gebräunt, nicht? Dunkel wie eine Zigeunerin.«

»Die Krankheit muß mich gelb gemacht haben.«

»Und deine Augen, bei Gott, sind noch nie so groß gewesen.«

»Das Ergebnis des Fiebers, Harry.«

»Merkwürdiges Fieber. Muß etwas mit dem Klima hier herum zu tun haben. Willst du die Hunde bei dir im Bett haben?«

»Nein, ich möchte nicht.«

»Hierher, Duke, gib deiner Herrin einen Kuß, und dann hinab mit euch. Hier, Duchess, da ist deine Herrin. Duchess hat eine kranke Hinterpfote, sie hat sich fast die Haut weggekratzt. Was kann man da tun? Ich habe ihr eine Salbe darauf gestrichen, doch es nützte nichts. Ich habe ein neues Pferd gekauft, es steht unten im Stall. Ein Brauner, mit satanischem Temperament, aber ein guter Läufer. ›Ich gebe Ihnen tausend dafür‹, sagte Rockingham, und ›sagen wir fünftausend‹, meinte ich, doch er wollte nicht. Also die Gegend ist von Piraten durchseucht, und Raub und Gewalt richten unter den Bewohnern Verheerung an?«

»Wo hast du das gehört?«

»Nun, Rockingham brachte eine Geschichte darüber nach London. Hatte einen Vetter George Godolphins getroffen. Wie geht es Godolphin?«

»Ein wenig mißgelaunt, als ich ihn zuletzt gesehen.«

»Kann ich mir denken. Er schickte mir vor längerer Zeit einen Brief, den ich zu beantworten vergaß. Und jetzt hat sein Schwager ein Schiff verloren, wie es scheint. Kennst du Philip Rashleigh?«

»So gut wie nicht.«

»Gut, du wirst ihn bald sehen. Ich habe ihn hierher eingeladen. Wir begegneten ihm gestern in Holston. Er hatte eine fürchterliche Wut, ebenso Eustick, der bei ihm war. Es scheint, dieser Höllenbrand von einem Franzosen segelte mit dem Schiff geradewegs aus Fowey Haven hinaus, an Rashleighs und Godolphins Nase vorbei. Eine teufelsmäßige Frechheit, nicht? Und dann nach der französischen Küste hinüber, und nicht ein Schiff hat ihn verfolgt. Weiß Gott, was das Fahrzeug wert war, es war eben aus Indien gekommen.«

»Wozu hast du Philip Rashleigh eingeladen?«

»Nun, es war eigentlich Rockinghams Idee. ›Da wollen wir mitmachen‹, sagte er zu mir. ›Sie sind in der Gegend ein Mann von Ansehen. Und für uns könnte es ein Hauptspaß werden.‹ — ›Spaß?‹ sagte er zu mir. ›Es wäre für Sie zweifelsohne kein Spaß, wenn Sie wie ich ein Vermögen verloren hätten.‹ — ›Ach‹, sagte Rockingham, ›ihr da unten seid alle Schlafmützen. Wir wollen den Gesellen für euch pflücken, und dann habt ihr Spaß genug.‹ Wir werden darum eine Zusammenkunft veranstalten, dachte ich, und mit Godolphin, im Verein mit andern, dem Franzosen eine Falle stellen. Haben wir ihn, dann hängen wir ihn irgendwo auf, dann hast du etwas zum Lachen.«

»Du glaubst also, Harry, was andern mißlang, das werde dir gelingen?«

»Oh, Rockingham wird schon etwas herausfinden. Er ist der rechte Kerl, die Sache anzudrehen. Ich weiß wohl, daß ich keinen Teufelsdreck dabei nütze. Gott sei Dank hab' ich nicht zuviel Verstand. Dona, wann wirst du aufstehen?«

»Sobald du aus dem Zimmer bist.«

»Immer noch kostbar und ganz für dich allein? Meine Frau macht mir nicht viel Vergnügen, oder, Duke? Hierher, da, faß an! Wo ist er? Such, such, find!« Donas Schuh durch das Zimmer werfend, hetzte er die Hunde darauf, und sie balgten sich darum, bellend und kratzend, und kamen zurück auf das Bett gerast.

»Also denn, wir gehen, wir sind nicht willkommen, Hündlein, wir sind da im Weg. Ich gehe Rockingham sagen, daß du aufstehst. Er wird sich darüber freuen, wie eine Katze mit zwei Schwänzen. Ich werde die Kinder zu dir schicken, soll ich?«

Er stapfte laut singend aus dem Zimmer, und die Hunde bellten hinter ihm her.

Also Philip Rashleigh war gestern in Holston gewesen und Eustick mit ihm. Auch Godolphin mußte mittlerweile zurückgekehrt sein. Sie vergegenwärtigte sich Rashleighs Gesicht, so wie sie es zuletzt gesehen, vor Hilflosigkeit und Wut dunkelrot, und seinen Schrei: »Es ist eine Frau an Bord, sehen Sie dort!«, während er aus dem Boot in Fowey Haven zu ihr hinaufstarrte, und sie, da die Schärpe von ihrem Kopf geglitten, mit lose wehenden Locken zu ihm hinabgelacht und mit der Hand gewinkt hatte.

Er würde sie nicht erkennen. Das war unmöglich. Denn dort war sie im Männerhemd und kurzer Hose, Gesicht und Haar vom Regen überströmt. Sie stand auf. Während des Ankleidens beschäftigten sie die Neuigkeiten, die Harry gebracht, unablässig. Daß Rockingham, Übles planend, hier in Navron war, dieser Gedanke ließ ihr keine Ruhe, denn Rockingham war kein Dummkopf. Und außerdem gehörte er nach London, in die gepflasterten Straßen, die Spielhäuser, die überhitzte, überparfümierte Atmosphäre von St. James. In Navron, ihrem Navron, war er ein Eindringling, ein Friedensstörer. Die reine Ruhe des Ortes war bereits entflohen; sie konnte seine Stimme im Garten unter ihrem Fenster hören, und auch die Harrys; sie lachten zusammen und warfen Steine zum Fang für die Hunde. Nein, es war aus und vorbei.

Entweichen, das war etwas von gestern. Die ›Mouette‹ hätte auch nicht zurückkehren können. Das Schiff könnte noch ruhig und bekalmt an der Küste Frankreichs liegen, während seine Mannschaft ›Merry Fortune‹ in den Hafen brachte.

Das Branden in der weißen wilden Bucht, die grüne See, golden unter der Sonne, das kalte reine Wasser, das um ihre nackten Leiber spülte, und nach dem Schwimmen die Wärme des trockenen Decks unter ihren Rücken, und sie in das Gewirr der gen Himmel zeigenden Spieren der ›Mouette‹ hinaufblickend.

Da klopfte es an der Tür, und herein kamen die Kinder. Henrietta mit einer neuen Puppe, die Harry ihr mitgebracht, und James, sein Spielzeug, ein Kaninchen, in den Mund stopfend. Mit kleinen heißen Händen warfen sie sich ihr um den Hals und bedeckten sie reichlich mit Küssen, indessen Prue knicksend im Hintergrund blieb und sich ängstlich nach ihrem Befinden erkundigt. Und irgendwo, dachte Dona, als sie die Kleinen an sich drückte, irgendwo gibt es eine Frau, die sich aus allem dem nichts macht; sie liegt auf dem Deck eines Schiffes, lachend mit ihrem Geliebten; der Geschmack von Salz ist auf ihren Lippen, und die Wärme von Sonne und See.

»Meine Puppe ist hübscher als James' Kaninchen«, sagte Henrietta, und James, auf Donas Knie hopsend und seine dicke Wange an die ihre pressend, rief: »Nein, nein, meines, meines«, nahm sein Kaninchen aus dem Mund und warf es seiner Schwester ins Gesicht. Darob Tränen und Schelte und Wiederversöhnung und wieder Küsse, und die Entdeckung von Schokolade, und viel Geschwätz und Getue. Das Schiff war nicht mehr und die See war nicht mehr, doch Lady St. Columb von Navron, das Haar hoch über ihrer Stirn zurückfrisiert, in einem mattblauen Kleid, kam die Gartentreppe herab, an jeder Hand ein Kind.

»Sie waren an Fieber erkrankt, Dona?« sagte Rockingham, auf sie zutretend und die Hand küssend, die sie ihm hinhielt. »Auf jeden Fall«, fügte er hinzu und tat einen Schritt zurück, um sie zu betrachten, »war das ein sehr bekömmliches Fieber.«

»Das sag' ich auch«, meinte Harry. »Ich sagte ihr, als wir oben waren, sie sei braun wie eine Zigeunerin.« Er bückte sich zu den Kindern, setzte beide auf seine Schultern, worauf sie vor Entzücken schrien und die Hunde in das Geschrei mit einstimmten.

Dona setzte sich in den Stuhl auf der Terrasse; Rockingham, vor ihr stehend, zupfte an seinen Spitzen.

»Sie scheinen nicht sehr erfreut, mich zu sehen.«

»Warum sollte ich?« antwortete sie.

»Es ist ein paar Wochen her, seit ich Sie sah, und Sie verschwanden nach dem Streich zu Hampton Court auf so seltsame Weise. Ich vermute, daß ich Sie mit irgend etwas beleidigt habe.«

»Gar nicht«, sagte sie.

Achselzuckend blickte er sie von der Seite an. »Was haben Sie die ganze Zeit hier allein getrieben?« fragte er.

Dona gähnte, schaute auf Harry und die Kinder, wie sie auf dem Rasen mit den Hunden zuammen spielten. »Ich war sehr glücklich«, sagte sie, »hier mit den Kindern allein zu sein. Ich sagte Harry, als ich London verließ, daß ich allein zu sein wünschte. Ich bin euch beiden böse, weil ihr meinen Frieden gestört habt.«

»Wir sind nicht allein zum Vergnügen hergekommen«, erklärte Rockingham, »wir haben uns eine Aufgabe gestellt. Wir haben vor, den Piraten zu fangen, der, wie es scheint, euch allen hier soviel Verdruß macht.«

»Und wie habt ihr das zu tun vor?«

»Nun ja . . . Wir werden sehen. Harry ist ganz begeistert von der Idee. Es langweilt ihn, beständig nichts zu tun. Und im Hochsommer ist in London der Gestank so, daß es sogar mir zuviel wird. Der Landaufenthalt wird uns beiden guttun.«

»Wie lange habt ihr die Absicht, hier zu bleiben?«

»Bis wir den Franzosen erwischt haben.«

Da lachte Dona; sie pflückte ein Gänseblümchen und begann seine Blätter abzurupfen.

»Er ist nach Frankreich zurück«, sagte sie.

»Ich denke nicht«, erwiderte Rockingham.

»Warum?«

»Wegen einer Bemerkung, die dieser Eustick gestern gemacht hat.«

»Der murrköpfige Eustick? Was hatte er zu sagen?«

»Nur, daß ein Fischerboot von St. Michaels Mount berichtet, es habe gestern am frühen Morgen ein Schiff gegen die englische Küste fahren sehen.«

»Darin liegt eine schwache Wahrscheinlichkeit. Irgendein von draußen heimkehrender Handelsmann.«

»Der Fischer glaubte das nicht.«

»Die Küste Englands ist eine lange Strecke, lieber Rockingham. Von Land's End bis zur Wight ist's ein ansehnliches Stück.«

»Ja, doch der Franzose ließ die Wight beiseite. Es scheint, er ließ alles beiseite, ausgenommen diesen schmalen Streifen von Cornwall. Rashleigh will haben, daß er selbst Ihren Fluß von Helford besuchte.«

»Dann müßte er es bei Nacht tun, wenn ich schlafe.«

»Möglich, daß er es so treibt. Keinesfalls aber wird er es noch viel länger treiben. Es wird in hohem Grade unterhaltend sein, dieses kleine Spiel zu unterbrechen. Ich vermute, es gibt eine Menge Buchten hier an Ihrer Küste?«

»Ohne Zweifel. Harry wird Sie besser unterrichten können als ich.«

»Und die Gegend ist spärlich bevölkert. Navron ist das einzige große Gebäude im Distrikt, so weit ich sehe?«

»Ja, ich glaube, so ist es.«

»Ideale Zustände für einen Gesetzesbrecher. Fast möchte ich selbst ein Pirat sein. Und wenn ich wüßte, dieses Haus sei ohne männlichen Schutz und die Herrin des Hauses so schön wie Sie, Dona . . .«

»Ja, Rockingham?«

»Wenn ich ein Pirat wäre, wiederhole ich, und alles das wüßte, dann fühlte ich mich versucht, diesen Distrikt immer und immer wieder aufzusuchen.«

Dona gähnte noch ausgiebiger und warf das zerrupfte Gänseblümchen fort.

»Aber Sie sind nun kein Pirat, lieber Rockingham; Sie sind bloß ein gröblich verdorbenes, übertrieben angezogenes, verkommenes Mitglied der Aristokratie mit einem zu starken Hang für Frauen und für berauschende Getränke. Lassen wir diesen Gegenstand nun auf sich beruhen. Er langweilt mich nachgerade.« Sie erhob sich von ihrem Stuhl und ging dem Haus zu.

»Es war einmal eine Zeit, da hat meine Unterhaltung Sie nicht gelangweilt«, sagte er so nebenhin.

»Sie schmeicheln sich.«

»Entsinnen Sie sich eines bestimmten Abends in Vauxhall?«

»Ich erinnere mich an manche Abende in Vauxhall, besonders an einen, da, weil ich zwei Glas Wein getrunken und eine unbezwingbare Schläfrigkeit mich überkam, Sie die Kühnheit hatten, mich zu küssen. Ich war zu träge, um mich zu wehren. Aber ich habe Sie dafür später immer gehaßt, und mich selber noch mehr.«

Sie standen bei dem hohen Fenster still; er schaute sie an mit errötetem Gesicht. »Welch ein entzückender Vortrag«, sagte er. »Die kornische Luft hat Sie beinah giftig gemacht. Oder vielleicht kommt das von Ihrem Fieber?«

»Das ist möglich.«

»Waren Sie gegen den merkwürdig aussehenden Diener, der Sie betreut, auch so borstig?«

»Fragen Sie ihn doch das selbst.«

»Ich glaube, ich werde das tun. Wenn ich Harry wäre, dann würde ich ihm eine Menge Fragen stellen, alle von höchst persönlicher Art.«

»Wer das? Wovon habt ihr's?« Harry war ihnen nachgekommen und warf sich im Salon in einen Stuhl, sich die Stirn mit dem Taschentuch wischend. »Worüber streitet ihr beiden?«

»Wir sprachen von Ihrem Diener«, sagte Rockingham mit bedeutsamem Lächeln, »wie merkwürdig, daß Dona außer ihm niemandem erlauben wollte, sie zu pflegen.«

»Ja, bei Gott, er ist ein wunderlich dreinschauender Teufel, ohne Frage. Ich würde ihm nicht zuviel trauen, Dona. Was findest du nur an dem Mann?«

»Er ist ruhig, er ist verschwiegen, er geht lautlos — niemand im Haus hat diese Tugenden. Darum habe ich bestimmt, daß nur er und niemand anderer mich pflegen soll.«

»Höchst angenehm für den Diener«, sagte Rockingham, seine Nägel polierend.

»Ja, zum Henker«, polterte Harry, »Rock hat ganz recht, Dona. Der Kerl hätte sich teuflische Freiheiten nehmen können. Es war eine verdammt riskierte Sache. Du, schwach und hilflos im Bett liegend, und er um dich herumschleichend. Er sieht nicht aus wie einer von unsern Vertrauten, ich weiß über ihn sehr wenig.«

»Ach so, er ist noch nicht lange in Ihrem Dienst?« fragte Rockingham.

»Nein, zum Henker, Rock, Sie wissen, daß wir nie nach Navron kommen. Ich bin so verflucht träge, die halbe Zeit weiß ich nicht, wo meine Diener sind. Ich hätte Lust, ihn zu entlassen.«

»Das wirst du durchaus nicht tun«, sagte Dona, »William wird in meinem Dienst bleiben, solange es mir gefällt.«

»Schon recht, schon recht, ereifere dich nicht«, sagte er, nahm Duchess vom Boden auf und streichelte sie, »aber es sieht ein wenig seltsam aus, daß dieser Bursche sich in deinem Schlafzimmer herumtreiben soll. Da kommt er gerade und bringt einen Brief. Er sieht aus, als wäre er selber fieberkrank.« Dona blickte nach der Tür: da stand William mit einem Brief, sein Gesicht noch blasser als gewöhnlich; etwas Angestrengtes war in seinen Augen.

»Was ist das?« fragte Harry.

»Ein Brief von Lord Godolphin, Sir Harry«, antwortete William. »Sein Bote hat ihn soeben gebracht und wartet auf Antwort.«

Harry riß den Brief auf, warf ihn dann lachend Rockingham hin. »Die Hunde versammeln sich, Rock«, sagte er, »wir werden unseren Spaß haben.«

Rockingham las lächelnd den Zettel, dann zerriß er ihn in kleine Fetzen.

»Was für eine Antwort wollen Sie geben?« fragte er.

Harry untersuchte den Rücken seines Wachtelhundes, zog die Haut des Tieres straff. »Sie hat hier einen neuen Ausschlag bekommen, hol's der Kuckuck, die Salbe, mit der ich es versuchte, ist gar nichts wert. Was sagen Sie? Ach so, eine Antwort für Godolphin. Sagen Sie dem Boten, William, die gnädige Frau und ich seien hocherfreut, Seine Lordschaft und die anderen Herren heute zum Abendessen hier empfangen zu dürfen.«

»Sehr wohl, Sir«, sagte William.

»Was ist das für eine Einladung?« fragte Dona, vor dem Spiegel ihre Locken zurechtlegend, »und wen werde ich hocherfreut empfangen?«

»George Godolphin, Tommy Eustick, Philip Rashleigh und ein halbes Dutzend andere«, sagte Harry, den Hund von seinem Knie hinunterwerfend, »sie wollen den Franzmann endlich kapern, nicht wahr, Duchess, und wir wollen dabeisein, wenn man ihm den Garaus macht.«

Dona schwieg; im Spiegel in den Raum zurückblikkend, bemerkte sie, daß Rockingham kein Auge von ihr wegwandte.

»Es wird ein unterhaltender Abend werden, denken Sie nicht?« meinte er.

»Ich zweifle daran«, erwiderte Dona, »da ich Harry als Gastgeber kenne, dürftet ihr um Mitternacht alle unter dem Tisch liegen.«

Sie ging hinaus. Nachdem sie die Tür geschlossen, rief sie leise nach William. Er kam sogleich. In seinen Augen war eine große Unruhe zu lesen.

»Was gibt's?« fragte sie. »Sie sind bekümmert. Lord Godolphin und seine Freunde, sie können nichts ausrichten, sie kommen zu spät, ›La Mouette‹ wird abgesegelt sein.«

»Nein, gnädige Frau«, sagte William, »sie wird nicht abgesegelt sein. Ich bin in die Bucht gegangen, um meinen Herrn zu warnen. Ich erfuhr, daß das Schiff heute früh bei der Ebbe auf Grund gestoßen ist. Sie haben daran gearbeitet, als ich hinkam. Vor vierundzwanzig Stunden wird das Schiff nicht imstande sein, zu fahren.«

Seine Augen kehrten sich von ihrem Gesichte ab; er ging von ihr weg, und Dona, über ihre Schulter zurückblickend, sah die Tür, die sie eben geschlossen, wieder offen, und Rockingham, mit seinen Spitzenmanschetten beschäftigt, auf der Schwelle stehen.

Sechzehntes Kapitel

Der lange Tag schleppte sich seinem Ende zu. Die Zeiger der Stalluhr schienen nur widerwillig vorzurücken, die

Halbstundenschläge hatten einen düsteren Klang. Der Nachmittag war schwül und grau; der Himmel bot jenen bleiernen Anblick der Gewitterschwere, die sich nicht entladen kann.

Harry hatte mit einem Taschentuch über dem Gesicht auf dem Rasen gelegen, laut schnarchend, die schnuppernden Hunde neben sich. Rockingham saß da, ein offenes Buch in der Hand, dessen Seiten er selten umwandte. Wenn Dona hin und wieder zu ihm hinübersah, begegnete sie seinem neugierig und begehrlich auf sie gerichteten Blick. Wissen konnte er freilich nichts; aber seinem unheimlichen, fast weiblichen Ahnungsvermögen war die Veränderung in ihrem Wesen nicht entgangen, und er argwöhnte. Verdächtig waren ihm die Wochen, die sie hier in Navron verbracht, verdächtig ihre Vertrautheit mit dem Diener William und die mehr als gewöhnlich ablehnende Haltung gegenüber Harry und ihm selbst; er hätte schwören mögen, daß solches seinen Grund nicht in ihrer Gelangweiltheit, sondern in etwas viel Vitalerem, Gefährlicherem habe. Sie war schweigsamer als früher; sie setzte Harry nicht mit Schwatzen, Hänseln und Sticheln zu, wie sie das sonst zu tun pflegte, sondern sie saß, mit ihren Händen Grashalme ausrupfend, die Augen halb geschlossen, wie jemand, der einem Geheimnis nachträumte. Alles das bemerkte er; sie wußte, daß er sie belauerte, und während die Stunden vergingen, nahm die Spannung zwischen ihnen ständig zu. Er schien ihr etwas von der brütenden Wachsamkeit einer Katze zu haben, die unter einem Baume kauert, und sie war der Vogel, der lautlos im hohen Gras den Augenblick abwartet, der ihm die Flucht ermöglicht.

Und Harry, seine ganze Umgebung völlig vergessend, schlummerte und seufzte.

Dona wußte, daß die Männer jetzt am Ausbessern der Schiffsplanken waren. Sie sah sie vor sich im seichten

Wasser der Ebbe, barfuß, mit entblößtem Oberkörper. Der Schweiß rieselte über ihren Rücken. ›La Mouette‹, die Wunde ihres Körpers im Tageslicht langsam heilend, die Planken vom Schlammwasser grau.

Er war mit ihnen am Werke, mit gefalteter Stirn, mit jenem Ausdruck der Konzentration, den sie zu lieben und zu achten gelernt, denn die Ausbesserung seines Schiffes war nicht weniger eine Angelegenheit auf Tod und Leben, als es die Landung zu Fowey gewesen; vorbei die Stunden der Lässigkeit und der Träume.

Irgendwie, noch vor Nacht, mußte sie in die Bucht hinab, um ihn anzuflehen, mit der nächsten Flut zu fliehen, auch wenn die ›Mouette‹ noch Wasser fassen sollte, denn das Netz über ihm zog sich zusammen; auch nur noch eine Nacht zu zögern, müßte für ihn und seine Mannschaft zum Verhängnis werden.

Man hatte das Schiff gegen die Küste fahren sehen, so hatte ihr Rockingham gesagt, und jetzt waren seither nahezu vierundzwanzig Stunden vergangen; während dieser Frist konnten seine Feinde manches geplant und vorgesehen haben. Vielleicht standen Wächter auf den Vorgebirgen und Späher auf den Hügeln und in den Wäldern; und heute nacht würden Rashleigh, Godolphin und Eustick in Navron zusammensitzen, mit Gott weiß was für Absichten in ihren Köpfen.

»Sie sind nachdenklich, Dona«, sagte Rockingham, und sie, zu ihm hinüberschauend, bemerkte: er hatte sein Buch weggelegt und betrachtete sie mit zur Seite geneigtem Kopf, seine zusammengekniffenen Augen lächelten dabei nicht.

»Das Fieber muß in Ihnen diese Veränderung bewirkt haben«, fuhr er fort, »denn in London waren Sie einst keine fünf Minuten ruhig.«

»Ich werde alt«, sagte sie leichthin, an einem Grashalm kauend, »in ein paar Wochen werde ich dreißig.«

»Ein bemerkenswertes Fieber«, sagte er, ihre Worte überhörend, »das den Patienten mit einer Zigeunerfarbe und so großen Augen ausstattet. Sie hatten keinen Arzt, oder?«

»Ich war mein eigener Arzt.«

»Unter dem Beistand des trefflichen William. Nebenbei, was für eine ungewöhnliche Aussprache er hat. Einen ganz fremden Tonfall.«

»Alle Cornwaller reden so.«

»Aber ich höre, er ist kein Cornwaller, wenigstens hat der Reitknecht mich heute morgen im Stall so belehrt.«

»Dann ist er vielleicht aus Devon. Ich habe William nie nach seiner Herkunft gefragt.«

»Und es scheint, bevor Sie hergekommen sind, war das Haus völlig unbewohnt? Der ungewöhnliche William trug die Verantwortung für Navron auf seinen Schultern, ohne irgendwelche Hilfe eines andern Bedienten.«

»Ich habe nicht gewußt, daß Stallgeschwätz Ihnen etwas sagt, Rockingham.«

»Haben Sie nicht gewußt? Das ist für mich ein bevorzugter Zeitvertreib. Ich habe die neuesten Londoner Skandalgeschichten immer durch die Diener meiner Freunde erfahren. Der Hintertreppenklatsch ist unbedingt wahr und so außerordentlich unterhaltend.«

»Und was haben Sie auf der Hintertreppe von Navron zu hören bekommen?«

»Genug, liebe Dona, um die Neugier anzustacheln.«

»Tatsächlich?«

»Die gnädige Frau, hörte ich, hat eine leidenschaftliche Vorliebe für lange Wanderungen in der Tageshitze. Es soll ihr Vergnügen machen, in ihren ältesten Kleidern auszugehen und zuweilen mit Kot bespritzt und vom Flußwasser durchnäßt heimzukehren.«

»Durchaus wahr.«

»Der Appetit der gnädigen Frau ist launenhaft. Mitunter schläft sie bis fast zum Mittag und verlangt dann ihr Frühstück. Oder sie rührt nichts an bis nachts zehn Uhr, wenn die Dienerschaft schlafen gegangen, und dann bringt ihr der getreue William das Abendbrot.«

»Wiederum wahr.«

»Und dann, nachdem sie sich der robusten Gesundheit erfreut hat, legt sie sich unerklärlicherweise zu Bett, verschließt für ihr Haus, selbst für ihre Kinder, die Tür, weil sie, scheint es, an einem Fieber leidet, wiewohl nicht nach dem Arzt geschickt wird. Und wieder ist der ungewöhnliche William die einzige Person, die ihre Schwelle überschreiten darf.«

»Und was weiter noch, Rockingham?«

»Oh, nichts mehr, liebe Dona. Nur daß Sie sich sehr rasch von Ihrem Fieber erholt zu haben scheinen und nicht die geringste Freude beim Anblick Ihres Gatten oder seiner nächsten Freunde bekunden.«

Es gab ein Seufzen und ein Gähnen, ein Dehnen der Glieder, und Harry warf das Taschentuch von seinem Gesicht und kratzte in seiner Perücke.

»Weiß Gott«, sagte er, »diese deine letzte Bemerkung war richtig genug, doch Dona ist immer ein Eisberg gewesen, Rock, alter Junge; ich brauchte mit ihr nicht nahezu sechs Jahre verheiratet zu sein, um das zu entdecken! Zum Henker mit diesen Fliegen! Hierher, Duchess, fang eine Fliege! Leg ihnen das Handwerk, deinen Herrn zu plagen — kannst du?« Aufsitzend schwang er sein Taschentuch in der Luft. Die Hunde erwachten und sprangen und kläfften, und jetzt kamen die Kinder um die Ecke der Terrasse, um sich eine halbe Stunde vor dem Zubettgehen auszutoben.

Es war eben sechs vorbei, als ein Regenschauer sie ins Haus scheuchte. Harry, immer noch gähnend und über die Hitze brummend, setzte sich mit Rockingham zu einer Partie Pikett nieder. Drei und eine halbe Stunde bis zum Abendessen, und die ›Mouette‹ noch immer in der Bucht vor Anker.

Dona stand am Fenster, trommelte mit den Fingern auf die Scheiben; der Sommerregen fiel dicht und schwer. Das Zimmer war geschlossen und roch bereits nach den Hunden und nach dem Parfüm, mit dem Harry seine Kleider besprengte. Ab und zu brach er in ein Lachen aus, Rockingham wegen irgendeines Mißgriffs im Spiel verhöhnend. Die Uhrzeiger liefen nun schneller als ihr lieb war, als wollten sie am Nachmittag Versäumtes nachholen. Sie begann im Zimmer auf und ab zu gehen, außerstande, das Vorgefühl einer Niederlage zu beherrschen.

»Unsere Dona scheint rastlos«, warf Rockingham, von seinen Karten aufblickend, hin, »vielleicht ist sie das geheimnisvolle Fieber noch nicht ganz losgeworden?«

Sie würdigte ihn keiner Antwort und stand wieder bei dem hohen Fenster still.

»Können Sie den Buben schlagen?« lachte Harry, eine Karte auf den Tisch niederwerfend, »oder haben Sie wieder verloren? Lassen Sie meine Frau in Ruhe, Rock, und passen Sie auf, auf das Spiel. Da schauen Sie, ein weiterer Souvereign ist in meine Tasche geglitten. Komm, setz dich, Dona, du ärgerst die Hunde mit deinem verdammten Aufundabgehen.«

»Gucken Sie über Harrys Schulter, Dona, und sehn Sie, ob er mogelt«, sagte Rockingham, »einst vermochten Sie uns im Pikett beide zu schlagen.«

Dona schaute auf sie hinab, den lauten, fröhlichen Harry, schon ein wenig vom Getränk, das er zu sich genommen, gerötet, über dem Spiel, das er spielte, alles andere vergessend, und Rockingham, ihn wie gewohnt gewähren lassend, aber wachsam wie ein geschmeidiges Katzentier, seine schmalen Augen neugierig und lüstern Dona zugewandt.

Sie würden dort für wenigstens noch eine Stunde so festsitzen; sie kannte Harry in dieser Beziehung, und so, gähnend sich vom Fenster abkehrend, schritt sie schließlich gegen die Tür.

»Ich werde mich bis zum Abendessen niederlegen«, sagte sie, »ich habe Kopfschmerzen. Es muß ein Gewitter in der Luft sein.«

»Vorwärts, Rock, alter Junge«, sagte Harry und lehnte sich in seinen Stuhl zurück, »ich wette, Sie halten kein Herz in Ihrer Hand. Verdoppeln Sie Ihr Angebot? Sie sollen Ihren Mann finden. Füll mein Glas, Dona, da du doch weggehst, ich bin durstig wie eine Krähe.«

»Vergessen Sie nicht«, lächelte Rockingham süffisant, »daß wir vor Mitternacht noch etwas zu tun bekommen könnten.«

»Nein, bei unserem Herrn, ich habe das nicht vergessen. Wir gehn den Franzmann fangen, nicht? Was siehst du mich so an, meine Schöne?«

Er blickte an seiner Frau empor, seine Perücke ein wenig schief, seine blauen Augen schwimmend in seinem wohlgeformten Gesicht.

»Ich dachte, Harry, daß du wahrscheinlich in etwa zehn Jahren so wie Godolphin aussehen würdest.«

»So, verdammt. Nun, was ist dabei? Er ist ein tüchtiger Kerl, George Godolphin, einer meiner ältesten Freunde. Ist dies das As, das Sie da gerade meiner Nase gegenüberhalten? Verdamm Sie Gott, wenn Sie schwindeln und harmlose Leute bestehlen!«

Dona schlüpfte aus dem Zimmer. Sie ging die Treppe hinauf, verschloß die Tür ihres Schlafzimmers und zog den dicken Glockenstrang neben dem Kamin. Ein paar Minuten später klopfte jemand. Ein kleines Dienstmädchen trat herein.

»Wollen Sie bitte William zu mir schicken«, sagte Dona.

»Es tut mir leid, gnädige Frau«, sagte das Mädchen mit

einen Knicks. »William ist nicht im Haus. Er ging nach fünf Uhr aus und ist noch nicht zurückgekehrt.«

»Wohin ging er?«

»Ich habe keine Ahnung, gnädige Frau.«

»Es tut nichts, ich danke Ihnen.«

Das Mädchen verließ das Zimmer, Dona warf sich auf ihr Bett, die Hände hinter ihrem Kopf gefaltet. William mußte denselben Gedanken gehabt haben wie sie selbst. Er war gegangen, um zu sehen, wie weit die Arbeit auf dem Schiff fortgeschritten sei, und seinen Herrn davon zu unterrichten, daß seine Feinde heute nacht zu Navron essen würden. Warum brauchte er so lange? Er hatte das Haus um fünf verlassen, und jetzt war es fast sieben.

Sie schloß die Augen; in der Stille ihres ruhigen Zimmers gewahrte sie, daß ihr Herz pochte wie damals, als sie, auf dem Deck der ›Mouette‹ stehend, darauf wartete, in Lantic Bay an Land zu gehen. Sie erinnerte sich der Empfindung von Frost und Kälte und wie, nachdem sie in die Kabine hinabgegangen und etwas gegessen und getrunken, alle Furcht und Sorge sie verlassen hatten, und sie statt dessen vom lebendigen Geist des Abenteuers erfüllt war. Heute nacht war es freilich anders. Heute nacht war sie allein, seine Hände umfaßten nicht die ihrigen, seine Augen sprachen nicht zu ihr. Sie war allein und hatte die Gastgeberin seiner Feinde zu spielen.

Sie lag auf ihrem Bett; draußen wurde der Regen zum schwachen Geträufel und hörte auf; die Vögel begannen wieder zu singen, aber noch immer kam William nicht. Sie erhob sich, ging zur Tür und lauschte. Sie konnte das leise Gemurmel der Männerstimmen aus dem Salon vernehmen, und einmal lachte Harry und Rockingham ebenso; danach mußten sie ihr Pikettspiel fortgesetzt haben, denn man hörte wieder nur das Gemurmel und einmal Harrys Stimme, der die Hunde wegen ihres Kratzens schalt. Dona hielt es nicht aus, länger zu warten. Sie hüllte sich in einen Mantel, schlich auf den Zehen in die große Halle hinab und ging durch die Seitentür in den Garten.

Das Gras war vom Regen feucht, ein silberner Schimmer lag darauf; ein warmer, feuchter Geruch erfüllte die Luft wie ein Herbstnebel.

Die Bäume im Wald standen triefend, der kleine Zickzackweg, der zur Bucht hinabführte, war aufgeweicht und schmutzig. Im Wald war es dunkel, denn jetzt, nach dem Regen, kehrte die Sonne nicht mehr zurück; das dichte grüne Laub des Hochsommers bildete über ihrem Kopf eine Decke. Sie kam zu der Stelle, wo der Pfad abschüssig wurde und jäh in die Tiefe führte. Wie gewöhnlich wollte sie sich nach links wenden und in die Bucht hinuntereilen, als ein Geräusch sie plötzlich anhalten ließ. Sie wartete, ihre Hand berührte den tiefhängenden Ast eines Baumes. Das Geräusch war das eines unter einem Fußtritt knackenden Zweiges und einer Bewegung im Farnkraut. Sie stand und rührte sich nicht, und jetzt, da alles wieder ruhig war, blickte sie über den Ast, der sie verbarg, hinaus, und dort, etwa zwanzig Ellen von ihr entfernt, den Rücken an einen Baum gelehnt, stand ein Mann, in der Hand eine Muskete.

Sie konnte unter dem Dreispitz sein Profil erkennen; das Gesicht war ihr fremd. Doch da stand er und harrte, unausgesetzt gegen die Bucht hinabspähend.

Ein schwerer Regentropfen klatschte auf seinen Kopf; er nahm den Hut ab, wischte sein Gesicht mit einem Tuch und wandte ihr währenddessen den Rücken zu. In diesem Augenblick verließ sie ihren Standort und rannte den Weg zurück, den sie gekommen, nach dem Haus hinauf. Ihre Hände waren eiskalt, sie zog den Mantel dichter um ihre Schultern: das, dachte sie, ist der Grund von Williams Ausbleiben; entweder wurde er erwischt und festgehalten, oder er hält sich im Wald verborgen, so wie ich das eben getan. Denn wo ein Mann ist, da gibt es auch noch andere, und der, den sie dort gesehen, ist kein Bewohner von Helford, er gehört zu den Godolphins, Rashleighs, Eusticks. Und so kann ich nun gar nichts tun, überlegte sie, nichts als ins Haus zurück und in mein Zimmer gehen, mich umkleiden, meine Ohrringe, Gehänge, Armspangen anlegen; mit einem Lächeln auf den Lippen in das Speisezimmer hinabsteigen, mich am oberen Ende der Tafel hinsetzen, Godolphin zur Rechten, Rashleigh zur Linken, während ihre Leute hier im Walde Wache halten.

Sie eilte den Weg hinauf; die Regentropfen fielen aus den gedrängten Bäumen, die Amseln waren jetzt verstummt, der Abend war seltsam still.

Als sie in der Baumlichtung dem grünen Rasen gegenüber angelangt war und nach dem Haus blickte, war das hohe Fenster des Salons auf die Terrasse geöffnet; Rockingham stand dort und sah zum Himmel empor, während die Hunde Duke und Duchess um seine Fersen trippelten. Dona zog sich in die Deckung zurück. Da kam einer von den Hunden heran, schnupperte durch den Rasen, geriet im feuchten Gras auf ihre Fußspur und folgte ihr schweifwedelnd. Sie sah, daß Rockingham den Hund überwachte; dann schaute er in die Höhe nach dem Fenster über seinem Kopf; nach einer Weile ging er vorsichtig dem Rande des Rasens entlang, den verräterischen Fußspuren, die durch das Gras führten, nach, und verschwand unter den Bäumen.

Dona flüchtete sich in den Wald zurück. Sie hörte Rokkingham leise des Hundes Namen rufen, »Duchess . . . Duchess«, und etwas weiter links von ihr das Tier durch das Farnkraut schnauben. Sie kehrte jetzt unter die Bäume zurück, suchte den Fahrweg auf, der sie vor die Front des Hauses und in den Hof bringen würde. Duchess mußte ihrer Spur gegen die Bucht hinab gefolgt sein, denn Dona hörte nun von ihr nichts mehr. Unentdeckt betrat sie den Hof.

Sie begab sich durch die Haupttür in das Haus. Glücklicherweise lag das Speisezimmer noch im Schatten, die Kerzen waren noch nicht angezündet worden, doch an der entfernteren Wand schichtete ein Dienstmädchen Teller auf einen Seitentisch, und Harrys Leute halfen ihr dabei. Und immer noch keine Spur von William.

Dona blieb im Schatten stehen. Bald zogen sich die Bedienten durch die Tür in der gegenüberliegenden Wand in die Küche zurück. Dona eilte die Treppe hinauf und durch den Gang nach ihrem Schlafzimmer.

»Wer ist da?« rief Harry aus seinem Zimmer. Sie antwortete nicht, sondern schlüpfte durch ihre Tür, schloß, und schon nach ein paar Augenblicken hörte sie außen im Gang seine Schritte.

Sie hatte gerade noch Zeit, ihren Mantel beiseite zu werfen, sich ins Bett zu legen und die Decken über ihre Knie zu ziehen, als er, nach seiner Art, ohne anzuklopfen, hereingeschossen kam.

»Wo zum Teufel ist dieser Bursche William hingegangen?« fragte er. »Er hat den Kellerschlüssel irgendwo verwahrt, Thomas kam zu mir gelaufen wegen des Weins. Er sagt, William sei unauffindbar.«

Dona lag ruhig, mit geschlossenen Augen, drehte sich dann auf die Seite und blickte Harry gähnend an, als habe er sie im tiefen Schlaf gestört.

»Wie kann ich wissen, wo William ist«, sagte sie, »vielleicht schwatzt er mit den Reitknechten im Stall. Warum sucht man nicht nach ihm?«

»Sie haben gesucht«, schäumte Harry; »der Kerl ist einfach verschwunden, und da sind wir, erwarten George Godolphin und die übrigen zum Abendessen und haben keinen Wein. Ich sagte dir, Dona, ich stehe für nichts. Ich jage ihn zum Teufel.«

»Er wird bald zurück sein, wir haben doch Zeit genug«, entgegnete Dona gelangweilt.

»Verfluchte Frechheit«, schimpfte Harry, »so ist's mit Dienern, wenn es keinen Mann im Hause gibt. Du hast ihn tun lassen, was ihm gefiel.«

»Im Gegenteil, er tut genau das, was mir gefällt.«

»Ich mag das alles nicht, sag' ich dir. Rock hat ganz recht. Der Bursche hat etwas unverschämt Vertrauliches in seinem Wesen. Rock sieht in diesen Dingen immer richtig.« Er stand in der Mitte des Zimmers und sah mürrisch auf Dona herab. Sein Gesicht war gerötet, seine blauen Augen sprühten Zorn; sie erkannte gleichzeitig, daß er ein wenig angetrunken war und daß er in wenigen Augenblicken die Selbstbeherrschung verlieren könnte.

»Hast du beim Pikett gewonnen?« fragte Dona, in der Absicht, ihn so zu zerstreuen. Er zuckte die Achseln, ging vor den Spiegel, betrachtete sich und versuchte, mit den Fingern die Säcke unter seinen Augen zu glätten. »Gewinne ich jemals während zehn Minuten, wenn ich mit Rock spiele?« brummte er, »ohne am Ende zwanzig oder vierzig Sovereigns zu verlieren, was ich mir kaum leisten kann. Hör mal, Dona, wird es mir erlaubt, heute nacht hier hereinzukommen?«

»Ich dachte, du seiest mit Piratenfang beschäftigt?«

»Oh, das wird bis Mitternacht geschehen sein, oder doch bald nachher. Wenn der Geselle sich irgendwo am Fluß verborgen hält, wie Godolphin und Eustick anzunehmen scheinen, dann hat er verdammt wenig Aussichten. Männer stehen überall Posten, von hier bis zum Vorgebirge, und auf beiden Flußufern obendrein. Diesmal wird er nicht durch das Netz schlüpfen.«

»Oh, ich werde Zuschauer sein und zur Hinrichtung kommen. Und wir werden eins zechen, und des Spaßes wird kein Ende sein. Aber du hast meine Frage noch nicht beantwortet, Dona.«

»Wollen wir nicht warten, bis die Zeit gekommen ist? Da ich weiß, in welcher Verfassung du dich meist nach Mitternacht befindest, dürfte es kaum einen Unterschied bedeuten, ob du bei mir auf dem Boden oder im Speisezimmer unter dem Tisch liegst.«

»Das ist nur so, weil du immer so verdammt unliebenswürdig gegen mich bist, Dona. Ich sag dir, er ist ein wenig stark, dein Scherz, hier herab nach Navron zu rollen und mich meine Absätze in der Stadt abtreten zu lassen, und dann, wenn ich zu dir komme, ein Hansnarrenfieber zu haben.«

»Schließ die Tür, Harry, ich möchte schlafen.«

»Schlaf, Kindchen, schlaf. Immer mußt du schlafen. Das war für mich deine Antwort, unter allen Umständen, seit weiß Gott wie langer Zeit.« Er stapfte aus dem Zimmer, schlug die Tür zu. Sie hörte ihn eine Weile auf der Treppe stehen und dem Diener unten zuschreien, ob dieser Halunke William zurückgekehrt sei.

Dona, ihr Bett verlassend und durch das Fenster schauend, sah Rockingham über den Rasen zurückkommen mit dem kleinen Hund Duchess auf den Fersen.

Sie begann sich anzukleiden, langsam und sehr sorgfältig, sie rollte ihre dunklen Locken um ihre Finger und legte sie hinter den Ohren fest. In den Ohren selbst befestigte sie die Rubine, um den Nacken das Rubingehänge. Denn Dona St. Columb in ihrem cremefarbenen Seidenkleid, mit ihren Locken und Juwelen durfte keinerlei Ähnlichkeit aufweisen mit dem beschmutzten Schiffsjungen der ›Mouette‹, der im regentriefenden Hemd erst vor fünf Tagen unter Philip Rashleighs Fenster gestanden. Sie betrachtete sich im Spiegel und hierauf ihr Bildnis an der Wand. Sie stellte fest, wie sie sich verändert hatte, selbst in der kurzen Zeit, die sie in Navron zugebracht, denn ihr Gesicht war voller, und der bittere Zug um ihren Mund war verschwunden. Auch ihre Augen waren anders, wie

Rockingham gesagt. Was die Zigeunerfarbe anbelangte, so ließ diese sich nicht verheimlichen, auch Hals und Hände waren von der Sonne verbrannt. Wer in aller Welt möchte glauben, daß solches einem Fieber zuzuschreiben sei, die Sonnenbräunung einer Gelbsucht — vielleicht Harry, er hatte so wenig Phantasie; aber Rockingham niemals.

Jetzt erscholl der Klang der Stallglocke durch den Hof; das war der erste der ankommenden Gäste.

Dann, nach einer Pause von wenigen Minuten, Hufgetrappel und wiederum das Schellen der Glocke. Nun hörte sie auch den Laut von Stimmen unten aus dem Speisezimmer, und Harrys Stimme, die andern übertönend, und das Kläffen von Duke und Duchesse. Es war fast dunkel, der Garten vor dem Fenster lag im Schatten, die Bäume regten sich nicht. Unten im Wald, dachte sie, stand die Wache, sah nach der Bucht hinab; vielleicht hat sie sich mit noch einer andern vereinigt. Alle warten sie dort, den Rücken an die Bäume gelehnt, schweigend, bis wir unser Abendessen hier im Haus beendet haben, und Eustick zu Godolphin hinüberblickt, Godolphin zu Harry, Harry zu Rockingham. Lächelnd schieben sie darauf ihre Stühle zurück, greifen nach ihren Degen und gehen in den Wald hinab. Lebten wir jetzt hundert Jahre früher, dachte sie, dann wäre ich wohl vorbereitet, und es würde ein Schlaftrunk in ihren Wein gemischt, oder ich hätte mich dem Teufel verkauft und die Macht, sie unter einen Zauber zu bringen. Doch wir leben nicht vor hundert Jahren, dies ist meine eigene Zeit, solche Dinge geschehen nicht mehr. Alles, was ich tun kann, ist: am Tisch sitzen und sie zum Trinken ermuntern. Sie öffnete ihre Tür; das Stimmengewirr stieg vom Speisezimmer empor. Da waren die gewichtigen Laute Godolphins, das keifende, zänkische Husten Philip Rashleighs und eine Frage Rockinghams, glatt und weich. Sie ging vor dem Hinuntersteigen den Gang entlang zum Kinderzimmer, küßte die schlafenden Kleinen, stieß den Vorhang zurück, damit die kühle Nachtluft durch das offene Fenster hereinströmte. Als sie darauf wieder zur Treppe wollte, hörte sie hinter sich ein Geräusch, langsam und schleppend, wie von einem, der seines Weges unsicher durch den Gang schlurfte.

»Wer ist da?« flüsterte sie und erhielt keine Antwort. Sie wartete, ein Schauer der Furcht überrieselte sie, während von unten die lauten Stimmen der Gäste empordrangen. Nochmals das schleppende, schlurfende Geräusch in dem dunklen Gang, dann ein schwaches Lispeln, ein Seufzer. Sie holte ein Kerzenlicht aus dem Kinderzimmer; es über ihren Kopf hochhaltend und den Gang hinabblickend, von wo der Laut gekommen, sah sie an der Wand, halb kriechend, halb liegend, William. Sein Gesicht war aschfahl, sein linker Arm hing kraftlos an seiner Seite herab. Sie kniete neben ihm nieder, doch er wies sie zurück. Sein kleiner Mund zitterte vor Schmerz.

»Rühren Sie mich nicht an, gnädige Frau«, flüsterte er. »Sie werden Ihr Kleid beschmutzen, mein Ärmel ist voller Blut.«

»William, lieber William, sind Sie schwer verletzt?« fragte sie. Er schüttelte seinen Kopf, seine rechte Hand griff nach seiner linken Schulter.

»Es ist nichts, gnädige Frau«, sagte er, »nur ein wenig unglücklich . . . Gerade in dieser Nacht.« Er schloß seine Augen, schwach werdend vor Schmerz. Sie wußte, daß er log.

»Wie geschah es?« fragte sie noch.

»Als ich durch den Wald hinauf zurückkam, gnädige Frau, sah ich einen von Godolphins Leuten, und er rief mich an. Es gelang mir, ihm zu entwischen, doch ich erhielt seinen Hieb.«

»Sie kommen jetzt zu mir in mein Zimmer, und ich

werde Ihre Wunde waschen und verbinden«, flüsterte sie, und da er jetzt kaum recht bei Bewußtsein war, widersetzte er sich nicht, sondern ließ sich von ihr durch den Gang bis zu ihrem Zimmer führen. Dort angekommen, schloß und verriegelte sie die Tür und half ihm, sich auf ihr Bett zu legen. Dann holte sie Wasser und ein Handtuch, reinigte, so gut sie konnte, den Schnitt in seiner Schulter und verband ihn, und er schaute zu ihr auf und sagte: »Gnädige Frau, das sollten Sie nicht für mich tun.«

»Liegen Sie still«, flüsterte sie, »bleiben Sie ganz ruhig liegen.«

Sein Gesicht war noch immer totenblaß, und sie, die sie von der Natur seiner Wunde nichts wußte, und nicht, was sie tun könnte, um seine Schmerzen zu lindern, fühlte sich plötzlich ganz hilflos und verzweifelt. Er mußte das erraten haben, denn er sagte: »Seien Sie nicht bekümmert, gnädige Frau, ich werde mich schon erholen. Und schließlich habe ich meine Aufgabe erfüllt, ich war auf der ›Mouette‹ und habe meinen Herrn gesehen.«

»Haben Sie es ihm gesagt?« fragte sie. »Sagten Sie ihm, daß Godolphin, Eustick und die andern heute abend hier zum Essen versammelt seien?«

»Ja, gnädige Frau, und er lächelte in der ihm eigenen Art und sagte zu mir: ›Berichten Sie Ihrer Herrin, ich sei nicht beunruhigt und ›La Mouette‹ bedürfe eines Schiffsjungen.‹ Während William noch sprach, hörte man außen Schritte, jemand pochte an die Tür. »Wer ist da?« rief Dona, und die Stimme des kleinen Dienstmädchens antwortete: »Sir Harry läßt der gnädigen Frau sagen, daß er und die Herren auf das Essen warten.«

»Sagen Sie Sir Harry, er möge beginnen, ich werde im Augenblick dort sein«, sagte Dona, und sich zu William niederbeugend, flüsterte sie: »Und das Schiff selbst, ist alles in Ordnung mit dem Schiff? Wird es heute nacht fahren?« Doch jetzt starrte er sie ohne Bewußtsein an, dann schloß er die Augen, und sie erkannte, daß er in Ohnmacht gesunken war.

Sie deckte ihn mit ihren Decken zu; kaum wissend, was sie tat, wusch sie das Blut von ihren Händen. Darauf in den Spiegel blickend, gewahrte sie, daß auch aus ihrem Gesicht die Farbe gewichen war. Sie betupfte die Wangen mit etwas Rot, mit bebenden Fingern. Dann verließ sie das Zimmer. William lag besinnungslos auf ihrem Bett. Während sie in das Speisezimmer hinabing, hörte sie das Rücken der Sessel auf dem Steinboden, als die Gäste sich zu ihrer Begrüßung erhoben. Sie trug ihr Haupt hoch, ein Lächeln auf den Lippen, doch sie sah nichts: weder den Schein der Kerzen noch die lange, mit Tellern bedeckte Tafel, nicht Godolphin in seinem pflaumenfarbenen Rock, nicht Rashleigh in seiner grauen Perücke, noch Eustick, der mit seinem Degen spielte; nichts von all den Augen der Männer, die sie anblickten und sich tief verbeugten, als sie auf ihren Sitz am Ende der Tafel zuging; sie sah nur einen einzigen Mann: er stand auf dem Deck seines Schiffes in der stillen Bucht und sagte ihr in Gedanken Lebewohl, indessen er den Beginn der Ebbe abwartete.

Siebzehntes Kapitel

Zum ersten Mal seit vielen Jahren wurde so in der Speisehalle zu Navron ein Bankett abgehalten. Die Kerzen warfen ihren Schein auf die Gäste, die Schulter an Schulter und Seite an Seite saßen, an jeder Tischseite sechs. Die Tafel selbst war eine Pracht, funkelnd von Silber und dem Geschirr mit dem Rosarand; große Schalen standen da, mit Früchten beladen. Am einen Ende der Gastherr, blauäugig und rötlich, die blonde Perücke ein wenig verschoben; über jeden Scherz lachte er, vielleicht eine Spur zu laut und zu anhaltend. Am andern Ende beschäftigte sich die Gastgeberin mit den Schüsseln, die man vor sie hinstellte, kalt, unbeirrt, hin und wieder einen Blick auf die Gäste zu ihrer Seite werfend, als seien der an ihrer Rechten und der zu ihrer Linken die einzigen Männer in der Welt, die zählten, als gehöre sie diesen Abend ihnen, und, wenn sie es wünschten, noch länger. Noch nie zuvor, dachte Harry, und versetzte einem der Hunde unter dem Tisch einen Tritt, nie zuvor hatte Dona so unverblümt geflirtet, ihre Augen so schändlich spielen lassen. Gott stehe all den Anwesenden bei. Nie zuvor, dachte Rockingham, sie über den Tag hinüber beobachtend, hatte Dona so herausfordernd ausgesehen; was mochte ihr in diesem Augenblick durch den Kopf gehen? Warum war sie diesen Abend um sieben, als er sie in ihrem Bette schlafend glaubte, durch den Wald gegen den Fluß hinab gewandert?

Und das, so dachte sich jeder Gast, der an ihrer Tafel saß, das ist nun die berühmte Lady St. Columb, über die wir von Zeit zu Zeit so viele Gerüchte vernehmen, solche unerhörten Geschichten; Lady St. Columb, die in London mit den Lebedamen speist, die nachts auf ungesatteltem Pferd in ihres Gatten Hose durch die Straße reitet, die zweifelsohne jedem Hofmacher zu St. James etwas von sich gewährt hat, von Seiner Majestät zu schweigen.

So waren die Gäste zuerst argwöhnisch, einsilbig, scheu; als Dona jedoch zu reden begann und ihr Wort und ihr Lächeln an die einzelnen richtete, und sich nach ihrem häuslichen Leben, ihren Liebhabereien und Geschäften erkundigte, danach, wer verheiratet sei und wer nicht, und ihnen zu verstehen gab, daß sie auf jedes Wort, das sie äußerten, Wert lege; daß sie bei dieser heutigen Gelegenheit von ihr begriffen würden, wie sie noch niemals begriffen worden waren, da gaben sie nach, wurden sie weich. Zur Hölle, dachte der junge Penrose, mit all den Leuten, die sie verleumdet haben! War doch alles eifersüchtiges Geschwätz häßlicher Weiber! Wahrhaftiger Gott, dachte Eustick, ein solches Weib zu haben und zu behalten, hinter Schloß und Riegel, und sie nie aus den Augen zu lassen. Da war Tremayne aus Probus, und Carnethick in der roten Perücke, dem alles Land an der Westküste gehörte. Der erste hatte weder Frau noch Mätresse, und so gaffte er sie erstaunt und in schmollender Bewunderung an; der zweite hatte eine Frau, zehn Jahre älter als er selbst, und er fragte sich, wenn Dona ihm über den Tisch einen Blick zugleiten ließ, ob sich wohl später, nach dem Essen, die Gelegenheit biete, sie allein zu sehen. Sogar Godolphin, der gewichtige Godolphin mit den hervorquellenden Augen und der knolligen Nase, gestand sich etwas widerstrebend, daß Harrys Frau ihre Reize habe, wiewohl er ihr Gehaben niemals billigen werde; er vermochte sich nicht zu denken, daß Lucy sich mit ihr anfreunden könnte; etwas zu Selbstbewußtes war in ihren Augen, das ihm Unbehagen verursachte. Philip Rashleigh, immer schweigsam in Damengesellschaft, immer verdrossen und still, begann ihr plötzlich aus seiner Jugendzeit zu erzählen, und wie sehr er seine Mutter geliebt, die er in seinem zehnten Jahre verloren.

Jetzt ist es fast elf Uhr, dachte Dona, und wir essen und trinken und schwatzen noch immer; ich kann das noch eine Weile so weitergehen machen. So wird er unten in der Bucht Zeit gewinnen; die Ebbe muß ständig am Werk sein. Gleichviel, ob die ›Mouette‹ ein Leck hat oder nicht, die Ausbesserungen, die sie an ihr vorgenommen, müssen halten, das Schiff muß fahren.

Sie gab den Dienern mit den Augen ein Zeichen, zu warten; die Gläser wurden aufs neue gefüllt, und während das Stimmengesumm und Geplapper ihr ins Ohr drangen und sie ihrem Nachbarn zur Linken zulächelte, war ihr Gedanke bei William, ob er aus seiner Ohnmacht erwacht sei oder immer noch auf ihrem Bett liege, mit dem dunkelroten Fleck auf seiner Schulter. »Wir sollten Musik haben«, sagte Harry mit halbgeschlossenen Augen, »wir sollten Musik haben, wie das bei meinem Großvater üblich war, dort oben, in der Galerie, weißt du, als die Königin noch lebte. Verdammt, warum hält heutzutage niemand Spielleute? Ich vermute, die verfluchten Puritaner haben alle umgebracht.« Der ist gut aufgehoben, dachte Dona, die ihn betrachtete und sich auf die Anzeichen verstand, er macht uns heute abend nicht viel zu schaffen. »Ich finde es besser, daß es mit dieser Art von Narretei jetzt aus ist«, sagte Eustick stirnrunzelnd; der Hieb auf die Puritaner ärgerte ihn, denn sein Vater hatte für das Parlament gekämpft.

»Wird bei Hofe viel getanzt?« fragte der junge Tremayne, über das ganze Gesicht errötend, mit sehnsüchtigen Blicken. »O ja«, antwortete sie, »Sie sollten nach London kommen, wenn Harry und ich dorthin zurückkehren. Ich werde Ihnen eine Frau suchen.« Doch er stammelte etwas Ablehnendes, den flehenden Ausdruck eines Hundes in den Augen. In zwanzig Jahren wird James sein Alter haben, dachte sie, und morgens um drei Uhr in mein Zimmer schleichen, um mir seine jüngsten Verlegenheiten zu beichten. Alles das wird dann vergessen sein; vielleicht werde ich, wenn ich James' bittende Augen vor mir sehe, plötzlich daran denken, wie ich einmal zwölf Männer beim Abendessen bis um Mitternacht festgehalten habe, damit der einzige Mann, den ich geliebt, nach Frankreich und für ewig vor mir weg fliehen könne.

Was sagte dort Rockingham aus seinem Mundwinkel zu Harry? »Donnerwetter, ja«, rief Harry über den Tisch herunter, »dieser Schuft von einem Diener ist nicht zurückgekommen, verstehst du, Dona?«, und er schlug mit der Faust auf den Tisch, daß die Gläser tanzten. Godolphin schaute ärgerlich drein, denn er hatte sein Spitzenhalstuch mit Wein bespritzt.

»Ich weiß«, lächelte Dona, »doch es hat nichts ausgemacht, wir sind gut ohne ihn ausgekommen.«

»Was würdest du tun, George«, rief Harry, entschlossen, seinem Ärger Luft zu machen, »mit einem Diener, der sich an einem Abend, da sein Herr Gäste erwartet, davonmacht?«

»Ihn entlassen, natürlich«, sagte Godolphin.

»Und ihn außerdem verprügeln«, ergänzte Eustick.

»Ja, das wäre alles schön und gut«, sagte Harry schlukkend, »doch ist der verdammte Kerl Donas Günstling. Während ihrer Krankheit war er zu jeder Tages- und Nachtzeit in ihrem Zimmer. Würdest du so etwas zulassen, George? Hat deine Frau einen männlichen Bedienten, der in ihrem Schlafzimmer herumlungert?«

»Gewiß nicht«, erwiderte Godolphin. »Lady Godolphin befindet sich gegenwärtig in einem sehr empfindlichen Gesundheitszustand; sie kann niemanden außer ihrer alten Amme um sich leiden — abgesehen natürlich von mir.«

»Wie reizend«, rief Rockingham, »wie ländlich und rührend! Lady St. Columb scheint im Gegenteil keine weibliche Dienerschaft in ihrer Nähe zu dulden«, er lächelte gegen Dona, erhob sein Glas: »Wie ist Ihnen Ihr Spaziergang bekommen, Dona? Fanden Sie es dort im Walde nicht ein wenig feucht?«

Dona ließ ihn ohne Antwort. Godolphin sah sie argwöhnisch an. Wirklich, wenn Harry seiner Frau das Herumschäkern mit Dienern erlaubte, dann wäre er bald der Gesprächsgegenstand der ganzen Gegend. Und jetzt erinnerte er sich eines unverschämten Reitknechtes, der den Wagen führte an dem Tag, da Harrys Frau zu ihm zum Tee gekommen. »Wie erträgt Ihre Frau die Hitze?«

fragte Dona, doch sie hörte seine Worte nicht, denn Rashleigh raunte ihr ins linke Ohr. »Ich könnte schwören, gnädige Frau, daß ich Sie früher schon einmal gesehen habe, aber um alles in der Welt könnte ich mich nicht mehr an Zeit und Ort erinnern.«

Er starrte angestrengt, mit zusammengezogenen Brauen in seinen Teller, als könnte ihm solche Konzentration die vergessene Szene zurückrufen.

»Noch etwas Wein für Herrn Rashleigh«, befahl Dona; mit der äußersten Liebenswürdigkeit hielt sie ihm darauf ihr Glas entgegen: »Ja, auch mir ist es, als hätten wir uns schon gesehen, aber das müßte vor sechs Jahren gewesen sein, als ich als Braut hierherkam.«

»Nein, ich möchte darauf schwören«, sagte Rashleigh unter Kopfschütteln. »In Ihrer Stimme gibt es einen Klang, ich habe ihn vor nicht so langer Zeit gehört.«

»Aber Dona wirkt so auf jedermann«, warf Rockingham ein, »allen, die mit ihr zusammentreffen, scheint es, sie hätten sie schon früher gekannt. Sie werden, lieber Rashleigh, darüber nicht zum Schlafen kommen.«

»Ich vermute, Sie reden aus Erfahrung?« sagte Carnethick, und die beiden wechselten Blicke; Rockingham brachte seine Manschette in Ordnung.

Wie ich ihn verabscheue, dachte Dona; diese schmalen Katzenaugen, dieses vielsagende Lächeln. Es wäre ihm lieb, wenn jedermann an diesem Tische glaubte, daß ich ihm zu Willen sei.

»Sind Sie jemals in Fowey gewesen?« fragte Philip Rashleigh.

»Nein, das bestimmt nicht«, antwortete sie. Er leerte sein halbvolles Glas, immer noch sinnend und den Kopf schüttelnd.

»Sie haben davon gehört, wie man mich beraubt hat?« fragte er.

»Ja, in der Tat, wie betrübend für Sie«, beeilte sie sich

zu sagen. »Und seither haben Sie von Ihrem Schiff nichts mehr gehört?«

»Nicht ein Wort«, erklärte er voller Bitterkeit. »Oh, es ruht nun behaglich in einem französischen Hafen, und wir haben keine gesetzlichen Wege, um es dort herauszuholen. Das kommt davon, wenn es an einem Hof von Ausländern wimmelt und ein König, nach allem, was man hört, besser französisch als englisch spricht. Immerhin, ich gedenke heute nacht die Rechnung ein für allemal zu begleichen.«

Dona schaute auf die Uhr über der Treppe. Es fehlten noch zwanzig Minuten bis Mitternacht. »Und Sie, Mylord?« wandte sie sich an Godolphin, »sind auch Sie durch den Verlust von Herrn Rashleighs Schiff betroffen worden?«

»Ja, gnädige Frau«, sagte er brüsk.

»Aber sicherlich wurden Sie doch nicht verletzt?«

»Glücklicherweise nicht. Die Halunken waren froh, uns ihre Fersen zeigen zu dürfen. Wie alle Franzosen haben sie das Laufen einem ehrlichen Kampf vorgezogen.«

»Aber war ihr Anführer wirklich ein so verwegener Mann, wie Sie mich glauben ließen?«

»Zwanzigmal schlimmer, gnädige Frau. Der unverschämteste, blutgierigste, bösartigste Schurke, den ich je gesehen. Wir haben seither erfahren, daß sein Schiff auf jeder Fahrt eine volle Ladung Frauen mit sich führe, die meisten von ihnen arme Geschöpfe, aus unsern Dörfern weggeraubt. Unnötig, zu versichern, daß ich meiner Frau davon nichts mitgeteilt habe.«

»Natürlich nicht; das könnte unliebsame Beschleunigungen zur Folge haben.«

»Er hat eine Frau an Bord der ›Merry Fortune‹, sagte Philip Rashleigh. »Ich konnte sie auf dem Deck über mir sehen, so deutlich, wie ich Sie vor mir sehe. Eine dreiste Fratze, wie es nur je eine gegeben hat, mit einer Wunde über dem Kinn und mit Haaren bis auf die Augen. Irgendeine Dirne aus den französischen Docks, ohne Zweifel.«

»Und da war ein Junge«, fügte Godolphin bei, »ein armseliger Wicht von einem Buben, der an Philips Tür kam; ich will schwören, daß der die Hand im Spiel gehabt. Er hatte eine weinerliche Art zu reden und etwas unangenehm Weibisches in seiner Erscheinung.«

»Diese Franzosen sind so entartet«, sagte Dona.

»Sie wären uns niemals entwischt, wäre nicht der Wind gewesen«, schnaubte Rashleigh; »es kam ein Stoß von der Readmoney-Bucht herunter und füllte seine Segel. Man könnte sagen, der Teufel selbst machte mit, George hat mit seiner Muskete auf den Schuft geschossen, ihn aber verfehlt.«

»Wie ist das zugegangen, Mylord?«

»Ich war gerade im Nachteil, gnädige Frau . . .«, begann Godolphin und errötete, und Harry am entgegengesetzten Ende der Tafel klatschte mit der Hand auf sein Knie und rief: »Keine Angst, George, wir haben alle davon gehört. Du hast deine Perücke verloren, nicht? Der Lump von einem Franzmann hat deine Perücke aufgespießt?«

Aller Augen richteten sich sogleich auf Godolphin, der steif wie ein Ladstock dasaß und in den Spiegel an der Wand gegenüber starrte.

»Kümmern Sie sich nicht um sie, lieber Lord Godolphin«, lächelte Dona, »aber trinken Sie noch etwas. Was bedeutet schließlich der Verlust einer Perücke? Es hätte doch etwas viel Wertvolleres sein können, und was hätte dann Lady Godolphin gesagt?« Rashleighs Nachbar Carnethick rülpste plötzlich über seinem Wein.

Ein Viertel vor zwölf — zehn — fünf Minuten bis Mitternacht. Der junge Tremayne unterhielt sich mit Penrose von Tregony über Hahnenkämpfe; ein Mann aus Bodmin, dessen Namen sie nicht verstanden hatte, stieß Rockingham in die Seite und flüsterte ihm hinter seiner Hand irgendeine schlüpfrige Geschichte zu. Carnethick starrte sie über den Tisch herüber an; Philip Rashleigh pflückte mit einer runzeligen, haarigen Hand die Beeren einer Traube; Harry lag fast in seinem Stuhl, sang ein Lied ohne allen Sinn. Einer liebkoste sein Glas, ein anderer kraulte dem Wachtelhund die Ohren. Doch plötzlich blickte Eustick auf die Uhr, sprang auf und schrie mit Donnerstimme: »Meine Herren, wir haben genug Zeit vertrödelt. Haben Sie alle vergessen, was für ein hartes Geschäft wir heute noch vorhaben?«

Alle schwiegen, Tremayne blickte errötend auf seinen Teller, Carnethick wischte sich den Mund mit einem Spitzentuch. Jemand hustete, jemand scharrte mit den Füßen. Harry allein lächelte und summte weiter ein trunkenes Lied. Außen im Hof schlug die Stallglocke Mitternacht. Eustick sah die Gastherrin bedeutsam an. Sie erhob sich sogleich: »Sie wünschen, daß ich gehe?«

»Unsinn«, rief Harry, seine Augen aufreißend, »laßt meine Frau an ihrem eigenen Tisch sitzen, zum Teufel! Unser Zusammensein wird ohne sie jede Stimmung verlieren, so kommt es immer. Auf deine Gesundheit, meine Schöne, auch wenn du Dienern das Ein- und Ausgehen in deinem Schlafzimmer erlaubst.«

»Harry, die Zeit des Scherzens ist vorbei«, sagte Godolphin, und sich an Dona wendend: »Wir könnten ungezwungener reden ohne Ihre Gegenwart. Wie Eustick bemerkte, haben wir unsere Aufgabe ein wenig vergessen.«

»Aber selbstverständlich«, versetzte Dona, »auf keinen Fall möchte ich irgendwie stören«, und als alle aufgestanden waren, um sie vorbeizulassen, schellte im Hof die große Glocke.

»Wer, zum Teufel, ist das?« rief Eustick. »Wir erwarten niemanden mehr, oder Sie, Godolphin?«

»Nein, ich habe niemanden sonst kommen heißen«, brummte dieser, »die Zusammenkunft sollte durchaus geheimgehalten sein.«

Nochmals tönte die Glocke. »Jemand soll öffnen«, rief Harry. »Wo, zum Teufel, sind die Diener alle?«

Der Hund sprang von seinem Knie und lief bellend nach der Tür.

»Thomas oder einer von euch, was treibt ihr?« rief Harry über seine Schulter zurück. Rockingham ging zur Hintertür der Halle, die zur Küche führte, und riß sie auf. »Hallo«, rief er, »schlaft ihr denn alle?« Keine Antwort erfolgte, alles blieb lautlos und dunkel.

»Jemand hat die Kerzen ausgelöscht«, sagte er, »hier im Flur ist es pechfinster. Hallo, Thomas!«

»Was hast du der Dienerschaft befohlen, Harry? Schicktest du alle zu Bett?« fragte Godolphin.

»Zu Bett, nein«, sagte Harry auf unsicheren Beinen. »Die Kerle müssen irgendwo in der Küche sein, rufen Sie nochmals, Rock.«

»Ich sagte schon, es kam keine Antwort, nirgends ein Licht, die Küche liegt im Finstern.«

Zum dritten Mal schellte die Glocke. Eustick ging mit einem Fluch auf die Tür zu und zog den Riegel zurück.

»Einer von unsern Leuten wird Bericht bringen«, sagte Rashleigh, »einer von denen, die wir im Wald postiert haben. Jemand hat uns verraten und der Kampf hat schon begonnen.«

Die Tür flog auf. Eustick auf der Schwelle rief in die Dunkelheit: »Wer wünscht etwas in Navron House?«

»Jean-Benoit Aubéry, allen diesen Herren zu Diensten«, war die Antwort. In den Saal trat der Franzose, einen Degen in der Hand, ein Lächeln auf den Lippen. »Rühren Sie sich nicht, Eustick«, sprach er, »und die übrigen von Ihnen: Bleiben Sie, wo Sie sind. Ich habe Sie umzingelt, wer sich rührt, erhält eine Kugel.«

Dona, nach der Treppe hinaufblickend, sah dort Pierre Blanc, eine Pistole in der Hand, und neben ihm Edmond Vacquier, an der zur Küche führenden Tür William, weiß und unergründlich; der eine Arm hing schlaff an ihm herab, der andere bedrohte Rockinghams Hals mit einem Säbel.

»Ich bitte die Herren, sich zu setzen«, sagte der Franzose, »ich werde Sie nicht lange in Anspruch nehmen. Die gnädige Frau mag tun, was ihr beliebt, doch vorerst muß sie mir die Rubine, die sie in ihren Ohren trägt, überlassen. Ich habe mit meinem Schiffsjungen darum gewettet.«

Er stand vor ihr, verbeugte sich, spielte mit seinem Degen. Zwölf Männer hielten in Haß und Furcht ihre Augen auf ihn gerichtet.

Achtzehntes Kapitel

Sie hätten Tote sein können, erstarrt und gefroren in den Stühlen um den Tisch. Keiner äußerte ein Wort, doch jedermann schaute auf den Franzosen, als er seine Hand nach den Juwelen ausstreckt.

Fünf gegen zwölf. Aber die fünf waren bewaffnet, die zwölf hingegen hatten zu gut und zuviel gegessen, und ihre Schwerter steckten in der Scheide. Eustick hatte seine Hand noch auf dem Türknauf, doch Luc Dumont von der ›Mouette‹ stand neben ihm, die Pistole gegen seine Rippen haltend; langsam schloß Eustick die Tür und schob den Riegel vor. Von der Galerie über die Treppe herab kamen Pierre Blanc und sein Gefährte. An jedem Ende der langen Halle stellte sich einer von ihnen auf; hätte einer der Überraschten nach dem Schwert gegriffen, er hätte es mit dem Tode gebüßt. Rockingham lehnte an der Wand; er sah auf Williams kurzen Säbel, fuhr mit der Zunge über seine Lippen, doch sprach er nichts. Einzig der Hausherr, der wieder in seinen Stuhl zurückgesunken war, betrachtete, ein halbgefülltes Glas an den Mund führend, die Szene mit gelassener Verblüffung. Dona nahm die Rubine aus den Ohren und legte sie in die darauf wartende ausgestreckte Hand.

»Ist das alles?« sagte sie.

Er zeigte mit dem Schwert auf das Gehänge um ihren Nacken.

»Wollen Sie mir das nicht auch gleich geben?« meinte er, die eine Augenbraue hochgezogen, »mein Schiffsjunge wird mich sonst schelten. Und auch um Ihre Armspange muß ich Sie bitten.«

Sie löste Spange und Gehänge; schweigend und ohne Lächeln reichte sie ihm beides hin.

»Danke«, sagte er, »ich hoffe, Sie haben sich von Ihrem Fieber erholt?«

»Ich glaube es, doch Ihre Gegenwart wird es mir zweifelsohne zurückbringen.«

»Das täte mir leid«, sagte er ernsthaft. »Mein Gewissen würde mich quälen. Mein Schiffsjunge fiebert wohl mitunter, doch die See wirkt Wunder bei ihm. Sie sollten's versuchen.« Mit einer Verbeugung schob er die Juwelen in die Tasche und wandte sich von ihr ab.

»Lord Godolphin, glaube ich«, sagte er und stand vor diesem still. »Als wir uns zuletzt gesehen, habe ich Ihre Perücke entführt. Aber das war die Folge einer Wette. Dieses Mal werde ich mir etwas Wertvolleres mitnehmen.«

Er langte nach Godolphins Dekoration auf der Brust, einem Band und einem Stern, trennte sie mit seinem Degen los.

»Auch Ihre Waffe, es tut mir leid, es zu sagen, ist etwas, was ich Ihnen nicht lassen kann«, und Godolphins Wehr fiel klirrend zu Boden. Wiederum verbeugte sich der Franzose, dann stellte er sich vor Philip Rashleigh.

»Guten Abend, mein Herr. Sie sehen heute eine Spur weniger erhitzt aus, als ich Sie zuletzt gesehen. Ich habe Ihnen zu danken für das Geschenk der ›Merry Fortune‹. Sie ist ein ausgezeichnetes Schiff. Sie würden es jetzt nicht wiedererkennen. Sie haben ihm dort, auf der anderen Kanalseite, eine neue Takelung gegeben und eine neue Bemalung obendrein. Ihren Degen bitte, mein Herr. Und was haben Sie in Ihren Taschen?«

Die Adern an Rashleighs Schläfen waren geschwollen, sein Atem ging heftig und rasch: »Bei Gott, dafür werden Sie einmal bezahlen«, knirschte er.

»Das ist möglich, doch einstweilen bezahlen Sie«, sagte der Franzose. Er barg Rashleighs Sovereigns in einem Beutel an seinem Gürtel.

Langsam machte er um den Tisch die Runde; ein Gast nach dem andern wurde um die Waffen an seiner Seite, das Geld in seinen Taschen, seine Fingerringe und seine Busennadel erleichtert. Und während er sich so um die Tafel herumbewegte, beugte er sich ab und zu über eine Früchteschale und pflückte sich eine Beere. Einmal, während er dem dicken Gast aus Bodmin Zeit ließ, seine vielen Ringe von seinen gichtgeschwollenen Fingern zu streifen, setzte er sich auf den Rand des Tisches und schenkte sich aus einer Karaffe Wein ein.

»Sir Harry, Sie haben einen guten Keller«, sagte er. »Ich rate Ihnen, diesen Wein noch ein Jahr zu lagern; es ist ein Wein, der sich noch verbessern wird. Ich hatte ein halbes Dutzend Flaschen desselben Jahrgangs in meinem eigenen Haus, in der Bretagne, und war so töricht, sie alle zu früh zu trinken.«

»Tod und Verdammnis«, stotterte Harry, »von all dem verfluchten . . .«

»Ärgern Sie sich nicht«, lächelte der Franzose, »ich

könnte, wenn ich wollte, von William Ihren Kellerschlüssel bekommen, aber Sie sollen das Vergnügen haben, diesen Tropfen in vier bis fünf Jahren zu trinken.« Er kratzte an seinem Ohr und blickte auf den Ring an Harrys Finger.

»Dies ist ein ungewöhnlich schöner Smaragd«, sagte er. Als Antwort zog Harry den Ring vom Finger und warf ihn gegen des Franzosen Gesicht; doch der fing ihn auf und betrachtete ihn genau. »Vollkommen fleckenlos«, bemerkte er, »eine Seltenheit bei Smaragden. Aber ich will ihn nicht nehmen. Wenn ich es bedenke, so habe ich Ihnen genug geraubt.« Mit einer Verbeugung gab er Donas Gatten den Ring zurück. »Und jetzt, meine Herren«, eröffnete er, »habe ich ein letztes Ersuchen an Sie. Es ist vielleicht ein wenig unzart, doch unter den gegenwärtigen Umständen höchst notwendig. Sehen Sie, ich möchte auf mein Schiff zurück; ich glaube jedoch, wenn Sie sich mit ihren Genossen im Wald vereinigten, um Jagd auf mich zu machen, dann wäre das meinen Plänen etwas abträglich. Kurz gesagt, ich muß Sie bitten, ihre Hosen auszuziehen und sie meinen Leuten hier zu übergeben, und ebenso Ihre Schuhe und Strümpfe.«

Wie ein Mann sahen sie ihn alle wuterfüllt an, und Eustick fuhr los: »Nein, bei Gott, nein! Haben Sie noch nicht genug Ihr Spiel mit uns getrieben?«

»Es tut mir leid«, lächelte der Franzose, »doch ich muß darauf bestehen. Die Nacht ist ja warm, gestern war Sonnenwende. Lady St. Columb, Sie werden wohl die Güte haben, sich in den Salon zu begeben? Diese Herren lieben es sicherlich nicht, sich öffentlich vor Ihnen zu entkleiden, so sehr sie vielleicht danach verlangen, das privat zu tun.«

Er öffnete die Tür, um sie hinüberzulassen; nach den Gästen zurückblickend, rief er: »Ich lasse Ihnen fünf Minuten Zeit, nicht mehr. Pierre Blanc, Jules, Luc, William, wacht mir gut über diese Herren; während sie sich ausziehen, werden die gnädige Frau und ich die Angelegenheiten des Tages besprechen.«

Er folgte ihr in den Salon und schloß die Tür.

»Und Sie mit Ihrem hochmütigen Lächeln am oberen Ende der Tafel, soll ich Sie dasselbe tun heißen, mein Schiffsjunge?« Aubéry warf seinen Degen auf den Stuhl, lachte und breitete seine Arme aus. Sie kam zu ihm, legte ihre Hände auf seine Schultern: »Warum sind Sie so leichtsinnig, so unverschämt und so boshaft? Wissen Sie, daß Wälder und Hügel von Männern wimmeln?«

»Ja«, sagte er.

»Warum sind Sie dann hierher gekommen?«

»Weil, wie stets in meinen Unternehmungen, das gewagteste Vorgehen das erfolgreichste ist. Nebenbei bemerkt: seit vierundzwanzig Stunden habe ich Sie nicht geküßt.« Er beugte sich auf sie nieder, nahm ihr Gesicht zwischen seine Hände.

»Was dachten Sie, als ich nicht zum Frühstück gekommen?« wollte sie wissen.

»Zum Denken gab es wenig Zeit«, antwortete er, »denn gerade nach Sonnenaufgang wurde ich von Pierre Blanc geweckt, der mir sagte, die ›Mouette‹ sei auf Grund gelaufen und fasse Wasser. Wir hatten mit ihr eine unsägliche Mühe, Sie können sich das vorstellen. Und später, als wir alle halbnackt an ihr arbeiteten, kam William mit Ihrem Bericht.«

»Aber Sie haben damals noch nicht gewußt, was für diese Nacht geplant war?«

»Nein, doch hatte ich einen ganz bestimmten Verdacht. Einer von meinen Leuten sah eine Gestalt in der Bucht, oben am Fluß, und eine andere auf dem Hügel auf der andern Seite. Da wußten wir, daß wir gegen die Zeit kämpften. Gleichwohl hatten sie die ›Mouette‹ nicht entdeckt. Sie bewachten den Fluß und die Wälder, waren aber nicht bis zur Bucht gelangt.«

»Und dann kam William zum zweitenmal?«

»Ja, heute abend zwischen fünf und sechs Uhr. Er warnte mich im Hinblick auf die Versammlung hier in Navron, da faßte ich meinen Entschluß. Ich sagte ihm davon, doch der Hieb, den er auf seinem Rückweg von dem Kerl im Walde empfangen, war nicht gerade förderlich.«

»Ich habe während des Abendessens die ganze Zeit an ihn gedcht, wie er da verwundet und ohnmächtig auf meinem Bett lag.«

»Ja, aber er schleppte sich trotz allem zum Fenster, um uns, wie verabredet, zu öffnen. Ihre Dienerschaft, das nebenbei, ist in Ihrer Speisekammer eingeschlossen, zu zweien, Rücken an Rücken gebunden, wie die Burschen auf der ›Merry Fortune‹. Wollen Sie Ihren Schmuck wiederhaben?« Er griff in die Tasche nach den Juwelen, doch sie verneinte.

»Behalten Sie sie lieber«, sagte sie, »so wird Sie etwas an mich erinnern.«

Ohne etwas zu sagen, streichelte er ihre Locken.

»Wenn alles gut geht, dann segelt die ›Mouette‹ in zwei Stunden. Der Flick in ihrer Seite ist roh, doch bis zur französischen Küste muß er halten.«

»Und das Wetter?« fragte sie.

»Der Wind ist gut und stetig genug. Wir erreichen die Bretagne in achtzehn Stunden, oder noch früher.«

Dona schwieg. Er streichelte noch immer ihr Haar. »Ich habe jetzt keinen Schiffsjungen«, sagte er. »Wüßten Sie mir einen ähnlichen Knaben, der mit mir fahren würde?« Sie schaute ihn an, aber er lachte nicht mehr. Er trat von ihr weg und griff nach seinem Degen. »Ich fürchte, ich werde Ihnen William entführen müssen«, erklärte er, »er hat seine Rolle in Navron ausgespielt, Ihr Haus wird weiter nichts mehr von ihm sehen. Er war ein guter Diener, nicht wahr?«

»Ein sehr guter.«

»Wäre nicht die Wunde, die er heute nacht durch Eusticks Mann erhalten, dann ließe ich ihn hier, aber daran würde er sicher und bald erkannt werden, und Eustick würde ihn unbedenklich hängen. Übrigens glaube ich nicht, daß er Ihres Gatten Diener sein möchte.« Er blickte sich in dem Raum um; seine Augen belebten sich, als sie auf Harrys Bild fielen. Er ging zu dem hohen Fenster, zog den Vorhang zurück, öffnete es.

»Erinnern Sie sich an den ersten Abend, als ich bei Ihnen speiste?« fragte er. »Und später blickten Sie ins Feuer, und ich zeichnete sie. Sie waren böse auf mich, nicht?«

»Nein«, sagte sie, »nicht böse. Nur beschämt, weil Sie zu viel gesehen.«

»Ich will Ihnen etwas sagen: Ein guter Fischer werden Sie niemals werden. Sie sind zu ungeduldig. Sie werden sich selbst in Ihrer Leine verwickeln.«

Es wurde an die Tür gepocht. »Ja«, rief er auf französisch, »sind alle die Herren soweit?«

»Sie sind's, Monsieur«, antwortete Williams Stimme durch die Tür.

»Gut so. Sagen Sie Pierre Blanc, er solle ihnen die Hände auf den Rücken binden und sie in die Schlafkammer hinaufführen. Schließt die Tür hinter ihnen und dreht die Schlüssel. Während der zwei Stunden, die ich brauche, werden sie uns nicht stören.«

»Sehr wohl, mein Herr.«

»Und, William?«

»Monsieur?«

»Wie steht es mit Ihrem Arm?«

»Ein wenig schmerzhaft, Monsieur, doch nicht zu sehr.«

»Das ist gut. Ich möchte, daß Sie die gnädige Frau im Wagen nach jener Sandbank, drei Meilen diesseits von Coverack, fahren.«

»Ja, Monsieur.«

»Dort warten Sie meine weiteren Befehle ab.«

»Ich verstehe, gnädiger Herr.«

Sie blickte ihn überrascht an. Er stellte sich mit dem Degen in der Hand vor sie hin. »Was haben Sie vor?« fragte sie.

Er zögerte erst mit der Antwort, er lächelte nicht mehr, seine Augen waren dunkel. »Sie erinnern sich unseres Gesprächs letzte Nacht, unten an der Bucht?«

»Ja.«

»Und wir stimmten darin überein, daß für eine Frau das Entweichen unmöglich sei, ausgenommen für einen Tag und eine Nacht.

»Ja.«

»Heute früh«, sagte er, »als ich am Schiff arbeitete, und William mir die Neuigkeit brachte, Sie seien nicht mehr allein, da begriff ich, daß wir uns nicht länger etwas vormachen könnten, daß die Bucht nicht mehr unsere Freistatt sei. Von jetzt an muß ›La Mouette‹ andere Wasser befahren und andere Verstecke benützen. Und wenn sie auch weiter frei sein wird und die Männer an Bord frei sind, ihr Herr wird ein Gefangener bleiben.«

»Was meinen Sie damit?«

»Ich meine, daß ich an Sie gebunden bin, gleich wie Sie an mich. Als ich im Winter hierhergekommen und oben in Ihrem Zimmer lag und auf Ihr trotziges Bild an der Wand hinblickte, da lächelte ich für mich und sagte: ›Diese und keine andere.‹ Und ich habe gewartet und nichts getan, denn ich wußte, daß unsere Zeit kommen werde.«

»Was weiter?«

»Auch Sie«, sagte er, »meine unbekümmerte, gleichgültige Dona, so hart, so enttäuscht, in London in Gesellschaft Ihres Mannes und seiner Freunde den Jungen spielend. Sie wußten, daß irgendwo, in Gott weiß was

was für einem Land und in welcher Gestalt, jemand lebe, der Teil von Ihrem Leib und Geiste sei, daß Sie ohne ihn so verloren waren wie im Wind verwehte Spreu.«

Sie kam zu ihm, legte ihre Hände auf seine Augen. »Alles das«, sagte sie, »alles, was Sie fühlen, fühle auch ich. Jeden Gedanken, jeden Wunsch, jeden Stimmungsumschlag. Aber es ist zu spät, wir können nichts mehr tun. Sie selbst haben mir das bereits gesagt.«

»Ich sagte das gestern nacht, als ich keine Sorgen hatte«, antwortete er; »wir waren beieinander, und bis zum Morgen waren es noch viele Stunden. In solchen Zeiten vermag ein Mann im Hinblick auf die Zukunft die Achseln zu zucken, da er die Gegenwart in seinen Armen hält, und die Grausamkeit des Denkens trägt zu dem Entzücken des Augenblicks noch bei. Und in dem Augenblick, da ein Mann liebt, meine Dona, ist er von der Schwere dieser Liebe, wie von sich selbst, befreit.«

Sie sagte: »Ja, ich weiß das, habe es immer gewußt. Doch wissen es nicht alle Frauen.«

»Nein, nicht alle«, sagte er. Er zog das Armband aus seiner Tasche und legte es ihr um das Gelenk. »Und dann«, sprach er weiter, »als der Morgen anbrach, der Nebel über der Bucht lag und ich sah, daß Sie von meiner Seite weggegangen, da fühlte ich keine Enttäuschung, ich empfand es als eine Verwirklichung. Ich wußte, auch für mich gab es kein Entfliehen. Ich war wie ein Gefangener in Ketten, und das Gefängnis war tief.«

Sie faßte seine Hand und legte sie an ihre Wange.

»Und den ganzen Tag haben Sie auf Ihrem Schiff gearbeitet, sich gemüht und geschwitzt und geschwiegen, mit dem Ausdruck jener Konzentration, die ich verstehen gelernt. Doch dann — nach getanem Werk —, was haben Sie für eine Antwort gefunden?«

Nach dem offenen Fenster blickend, sagte er langsam: »Meine Antwort war immer noch die gleiche. Daß Sie

Dona St. Columb seien, die Frau eines englischen Edelmanns und Mutter zweier Kinder, und ich ein Franzose, ein Gesetzloser, ein Räuber in Ihrem Land und Feind Ihrer Freunde. Wenn es darauf eine Antwort gibt, Dona, dann muß sie von Ihnen kommen, nicht von mir.«

Er ging wieder zum Fenster, blickte über die Schulter nach ihr zurück.

»Darum beauftragte ich William, Sie bis zur Sandbank bei Coverack zu bringen«, sagte er, »dann können Sie sich entscheiden, was Sie tun wollen. Wenn ich und Pierre Blanc und die übrigen von uns heil zwischen den Wachen im Walde hindurch das Schiff erreichen, unverzüglich die Segel hissen und mit der Ebbe wegfahren, dann werden wir mit Sonnenaufgang Coverack gegenüber sein. Ich werde in einem Boot dorthin rudern, um mir Ihre Antwort zu holen. Sollten Sie bei Tagesanbruch die ›Mouette‹ nicht erblicken, dann wissen Sie, daß etwas mit meinen Plänen schiefgegangen ist. Und Godolphin mag dann endlich die Freude haben, diesen verhaßten Franzosen am höchsten Baum seines Parkes hängen zu sehen.«

Damit wandte er sich und verschwand in der Dunkelheit. Sie stand noch reglos, die Hände vor sich verschränkt, während die Minuten enteilten. Endlich, wie aus einem Traum erwacht, gewahrte sie, daß sie alleine war, daß das Haus schwieg und die Rubinohrringe und ihre Spange vor ihr lagen. Ein Luftzug kam durch das Fenster, blies auf die Kerzen an der Wand; halb unbewußt schloß und verriegelte sie dieses, ging hierauf zur Speisezimmertür und öffnete sie weit.

Da standen auf dem Tisch die Schüsseln und Teller, die Fruchtschalen, die Gläser und silbernen Becher. Die Stühle waren zurückgeschoben, wie wenn die Gäste sich eben vom Mahl erhoben und zurückgezogen hätten; ein Hauch der Verlassenheit war um diese Tafel; sie gleich einem von Dilettantenhand gemalten Stilleben, auf dem Speisen, Früchte und der vergossene Wein wie etwas Totes wirken. Die beiden Wachtelhunde kauerten auf dem Boden; Duchess, die Nase zwischen ihren Pfoten erhebend, blickte Dona an und winselte leise. Einer der Männer von der ›Mouette‹ mußte die Kerzen ausgelöscht haben, doch nur zum Teil, dann war er davongeeilt; drei brannten noch, der Talg tropfte auf den Boden; sie gaben ein seltsames, düsteres Licht.

Einige gingen aus, nur zwei flackerten noch und ließen ihren Schein auf der Wand tanzen. Die Männer von der ›Mouette‹ hatten ihr Werk vollbracht und waren gegangen. Sie schlichen sich nun durch die Wälder hinab nach dem Schiff in der Bucht; ihr Herr, die blanke Waffe in der Hand, war bei ihnen. Die Stalluhr schlug eins in hohem dünnem Klang gleich dem Nachhall einer Glocke. Im oberen Stock, unbekleidet, mit gefesselten Händen, mußten die Gäste von Navron House hilflos und wutbebend auf der Erde liegen. Alle, Harry ausgenommen; der würde schlafend auf dem Rücken liegen, schnarchend, die Perücke schief, den Mund weit offen, denn keine Mißhandlung vermochten einen St. Columb, der zu viel geschmaust, vom Schlafen abzuhalten. William hatte seine Verletzungen zu pflegen, in seinem eigenen Zimmer; sie fühlte seinetwegen Gewissensbisse, weil sie ihn vergessen hatte. Darum ging sie jetzt zu der großen Treppe, legte die Hand auf das Geländer, als ein Geräusch sie nach der Galerie hinaufblicken ließ. Dort, die schmalen, nicht lächelnden Augen auf sie gerichtet, stand Rockingham, eine Wunde über das Gesicht, ein Messer in der Hand.

Neunzehntes Kapitel

Eine Ewigkeit, so war es ihr, stand er dort und blickte auf sie herab. Dann kam er langsam die Treppe nieder, ohne seine Augen von ihrem Gesicht abzuwenden. Sie trat von ihm zurück, griff nach dem Tisch, setzte sich auf ihren Stuhl und betrachtete ihn. Er war nur mit Hemd und Hose bekleidet, und nun sah sie, sein Hemd war blutbefleckt und Blut war an dem Messer in seiner Hand. Da wußte sie, was geschehen war. Irgendwo, oben in einem der finsteren Gänge, lag schwer verwundet oder gar tot ein Mann. Es mochte einer von den Leuten der »Mouette« sein, oder William. Dieser Kampf war in Dunkel und Stille ausgetragen worden, sie selbst hatte während seiner Dauer im Salon gesessen, träumend, die Rubine in der Hand. Er stand nun unten an der Treppe, sprach noch nichts, doch wandte er den Blick seiner Katzenaugen nicht von ihr. Darauf setzte er sich in Harrys Stuhl am andern Ende der Tafel und legte sein Messer auf einen vor ihm stehenden Teller.

Als er endlich zu reden begann, da bildete der vertrauliche Ton seiner Stimme einen seltsamen Gegensatz zu seinem veränderten Blick. Der Mann, der ihr gegenüber saß, war nicht Rockingham, mit dem sie in London gescherzt, mit dem sie nach Hampton Court geritten, den sie als verkommenen Wüstling verachtet hatte. Dieser Mann hatte etwas Kaltes, Teuflisches; von jetzt an war er ihr Feind, der ihr Leid und Qual zufügen wollte.

»Ich sehe«, sagte er, »Ihre Juwelen sind zu Ihnen zurückgekehrt.«

Was sollte sie antworten? Was er mutmaßte, war gleichgültig. Wichtig wäre allein zu wissen, was er plante und zu tun gedachte. »Und was«, fragte er, »war Ihre Gegenleistung für die Juwelen?«

Sie fing an, die Rubine in ihrem Ohr festzumachen, ihn

dabei über ihren Arm anblickend. Und da sie seinen Blick jetzt haßte und ihn selbst zu fürchten begann, sagte sie zu ihm: »Wir sind sehr ernst geworden, Rockingham, ganz plötzlich. Ich glaubte, der Streich in dieser Nacht habe Sie unterhalten.«

»Sehr richtig«, antwortete er, »es hat mich unterhalten. Daß zwölf Mann in so kurzer Zeit von so wenigen Spaßvögeln entwaffnet und enthost werden konnten, hat eine merkwürdige Ähnlichkeit mit den Scherzen, die wir zu Hampton Court vorzunehmen pflegten. Daß jedoch Dona St. Columb auf den Anführer dieser Spaßvögel mit solchen Augen blickte — mit Blicken, die nur eines bedeuten konnten —, nein, das habe ich nicht unterhaltend gefunden.«

Sie stützte ihre Ellbogen auf den Tisch, vergrub das Kinn in ihre Hände. »Und dann?« fragte sie.

»Und dann habe ich wie in plötzlicher Blitzeshelle manches verstanden, was mich gestern seit meiner Ankunft verblüffte. Dieser, Ihr Diener, ein Spion des Franzosen. Ihre Freundlichkeit gegen ihn, weil Sie wußten, daß er ein Spion war. Und Ihre Spaziergänge und Wanderungen durch den Wald; das Ausweichen Ihres Blickes, das ich nie zuvor gesehen, tatsächlich, ausweichend vor mir, Harry, vor jedermann, nur nicht vor einem Mann, den ich heute nacht gesehen.« Seine Stimme war jetzt leise, kaum mehr als ein Geflüster; die ganze Zeit über blickte er sie haßerfüllt an.

»Nun«, fragte er, »bestreiten Sie das?«

»Ich bestreite nichts.«

Er nahm das Messer von dem Teller und zog damit wie in Gedanken Linien auf dem Tisch. »Wissen Sie«, sagte er, »daß Sie dafür ins Gefängnis geworfen, möglicherweise gehängt werden könnten, wenn die Wahrheit an den Tag kommt?«

Wieder zuckte sie die Achseln.

»Kein sehr vergnügliches Ende für eine Dona St. Columb«, zischte er. »Sie waren wohl noch nie im Innern eines Gefängnisses, oder? Sie haben seine Hitze und seinen Schmutz noch nicht gerochen. Sie haben das schwarze, verdorbene Brot nicht gekostet, und nicht das Wasser voll Unsauberkeit. Und die Empfindung eines Stricks um den Hals, der im Begiffe ist, sich zusammenzuziehen und Sie zu würgen. Wie gefiele Ihnen dies, Dona?«

»Mein armer Rockingham«, sagte sie langsam, »alles das kann ich mir viel besser vorstellen, als Sie es zu schildern vermögen. Wo wollen Sie hinaus? Wollen Sie mir Furcht einjagen? Weil Sie keinen Erfolg gehabt?«

»Ich hielt es nur für angebracht, Sie daran zu erinnern, was sich ereignen könnte.«

»Und warum das?« sagte sie. »Weil Mylord Rockingham sich einbildet, daß ich einem Piraten, der mir meine Juwelen abnahm, zulächelte. Erzählen Sie Ihre Geschichte Godolphin oder Rashleigh oder Eustick oder sogar Harry — sie werden Ihnen sagen, Sie seien wahnsinnig.«

»Das wäre möglich, befände sich Ihr Franzose auf hoher See und Sie selbst säßen hier behaglich in Navron House. Nehmen wir aber einmal an, Ihr Franzose fahre nicht auf der hohen See, nehmen wir an, er sei erwischt worden, gebunden, und werde vor Sie gebracht und wir spielten ein wenig mit ihm, wie sie vor hundert Jahren mit Gefangenen spielten, Dona, und Sie wären das Publikum. Ich glaube fast, Sie würden sich verraten.«

Wieder sah sie ihn so vor sich, wie er früher am Tag erschienen: eine kauernde Katze im hohen Gras, einen Vogel in den Krallen, und doch so sanft, so geschniegelt. Und wie sie zurückdachte, wurde ihr bewußt, daß sie in ihm von jeher die Eigenschaft überlegter, krankhafter Grausamkeit vermutet hatte, die jedoch in dem unbesonnenen und leichtherzigen Zeitalter, in dem sie lebten, weislich verborgen blieb.

»Sie lieben das Dramatische«, sagte sie, »aber die Tage der Daumenschraube und der Folterbank sind vorbei. Wir braten unsere Ketzer nicht mehr am Spieß.«

»Vielleicht nicht unsere Ketzer«, erwiderte er, »doch unsere Piraten werden gehängt, gestreckt, gevierteilt, und ihre Helfershelfer erleiden das gleiche Los.«

»Sehr gut«, sagte sie, »da Sie mich für einen Helfershelfer halten, so handeln Sie Ihrem Wunsch gemäß. Gehen Sie hinauf, befreien Sie die Gäste, die hier zu Abend speisten. Wecken Sie Harry aus seinem trunkenen Schlaf. Rufen Sie die Diener. Holen Sie die Pferde, Soldaten und Waffen. Und alsdann, wenn Sie Ihren Piraten haben, dann hängen Sie uns beide an demselben Baum auf.«

Er antwortete nicht. Er schaute über den Tisch herüber und wog sein Messer in der Hand.

»Ja«, nickte er dann, »das erlitten Sie nun gerne und wären froh und stolz dabei. Sie würden den Tod nicht fürchten, da Sie ja doch gehabt, wonach Sie Ihr ganzes Leben verlangten. Ist es nicht so?«

Sie blickte zu ihm hinüber, dann lachte sie auf: »Ja, das ist wahr.«

Er wurde leichenblaß, die Schramme in seinem Gesicht erschien im Gegensatz zu diesem von viel lebhafterer Färbung, und sein Mund verzog sich zu einer Fratze.

»Und das hätte ich sein können«, sagte er, »ich hätte es sein können.«

»Nein, Rockingham — niemals . . .«

Langsam erhob er sich von seinem Stuhl, das Messer immer noch in der Hand wiegend. Er trat den Wachtelhund, der unter seinem Fuß geruht hatte, in die Seite und krempelte seine Ärmel bis über die Ellbogen hoch.

Auch sie war aufgestanden; sie umklammerte die Armlehne ihres Stuhles, das trübe Licht der beiden Kerzen an der Wand bewegte sich auf seinem Gesicht.

»Was soll das, Rockingham?« fragte sie. Da lächelte er

zum ersten Mal, schob seinen Stuhl zurück und legte eine Hand auf die Ecke des Tisches. »Ich glaube«, flüsterte er, »ich werde Sie jetzt töten!« Im nächsten Augenblick hatte sie ihm ein gefülltes Weinglas, das neben ihrer Hand stand, ins Gesicht geworfen; für eine Sekunde sah er nichts; die Scherben splitterten auf den Boden. Dann stieß er im Ausfall über den Tisch gegen sie vor, doch sie wich zurück, griff nach einem der schweren Stühle, hob ihn auf und schmiß ihn krachend mitten unter das Silber und die Früchte auf dem Tisch. Das eine Stuhlbein hatte Rockinghams Schulter getroffen. Er atmete rasch vor Schmerz, warf den Stuhl wieder zu Boden, hielt sein Messer einen Augenblick wägend über seiner Schulter hoch und warf es nach Donas Hals. Es traf das Rubingehänge, zerschnitt es; sie fühlte, wie der kalte Stahl an ihr abglitt, ihre Haut aufriß und sich in den Falten ihres Kleides verfing. Sie tastete danach, fast schwach vor Schmerz und Grausen, doch bevor sie es finden konnte, hatte er sich auf sie geworfen; mit einer Hand drehte er ihr den Arm auf den Rücken, die andere preßte er ihr auf den Mund. Sie fiel rücklings gegen den Tisch, Geschirr und Gläser zerscherbten am Boden, irgendwo unter ihr mußte das Messer sein, nach dem sie suchte. Die Hunde bellten wild und aufgeregt; es mochte ihnen scheinen, da sei ein neues Spiel, das zu ihrer Unterhaltung erfunden worden. Sie sprangen an Rockingham hoch, kratzten ihn mit dem Pfoten; er war genötigt, sich umzuwenden und sie mit dem Fuß wegzustoßen; dabei drückte seine Hand weniger fest auf ihren Mund. Sie biß ihn in das Handinnere, drückte ihm ihre linke Faust ins Auge. Jetzt ließ er ihren Arm, den er auf ihrem Rücken festgehalten, los, damit er beide Hände um ihren Hals legen konnte. Sie fühlte den erstickenden Druck seiner Daumen auf ihrer Luftröhre. Ihre rechte Hand tappte fortwährend nach dem Messer; plötzlich hielt sie es in ihren Fingern. Sie führte die kalte

Klinge hoch bis unter seine Achselhöhle, sie fühlte das schreckliche Nachgeben des weichen Fleisches unter dem Stahl, unverhofft leicht, überraschend warm, als das Blut schwer und reichlich über ihre Hand floß. Er stieß einen langen, seltsamen Seufzer aus, seine Hand klammerte sich nicht mehr um ihren Hals. Er fiel seitwärts auf den Tisch in die Scherben. Sie stieß ihn von sich weg und stand wieder auf ihren Füßen, mit zitternden Knien und von den Hunden wütend umbellt. Doch jetzt taumelte auch er vom Tisch empor; seine glasigen Augen stierten sie an; die eine Hand preßte er auf die Wunde unter seinem Arm, mit der andern langte er nach einer großen silbernen Karaffe. Mit dieser würde er ihr das Gesicht zerschmettert und sie zu Boden geschlagen haben, doch eben als er sich auf sie zu bewegte, flackerte die letzte Kerze an der Wand noch einmal auf und erlosch. Sie waren im Dunkel. Sie tastete sich dem Rand des Tisches entlang und gelangte so außer Reichweite; sie hörte ihn in der finderen Halle nach ihr tappen und über einen Stuhl stolpern. Sie steuerte jetzt auf die Treppe zu; durch das Fenster der Galerie nahm sie einen schwachen Lichtschein wahr. Und da war die Treppe selbst und das Geländer. Sie stieg die Stufen hinauf, die zwei kläffenden Hunde auf ihren Fersen. Oben irgendwo hörte sie rufen und schreien, das Poltern von Fäusten an einer Tür. Alles das war Traum und Verwirrung, hatte keinerlei Beziehung zu dem Kampf, der allein ihr Kampf war. Zurückschauend, schluchzend erkannte sie Rockingham unten an der Treppe. Er ging nicht aufrecht wie zuvor; wie die Hunde hinter ihr kam er auf allen vieren gegen sie herangekrochen. Sie stand nun auf der obersten Stufe, der Lärm und das Gepolter nahmen noch zu. Godolphins Stimme ließ sich unterscheiden, und die Harrys. Das Hundegebell vereinigte sich mit all dem Aufruhr. Aus der Richtung des Kinderzimmers schrie ein aus dem Schlafe aufgewecktes Kind in den höchsten Tönen. Da fühlte sie keine Furcht mehr, sondern Zorn. Sie war jetzt kalt, ruhig und entschlossen. Das graue Licht des Mondes fiel matt durch das Fenster auf einen an der Wand hängenden Schild, die Trophäe irgendeines verstorbenen St. Columb. Sie nahm ihn von der Wand herunter, er war schwer und durch die Jahre verstaubt; unter seinem Gewicht sank sie in die Knie. Rockingham kam noch immer näher. Sein Rücken krümmte sich, wenn er Atem schöpfte, gegen das Geländer; sie hörte das Kratzen seiner Nägel auf den Stufen und sein kurzes Schnaufen. Als er um die Treppe bog, sie in der Finsternis mit den Augen suchend, warf sie ihm den Schild mit voller Wucht ins Gesicht. Er taumelte, fiel, rollte Stufe um Stufe hinab und mit dem Schild über sich krachend auf den Steinboden. Die Hunde hinter ihm her, mit Gebell und Getue seinen Körper beschnuppernd, als er dort lag. Dona rührte sich nicht, als wäre alle ihre Kraft von ihr gewichen; sie fühlte Schmerzen hinter ihren Augen, das Geschrei von James hallte in ihren Ohren nach. Irgendwo hörte sie Schritte, eine Stimme zornig und angstvoll rufen, und den Laut von zersplitterndem, brechendem Holz. Vielleicht war das Harry oder Godolphin oder Eustick; die Tür des Schlafzimmers, in das sie eingesperrt waren, wurde aufgebrochen — sie war zu müde, um dem Beachtung zu schenken. Sie begehrte einzig, sich in der Dunkelheit hinzulegen und zu schlafen; sie erinnerte sich: in diesem Gang war eine Tür zu ihrem Zimmer und ihrem eigenen Bett, wo sie geborgen wäre und vergessen konnte. Irgendwo auf dem Fluß war ein Schiff, ›La Mouette‹, genannt, und der Mann, den sie liebte, stand jetzt am Steuerrad und lenkte sein Schiff nach der See. Sie hatte versprochen, ihm bei Tagesanbruch ihre Antwort zu geben, ihn auf der kleinen Sandbank, die in die See vorsprang, zu erwarten. William würde sie zu ihm führen, William, der Getreue. Irgendwo fänden sie in der Dunkelheit ihren Weg; hätten sie die Bucht erreicht, dann würde vom Schiff her ein Boot auf sie zukommen, wie er das gesagt hatte. Sie dachte an die Küste der Bretagne, wie sie sie früher einmal gesehen, golden im Sonnenaufgang, mit zerklüfteten, karminroten Felsen, wie an der Küste von Devon. Die weißen Wogen stürzten wieder auf den Sand, und der Gischt braute einen feinen Nebel über den Klippen; sein Geruch vermischte sich mit dem von warmer Erde und von Gras.

Irgendwo war ein Haus, das sie nie gesehen, aber er würde sie dorthin bringen, sie würde die grauen Wände mit ihren Händen befühlen. Jetzt wollte sie schlafen und von diesen Dingen träumen, nicht mehr an die tropfenden Kerzen im Speisezimmer unten denken, an das zerbrochene Glas und die zerschlagenen Stühle, nicht mehr an Rockinghams Gesicht, als ihm das Messer in sein Fleisch fuhr. Sie wollte schlafen. Auf einmal schien es ihr, sie stehe nicht mehr, auch sie falle hin, wie Rockingham; Schwärze umgab sie, in ihren Ohren war ein Ton wie Rauschen des Windes . . .

Es mochte wohl eine lange Zeit vergangen sein, als Menschen herzutraten, sich über sie beugten und Hände sie wegtrugen. Jemand wusch ihr Gesicht und Hals, legte ihr Kissen unter den Kopf. Stimmen, Männerstimmen, drangen wie aus der Ferne an ihr Ohr, und das Kommen und Gehen schwerer Schritte. Es mußten Pferde in den Hof gebracht worden sein, denn sie konnte den Schall von Huftritten auf dem Pflaster unterscheiden. Einmal vernahm sie den Schlag der Stalluhr.

Tief in der Tiefe ihres Innern flüsterte etwas: »Er erwartet mich bei der Sandbank, und ich liege hier, kann mich nicht rühren, kann nicht zu ihm.« Sie versuchte sich aufzusetzen, doch fehlte ihr die Kraft. Noch war es dunkel, vor dem Fenster hörte sie ein leichtes Regengeriesel.

Dann mußte sie eingeschlafen sein; es war der schwere, dumpfe Schlaf der Erschöpfung. Als sie die Augen öffnete, war es helle Tag; die Vorhänge waren zurückgezogen, Harry kniete neben ihr, mit seinen großen, plumpen Händen ihr Haar liebkosend. Wie ein Kind schluchzend, schaute er ihr mit seinen blauen, jetzt trüben Augen ins Gesicht. »Hast du dich erholt, Dona? Geht es dir besser, fühlst du dich wohl?« Sie sah ihn verständnislos an; der dumpfe Schmerz hinter ihren Augen quälte sie noch immer. Sie fand es lächerlich von ihm, so vor ihr zu knien; sie fühlte sich seinetwegen sogar beschämt.

»Rock ist tot«, stammelte er. »Wir haben ihn dort auf dem Boden tot gefunden, mit gebrochenem Genick; Rock, der beste meiner Freunde.« Tränen rollten über seine Wangen; sie starrte ihn immerfort an. »Er hat dir das Leben gerettet, ich weiß es«, schluchzte Harry weiter, »er muß im Finstern allein mit jenem Teufel gerungen haben, während du heraufeiltest, um es uns zu sagen. Meine arme Schöne, mein ärmstes Lieb.« Sie hörte ihn nicht mehr an; sie hatte sich aufgesetzt und blickte in den Tag. »Wie spät ist es?« fragte sie. »Wie lange ist es her seit Sonnenaufgang?«

»Sonnenaufgang?« fragte er verblüfft. »Nun, ich glaube, es ist kurz vor Mittag. Warum? Du mußt jetzt liegenbleiben, nicht wahr? Dich ausruhen nach allem, was du in der letzten Nacht erlitten.«

Sie bedeckte ihre Augen mit den Händen und versuchte, zu denken. Es war also Mittag, und das Schiff war weitergefahren; nach Tagesanbruch konnte es nicht länger auf sie gewartet haben. Hier hatte sie schlafend in ihrem Bett gelegen, als das kleine Boot nach der Sandbank gefahren und diese leer gefunden.

»Versuch noch länger zu ruhen, Liebling«, sagte Harry, »versuch's und vergiß die gottverfluchte Nacht. Ich werde nie mehr trinken. Ich schwöre; ich hätte allem Einhalt tun können. Aber du wirst gerächt werden, das verspreche ich dir. Wir haben den verdammten Burschen erwischt.«

»Was heißt das?« fragte sie langsam. »Wovon sprichst du?«

»Nun, von dem Franzosen natürlich«, antwortete er, »diesem Satan, der Rock ermordet hat, der auch dich erwürgt hätte. Das Schiff ist weg und mit ihm der Rest seiner ausgefallenen Mannschaft, aber ihn haben wir, den Anführer, den verruchten Piraten.«

Immer noch sah sie ihn fassungslos an, wie betäubt, so, als hätte er ihr einen Schlag versetzt. Er, in ihre Augen blickend, wurde verwirrt, er begann wieder ihr Haar zu streicheln, küßte ihre Finger und murmelte: »Mein armes Mädchen, was für ein verdammtes Unwesen war das, was für eine Nacht, was für ein satanisches Spiel.«

Darauf schwieg er, betrachtete sie und errötete in seiner Verwirrung, noch immer ihre Finger haltend; die Verzweiflung in ihren Augen war etwas Geheimnisvolles, Neues, etwas, was er nicht verstand. Ungeschickt wie ein scheuer, etwas tölpischer Junge sagte er: »Dieser Franzose, der Pirat, hat dich doch in keiner Weise belästigt, nicht wahr, Dona?«

Zwanzigstes Kapitel

Zwei Tage kamen und gingen, da weder Minuten noch Stunden zählten. Sie kleidete sich an, aß, ging in den Garten und lebte dabei in einem beständigen Gefühl der Unwirklichkeit, als sei nicht sie es, die sich da bewegt, sondern eine andere Frau, deren Worte sie nicht einmal verstand. Keine Gedanken erwachten in ihr; es war, als wäre die Betäubung ihres Gemütes auf ihren Körper übergegangen. Sie empfand nichts, wenn die Sonne einen Augenblick wärmespendend zwischen den Wolken hervortrat, und wenn ein kurzer, kühler Wind blies, wurde ihr nicht kalt. Einmal kamen die Kinder zu ihr gesprungen, James kletterte auf ihre Knie, Henrietta tanzte vor ihr und sagte: »Sie haben einen bösen Piraten gefangen, und Prue sagt, der wird gehängt.« Sie wurde Prues Gesicht gewahr, es erschien blaß und ergeben; mit einer Anstrengung vermochte sie sich zu erinnern, daß der Tod zu Navron eingekehrt war, daß Rockingham jetzt in einer verdunkelten Kirche aufgebahrt lag und auf seine Bestattung wartete.

Ein trübsinniges Grau lag über diesen Tagen, wie an den Sonntagen in ihrer Kindheit, da die Puritaner das Tanzen auf dem grünen Rasen verboten hatten. Zu einer gewissen Stunde erschien der Pfarrer der Kirche von Helston und sprach zu ihr mit großem Ernst und versicherte sie seiner Teilnahme an dem Verlust eines so guten Freundes. Dann ritt er weg; und wieder war Harry an ihrer Seite, schneuzte sich und sprach mit gedämpfter Stimme, ganz gegen seine Art. Beständig war er um sie, demütig und bestrebt, ihr zu dienen. Er fragte, ob sie irgendeiner Sache bedürfe: einer Jacke, einer Decke über die Knie, und wenn sie den Kopf schüttelte, allein wünschend, daß er sie in Ruhe lasse, damit sie dasitzen und ins Leere starren könne, erhob er Einspruch, beteuernd, wie sehr er sie liebe, und daß er nie wieder trinken werde. Nur weil er in jener Unglücksnacht zuviel getrunken, sei es möglich gewesen, sie so zu überlisten; wäre er nicht so träge, so nachlässig gewesen, dann lebte der arme Rokkingham noch.

»Auch das Spiel geb' ich auf«, sagte er. »Ich rühre keine Karte mehr an. Ich werde das Stadthaus verkaufen, und wir wollen nach Hampshire ziehen, Dona, und dort in der Nähe deiner alten Heimat leben. Ich werde endlich Landedelmann sein, mit dir und den Kindern, und ich werde unsern James das Reiten und die Falkenjagd lehren. Wie gefiele dir das, sag?«

Immer noch schwieg sie und blickte vor sich hin.

»Es war immer etwas Unheilschwangeres um Navron«, sagte er, »ich erinnere mich, daß ich das schon als Kind empfunden. Ich habe mich hier nie wohl gefühlt. Die Luft ist zu weich. Sie tut mir nicht gut und tut auch dir nicht gut. Wir wollen von hier fort, sobald die Dinge in Ordnung gebracht sind. Könnten wir nur noch diesen verwünschten Spion von einem Diener in die Hand bekommen und dann beide gleichzeitig aufhängen. Gott, wenn ich mir überlege, in welcher Gefahr du schwebtest, da du dem Kerl so vertraut hast.« Wieder schneuzte er die Nase und schüttelte den Kopf. Einer der Hunde kam schmeichelnd zu ihr heran, leckte ihr die Hand. Plötzlich erinnerte sie sich des wütenden Gebells in der Nacht, des Gekläffs, der Aufregung, und wie durch einen Blitz erhellte sich ihr versunkener Geist, wurde wieder lebendig, wach und des Vergangenen schrecklich bewußt. Ihr Herz, ohne Grund, klopfte heftig; das Haus, die Bäume, Harrys Erscheinung neben ihr gewannen Form und Gestalt. Er sprach; sie wußte jetzt, daß jedes seiner Worte von größter Wichtigkeit sein könnte, daß sie nichts überhören dürfe. Es galt, Pläne zu fassen, die Zeit war von allerhöchstem Wert.

»Der arme Rock muß diesen Diener zuerst übertölpelt haben«, sagte er, »man sah die Spuren eines Kampfes in seinem Zimmer, und eine Blutspur zog sich den Gang entlang, dann aber hörte sie plötzlich auf; wir konnten von dem Kerl nichts mehr finden. Irgendwie muß er entkommen sein; vielleicht gelang es ihm und den andern Halunken, das Schiff zu erreichen, wiewohl mir das fraglich scheint. Sie müssen einen Teil der Uferseite von Zeit zu Zeit als Schlupfwinkel benützt haben. Herrgott, Dona, hätten wir doch das gewußt!«

Er schlug mit der Faust auf die Fläche seiner andern Hand. Dann fiel ihm ein, daß Navron ein Trauerhaus war, darin laut zu reden oder zu fluchen dem Toten gegenüber eine Unehrerbietigkeit bedeutete. Er senkte seine Stimme, seufzte und sagte: »Armer Rock, ich weiß kaum, was wir ohne ihn anfangen werden.«

Da fing sie endlich zu reden an; ihre Stimme klang fremd für ihr eigenes Ohr, weil ihre Worte sorgfältig überlegt waren, wie etwas Auswendiggelerntes.

»Wie wurde er gefaßt?« fragte sie. Der Hund leckte ihr wiederum die Hand, doch sie fühlte es nicht.

»Du meinst, dieser verfluchte Franzose?« sagte Harry. »Nun gut — wir hofften, du selbst könntest uns etwas darüber erzählen; du warst ja doch mit ihm im Salon. Aber ich weiß nicht, Dona, als ich dich fragte, da schienst du so merkwürdig abwesend. Ich sagte zu Eustick und den andern: ›Bei der Hölle, nein. Es hat sie zu sehr angegriffen‹, und wenn du zu mir lieber nicht davon sprichst, dann lassen wir das auf sich beruhen.«

Sie faltete die Hände über ihrem Schoß, sagte: »Er gab mir meine Ohrringe zurück, und dann ging er.«

»Oh, das«, sagte Harry, »wenn das alles war. Aber später, weißt du, muß er zurückgekommen sein und versucht haben, dir die Treppe hinauf nachzuschleichen. Vielleicht kannst du dich nicht erinnern, da du im Gang bei deinem Schlafzimmer in Ohnmacht fielst. Auf jeden Fall war Rock dort zugegen, und erkennend, was der Schurke vorhatte, stürzte er sich auf ihn, und in dem Kampf, der folgte — zu deiner Rettung, Dona, denke immer daran —, verlor er sein Leben, der zuverlässigste und liebste Freund.«

Dona wartete und schaute auf Harrys Hand, während er den Hund streichelte.

»Und dann?« fragte sie, von ihm weg und auf den Rasen hinausblickend.

»Oh, alles übrige schulden wir gleichfalls Rock. Von Anfang an hatte er diesen Plan. Er gewann dafür Eustick und George Godolphin, als er zu Helston mit ihnen zusammentraf. ›Stellen Sie Leute auf in den Buchten‹, sagte er, ›halten Sie Boote bereit, und wenn sich ein Schiff auf dem Fluß versteckt hält, dann werden Sie es, wenn es nachts herunterkommt, auf der Flußhöhe sehen.‹ Doch statt des Schiffes haben wir ihn, den Anführer, abgefangen.« Er lachte, riß die Hunde an den Ohren und kraulte ihnen den Rücken.

»Ja, Duchess, den Anführer haben wir erwischt, und er wird wegen Seeräuberei und Mord hängen. Die Leute werden wieder ruhig schlafen können.«

Dona hörte sich selbst mit kalter, klarer Stimme fragen: »War er denn verwundet? Ich verstehe nicht.«

»Verwundet? Du lieber Gott, nein. Er wird ohne einen Kratzer gehängt werden und fühlen, wie das tut. Die Teufelei hatte ihn aufgehalten und ebenso die drei andern Strolche; sie wollten an einer bestimmten Stelle unterhalb Helford das Schiff mitten auf dem Fluß erreichen. Er muß der übrigen Mannschaft befohlen haben, das Schiff unter Segel zu bringen, während er hier im Haus sei. Weiß Gott, wie sie das angestellt haben, doch sie taten's. Als Eustick und die andern an der bezeichneten Landspitze anlangten, sahen sie das Schiff mitten in der Strömung, und eben schwammen die Kerle zu ihm hinaus. Er selbst stand an der Bucht, kalt wie eine Stahlklinge, und focht gegen zwei von unsern Leuten zu gleicher Zeit, während seine Kumpane wegfuhren. Er rief ihnen über die Schultern in seinem verdammten Kauderwelsch, während sie nach dem Schiff schwammen, etwas zu. Wiewohl unsere Boote, die wir in der Bucht bereitgehalten, alsbald losgemacht wurden, waren sie zu spät, um die Spitzbuben oder das Schiff noch zu erlangen. Es segelte von Helford hinab, mit einer tosenden Ebbe unter sich und einem prachtvollen Wind. Und der Franzose, höllische Verdammnis, als er es so fahren sah, sagte Eustick, lachte er.«

Als Harry sprach, war es Dona, als sähe sie den Fluß, wo er sich verbreiterte und ins Meer verströmte; sie hörte den Wind im Takelwerk der ›Mouette‹ sausen, wie sie ihn einst gehört. Diese Flucht war eine Wiederholung der vielen Fluchten, die bereits vorangegangen, aber diesmal segelte das Schiff ohne seinen Kapitän, diesmal fuhr es allein. Pierre Blanc, Edmond Vacquier und die übrigen, sie hatten ihn dort in der Bucht verlassen, weil er es ihnen so befohlen. Sie dachte hin und her, welches wohl seine Worte gewesen, als er dort stand, gegen seine Feinde kämpfend, während sie nach dem Schiff hinüberschwammen. Er hatte seine Mannschaft und sein Schiff gerettet; auch jetzt, in welcher Art Haft er sich auch befinden mochte, sein Hirn würde schaffen und planen und neue Wege des Entkommens finden. Sie gewahrte nun, daß Furcht und Dumpfheit von ihr gewichen; die Erzählung von den Umständen seiner Gefangennahme hatte sie von aller Angst befreit.

»Wohin haben sie ihn denn gebracht?« fragte Dona, sich aufrichtend und den Schal, den Harry um ihre Schultern gelegt, zu Boden werfend. Er sagte: »George Godolphin hält ihn in strengem Gewahrsam; sie werden ihn nach Exeter oder Bristol bringen, wenn innerhalb der nächsten vierundzwanzig Stunden eine Bedeckungsmannschaft für ihn angelangt sein wird.«

»Und was dann?«

»Nun, sie werden ihn hängen, Dona, es sei denn, George, Eustick und wir andern ersparen den Beamten Seiner Majestät diese Mühe und hängen ihn als Schaustück für das Volk am Samstagmittag selber.«

Sie traten ins Haus; sie stand auf der Schwelle, wo er von ihr Abschied genommen. »Wäre das dem Gesetz gemäß?«

»Nein, das vielleicht nicht«, sagte Harry, »doch ich glaube nicht, daß Seine Majestät Grund hätte, uns zu maßregeln.«

So wenig Zeit, dachte sie, blieb für alles, und soviel war zu tun. Sie erinnerte sich seines Ausspruchs: die gewagteste Unternehmung sei häufig die erfolgreichste. Das war eine Lehre, die sie nun beständig beherzigen wollte in den kommenden Stunden, denn wenn irgendeine Sache völlig hoffnungslos erschien, so war es in diesem Augenblick die seiner Rettung.

»Du fühlst dich wieder ganz wohl, nicht wahr?« fragte Harry teilnehmend und legte seinen Arm um sie. »Es war die Erschütterung durch des armen Rock Tod, die dich während der beiden letzten Tage in eine so merkwürdige Verfassung gebracht hat. Das war es doch, nicht?«

»Möglich«, meinte sie, »ich weiß es nicht. Es ist gleichgültig. Aber ich fühle mich wieder wohl, sei unbesorgt.«

»Ich möchte dich wohlauf sehen«, wiederholte er. »Das ist für mich bei Gott das einzig Wichtige, dich gesund und glücklich zu sehen.« Seine Augen waren voll demütiger Bewunderung; er faßte schwerfällig ihre Hand: »So wollen wir nach Hampshire gehen, willst du?«

»Ja, Harry«, antwortete sie, »wie gehen nach Hampshire.« Sie setzte sich in den niedrigen Stuhl am Kamin, darin kein Feuer flackerte, denn es war ja Hochsommer; sie starrte hin auf den Platz, wo zu anderer Zeit Flammen gewesen. Harry, vergessend, daß Navron ein Trauerhaus war, rief: »Hierher, Duke — hierher, Duchess —, eure Herrin sagt, daß sie mit uns nach Hampshire kommen will. Find, such, dort such.«

Sie mußte Godolphin sehen, mit ihm reden und ihn dazu bringen, daß er ihr eine Unterhaltung mit seinem Gefangenen unter vier Augen gestattete. Dieser Teil der Unternehmung wäre nicht schwierig, denn Godolphin war ein

Dummkopf. Sie würde ihm mit Schmeicheleien beikommen. Während der Unterhaltung mit dem Gefangenen wollte sie diesem eine Waffe zustecken, ein Messer oder eine Pistole, wenn sie sich eine solche verschaffen könnte; soviel wäre dann in Ordnung, doch über die Art der Flucht zu bestimmen, das lag nicht bei ihr. Sie aßen ihr Abendbrot in aller Ruhe, sie und Harry, im Salon am offenen Fenster. Bald darauf, Müdigkeit vorschützend, ging sie in ihr Zimmer hinauf. Harry hatte den guten Gedanken, sie nichts zu fragen und sie allein gehen zu lassen. Ausgekleidet und im Bett liegend und den ausgedachten Besuch bei Godolphin nach allen Seiten erwägend, hörte sie ein leises Klopfen an der Tür. Das ist doch gewiß nicht Harry, dachte sie bebenden Herzens, jetzt, in seiner reuevollen Verfassung, nicht heute abend. Als sie jedoch nicht antwortete, hoffend, er glaube, daß sie bereits schlafe, da klopfte es wieder. Hierauf bewegte sich die Türklinke: es war Prue, die da im Nachtkleid auf der Schwelle stand, eine Kerze in der Hand, mit roten, verweinten Augen.

»Was gibt's?« fragte Dona. »Ist etwas los mit James?«

»Nein, gnädige Frau«, flüsterte Prue, »die Kinder schlafen. Es ist nur — es ist — ich muß Ihnen etwas sagen, gnädige Frau«, sie begann wieder zu weinen und sich mit der Hand die Augen zu reiben.

»Kommen Sie herein und schließen Sie die Tür«, sagte Dona. »Was ist los? Warum weinen Sie? Haben Sie etwas zerbrochen? Ich werde Sie nicht schelten.«

Das Mädchen weinte immerfort; sie blickte unsicher umher, als befürchte sie, Harry selbst könnte hier sein und sie hören, dann flüsterte sie unter Tränen: »Es ist wegen William, gnädige Frau. Ich habe etwa Schlechtes getan.«

Himmel, dachte Dona, hat William sie verführt, während ich auf der ›Mouette‹ war? Und jetzt, wo er nicht mehr hier ist, wird ihr bange und sie schämt sich und denkt, sie bekommt ein Kind, und ich werde sie wegjagen.

»Fürchten Sie nichts, Prue«, sagte sie freundlich, »ich werde Ihnen nicht böse sein. Was ist's mit William? Sie können es mir sagen, sehen Sie; ich werde verstehen.«

»Er war immer sehr gut zu mir«, gestand Prue, »sehr aufmerksam gegen mich und die Kinder, als Sie krank waren, gnädige Frau. Er konnte für uns nicht genug tun. Und als die Kinder schliefen, da kam er, während ich nähte, zu mir und erzählte mir von den fernen Ländern, und ich habe das sehr unterhaltend gefunden.«

»Das kann ich mir denken«, sagte Dona, »ich glaube, das hätte auch mich unterhalten.«

»Ich hätte nie gedacht«, fuhr das Mädchen fort und schluchzte aufs neue, »daß er etwas mit Ausländern oder mit diesen schrecklichen Piraten zu tun haben könnte, von denen wir gehört. Nie war er unwirsch gegen uns oder gegen mich.«

»Nein«, sagte Dona, »das könnte ich mir kaum denken.«

»Ich weiß, daß es sehr unrecht von mir war, gnädige Frau, daß ich in jener Nacht Sir Harry und den anderen Herren nichts gesagt, als das Furchtbare geschah, und als sie aus der Tür herausgebrochen und der arme Lord Rokkingham getötet wurde. Aber ich brachte es nicht übers Herz, ihn preiszugeben, gnädige Frau. Er war so schwach von dem Blutverlust und weiß wie ein Geist, ich konnte es einfach nicht tun. Wenn es rauskommt, dann werde ich gepeitscht und ins Gefängnis geworfen; aber er sagte mir, Sie müßten alles wissen, was geschehen sei.«

Mit tränenüberströmtem Gesicht stand sie dort und rang die Hände.

»Prue«, fragte Dona rasch, »was wollen Sie mir erzählen?«

»Nur, daß ich William in jener Nacht im Kinderzimmer

verborgen hatte, gnädige Frau, nachdem ich ihn mit einer Wunde am Arm und einer andern am Kopf im Gang liegend fand. Er sagte mir, Sir Harry und die anderen Herren würden ihn töten, wenn man ihn fände, der französische Pirat sei sein Herr, und es sei in dieser Nacht in Navron gekämpft worden. So, statt ihn preiszugeben, gnädige Frau, habe ich seine Wunden gewaschen und verbunden. Ich habe ihm am Boden neben den Kindern ein Bett gemacht, und nach dem Frühstück, als alle die Herren nach ihm und den andern Piraten suchten, habe ich ihn durch die Seitentür hinausgelassen, gnädige Frau. Niemand weiß etwas davon, nur Sie und ich.«

Sie schneuzte sich geräuschvoll in ihr Taschentuch und hätte fast wieder angefangen zu weinen. Dona aber lächelte ihr zu, klopfte ihr auf die Schulter und sagte: »Es ist alles recht so, Prue. Sie sind ein gutes, treues Mädchen; alles, was Sie mir erzählt haben, werde ich für mich behalten. Auch ich habe William sehr gern; ich wäre sehr betrübt, wenn ihm etwas Schlimmes zustieße. Aber etwas möchte ich von Ihnen noch erfahren. Wo befindet sich William jetzt?«

»Er sagte, als er erwachte, etwas von Coverack, gnädige Frau. Er fragte nach Ihnen. Als ich ihm sagte, Sie lägen krank, von der Erschütterung durch den Tod Lord Rokkinghams erschöpft, dachte er eine Weile nach. Als ich dann seine Verletzungen frisch gewaschen und verbunden, sagte er, es lebten Freunde von ihm in Gweek, die ihn aufnehmen und nicht verraten würden. Er werde dort sein, falls Sie ihm etwas mitzuteilen hätten.«

»In Gweek?« sagte Dona. »Gut so, Prue. Gehen Sie jetzt in Ihr Bett zurück, denken Sie nicht mehr an diese Dinge, sprechen Sie nie wieder davon, zu niemandem, selbst nicht zu mir. Und fahren Sie in allem so fort, wie Sie es bisher getan, sehen Sie zu den Kindern und behalten Sie sie lieb.«

»Ja, gnädige Frau«, sagte Prue, knickste, immer noch dem Weinen nah, und ging hinüber ins Kinderzimmer. Im Dunkeln lächelte Dona: William, der Getreue, ihr Freund und Verbündeter, war immer noch nah. Seines Herrn Flucht aus der Gefangenschaft lag im Bereich des Möglichen. Beruhigt schlief sie ein. Als sie erwachte, lachte der Himmel wieder blau und wolkenlos. Etwas war in dieser Hochsommerluft, das nie wiederkehren würde, eine Wärme und ein Glanz wie in jenen Tagen, da sie sorglos und entzückt in der Bucht fischen ging. Während des Ankleidens reifte ihr Plan. Nach dem Frühstück ließ sie Harry zu sich rufen. Bereits hatte er etwas von seiner früheren Art zurückgewonnen; als er in ihr Zimmer trat, rief er den Hunden zu, im selben lauten und selbstzufriedenen Ton wie sonst. Da sie vor dem Spiegel saß, küßte er sie auf den Nacken.

»Harry«, sagte sie, »ich habe eine Bitte an dich.«

»Alles, was du willst«, rief er eifrig, »was ist es?«

»Ich bitte dich, Navron heute mit Prue und den Kindern zu verlassen.«

Er war enttäuscht, fast bestürzt blickte er sie an. »Aber du«, sagte er, »warum willst du nicht mit uns kommen?«

»Ich werde euch morgen folgen.«

Er schritt im Zimmer auf und ab.

»Ich stellte mir vor, daß wir, nachdem hier alles erledigt wäre, alle zusammen abreisten«, wandte er ein. »Sie werden den Kerl wahrscheinlich morgen hängen. Ich wollte mich darüber noch bei Godolphin und Eustick erkundigen. Du möchtest ihn gerne hängen sehen, nicht? Wir könnten die Hinrichtung vielleicht auf neun Uhr morgens festsetzen und unsere Fahrt auf später verschieben.«

»Hast du jemals dem Erhängen eines Menschen beigewohnt?«

»Nun ja, es ist nicht viel dabei, ich gebe es zu. Aber das ist ein besonderer Fall. Verdammt noch einmal, Dona, der

Schuft hat den armen Rockingham ermordet, und er hätte auch dich umgebracht. Empfindest du gar keinen Rachedurst?«

Sie antwortete nicht, auch ihr Gesicht konnte er nicht sehen, da sie ihm den Rücken zugewandt hatte.

»George Godolphin würde es recht unfreundlich von mir finden, wenn ich mich so, ohne ihm etwas erklärt zu haben, davonmachte.«

»Ich möchte ihm selbst Erklärungen geben«, sagte sie. »Ich möchte ihn heute nachmittag, wenn ihr unterwegs seid, besuchen.«

»Du meinst also, daß ich mit allem Bedacht, ohne dich, mit den Kindern und der Wärterin wegfahren und dich allein mit einer Handvoll einfältiger Diener zurücklassen soll?«

»Genau das, Harry.«

»Nehme ich aber den Wagen für die Kinder, und ich selber reite, wie wolltest du dann morgen fahren?«

»Ich würde in Helston eine Postkutsche nehmen.«

»Und uns dann am Abend in Okehampton treffen, meinst du?«

»Und euch abends in Okehampton treffen.«

Er sah durchs Fenster verstimmt in den Garten hinaus. »Oh, zum Henker, Dona, werde ich dich je begreifen?«

»Nein, Harry, aber das ist auch nicht so wichtig.«

»Es ist wichtig«, brauste er auf, »es macht das Leben zur Hölle.«

Sie sah ihn dort stehen, die Hände auf dem Rücken.

»Glaubst du das wirklich?« fragte sie.

»Verdammt noch einmal, ich weiß nicht, was ich glaube. Ich weiß nur, daß ich alles und jedes hergäbe, um dich glücklich zu machen. Der Fluch ist, ich weiß nicht, wie ich's anstelle. Dir sind James' Fingernägel lieber als ich. Was kann einer tun, den sein Weib nicht liebt, als trinken und Karten spielen? Sag mir das.«

Sie legte ihm die Hand auf die Schulter: »In drei Wochen werde ich dreißig sein«, sagte sie. »Vielleicht, Harry, werde ich mit dem Alter weiser.«

»Ich will dich nicht weiser«, sagte er trübsinnig, »ich will dich so, wie du bist.«

Sie schwieg. Mit ihren Ärmeln spielend, fragte er: »Erinnerst du dich, ehe du nach Navron kamst, sagtest du irgendeinen Unsinn, etwa: du fühltest dich wie jener Vogel in deines Vaters Vogelhaus. Ich konnte mit der Geschichte nichts anfangen und kann's auch heute nicht. Es klang so unverständlich, weißt du. Ich möchte wissen, was du damit wolltest?«

»Denk nicht mehr daran«, sagte sie, ihm die Wange tätschelnd, »da doch der Häftling seinen Weg in den Himmel gefunden. Und jetzt, Harry, willst du das tun, worum ich dich bat?«

»Ja, ich vermute«, antwortete er, »aber ich sage dir ausdrücklich, recht ist mir die Sache nicht. Ich werde zu Okehampton haltmachen und auf dich warten. Auf keinen Fall wirst du deine Abfahrt verzögern?«

»Nein«, sagte sie, »ich werde sie nicht verzögern.« Er ging die Treppe hinab, um für die Reise alles anzuordnen; sie ließ Prue kommen und machte sie mit den bevorstehenden Veränderungen bekannt. Auf einmal war alles Geschäftigkeit und Durcheinander: das Zusammenschnüren von Schachteln und Bettzeug, das Einpacken von Eßwaren und Kleidern für die Reise; die Kinder hüpften umher wie Marionetten in froher Erwartung des Neuen, das auf sie wartete. Sie sind nicht traurig darüber, Navron zu verlassen, dachte Dona, in einem Monat spielen sie in den Feldern von Hampshire, und Cornwall wird vergessen sein. Kinder vergessen Orte so leicht und Gesichter noch schneller.

Um ein Uhr gab es ein kaltes Frühstück. Henrietta tanzte auf dem Tisch wie eine kleine Fee, ganz blaß vor Vergnügen, weil Harry neben ihrem Wagen reiten würde. James saß auf Donas Schoß, bestrebt, seine Füße auf den Tisch zu legen; wenn Dona ihm das erlaubte, dann blickte er sich triumphierend um; sie küßte seine vollen Backen und drückte ihn an sich.

Harry fühlte sich etwas angesteckt von der Aufregung der Kinder. Er erzählte ihnen von Hampshire, da sie dort voraussichtlich den Rest des Sommers zubringen würden. Die Mienen der Kinder strahlten, als ihr Vater sagte: »Du wirst ein Pony bekommen, Henrietta, und James später auch.«

Er warf den Hunden Fleischstücke zu, und die Kinder klatschten in die Hände und schrien.

Der Wagen rollte vor die Tür; die Kleinen wurden hineingeschoben, dazu Pakete, Kissen und die Körbe für die zwei Hunde. Währenddessen kaute das Pferd an seinem Gebiß und stampfte das Pflaster.

»Du mußt mich bei George Godolphin entschuldigen«, sagte Harry, sich zu Dona herabbeugend und mit der Reitpeitsche seine Stiefel klopfend, »ich weiß, er wird diese Art aufzubrechen nicht verstehen.«

»Ich weiß immer noch nicht, warum du nicht mit uns kommst«, fing er wieder an, »aber wir erwarten dich also morgen abend in Okehampton. Wenn wir heute durch Helston fahren, dann will ich deine Postkutsche für morgen bestellen.«

»Ich danke dir, Harry.«

Er klopfte weiter auf die Spitze seines Stiefels. »Ruhig, steh still, du Racker«, sagte er zu seinem Pferd. Hierauf zu Dona: »Ich glaube, das verflixte Fieber macht dir immer noch zu schaffen, und du willst es nur nicht zugeben.«

»Nein«, versicherte sie, »ich habe kein Fieber.«

»Deine Augen glänzen seltsam«, sagte er, »sie schienen mir von dem Moment an verändert, da ich dich dort oben in deinem Zimmer liegen sah. Ihr Ausdruck ist anders, der Teufel mag wissen, was es ist.«

»Ich sagte dir heute vormittag, ich werde älter; in drei Wochen werde ich dreißig sein.«

»Nein, zum Henker, das ist es nicht«, rief er. »Nun gut, ich muß annehmen, ich habe ein Brett vor dem Kopf und werde den ganzen Rest meiner Tage darüber grübeln, was mit dir geschehen sei.«

»Ich glaube fast, das wirst du, Harry.«

Da schwang er seine Peitsche, riß sein Pferd herum; in leichtem Galopp eilte er den Fahrweg hinab, der Wagen folgte etwas bedächtiger; die beiden Kinder lachten aus dem Fenster, schickten Kußhände, bis sie um die Ecke in die Landstraße einbogen und nichts mehr sehen konnten. Dona ging durch das leere Speisezimmer in den Garten. Das Haus bot bereits einen seltsam verlassenen Anblick, als fühle es in seinen alten Knochen, daß nun bald die Stühle mit ihren Überzügen bedeckt, die Fensterladen geschlossen, die Türen verriegelt würden, und daß außer seinem eigenen geheimnisvollen Dunkel nichts mehr hier seine Wohnung haben werde: kein Sonnenschein, keine Stimmen, kein Lachen, nur die schweigsame Erinnerung an das Vergangene.

Unter diesem Baum hatte sie in der Sonne auf dem Rücken gelegen und den Schmetterlingen zugeschaut; hier hatte Godolphin sie zum erstenmal besucht, sie überrascht mit ihren frei wehenden Locken und den Blumen hinter dem Ohr. Sternhyazinthen blühten in den Wäldern, jetzt gab es keine mehr.

Das nun halb mannshohe dunkle Farnkraut war jung und frisch gewesen. So viel schnell erblühte, schnell verblichene Lieblichkeit! Ihr Herz wußte, daß sie jetzt zum letztenmal diese Dinge vor Augen hatte; sie würde nie nach Navron zurückkehren. Doch ein Teil von ihr würde für immer hier bleiben: leichte Tritte, die nach der Bucht hinabeilten, die Berührung eines Baumes mit ihrer Hand, der Abdruck ihres Körpers im hohen Gras. Vielleicht eines Tages, nach vergangenen Jahren, würde dort jemand wandern und in die Stille lauschen, wie sie getan, und das Geflüster der Träume vernehmen, die sie hier geträumt, in der hochsommerlichen Zeit, unter der sengenden Sonne und dem weißen Himmel.

Sie verließ den Garten, rief den Stallknecht in den Hof un hieß ihn ihr kleines Pferd von der Weide holen und satteln, denn sie wollte ausreiten.

Einundzwanzigstes Kapitel

In Gweek angelangt, schlug Dona die Richtung nach einem kleinen Haus ein, das etwa hundert Ellen von der Landstraße entfernt, wie im Wald vergraben, lag; ihr Gefühl sagte ihr, dieses müsse der Ort sein, den sie suchte. Als sie einmal dort vorübergefahren, hatte sie im Hauseingang eine junge, hübsche Frau erblickt, und William, der den Wagen lenkte, grüßte mit der Peitsche.

»Schlimme Geschichten werden erzählt«, hatte Godolphin sich geäußert, »von jungen Frauen in Verzweiflung.« Dona lachte vor sich hin: Sie erinnerte sich, wie das Mädchen errötet war, und an Williams Gesichtsausdruck, und wie galant er sich verbeugt hatte, unbekümmert, ob seine Herrin ihn dabei bobachtete oder nicht.

Das Haus schien verlassen. Dona, vom Pferd steigend, fragte sich, ob sie nicht doch fehlgegangen sei. Sie klopfte an die Tür. Da hörte sie im Garten hinter dem Haus eine Bewegung und sah gerade noch einen Frauenrock in der Tür verschwinden. Die Tür wurde verschlossen und verriegelt. Sie klopfte sachte, erhielt keine Antwort, dann rief sie:

»Fürchten Sie nichts. Hier ist Lady St. Columb aus Navron.«

In weniger als zwei Minuten war der Riegel zurückgeschoben und die Tür geöffnet. William stand selbst auf der Schwelle, über seine Schulter guckte das errötete Gesicht der jungen Frau.

»Gnädige Frau«, sagte er, staunend und seinen runden Mund halb geöffnet. Sie befürchtete einen Augenblick, er werde in Weinen ausbrechen. Dann ermannte er sich und öffnete die Tür weit.

»Geh hinauf, Grace«, sagte er, »die gnädige Frau möchte mit mir allein sprechen.«

Das Mädchen gehorchte.

Dona ging William voran in die kleine Küche, setzte sich neben den niedrigen Herd und betrachtete ihn. Er trug seinen linken Arm noch in der Schlinge und um den Kopf einen Verband, aber es war derselbe William, der da vor ihr stand, als erwarte er ihre Anordnungen für das Essen.

»Prue hat mir Ihre Botschaft ausgerichtet, William«, erklärte sie, und da er sich so steif und ausdruckslos verhielt, lachte sie ihm ermunternd zu. Er fragte mit demütig niedergeschlagenen Augen: »Gnädige Frau, was kann ich Ihnen sagen? Ich wollte in jener Nacht mein Leben für Sie einsetzen, statt dessen habe ich mich als das Gegenteil eines Helden gezeigt und lag dort auf dem Fußboden des Kinderzimmers wie ein kranker Säugling.«

»Da konnten Sie nichts dafür«, beschwichtigte sie, »Sie waren schwach und elend infolge des Blutverlustes, und Ihr Gefangener war für sie zu schlau und zu gewandt. Aber nicht darüber wollte ich mit Ihnen reden, William.« Seine Augen sahen sie bittend an, sie aber schüttelte den Kopf. »Keine Fragen«, sagte sie, »ich weiß, was Sie mich fragen möchten. Ich bin wohlauf, bei Kräften, ohne die geringste Verletzung. Was aber in jener Nacht geschah, geht Sie nichts an. Das ist vorbei und abgetan. Verstehen Sie?«

»Ja, gnädige Frau, da Sie das so wünschen.«

»Sir Harry, Prue und die Kinder sind eben heute nachmittag von Navron abgereist. Jetzt ist das einzig Wichtige, daß wir Ihrem Herrn Hilfe bringen. Sie wissen, was geschehen ist?«

»Ich weiß, gnädige Frau, daß das Schiff mit der Mannschaft an Bord glücklich entkommen, daß mein Herr jedoch von Lord Godolphin gefangengehalten wird.«

»Und die Zeit drängt, William, denn Seine Gnaden und die andern könnten das Recht selbst in die Hand nehmen und tun, was sie ihm zugedacht haben, noch bevor die Bedeckungsmannschaft aus Bristol eingetroffen ist. Es bleiben uns vielleicht nur wenige Stunden, darum müssen wir diese Nacht noch handeln.«

Sie hieß ihn auf einen Stuhl neben dem Herd sitzen, zeigte ihm eine Pistole, die sie in ihrem Kleid verborgen trug, und ein Messer: »Die Pistole ist geladen. Ich werde, nachdem ich Sie verlassen, Seine Gnaden aufsuchen und mir irgendwie Zutritt zu dem Gefangenen verschaffen. Es dürfte nicht so schwierig sein, denn Seine Gnaden ist ziemlich schwach an Verstand.«

»Und alsdann, gnädige Frau?«

»Alsdann — ich nehme an, Ihr Herr hat bereits einen Plan ausgeheckt, demgemäß er vorgehen wird. Er wird wissen, wie verzweifelt wenig Zeit uns noch bleibt, und wird wünschen, daß man zu einer festgesetzten Stunde mit Pferden auf ihn warte.«

»Das dürfte nicht unmöglich sein, gnädige Frau. Mittel und Wege, sich Pferde zu verschaffen, findet man immer.«

»Ich glaube auch, William.«

»Diese junge Frau, die mir hier Gastfreundschaft gewährt . . .«

»Eine sehr liebenswürdige Frau, William.«

»Gnädige Frau sind sehr freundlich. Die junge Frau, die mir Gastfreundschaft gewährt, vermöchte uns zu Pferden zu verhelfen. Sie können mir diese Angelegenheit ruhig überlassen.«

»Und auch die junge Frau, gleich wie Prue, als ich mit Ihrem Herrn weggefahren war?«

»Gnädige Frau, ich erkläre Ihnen feierlich, daß ich von Prue auch nicht ein Haar berührt habe.«

»Wahrscheinlich nicht, William, wir wollen das nicht weiter erörtern. Also gut. Der erste Zug in diesem Spiel wurde verstanden. Nach meinem Besuch bei Lord Godolphin komme ich wieder hierher, um Ihnen zu sagen, was abgemacht worden.«

»Sehr wohl, gnädige Frau.«

Er öffnete die Tür, sie schritt durch den kleinen, üppig bewachsenen Garten.

»Es wird uns nicht mißlingen, William«, versicherte sie. »In der Zeit von drei Tagen oder noch früher Sie die Klippen der Bretagne sehen. Sie werden sich freuen, die Luft Frankreichs wieder zu atmen, nicht?«

Er wollte sie noch etwas fragen, doch sie ging rasch den Pfad hinab zu ihrem Pferd, das dort an einen Baum gebunden war. Jetzt, da sie ihre Aufgabe begonnen, fühlte sie sich entschlossen und stark; jene sehnsüchtige Stimmung, die sich ihrer im Garten von Navron bemächtigt, hatte sie in dem Augenblick, der sie zum Handeln antrieb, verlassen. Das alles war vergangen. Sie ritt eilig dahin; das kleine derbe Roß griff den feuchten Hecken entlang tüchtig aus. Bald war sie im Park von Godolphins Besitzung angekommen. Etwas entfernter sah sie die grauen Umrisse seines Hauses, den untersetzten Turm und die starken Mauern der Zitadelle, die zu dem Gebäude gehörte. Es gab eine schmale Fensterspalte in dem Turm, zwischen dem Boden und der Zinne. Als sie dort vorbeiritt, begann ihr Herz auf einmal zu klopfen; das mußte sein Gefängnis sein; er dürfte den Hufschlag ihres Pferdes gehört haben, dann zu der Öffnung hinaufgeklettert sein und von dort auf sie herabblicken.

Ein Diener rannte herbei, um ihr Pferd zu halten; er machte erstaunte Augen; ihr schien es, er überlege, warum Lady St. Columb aus Navron in der Nachmittagshitze auf einem gewöhnlichen Landgaul angeritten komme, allein, weder von ihrem Gatten noch ihrem Reitknecht begleitet. Sie wurde in den großen Vorsaal geführt, fragte, ob sie Seine Gnaden sprechen könne. Während des Wartens blickte sie durch die großen Fenster in den Park. Da sah sie, abseits von seinen Gefährten und mit einem Seil umgrenzt, in der Mitte des Rasens einen mächtigen Baum, viel höher als alle andern. Auf einem seiner breiten Äste saß ein Mann, der mit einer Säge hantierte und einer kleinen Gruppe untenstehender Männer zurief.

Sie wandte sich ab, von einem kalten Schauder geschüttelt. Durch die Halle hörte sie Schritte kommen, Lord Godolphin kam auf sie zu. »Ich bitte Sie sehr untertänig um Verzeihung, gnädige Frau«, sagte er, ihr die Hand küssend, »ich fürchte, ich habe Sie warten lassen, doch um die Wahrheit zu sagen, Ihr Besuch kommt etwas ungelegen — wir sind alle in Mitleidenschaft gezogen —, die Sache ist die: meine Frau liegt in den Wehen, und wir erwarten den Arzt.«

»Mein lieber Lord Godolphin, verzeihen Sie mir«, sagte Dona, »hätte ich das gewußt, niemals hätte ich mir erlaubt, Sie zu stören. Aber ich habe Ihnen Nachrichten von Harry zu überbringen und zugleich seine Bitte um Entschuldigung. Es hat sich in London etwas ereignet, das seine sofortige Rückkehr dorthin erforderte, er ist um Mittag mit den Kindern abgereist, und . . .«

»Harry ist nach London zurück?« rief er in höchstem Erstaunen. »Aber es war doch abgemacht, daß er morgen hierherkomme. Die halbe Einwohnerschaft wird bei diesem Anlaß zusammenströmen. Die Männer richten eben den Baum her, wie Sie von hier beobachten können. Harry legte Gewicht darauf, den Franzosen hängen zu sehen.«

»Er spricht Ihnen sein herzlichstes Bedauern aus, doch die Angelegenheit ist in der Tat sehr dringend. Seine Majestät selbst, glaube ich, wird davon berührt.«

»Oh, dann natürlich, gnädige Frau, unter solchen Umständen verstehe ich wohl. Aber es ist schade, sehr schade. Die Gelegenheit ist so außerordentlich und ein solcher Triumph. Und bei der Wendung, welche die Dinge genommen haben, sieht es aus, als bekämen wir gleichzeitig noch etwas anderes zu feiern.« Er hustete und warf den Kopf zurück, sehr wichtig und voller Selbstgefühl. Als man hierauf das Rollen von Wagenrädern vernahm, schaute er nach der Tür: »Das wird der Arzt sein«, sagte er rasch, »ich darf mich für einen Augenblick entfernen?«

»Aber selbstverständlich, Lord Godolphin«, lächelte sie, wandte sich um und ging in den kleinen Salon, die Sachlage blitzschnell überdenkend. Aus der Halle hörte sie Stimmengemurmel und schwere Schritte.

Er ist so aufgeregt, dachte sie, wenn man wiederum seine Perücke pflückte, er merkte es nicht.

Die Schritte und Stimmen verloren sich auf der breiten Treppe. Dona, durch das Fenster blickend, stellte fest, daß sich um den Turm und in der Allee keine Wachen befanden; diese mußten sich im Innern der Zitadelle aufhalten. Nach fünf Minuten kehrte Godolphin zurück, womöglich noch geröteter und bekümmerter anzusehen als zuvor.

»Der Arzt ist nun bei der gnädigen Frau«, teilte er mit, »aber er glaubt nicht, daß vor heute abend etwas geschehen werde. Das scheint mir merkwürdig, ich hatte keine Vorstellung, glaubte, daß jede Minute . . .«

»Warten Sie«, sagte sie, »bis Sie ein dutzendmal Vater geworden sind, dann werden Sie vielleicht wissen, daß Kinder es gemächlich nehmen und sich mit dem Eintritt in diese Welt durchaus nicht beeilen mögen. Lieber Lord Godolphin, ich wollte, ich könnte Sie ein wenig von Ihren Sorgen ablenken. Ich bin sicher, daß der Zustand Ihrer Frau ungefährlich ist. Sitzt der Franzose dort drüben gefangen?«

»Ja, gnädige Frau, und er verbringt seine Zeit damit, Vögel zu zeichnen. Der Kerl ist sicherlich verrückt.«

»Ganz gewiß.«

»Aus dem ganzen Land laufen bei mir Glückwünsche ein. Ich schmeichle mir, sie verdient zu haben, denn wissen Sie, ich war es, der den Halunken entwaffnet hat.«

»Wie tapfer von Ihnen!«

»Es ist wahr, er legte sein Schwert in meine Hände, aber nichtsdestoweniger, ich war es, dem er es übergab.«

»Ich werde darüber bei Hof viel erzählen müssen, Lord Godolphin, wenn ich nächstens in St. James sein werde. Seine Majestät wird sehr beeindruckt sein von der Rolle, die Sie in der ganzen Angelegenheit gespielt haben. Ihr Genie hat alles zuwege gebracht.«

»Oh, Sie schmeicheln mir, gnädige Frau.«

»Nein, durchaus nicht. Harry wird vollkommen mit mir übereinstimmen, das weiß ich. Ich wollte nur, ich hätte ein Andenken an den Franzosen, um es Seiner Majestät zu zeigen. Denken Sie, da er doch ein Zeichner ist, ich könnte eine von seinen Zeichnungen bekommen?«

»Nichts leichter als das. Seine ganze Zelle ist damit vollgestreut.«

»Ich habe, Gott sei gelobt, so vieles von jener Schreckensnacht vergessen«, seufzte Dona, »daß ich mich nicht mehr genau an sein Aussehen erinnern kann, außer daß er sehr breit, dunkel und grimmig war und erschreckend häßlich.«

»Da liegt ein kleiner Irrtum vor, gnädige Frau, ich möchte ihn anders schildern. Er ist zum Beispiel nicht so breit wie ich, und wie alle Franzosen hat er mehr ein verschlagenes als ein häßliches Gesicht.«

»Wie schade, daß ich Ihn nicht sehen konnte, um Seiner Majestät von ihm eine genaue und völlig richtige Beschreibung zu geben.«

»Werden Sie denn morgen nicht herüberkommen?«

»Leider nicht. Ich werde Harry und den Kindern folgen.«

»Ich denke, ich könnte Ihnen einen Blick in seine Zelle und auf den Bösewicht selbst gestatten. Doch, nach dem, was mir Harry von der Tragödie jener Nacht erzähllte, würden Sie es kaum aushalten, sich so lange dort umzusehen, um über den Kerl etwas berichten zu können — kurz, all das hatte Ihnen einen derartigen Schrecken eingejagt, daß . . .«

»Der heutige Tag, Lord Godolphin, ist von dem vorgestrigen so verschieden. Ich brauche keinen Schutz, der Franzose ist unbewaffnet. Ich möchte Seiner Majestät eine zuverlässige Schilderung von dem berüchtigten Piraten geben, den seine treuesten Untertanen in Cornwall ergriffen und hingerichtet haben.«

»Gut, das sollen Sie, gnädige Frau, das sollen Sie. Wenn ich daran denke, was Sie in seiner Hand hätten erdulden müssen, dann möchte ich ihn dreimal aufknüpfen. Ich glaube, Aufregung und Unruhge wegen dieser Geschehnisse haben die .Niederkunft meiner Frau beschleunigt.«

»Höchst wahrscheinlich«, sagte Dona ernst. Als sie bemerkte, er habe Lust, bei dem Gegenstand zu verweilen und gar auf häusliche Einzelheiten überzugehen, die sie besser verstand als er selbst, fügte sie bei: »Gehen wir jetzt dorthin, da der Arzt doch bei der gnädigen Frau ist.« Ehe er etwas einwenden konnte, verließ sie den Salon und schritt durch die Halle auf die Treppe hinaus. Er war genötigt, ihr zu folgen, warf jedoch einen Blick nach den Fenstern des Hauses hinauf und sagte:

»Meine arme Lucie, hätte ich ihr doch diese Tortur ersparen können.«

»Daran hätten Sie vor neun Monaten denken sollen, Mylord«, war ihre Antwort. Er blickte sie verwirrt und betroffen an und murmelte etwas davon, daß er seit Jahren auf einen Sohn und Erben gehofft habe.

»Den wird sie Ihnen sicher auch geben«, versicherte Dona, »selbst wenn Sie zuvor noch zehn Töchter erhalten sollten.« Und da waren sie bereits vor der Zitadelle, standen jetzt in dem schmalen steinernen Eingang, wo zwei mit Musketen bewaffnete Männer postiert waren; ein dritter saß auf einer Bank vor einem Tisch. »Ich habe Lady St. Colomb versprochen, daß sie sich unsern Gefangenen ansehen dürfe«, erklärte Godolphin. Der Mann am Tisch blickte auf und grinste: »Morgen um diese Zeit wäre er weniger in der Verfassung, Damen zu empfangen.« Godolphin lachte laut auf. »Nein, darum kommt die Dame heute.« Die Wache führte sie die enge steinerne Treppe hinauf, nahm einen Schlüssel aus ihrem Bund. Hier gibt es keine andere Tür, keine andere Treppe, merkte sich Dona, die Männer unten aber sind ständig wachsam. Der Schlüssel drehte sich im Schloß, Donas Herz schlug schneller, lächerlich, unsinnig, wie jedesmal, wenn sie ihn sehen sollte. Der Wärter stieß die Türe auf; Dona trat ein, hinter ihr Godolphin. Der Wärter zog sich zurück und schloß die Tür. Aubéry saß, wie sie ihn zum erstenmal erblickt hatte, an einem Tisch; sein Gesicht zeigte denselben Ausdruck der Vertiefung in seiner Arbeit wie damals; kein anderer Gedanke schien ihn zu beschäftigen. Godolphin, aufgebracht über die Gleichgültigkeit des Gefangenen, schlug mit der Hand auf den Tisch und sagte scharf: »Werden Sie aufstehen oder nicht, wenn ich mir die Mühe nehme, Sie zu besuchen?« Die Gleichgültigkeit des Gefangenen war keine Pose gewesen, Dona wußte es wohl. So sehr war der Franzose in seine Zeichnung vertieft, daß er den Schritt Godolphins nicht von dem des Wärters unterschieden hatte. Er legte die Zeichnung beiseite — es war ein Brachvogel, der über eine Flußmündung nach dem offenen Meer hinausflog —, da erst erblickte er sie, verriet jedoch mit keiner Miene, daß er sie kannte; er stand auf, verbeugte sich und schwieg.

»Das ist Lady St. Columb«, sagte Godolphin steif. »Enttäuscht darüber, daß sie morgen Ihrem Gehängtwerden nicht beiwohnen kann, wünscht sie von Ihnen eine Zeichnung nach London mitzunehmen, auf daß Seine Majestät ein bleibendes Andenken an einen der größten Banditen, die seine Untertanen je beunruhigt haben, besitze.«

»Lady St. Columb ist mir sehr willkommen«, sagte der Gefangene. »Da ich während der letzten Tage nicht viel anderes zu tun gehabt, kann ich ihr eine hübsche Auswahl vorweisen. Welches ist Ihr Lieblingsvogel, gnädige Frau?«

»Das«, erwiderte Dona, »kann ich nicht mit Bestimmtheit sagen. Zuweilen glaube ich, es sei der Ziegenmelker.«

»Ich bedaure, einen Ziegenmelker habe ich nicht anzubieten«, sagte er, in seinen Papieren stöbernd. »Als ich zuletzt einen solchen gehört, da war ich so sehr mit etwas anderem beschäftigt, daß ich auf seine Gestalt nicht so geachtet habe, wie ich es hätte tun sollen.«

»Sie meinen«, sagte Godolphin schroff, »Sie waren so sehr damit beschäftigt, einen meiner Freunde um seinen Besitz zu bringen, zu Ihrem persönlichen Nutzen, daß Sie für keine andere Sache mehr Zeit fanden.«

»Mylord«, sagte mit einer Verbeugung der Kapitän der

›Mouette‹, »ich hörte noch niemanden die in Frage stehende Beschäftigung delikater umschreiben.«

Dona beugte sich über die Blätter auf dem Tisch. »Dies ist eine Heringsmöwe«, sagte sie, »doch mir scheint, es fehlt etwas an ihrem Gefieder.«

»Die Zeichnung ist unvollendet, gnädige Frau«, antwortete er, »diese besondere Möwe ließ während ihres Fluges eine ihrer Federn fallen. Wenn Sie jedoch von dieser Gattung wissen, dann erinnern Sie sich, daß sie sich selten weit in die See hinauswagt. Diese eigenartige Möwe zum Beispiel hat sich bis jetzt kaum zehn Meilen von der Küste entfernt.«

»Ohne Zweifel«, sagte Dona, »und dann wird sie heute nacht wieder an Land kommen und nach der Feder suchen, die sie verloren hat.«

»Gnädige Frau, Ihre Kenntnisse in Ornithologie sind nicht groß«, murmelte Godolphin, »ich für meinen Teil habe niemals von einer Seemöwe oder irgendeinem anderen Vogel gehört, der Federn aufpickte.«

»Ich hatte als Kind eine Federmatratze«, sagte Dona; sie sprach sehr rasch und lächelte zu Godolphin, »ich erinnere mich, nach einiger Zeit wurden die Federn locker, eine flatterte aus meinem Schlafzimmerfenster in den Garten hinab. Das Fenster war freilich breit, kein solcher Schlitz wie der, der diese Zelle erhellt.«

»O gewiß«, antwortete Seine Gnaden, etwas verdutzt und sie zweifelnd ansehend. Er fragte sich, ob ihr Fieber sie wirklich verlassen habe. Was aus diesem Kopf kam, klang doch etwas schwach.

»Wehten sie auch unter der Tür hindurch?« fragte der Häftling.

»Oh, das weiß ich nicht mehr«, sagte Dona. »Ich denke aber, selbst für eine Feder wäre es schwierig, unter einer Tür hindurchzuschlüpfen – es sei denn, daß ihr ein tüchtiger Windstoß zu Hilfe käme, oder etwa der Luftdruck aus einem Pistolenlauf. Doch ich habe meine Zeichnung immer noch nicht gewählt. Da ist eine Seelerche; höre ich nicht das Rollen von Wagenrädern auf der Zufahrt? Wenn dem so ist, dann muß es der Arzt sein, der jetzt wegfährt.«

Lord Godolphin schnalzte ärgerlich mit der Zunge und blickte nach der Tür. »Er wird sicher nicht wegfahren, ohne noch mit mir gesprochen zu haben«, sagte er. »Sind Sie gewiß, daß Sie Räder rollen hören? Ich bin ein wenig schwerhörig.«

»Ich könnte meiner Sache nicht gewisser sein«, beteuerte Dona.

Seine Gnaden ging auf die Tür zu und pochte laut: »He dort«, rief er, »öffnen Sie sogleich die Tür.« Der Wärter rief etwas, sie hörten ihn heraufkommen. In einem Augenblick hatte Dona das Messer und die Pistole aus ihrem Reitkleid hervorgeholt und auf den Tisch gelegt, der Gefangene beides ergriffen und mit einem Stoß seiner Zeichnungen bedeckt. Der Wärter schloß auf, Godolphin drehte sich nach Dona um: »Nun, gnädige Frau? Haben Sie Ihre Zeichnung ausgesucht?«

Dona blätterte zerstreut in den Zeichnungen und runzelte die Stirn. »Es ist wirklich scheußlich schwer«, sagte sie, »ich vermag mich zwischen der Seemöwe und der Seelerche nicht zu entscheiden. Bitte warten Sie nicht auf mich, Mylord, Sie werden wissen, daß eine Frau sich nie entschließen kann. Ich folge Ihnen in ein paar Minuten.«

»Es ist in der Tat unerläßlich, daß ich den Arzt noch spreche«, sagte Godolphin, »also werden Sie mich entschuldigen, gnädige Frau.«

»Sie bleiben mit der gnädigen Frau hier«, wandte er sich, die Zelle verlassend, an den Wärter.

Wieder schloß dieser die Tür und stand nun, das Gewehr im Arm, gegen diese gelehnt. Er lächelte Dona bedeutsam zu: »Wir werden morgen zweierlei Feste zu feiern haben, gnädige Frau.«

»Ja«, sagte sie, »ich hoffe zu ihren Gunsten, es werde ein Junge sein. Dann wird es für Sie alle mehr Bier geben.«

»Dann bin ich also nicht der einzige Anlaß feierlicher Begeisterung?« fragte der Gefangene.

Der Wärter lachte, deutete mit dem Kopf gegen den Fensterschlitz der Zelle: »Sie werden um Mittag schon vergessen sein, indessen wir auf das Wohl des zukünftigten Lord Godolphin trinken.«

»Es ist wirklich betrübend«, sagte Dona, »daß weder der Gefangene noch ich selber hier sein werden, um auf den Sohn und Erben unser Wohl anzubringen.«

Sie zog ihre Börse aus der Tasche und warf sie dem Wärter zu.

»Ich wette, es würde Ihnen mehr Spaß machen, das schon jetzt zu tun, als Stunde um Stunde da unten Wache zu stehen. Wenn wir jetzt zu dritt ein wenig zechten, solange Seine Gnaden sich mit dem Arzt unterhält?«

Der Gefängniswärter lachte, auf den Gefangenen deutend: »Wenn wir das tun, so ist es nicht das erstemal, daß ich vor einer Hinrichtung Bier getrunken«, bekannte er. »Aber eins muß ich sagen, ich habe noch nie einen Franzosen hängen gesehen. Sie sagen, daß sie schneller sterben als wir. Die Knochen im Genick sind bei ihnen spröder.«

Er schloß auf und rief seinem Gehilfen hinab: »Bring drei Gläser und einen Krug Bier.«

Als er sich umgedreht hatte, sah Dona den Gefangenen fragend an. Ohne die Lippen zu bewegen, hauchte dieser: »Heute nacht um elf Uhr.«

Sie nickte und flüsterte: »William und ich.«

Der Wärter blickte über seine Schultern: »Wenn Seine Gnaden uns aber erwischt, dann ist der Teufel los.«

»Ich werde für Sie eintreten«, sagte Dona; »gerade solche Späße werden Seine Majestät belustigen, wenn ich sie ihm bei Hofe schildern werde. Wie heißen Sie?«

»Zachariah Smith, gnädige Frau.«

»Nun gut, Zachariah, sollte Ihnen etwas widerfahren, dann spreche ich für Sie beim König selbst.«

Der Wärter lachte. Sein Gefährte kam in diesem Moment mit dem Bier. Er schloß die Tür wieder und stellte das Servierbrett auf den Tisch.

»Auf ein langes Leben Ihrer Gnaden«, sagte er, »und eine pralle Börse und einen guten Appetit für mich selbst, und Ihnen, Herr, einen raschen Tod.«

Er füllte die Gläser. Dona stieß mit dem Wärter an: »Ein langes Leben dem zukünftigen Lord Godolphin.«

Der Wärter schmatzte mit den Lippen und verneigte sich. Der Häftling erhob sein Glas, Dona zulächelnd: »Sollten wir nicht zum Wohle von Lady Godolphin trinken, die in diesem Augenblick wohl Schweres durchmacht? Und«, ergänzte er, »auf das Wohl des Arztes.«

Als sie trank, blitzte ein Gedanke in ihr auf; den Franzosen anblickend, wußte sie, daß auch ihm der gleiche Gedanke gekommen, denn er sah sie verständnisvoll an.

»Zachariah Smith, sind Sie verheiratet?« fragte sie.

Der Wärter lachte. »Zweimal verheiratet«, sagte er, »und der Vater von vierzehn.«

»Dann wissen Sie, was Ihre Gnaden jetzt leidet, aber mit einem so tüchtigen Arzt wie Doktor Williams hat man kaum etwas zu befürchten. Sie kennen den Doktor vermutlich gut?«

»Nein, gnädige Frau. Ich komme von der Nordküste. Ich stamme nicht aus Helston.«

»Doktor Williams«, sagte Dona träumerisch, »ist ein drolliger kleiner Mann mit einem vollen feierlichen Gesicht und einem Mund, rund wie ein Knopf. Ich habe gehört, er verstehe sich auf gutes Bier wie selten einer.«

«Dann ist es schade«, antwortete der Wärter, sein Glas absetzend, »daß er jetzt nicht mit uns trinkt. Vielleicht kann er es später tun, wenn sein Tagewerk beendet ist und er aus Lord Godolphin einen Vater gemacht hat.«

»Was aber kaum vor Mitternacht der Fall sein dürfte; was meinen Sie dazu, Zachariah Smith, Vater von vierzehn?«

»Mitternacht ist die übliche Stunde, gnädige Frau«, lachte der Wärter, »meine neun Buben sind alle schlags zwölf Uhr geboren.«

»Nun gut«, sagte Dona, »wenn ich Doktor Williams sehe, dann will ich ihm mitteilen, daß zur Feier des Ereignisses Zachariah Smith, Vater eines guten Bäckerdutzends von Kindern, sich freuen würde, mit ihm ein Glas Bier zu trinken, bevor ihn die Nachtarbeit ruft.«

»Zachariah, Sie werden sich dieses Abends bis an ihr Lebensende erinnern«, bemerkte der Häftling. Der Wärter stellte die Gläser wieder auf das Brett. »Wenn Lord Godolphin einen Sohn erhält«, sagte er, mit den Augen zwinkernd, »dann wird darüber auf dem ganzen Gut ein solcher Jubel sein, daß sie am Morgen vergessen werden, Sie zu hängen.«

Dona nahm die Zeichnung mit der Seemöwe vom Tisch. »Gut«, sagte sie, »ich habe gewählt. Und nun Zachariah, da es doch wohl besser ist, daß Seine Lordschaft Sie hier nicht mit dem Servierbrett erblickt, wollen wir jetzt zusammen hinuntersteigen und den Gefangenen seiner Feder und seinen Vögeln überlassen. Leben Sie wohl, mein Herr Franzose. Mögen Sie morgen so leicht wie jene Feder aus meiner Matratze hinweggleiten.« Der Gefangene verbeugte sich: »Das wird alles abhängen von der Quantität Bier, die mein Wärter diese Nacht mit Doktor Williams vertilgt.«

»Er muß einen soliden Kopf haben«, prahlte der Wärter, »wenn er's mit dem meinen aufnehmen will.«

»Auf Wiedersehen, Lady St. Columb«, sagte der Gefangene. Sie blickte ihn fest an, und es wurde ihr klar, daß die Verwirklichung des Planes, den sie vorhatten, das Gewagteste und Tollkühnste sei, was er je unternommen. Wenn der Plan mißlänge, dann gäbe es keine weitere Aussicht auf Rettung mehr, dann würde er morgen an dem Baum im Garten hängen. Da lächelte er, wie verstohlen; ihr schien dieses Lächeln sein ganzes Wesen auszudrücken; es war das, was sie an ihm zuerst geliebt und immer lieben würde, und es rief in ihrer Vorstellung das Bild der ›Mouette‹ herauf, und die Sonne und den Wind auf der See und die Fahrt durch die dunklen Schatten der Bucht, das Holzfeuer und die Stille. Sie verließ die Zelle, ohne zurückzublicken, den Kopf hoch, die Zeichnung in der Hand. — Er wird es nie erfahren, dachte sie, in welchem Augenblick ich ihn am meisten liebte. Sie folgte dem Wärter die enge Treppe hinab, schweren Herzens und auf einmal von all den Anspannungen müde. Der Wärter versorgte das Servierbrett unter der Treppe, dann sagte er grinsend: »Kaltblütig ist er, nicht? Für einen Mann, der sterben muß. Es heißt, daß diese Franzosen völlig gefühllos sind.«

Sie versuchte, heiter zu blicken, streckte ihm ihre Hand hin: »Sie sind ein guter Mann, Zachariah. Mögen Sie künftig noch manches Glas Bier trinken und ein paar davon schon heute nacht. Ich werde nicht vergessen, dem Arzt zu sagen, daß er Sie besuche. Ein kleiner Mann, wie ich sagte, mit einem Mund, geformt wie ein Knopf.«

»Aber mit einem Hals wie ein Pumpwerk«, lachte der Wärter. »Wohl, gnädige Frau, ich werde ihn erwarten, und er soll seinen Durst stillen. Doch kein Wort davon zu Seinen Gnaden.«

»Kein Wort, Zachariah«, sagte Dona mit großem Ernst. Sie trat aus der dunklen Zitadelle hinaus in die Sonne, und da kam Godolphin den Fahrweg herab ihr entgegen.

»Sie hatten sich getäuscht, gnädige Frau«, sagte er, sich die Stirn wischend, »der Wagen ist nicht gefahren, der Arzt weilt noch bei meiner Frau. Er beschloß, vorläufig zu bleiben, da die arme Lucie sich in einem betrüblichen Zustand befindet. Ihre Ohren müssen Sie getäuscht haben.«

»Und ich habe Sie veranlaßt, völlig zwecklos ins Haus zurückzugehen, lieber Lord Godolphin, aber Sie wissen ja, daß Frauen törichte Geschöpfe sind. Da habe ich das Bild der Seemöwe. Denken Sie, es werde Seiner Majestät gefallen?«

»Sie kennen seinen Geschmack besser als ich, gnädige Frau«, erwiderte Godolphin, »ich glaube wenigstens. Nun, fanden Sie den Piraten so wild, wie Sie ihn erwartet hatten?«

»Das Gefängnis hat ihn besänftigt, Mylord, oder vielleicht noch mehr die Erkenntnis, daß aus Ihrem Gewahrsam kein Entkommen möglich ist. Es scheint mir, als er Sie anblickte, müsse es ihm aufgedämmert sein, daß er endlich einem besseren, listenreicheren Kopf ausgeliefert sei, als er ihn selbst besitzt.«

»Oh, haben Sie von ihm diesen Eindruck erhalten? Seltsam, ich dachte mir oft das Gegenteil. Doch diese Ausländer sind ja halbe Weiber. Man weiß nie, was sie im Grunde denken.«

»Sehr wahr, Mylord.« Sie standen vor den Stufen des Hauses; der Wagen des Arztes war immer noch da, und auch der Stallbursche mit Donas Pferd wartete noch dort. »Nehmen Sie nicht noch eine Erfrischung zu sich, gnädige Frau, bevor Sie reiten?« fragte Godolphin.

»Nein, danke«, sagte Dona, »ich habe mich schon zu lange aufgehalten und habe wegen der morgigen Abreise heute abend noch viel zu tun. Alle meine Grüße an Ihre Frau Gemahlin, wenn sie imstande ist, solche entgegenzunehmen; ich hoffe, daß sie noch vor Einbruch der

Nacht Sie mit Ihrem kleinen Ebenbild beschenken wird, lieber Lord Godolphin.«

»Das, gnädige Frau, liegt in den Händen des Allmächtigen.«

»Aber sehr bald«, rief sie während des Aufsitzens, »in den nicht weniger geschickten Händen des Arztes. Auf Wiedersehen!« Sie winkte ihm mit der Hand zu, setzte den Gaul mit der Peitsche in einen leichten Galopp. Als sie beim Vorbeireiten an der Zitadelle die Zügel anzog und an den Fensterschlitz des Turmes hinaufsah, pfiff sie eine Stelle aus einem Lied, das Pierre Blanc zur Laute zu singen pflegte. Langsam wie eine Schneeflocke kam durch die Luft herab eine Feder, von einem Kiel gerupft, ihr entgegenwirbelnd. Sie fing sie ein, kümmerte sich keinen Deut darum, ob Godolphin sie von den Stufen seines Hauses aus sehe, winkte wieder mit der Hand, ritt lachend auf die Landstraße hinaus, die Feder auf ihrem Hut.

Zweiundzwanzigstes Kapitel

Dona lehnte in dem Gesims ihres Schlafzimmers zu Navron. Als sie in den Himmel hinaufschaute, da erblickte sie die kleine goldene Sichel des neuen Mondes hoch über den dunklen Bäumen.

»Das bedeutet Glück«, dachte sie; hierauf betrachtete sie die Schatten in dem stillen Garten, atmete tief den schweren Duft der Magnolie ein, die unter ihr an der Wand heraufwuchs. Diese Dinge mußte sie nun tief in Herz und Gedächtnis aufnehmen, neben all der anderen, schon vergangenen Schönheit, denn nie mehr würden ihre Blicke auf ihnen ruhen. Auch ihr Zimmer zeigte, wie die übrigen Räume, bereits den Charakter der Verlassenheit. Auf dem Boden, mit Riemen verschnürt, standen die Koffer; ihre Kleider waren nach ihren Anweisungen vom Dienstmädchen zusammengelegt und verpackt worden. Als sie am späten Nachmittag erhitzt und verstaubt von ihrem Ritt heimgekehrt war und der Stallknecht das Roß in den Hof geführt hatte, da wartete auf sie ein Bote aus dem Gasthaus von Helston.

»Sir Harry hat uns mitgeteilt, gnädige Frau«, sagte er, »Sie möchten für morgen eine Kutsche mieten, um ihm nach Okehampton zu folgen.«

»Ja«, sagt sie.

»Und der Wirt hat mich geschickt, um Ihnen zu sagen, daß ein Wagen frei ist und morgen um Mittag Sie hier abholen wird.«

»Ich danke Ihnen«, hatte sie gesagt und dabei in die Bäume der Allee hinausgeblickt und in die Wälder, die an die Bucht hinabführten, denn was er sagte, war für sie ohne Wirklichkeit. Als sie von ihm wegging und das Haus aufsuchte, schaute er ihr verdutzt nach und kratzte sich am Kopf. Sie war ihm wie eine Schlafwandlerin erschienen, er wußte nicht, ob sie alles, was er ihr gesagt, auch verstanden hatte. Hierauf ging sie ins Kinderzimmer, sah die gestreiften Betten und die nackten Dielen, denn die Teppiche waren schon versorgt, die Vorhänge entfernt worden. Es war heiß und roch bereits wie in einem unbenützten Raum. Unter einem der Betten lag die Pfote eines ausgestopften Kaninchens, an der James zu saugen pflegte; er hatte sie einmal in einer Laune aus dem Körper des Tieres gerissen. Sie nahm sie auf, drehte sie in ihren Händen. Etwas Verlorenes war daran wie an einem Überbleibsel entschwundener Tage. Sie konnte sie nicht hier auf dem Boden liegenlassen, sie öffnete deshalb einen großen Wandschrank und schloß sie dort ein; dann ging sie aus dem Zimmer. Um sieben Uhr wurde ihr das Abendessen gebracht; sie hatte keinen Appetit und nahm nur wenig zu sich. Dann gab sie Anweisungen, daß man sie diesen Abend nicht mehr störe, denn sie sei müde, und am andern Morgen sie nicht wecke, denn wahrscheinlich werde sie lange schlafen, um für die Anstrengungen der bevorstehenden Reise gestärkt zu sein. Als sie allein war, öffnete sie das Paket, das ihr William bei ihrer Rückkehr von Lord Godolphin übergeben hatte. Lächelnd nahm sie die groben Strümpfe, die abgetragene Hose, das fleckige, bunt gemusterte Hemd heraus. Sie erinnerte sich der Befangenheit in Williams Gesicht, als er es ihr hinreichte, und seiner Worte: »Das ist das Beste, gnädige Frau, was Grace für Sie auftreiben konnte, die Sachen gehören ihrem Bruder.« — »Sie sind vortrefflich, William«, hatte sie erwidert, »Pierre Blanc selbst hätte nichts Besseres zu geben.« Denn sie mußte wieder den Jungen spielen, zum letztenmal, und sich für diese Nacht ihrer Frauenkleider entledigen. »Ohne Röcke kann ich viel besser laufen«, hatte sie zu William gesagt, »und ich kann rittlings auf meinem Pferde sitzen, wie ich es als Kind getan.« Er hatte, wie er versprochen, Pferde herbeigeschafft, und er wollte mit ihr kurz nach neun Uhr auf der Straße von Navron nach Gweek zusammentreffen.

»Vergessen Sie nicht, William, daß Sie ein Arzt sind«, sagte sie, »und ich Ihr Reitknecht; lassen Sie lieber die ›gnädige Frau‹ jetzt fallen und nennen Sie mich Tom.«

Er hatte in großer Verlegenheit von ihr weggesehen. »Gnädige Frau», sagte er, »meine Lippen könnten dieses Wort kaum herausbringen, es wäre für mich so peinlich.«

Sie hatte gelacht und erklärt, Ärzte dürften unter keinen Umständen verlegen sein, besonders nicht, nachdem sie eben Söhne und Erben in die Welt eingeführt hätten. Und jetzt zog sie die Tracht des jungen Mannes an; sie saß ihr gut, sogar die Schuhe paßten, anders als die plumpen Klötze Pierre Blancs; da lag auch ein Taschentuch, das sie sich um den Kopf wand, und ein Ledergürtel für ihre Hüften. Sie betrachtete sich im Spiegel, ihre dunklen Locken waren verborgen, ihre Haut schimmerte zigeunerbraun. Jetzt bin ich wieder ein Schiffsjunge, dachte sie, und Dona St. Columb liegt im Schlaf und träumt.

Sie horchte an der Tür: alles ruhig. Die Bedienten alle in ihren Kammern. Sie raffte sich zusammen für das Hinabsteigen über die Treppe nach dem Speisezimmer, in der Dunkelheit, ohne Kerzenlicht. Das fürchtete sie am meisten, und die Erinnerung an Rockingham, der dort mit einem Messer gegen sie herangekrochen kam, war plötzlich in ihr lebendig. Besser war es, dachte sie, die Augen zu schließen und ihren Weg mit der Hand dem Geländer nach hinabzutasten. So würde sie auch den Anblick des großen Schildes an der Wand vermeiden, und den der Treppe selbst. So gelangte sie hinab, mit festgeschlossenen Augen und vorgestreckten Händen; ihr Herz pochte laut; es war ihr, wie wenn Rockingham im dunkelsten Winkel der Halle noch auf sie lauerte. Das Grauen übermannte sie. Sie rannte zur Tür, riß den Riegel zurück, lief in das hüllende Dunkel hinaus, in die Geborgenheit und Stille der Allee. Einmal aus dem Haus, fühlte sie keine Angst mehr. Die Luft war mild und warm, der Kies knirschte unter ihrem Fuß, die Sichel des neuen Mondes hoch im blauen Himmel glänzte.

Sie ging rasch, als lebte die Freiheit in ihren Knabenkleidern. Sie war völlig munter; wieder mußte sie die paar Takte aus Pierre Blancs Lied pfeifen, und an diesen denken mit seinem fröhlichen Affengesicht und den weißen Zähnen. Jetzt wartete er auf dem Deck der ›Mouette‹ irgendwo in der Mitte des Kanals auf seinen Herrn, den er zurückgelassen. Bei der Straßenbiegung sah sie einen Schatten auf sich zukommen: das war William mit den Pferden; ein Junge war bei ihm. Sie vermutete Graces Bruder, den Besitzer der Kleider, die sie auf dem Leibe trug. William ließ den Jungen mit den Pferden stehen und kam zu ihr heran. Als sie ihn aus der Nähe betrachtete, verspürte sie einen heftigen Lachreiz, denn er hatte sich mit einem schwarzen Gewand, weißen Strümpfen und einer Lockenperücke ausstaffiert.

»War es ein Sohn oder eine Tochter, Doktor Williams?« fragte sie. Er schaute verlegen drein, nicht ganz zufrieden mit der Rolle, die er zu spielen hatte: denn daß er der Herr und sie der Knecht sein solle, daran nahm er Anstoß, er sonst an nichts Anstoß nahm.

»Was weiß er?« flüsterte sie, auf den Jungen deutend.

»Nichts, gnädige Frau, einzig daß ich Graces Freund bin und mich bei ihr verborgen halte und daß Sie ein Gefährte sind, der mir zur Flucht verhilft.«

»Dann will ich Tom sein«, rief sie, »und Tom bleiben.« Sie pfiff wieder zu Williams Verdruß Pierre Blancs Lied, ging zu den Pferden und schwang sich in den Sattel des einen, lachte dem Jungen zu, spornte das Tier mit den Fersen und trabte ihnen auf der Landstraße voran, über die Schultern zu ihnen zurücklachend. Bei der Mauer von Godolphins Gut anglangt, stiegen sie ab und ließen den Jungen mit den Pferden im Schutze eines Baumes stehen. Sie und William legten zu Fuß die halbe Meile bis zum Parktor zurück, so hatten sie es am vorigen Abend abgemacht.

Es war jetzt dunkel; am Himmel glänzten die ersten Sterne. Sie sprachen nicht zueinander, alles war überlegt und vorbereitet worden. Doch war ihnen zumute wie Schauspielern, die zum erstenmal vor einem möglicherweise feindlichen Publikum aufzutreten haben. Die Tore waren geschlossen; sie wandten sich seitwärts, ließen sich über die Mauer in den Park hinab, schlichen im Schatten der Bäume nach dem Fahrweg. In der Entfernung sahen sie die Mauern des Hauses. Es war noch Licht in der Fensterscheibe über der Eingangstür.

»Der Sohn und Erbe zögert immer noch«, flüsterte Dona. Sie schritten, William voran, gegen das Haus. Dort am Eingang zu den Ställen stand der Wagen des Arztes; der Kutscher saß mit einem von Godolphins Stallknechten auf einem umgekehrten Sitz; im Scheine einer Laterne mischten sie Karten. Dona hörte das leise Murmeln ihrer Stimmen, dazwischen ihr Lachen. Da kehrte sie zu William, der sich am Rande des Fahrweges hielt, zurück. Sein kleines, schmales Gesicht war unter der geborgten Perücke und dem Hut noch kleiner geworden. Sie bemerkte den Kolben einer Pistole unter seinem Rock; sein Mund zeigte den Ausdruck der Entschlossenheit. »Sind Sie bereit?« fragte sie. Er nickte; die Augen fest auf sie gerichtet, folgte er ihr die Zufahrt hinab bis zur Zitadelle. Für einen Augenblick überkam sie ein Gefühl der Besorgnis; sie dachte, daß es ihm gleich andern Schauspielern plötzlich am Vertrauen in die Beherrschung seiner Rolle gebrechen könnte; wenn er über seine Worte stolperte, wenn William, von dem so vieles abhing, versagte, dann wäre das Spiel verloren. Als sie vor der verschlossenen Tür des Gebäudes standen, betrachtete sie ihn, klopfte ihm auf die Schulter; da lachte er zum erstenmal an diesem Abend, seine kleinen Augen zwinkerten in seinem runden Gesicht. Ihr Vertrauen zu ihm kehrte zurück; er würde nicht versagen. Im Handumdrehen war er zum Arzt geworden. Als er an er Tür pochte, da klang seine Stimme voll und dunkel, seiner Stimme, mit der er in Navron gesprochen, überraschend unähnlich: »Ist hier drin ein Zacharias Smith, und kann Doktor Williams aus Helston ein paar gute Worte mit ihm reden?« Dona vernahm von innen einen antwortenden Ruf, die Tür flog auf; im Eingang stand ihr Freund, der Wärter. Er hatte der Hitze wegen die Jacke abgelegt, seine Ärmel waren bis über die Ellbogen gerollt; er lachte über das ganze Gesicht.

»Also hat die gnädige Frau ihr Versprechen nicht vergessen?« rief er. »Gut so, treten Sie ein, Herr, seien Sie willkommen. Bier haben wir genug da, wohlgemerkt, um Sie und das Kleine obendrein zu taufen. Ist es ein Junge?«

»Das ist es in der Tat, mein Freund«, sagte William, »ein prächtiger Junge und Seiner Gnaden Ebenbild.«

Er rieb seine Hände wie in großer Zufriedenheit und folgte dem Wärter in das Innere. Die Tür stand offen; so vermochte sich Dona an die Seitenwand des Turmes zu schmiegen und zu lauschen. Sie hörte ihre Schritte beim Eintreten, das Gläserklirren und des Wärters Lachen.

»Nun, Herr, ich bin vierzehnmal Vater gewesen und kann sagen, ich verstehe das Geschäft so gut wie Sie. Wie schwer ist das Kind?«

»Oh«, sagte William, »das Gewicht, na — warten Sie . . .«

Dona draußen unterdrückte ihr Lachen; sie konnte sich ihn vorstellen mit vor Bestürzung zusammengezogenen Brauen, über das Gewicht eines Säuglings so wenig wissend wie der Säugling selbst. »Etwa vier Pfund, glaube ich, wenn ich mich recht erinnere«, begann er, »aber die genaue Zahl weiß ich nicht mehr.« Der Wärter begann vor Erstaunen zu pfeifen, und sein Gehilfe brach in ein Gelächter aus.

»Das nennen Sie einen prächtigen Jungen?« fragte er. »Nein, bei Gott, Herr, das Kind wird nicht am Leben bleiben. Mein Jüngster drückte die Waagschale mit elf Pfund.«

»Habe ich vier gesagt?« fiel William hastig ein. «Natürlich ein Irrtum! Ich meinte vierzehn. Doch nein, jetzt erinnere ich mich, es waren etwas zwischen fünfzehn und sechzehn Pfund.«

Wieder pfiff der Wärter.

»Gott bewahre, Herr, das übersteigt die Grenze. Da müssen Sie zur gnädigen Frau schauen, nicht zum Kind. Befindet sie sich wohl?«

»Sehr wohl«, behauptete William, »und in ausgezeichneter Geistesverfassung. Als ich sie verließ, beriet sie mit Seiner Gnaden über den Namen, den sie ihrem Sohne geben wolle.«

»Dann ist sie aber ein tapfereres Weibchen, als ich das von ihr vermutet hätte«, antwortete der Wärter. »Nun, Herr, mir scheint, Sie verdienen nach all dem drei Glas. Ein sechzehnpfündiges Kind in die Welt hineinzubefördern, das ist eine schwere Mühe. Auf Ihr Wohl, Herr, und auf das des Kindes und das der Dame, die heute abend mit uns getrunken hat; sie ist, wenn ich mich nicht irre, wohl zwanzig Lady Godolphins wert. Wegen dieser Bemerkung müßten Sie mir eigentlich böse sein, Herr, oder?« Dona konnte Williams Antwort nicht verstehen, aber sie hörte den Klang von Geldstücken und das Scharren von Füßen. Der Wärter lachte aufs neue: »Danke Ihnen, Herr, Sie sind wirklich ein Gentleman. Wenn meine Frau wieder in die Hoffnung kommt, werde ich an Sie denken.«

Jetzt gingen ihre Schritte die Treppe nach dem obern Raum hinauf; sie hielt den Atem an, preßte die Nägel in ihre Hände. Dies war der Augenblick, den sie vor allem gefürchtet, da der kleinste Fehler das Unglück heraufbeschwören konnte, da ein Erkennen möglich war, nach dem alles verloren wäre. Sie wartete, bis sie dachte, die Männer seien oben vor der Zelle angekommen, ging dann näher an die Tür heran und lauschte. Sie vernahm Stimmen und das Drehen eines Schlüssels. Hierauf, als die Tür hinter ihnen zugeschlagen worden, schlüpfte sie durch den Eingang in das Innere der Zitadelle. Sie sah die beiden übrigen Wärter, die Rücken ihr zugekehrt. Der eine saß auf einer Bank gegen die Wand, gähnte und streckte sich, der andere stand und blickte nach der Treppe hinauf. Das Licht war trübe, nur eine einzige Laterne hing oben am Balken. Sie blieb im Schatten der Tür, klopfte und fragte: »Ist Doktor Williams hier?« Der eine der Männer kehrte sich um; der auf der Bank fragte: »Was willst du von ihm?«

»Sie haben mich dort im Haus hierher geschickt«, antwortete sie, »der gnädigen Frau geht es schlimmer.«

»Kein Wunder«, brummte der Mann auf der Treppe, »nachdem man sechzehn Pfund getragen. Gut, Junge, ich sag' es ihm.«

Er stieg hinauf, rufend: »Zachariah, sie verlangen drüben im Haus nach dem Doktor.« Dona sah ihn um die Windung der Treppe biegen und an die Tür pochen. Und während er das tat, stieß sie die Eingangstür mit dem Fuße zu, warf sie ins Schloß, schob den Riegel vor und schloß das Gitter, ehe noch die Wache von ihrer Bank aufspringen und rufen konnte: »He, was zum Teufel tust du da?«

Zwischen ihnen stand der Tisch; als er auf sie zukam, stemmte sie sich mit ihrem ganzen Gewicht gegen das Möbel; der Tisch fiel zur Erde, und der Mann wälzte sich am Boden. Während seines Falles hatte sie von oben einen erstickten Schrei vernommen und den Laut eines Schlages. Sie ergriff einen Bierkrug, schleuderte ihn gegen die Laterne; das Licht war ausgelöscht. Der Mann am Boden zappelte unter dem Tisch und rief nach Zachariah.

Durch das Gedärm seiner Rufe und Flüche drang von der Treppe herunter die Stimme des Franzosen an ihr Ohr: »Dona, sind Sie dort?«

»Ja«, rief sie zurück, halb betäubt von dem Sturm ihrer Gefühle, die sich aus Freude, Aufregung und Furcht mischten.

Mit einem Satz sprang der Franzose über das Geländer der Steintreppe auf den Boden herab und erwischte den Mann im Dunkeln. Sie hörte, wie der Wärter stöhnend gegen den Tisch stürzte. Dann vernahm sie des Franzosen Ruf: »Ihr Kopftuch, Dona, für einen Knebel.« Sie reichte es ihm hin. Im nächsten Augenblick war geschehen, was er gewollt hatte. »Bewachen Sie ihn«, sagte er eilig, »er vermag sich nicht zu rühren.« Dona hörte den Franzosen im Finstern von ihr weggleiten und wieder die Treppe zur Zelle hinauflaufen. »Haben Sie ihn, William?« fragte er.

Ein röchelnder Seufzer ließ sich aus dem oberen Raum vernehmen und das Geräusch des Hinschleppens von etwas Schwerem. Dann hörte sie den geknebelten Mann neben sich nach Atem ringen und immerzu von oben das schleppende Geräusch. Plötzlich fühlte sie in sich das heftigste Bedürfnis zu lachen, ein schrecklicher hysterischer Anfall drohte sich ihrer zu bemächtigen; sie fühlte, wenn sie dem nachgäbe, dann könnte sie nicht mehr einhalten, es würde sich steigern bis zum lauten Schreien.

Da rief von oben der Franzose: »Dona, öffnen Sie die Tür und sehen Sie, ob die Straße frei ist.« Sie fand ihren Weg dorthin, bewegte den schweren Riegel. Sie riß die Tür auf und sah hinaus. Aus der Richtung des Hauses hörte sie Räderrollen; die Allee herab, gegen die Zitadelle kam des Arztes Wagen; man hörte den Kutscher mit der Peitsche knallen und seinem Tier zurufen. Sie wandte sich um, die im Turm zu warnen; doch bereits stand der Franzose neben ihr. Sie sah in sein Gesicht; in seinen Augen war das gleiche sorglose Lachen wie damals, als er Godolphins Perücke aufspießte. »Himmel«, sagte er, »erst jetzt fährt der Doktor heim.« Barhäuptig trat er in die Zufahrt hinaus, seine Hand hochhaltend. »Was tun Sie hier?« flüsterte Dona. »Sind Sie wahnsinnig?« Er achtete nicht darauf. Der Kutscher hielt sein Pferd beim Eingang der Zitadelle an; das lange, hagere Gesicht des Arztes erschien am Fenster.

»Wer sind Sie, was wollen Sie?« fragte der Arzt in ärgerlichem Tone. Der Franzose legte seine Hände in das Fenster, lächelte und fragte: »Haben Sie Seiner Gnaden zu einen Erben verholfen, ist er von seinem Neugeborenen beglückt?«

»Schön beglückt«, knurrte der Arzt, »Zwillingsmädchen liegen dort in der Halle. Aber ich wäre Ihnen dankbar, wenn Sie Ihre Hände von meinem Wagenfenster wegnehmen und mich meines Weges fahren lassen wollten. Mich verlangt nur, zu Abend zu essen und dann zu schlafen.«

»Oh, zuerst werden Sie uns aber ein wenig mitfahren lassen, nicht wahr?« sagte der Franzose, und im nächsten Augenblick hatte er den Kutscher von seinem Sitz und in die Allee hinabgeworfen.

»Kommen Sie zu mir herauf, Dona«, sagte er; »wir wollen fahren, daß es eine Art hat, wenn wir schon fahren.« Sie tat, was er sie geheißen, und schüttelte sich vor Lachen.

William, in seinem merkwürdigen schwarzen Rock, jetzt ohne Hut und Perücke, warf die Tür der Zitadelle hinter sich ins Schloß, trat herzu und hielt dem erschrokkenen Arzt die Pistole vors Gesicht.

»Gehen Sie hinein, William«, meinte scherzend der Franzose, »und holen Sie für den Doktor ein Glas Bier, wenn noch etwas übrig ist, denn, bei Gott, er hat diese Nacht schwerer gearbeitet als wir in den letzten Minuten.«

Die Allee hinab eilte nun die Kutsche; das Pferd des Arztes, das nie galoppiert war, brachte sie im Galopp bis ans fest verschlossene Parktor.

»Sperren Sie weit auf!« rief der Franzose dem verschlafenen Gesicht zu, das am Fenster der Loge erschienen. »Ihr Herr hat Zwillingstöchter erhalten. Der Arzt verlangt nach seinem Abendessen; ich und mein Schiffsjunge, wir haben diese Nacht genug Bier gezecht, um dreißig Jahre daran zu denken.«

Die Tore flogen zurück, der Pförtner riß vor Erstaunen

Mund und Augen auf, während aus dem Wageninnern das laute Schelten des Arztes ertönte.

»Wohin geht die Reise, William?« fragte der Franzose. William streckte sein Gesicht aus dem Wagenfenster.

»Es warten drei Pferde eine Meile von hier an der Straße, Monsieur«, sagte er, »doch die Reise geht nach Porthleven an der Küste.«

»Die Reise geht in Nacht und Tod, muß ich das nicht fürchten?« erwiderte der Franzose. Er legte seinen Arm um Dona und küßte sie.

»Wissen Sie nicht«, fragte er sie, »daß dies meine letzte Nacht auf Erden ist, daß ich morgen gehängt werde?«

Das Pferd raste weiter wie toll, der weiße Staub flog stiebend von den Rädern; der Wagen bog in die holprige Landstraße ein.

Dreiundzwanzigstes Kapitel

Das Abenteuer war vorüber, vorüber die Tollheit und das Gelächter. Irgendwo, weit hinten auf der Straße, lag in einem Graben eine umgestürzte Kutsche, ein Pferd ohne Zaum und Zügel graste neben der Hecke. Ein Arzt wanderte auf der Landstraße seinem Abendbrot entgegen. Geknebelte und gefesselte Wärter lagen im Eingang eines Gefängnisses.

Es war längst über Mitternacht und so dunkel wie noch nie. Die Sterne sprühten in dichten Haufen, der Halbmond war verschwunden. Dona stand neben ihrem Pferd, blickte auf den See hinab. Sie sah, daß er vom Meere durch eine hohe Kiesbank getrennt war. Während die Wogen über das Ufer hereinbrachen, blieb der See ruhig und ungestört, kein Wind wehte; der Himmel hatte trotz des Dunkels das eigenartige Leuchten und Strahlen des Hochsommers. Hin und wieder zersplitterte eine Woge, größer als ihre Gefährten, über der Kiesbucht; ein Murmeln, ein Seufzen, und der See, vor dem Meer zitternd, zeigte auf seiner gläsernen Fläche ein Gekräusel, einen Schauder, und das Kräuseln verlor sich in dem schwankenden Ried. Dann und wann stiegen Vogellaute aus dem Grund; der erschreckte Schrei eines Sumpfhuhnes, das zwischen den Halmen ruderte und sich verbarg und die großen Halme rauschen machte. Da war Geflüster und die unaufhörliche Bewegung all der unbekannten namenlosen Wesen und Dinge, die sich erst in der Stille der Nacht hervorwagen und für eine Weile leben, atmen und da sind.

Unterhalb der Wälder und des Hügels lag das Dorf Porthleven mit seinen am Kai vertäuten Fischerbooten. William blickte auf, gegen seinen Herrn und dann nach den Hügeln zurück.

»Es wäre gut, Monsieur«, sagte er, »ich holte jetzt noch vor Tagesanbruch ein Boot. Ich will es hier in die Bucht herüberbringen, und wir können mit Sonnenaufgang fahren.«

»Glauben Sie, daß Sie ein Boot finden werden?« fragte der Franzose.

»Ja, Monsieur«, antwortete er, »am Hafeneingang wird ein kleines Boot liegen. Ich habe mich umgesehen, bevor ich Gweek verließ.«

»William ist findig«, bemerkte Dona. »Er denkt an alles. Dank ihm wird es am Morgen kein Hängen geben, nur die Fahrt eines kleinen Ruderbootes auf die See.«

Der Franzose schaute seinen Diener an, der Diener blickte nach Dona. Plötzlich eilte er davon über die Kiesbank zu dem Hügel hinab, eine seltsame kleine Gestalt in dem langen Rock und dem breiten, dreispitzigen Hut. Er verschwand in der Dunkelheit, sie waren allein. Die Pferde grasten am See, man hörte das Malmen ihrer Mäuler.

Von gegenüber rauschten die hohen Waldbäume auf und lispelten und schwiegen.

Es gab neben dem See eine mit weißem Sand gefüllte Mulde. Hier machten sie ihr Feuer an, und jetzt züngelte eine Flamme hoch, und die trockenen Äste prasselten und knackten.

Er kniete lang am Feuer, die Flamme lichterte ihm über Gesicht, Hals und Hände. »Erinnern Sie sich«, sagte Dona, »daß Sie mir versprachen, Sie würden mir einmal Hähnchen am Spieß im Freien braten?«

»Ja, doch heute nacht habe ich weder Hähnchen noch Spieß, mein Schiffsjunge muß sich mit geröstetem Brot begnügen.« Er blickte angestrengt auf sein Werk; da das Feuer eine große Hitze verbreitete, schüttelte er den Kopf und wischte sich die Stirn mit seinem Hemdärmel. Sie wußte, daß sie dieses Bild von ihm nie vergessen würde, mit dem Feuer, dem See, dem dunkeln sternenübersäten Himmel, den über die Kiesbank hinter ihnen brandenden Wogen.

»Also, Dona«, sagte er später, während sie aßen, als die Flamme kleiner geworden und der beißende Geruch des Holzfeuers in der Luft schwebte, »Sie haben mit einem Mann gekämpft, und er starb dort, im Flur von Navron House?«

Sie starrte ihn an, doch er sah nicht auf sie; er kaute das Brot zwischen seinen Zähnen.

»Woher wissen Sie das?« fragte sie.

»Weil man mich des Mordes an diesem Mann angeklagt hatte«, erklärte er, »und als man mich anklagte, erinnerte ich mich an den Kameraden aus Hampton Court und an das Gesicht des Mannes, der mich, als ich ihm seine Ringe abnahm, voller Haß anblickte. Da wußte ich, was geschehen würde, Dona, nachdem ich Sie in jener Nacht verlassen hatte.

Sie legte die Hände um ihre Knie, blickte auf den See.

»Als wir fischen gingen, Sie und ich«, sagte sie, »da brachte ich es nicht über mich, den Haken aus dem Maul des Fisches zu reißen, erinnern Sie sich? Aber was ich in jener Nacht getan, war etwas anderes. Zuerst empfand ich Furcht, dann war ich wütend, und als ich wütend war, da nahm ich den Schild von der Wand herab, und darauf — starb er.«

»Was brachte Sie in Wut?« fragte er.

Sie dachte einen Augenblick nach, dann sagte sie: »Es war James, der geweckt wurde und schrie.«

Er schwieg. Sie sah, er war mit Essen fertig, und er saß jetzt wie sie, die Hände um die Knie, und schaute auf den See.

»Oh«, sagte er, »es war James, der erwachte und schrie, und Sie und ich, Dona, wir befinden uns am Loe-See, statt bei Coverack, und Ihre Antwort ist die gleiche wie die meine.«

Er warf einen Kiesel in den See, ein Kräuseln ging über das Wasser und verschwand, als wäre es nie gewesen. Dann legte er sich auf den Rücken in den Sand, streckte die Hand nach ihr aus, und sie kam und legte sich an seine Seite.

»Ich denke«, so begann er dann, »Lady St. Columb wird nie mehr in den Straßen Londons herumzechen, denn sie hat ihren Teil Abenteuer gehabt.«

»Lady St. Columb«, ergänzte sie, »wird eine liebenswürdige Matrone werden und ihre Diener und Pächter und auch die Dorfleute durch ihr Lächeln erfreuen. Eines Tages wird sie Großkinder auf den Knien halten und ihnen die Geschichte eines Piraten erzählen, dem es zu entfliehen gelang.«

»Und was wird aus dem Schiffsjungen?« fragte er.

»Der Schiffsjunge wird mitunter nachts erwachen und sich die Nägel zerbeißen und auf seine Kissen schlagen, dann wird er wieder einschlafen und weiterträumen.«

Der See lag dunkel und schweigend zu ihren Füßen. Hinter ihnen brandeten die Wogen an die Kiesbank.

»Es steht in der Bretagne ein Haus«, sagte er, »dort lebte einst ein Mann mit Namen Jean-Benoit Aubéry. Mag sein, daß er dorthin zurückkehrt, um die nackten Wände von oben bis unten mit Vogelbildern und Bildnissen seines Schiffsjungen zu bedecken. Doch mit dem Schwinden der Jahre werden die Bilder des Schiffsjungen verwischen.«

»In welchem Teil der Bretagne besitzt Jean-Benoit Aubéry sein Haus?«

»In Finistère, was Land's End bedeutet.«

Es schien ihr, als sehe sie die zerrissenen Klippen und das narbige Gesicht des Vorgebirges, als höre sie die See an die Felsen donnern und die Möwen schreien. Sie wußte, daß zuweilen die Sonne mit einer Kraft dort auf die Klippen brannte, daß das Gras vergilbte und verdorrte, und daß dann wieder milde Winde aus dem Westen Nebel und Regen heranführten.

»Es gibt dort einen zerklüfteten Fels«, sagte er, »der ragt weit in den Ozean vor. Wir nennen ihn la Pointe du Raz. Kein Baum, kein Grashalm kann auf ihm gedeihen, denn Tag und Nacht wird er vom Westwind gefegt. Und draußen in der See, unterhalb dieser Spitze, stoßen zwei Strömungen zusammen, stürzen übereinander her, und unaufhörlich und ewig ist dort ein Tosen, ein Kochen von Brandung und Schaum; fünfzig Fuß hoch steigt die Springflut dort in die Luft.«

Ein leichter, kühler Wind wehte von der Mitte des Sees her auf sie zu; die Sterne wurden plötzlich blasser, es war die Stunde der Nacht, da alles Schweigen und Stille ist: keine Regung von Vogel oder Tier, kein Flüstern im Ried, kein Geräusch außer dem Aufschlagen der Meeresflut an der Kiesbank.

»Denken Sie«, fragte Dona, »die ›Mouette‹ wartet dort

außen auf der See, und Sie werden sie am Morgen finden?«

»Ja«, nickte er.

»Und Sie werden an Bord klettern und wieder Herr sein, das Steuerruder in der Hand halten, das Deck unter Ihren Füßen fühlen?«

»Ja.«

»Und William — William wird das Salz auf seinen Lippen kosten, den Wind im Haar fühlen, und vielleicht vor Einbruch der Nacht, wenn die Brise beständig ist, wird er wieder Land erblicken, den warmen Grasduft des Vorgebirges atmen, und das wird Bretagne heißen und Heimat.«

Sie lag, wie er, auf dem Rücken, die Hände im Nacken verschränkt. Der Himmel veränderte sich, zeigte die Blässe einer Vordämmerung: der Wind blies stärker als zuvor.

»Wann wohl«, sagte er, »ging die Welt zuerst ins arge und vergaßen die Menschen zu leben und zu lieben und glücklich zu sein? Einmal, meine Dona, gab es in jedes Menschen Leben einen See gleich diesem.«

»Vielleicht war da eine Frau«, meinte Dona, »und die Frau hieß ihren Mann eine Hütte aus Binsen errichten, und später eine aus Holz und später ein Haus aus Stein. Und andere Männer und Frauen kamen — bald gab es keine Hügel und keine Seen mehr, nur runde, völlig gleiche Steinhäuser.«

»Und Sie und ich«, sagte er, »wir haben unsern See und unsere Hügel nur für diese Nacht, und wir haben nur noch drei Stunden bis Sonnenaufgang.«

Als der Tag kam, schien er ihnen eine weiße und kalte Klarheit zu haben, die sie früher nicht gekannt. Der Himmel war glänzend und hart, der See lag zu ihren Füßen wie eine Silberplatte. Sie verließen die Sandmulde; er badete im See, dessen Wasser kalt war wie Eiswasser im hohen Norden. Nun begannen in den Wäldern die Vögel zu zirpen und zu wispern. Er stieg aus dem See, zog sich an, dann schritt er gegen die Kiesbucht, wo die Flut hoch stand und ein Schaumstreifen an den Steinen leckte. Hundert Ellen von der Bucht entfernt wiegte sich ein kleines Fischerboot vor Anker. Als William der Gestalten in der Bucht ansichtig wurde, setzte er die langen Ruder ein und fuhr ihnen entgegen. Dort standen sie beide an der Bucht, auf das Boot wartend, als Dona plötzlich am Horizont das weiße Toppsegel eines Schiffes erblickte; das Schiff hielt Kurs gegen das Land. Es nahm Form und Gestalt an, seine schrägen Masten leuchteten karminrot, prall blähten sich seine Segel: ›La Mouette‹ kam zurück, um ihren Herrn zu holen. Als er das wartende Fischerboot bestieg und das kleine Segel des einzigen Mastes hißte, schien es Dona, als sei dieser Augenblick Teil eines längst vergangenen Geschehens, da sie auf einem Vorgebirge gestanden und über die See hinausgeschaut. Das Schiff trieb hin am Horizont wie das Sinnbild der Flucht; etwas Befremdendes haftete ihm an im Morgenlicht, so als hätte es nichts zu tun mit dem anbrechenden Tag, als gehöre es einem andern Zeitalter und einer andern Welt an.

Es schien ein gemaltes Schiff auf der noch weißen See. Als eine kleine Welle Donas nackte Füße umspülte, während sie auf dem kalten Kies stand, überlief sie ein Schauer. Dann stieg gleich einem Feuerball, scharf umrissen und rot, aus dem Meer die Sonne.